长篇小说

首席智囊

做人做事讲究大智慧大谋略

任振华 / 著

二十一世纪出版社
21st Century Publishing House
全国百佳出版社

图书在版编目（CIP）数据

首席智囊 / 任振华著 . -- 南昌 : 二十一世纪出版社，2014. 10

ISBN 978-7-5391-9580-3

Ⅰ. ①首… Ⅱ. ①任… Ⅲ. ①长篇小说－中国－当代 Ⅳ. ① I247.5

中国版本图书馆 CIP 数据核字 (2014) 第 102507 号

首席智囊　　任振华 著

责任编辑　刘　刚
出版发行　二十一世纪出版社
（江西省南昌市子安路75号　330009）
www.21cccc.com　cc21@163.net
出 版 人　张秋林
经　　销　新华书店
印　　刷　北京建泰印刷有限公司
版　　次　2014年10月第1版　2014年10月第1次印刷
开　　本　710mm × 1000mm　1/16
印　　张　24
字　　数　330千
书　　号　ISBN 978-7-5391-9580-3
定　　价　39.80元

目 录

第一章　一错再错，竟错出了美妙的误会

华北财大接到省政府打来的一个电话，说赵省长要求学校为一个名叫赵长风的学生安排一次补考。赵长风忽然明白这意味着什么。因为偶遇，他错失了考试的机会，因为错失却有了与赵省长的偶遇。一错再错错中错，竟然产生了美妙的误会，也为自己的人生开启了一扇通往未来的大门！

一个电话彻底改变了赵长风的人生。

华东财经大学忽然接到省政府的电话，说赵省长让学校为其学生赵长风安排一次补考，因为前几天，一向循规蹈矩的赵长风不知道什么原因，竟然耽误了考试。

果然，系里非常古怪地给赵长风单独安排了一次考试，赵长风也没太当回事，心里感叹别看赵省长日理万机，答应他的事却没有丝毫含糊。

赵长风原以为会就这样度过最后的大学生涯，谁知道事情的发展远远超出了他的想象。先是校长朱历宏约他谈话，对他勉励了一番；没几天，系里的书记历程生似乎也得到了什么消息，说赵长风的入党申请书已经通过，问他是否愿意到学校的学生会任职。

赵长风这才恍然大悟，赵省长或者赵省长秘书的一个电话已经彻底改变了他的人生。自己无意中对赵省长的一次请求，成为了一个美丽的误会，也为他人生铸就了一个远大前程。

赵长风答应了团委和学生处老师的邀请，他觉得自己虽然勤于思考，但那都是纸上谈兵。只有在以后的实际生活和工作中不断磨炼，才能真正提高

自身的能力。

不久校学生会发布通告，新增设学生会副主席一名，由财政金融系金融班赵长风同学担任。又过了几天，财经系党总支正式讨论通过，吸纳赵长风同学为预备党员，之后赵长风被评为华北财经大学优秀学生标兵。

到了年底，赵长风被华北财经大学推选为唯一候选人，参加中原省大学生年度人物评选。

而在这期间，赵长风因为血型是罕见的 RH 阴性 AB 型血，被中原省血库求助，献血救了大商人林满堂老爷子一命。林家在东北做边境贸易，规模上千万，而且林老爷子的孙女林欣萍还是赵长风的校友。后来在林欣萍父亲林东风的帮助下，赵长风的父母开了一个干货店，从林家的渠道进货。利用干货店的一点资金，赵长风放假时专门到了东北跟随林家做了几笔边境贸易。这让赵长风的利润越滚越大，赵家的生意已经走上正轨，彻底摆脱了生活的困窘，就连母亲的病情也开始大有起色。

赵长风一系列的好运，都要从头说起。

那天，赵长风坐在电车上，看着窗外繁华的中州市大街，忍不住叹了口气。他是华北财经大学财政金融系的学生，离大学毕业已不到一年，内心也更加焦躁。父母都是红星机械厂的普通工人，两个人的工资加起来只有四百多块钱。这些钱虽然不能让他们过上富裕的生活，但是只要工厂不倒闭，每月四百多块钱除了够老两口花销，还可以负担得了赵长风每个月一百多块钱的生活费。

可就在两个月前，红星机械厂却倒闭了！赵长风的父母双双失业。也就是说，他的家庭完全没有了收入来源。

祸不单行！赵长风的母亲身体本来就不好，工厂忽然倒闭，给她的打击太大了，一病不起。这样一来，家里没有收入不说，还要支出为数不菲的医药费，这让本来就捉襟见肘的家庭更加窘迫。

赵长风曾想去打工挣钱，但是好一点的企业公司都要有经验的人。原本对生活信心十足的赵长风，此刻面对生活的重重压力，面对不可预知的未来，感到迷茫无助。

就在这时，车厢内的对话声吸引了他的注意力。他抬头望去，只见女售票员高高地坐在座位上，大声地呵斥一位老人。原来老人上了车发现钱包丢了，售票员死活不让他坐车。

“对不起，俺耽误大家工夫了！”老人满脸通红，艰难地鞠了一躬，然后转过身去，蹒跚着准备下车。

“老大爷，等一等！”赵长风实在看不下去了，腾地站了起来，对售票员说，“这位大爷的票我买！”

赵长风扔了一块钱给售票员，然后走到车门口扶着老人道：“老大爷，您跟我坐后面吧。”

“小同志，谢谢！真的谢谢！”老人感动地说。

不一会儿，电车到站了，赵长风抬眼一看，忙对老人说：“大爷，纬二路到了，您该下车了。”

赵长风先一步跨下车，站在马路上把老人扶下来。

“大爷，您到啥地方？不如我送您过去吧？”

在赵长风的搀扶下，老人蹒跚地向省政府走去。原来老人是要去找新任副省长赵强。

赵强是从中州市副市长任上直升为中原省副省长的。从一个副地级干部直接升成副省级干部，这不仅仅在中原省的历史上绝无仅有，即使放在全国看也十分罕见。但是这件放在别人身上匪夷所思的事发生在赵强身上却是理所当然的。赵强的父亲是对国家有过重大贡献的元老，最后病逝于中原省。赵强主动要求到中原省，在父亲最后生活的地方工作，如愿成为中州市政府一名普通的机关工作人员。之后赵强一路升迁，只经过短短的十年时间，就从一个普通的机关工作人员升任至中州市的副市长，又成为中原省的副省长。

老人叫张长锁，以前是赵强父亲的警卫员。岁数大了之后，就被安排进中原省荣军休养院休养。

本来张长锁老人对自己的生活也很满意，有吃有喝，有人帮洗衣服，还图什么呢？可是当张长锁遇到一位五十多岁的看护女工时，事情却起了变化。

看护女工对张长锁照顾得特别细心周到，让打了一辈子光棍的张长锁心中起了波澜。当他知道这个看护女工的丈夫早已去世时，就开始追求她。

张长锁人好，心眼实在，经过一年多的追求，看护女工终于答应了张长锁。不料她的儿女们坚决不同意，辱骂母亲不知羞耻。

张长锁的倔劲上来了，他要努力争取自己的幸福。他先去找荣军院的领导，领导只是笑笑，说这种事情他们无能为力。张长锁又跑出去找公安局、民政局，可是哪个部门也不管了这个事。就在张长锁走投无路、几近绝望的时候，他看到了一份报纸，报纸上刊登着新任副省长赵强的简历。

走！到中州去，找赵强去！

省政府大院座落在纬二路路北，大院门口两旁种着高大的梧桐树，遮天蔽日。从院门口到纬二路是一段三十米长的宽阔整洁的柏油路。大院门口的左边，是一个岗哨。一个武警战士背着长枪，挺拔地站着，眼睛警惕地注视着周围。

赵长风搀扶着张长锁刚过警戒线，站在岗哨上的武警战士一下子跑了过来，伸手拽住了老人："站住！"

张长锁解释了来意，并请武警战士打电话通报一下赵省长。谁知道对方就是不让两人进去，还让他们马上离开。眼看僵持了半天，张长锁老人脾气上来了，就要硬闯。

就在这时，一辆黑色的奥迪从外面驶了过来，见到这一幕就停了下来。后面的车窗玻璃缓缓降了下来，一张刚毅的面孔露了出来。

"怎么回事？"

武警战士连忙松开老人，上前一个敬礼："报告首长，这里有两个人硬要见您……"

武警战士的话还没有说完，张长锁叫道："五伢子！"

"五伢子？"赵强的眉毛急速地动了动，他推开车门，走了出来，对武警战士说道："你让开，让老人家过来。"

张长锁颤巍巍地来到赵强面前，一把拉住赵强的手道："五伢子，我是长锁啊，你记得不？"

赵强仔细地打量着老人，忽然惊喜道："长锁，你是长锁叔叔！这么多年你去哪里了？"

赵长风站在一旁，长长出了一口气，总算是功德圆满了，他转身准备离开。

“来，小同志，你也上来！”赵强回身对他说道。

秘书刘光辉抢前两步打开办公室的房门，赵强把张长锁和赵长风让了进去。

赵长风跟在赵强后面，心中既紧张又好奇，在此之前，他连乡长的办公室都没有进去过。

赵强的办公室并没有他想象中的奢华。办公室面积不大，大约七八十平方米，一套办公桌椅、一排书柜组成了简洁的办公区域，几张红木沙发，一张茶几隔出了一个简单的会客厅。若不是门口挂着副省长办公室的标示牌，即使是赵强亲自领他进来，赵长风也不能相信这就是一个堂堂副省长的办公室。

赵强让张长锁和赵长风坐到沙发上，又顺手拉过一张椅子坐在两个人的对面。刘秘书则张罗着泡茶。

“长锁叔，让你受苦了！”赵强语气有些沉重。

张长锁眼睛红肿，拉着赵强的手，嘴唇哆嗦着说道：“叔叔没受什么苦，能看到五伢子出息了，心里比什么都高兴。可惜，首长他……”

“长锁叔，莫哭！莫哭！”赵强从茶几上抽了两张纸巾为张长锁擦去眼泪。

为了分散张长锁的注意力，赵强指着赵长风问道：“长锁叔，这个年轻人是谁？”

张长锁这才把赵长风帮他买车票的事说了一遍。

“嗯，小同志，很不错啊！”赵强赞许地冲赵长风点了点头，“现在的年轻人就需要你这种品德！”

赵长风站起来说道：“赵省长，没什么！这是任何一个青年人都会做的。大爷现在没有什么需要我的帮助了，我也该走了！”

“别忙！让五伢子还了你车费再走！”

车费？赵长风心中苦笑，我在乎的不是这一块钱啊。

“年轻人，拿着！”赵强把一块钱塞到赵长风的手里，“再次谢谢你对长锁叔的帮助。”

“长锁大爷，您好好休息。我走了啊！”赵长风心里惦记着学校今天有一个重要的考试，看了一下房间里的挂钟，怕是来不及了。

快走到办公室门口的时候，赵长风忽然想起了什么，他停下了脚步，转身对赵强说道：“赵省长，我忽然间想起来一件事，想请您帮个忙，不知道可以不可以？”

“哦？”赵强不动声色地看着赵长风，“什么事，先说来听听。”

赵长风带着几分不好意思说：“赵省长，下午我本来是要赶回学校考试的，因为遇到了长锁大爷，耽误了考试时间。赵省长，您看能不能给我们学校打一个电话，说明一下情况，让他们给我安排一个补考的机会？”

转眼毕业在即，赵长风这段时间的心思全在毕业分配上。最近三年，省政府都会来华北财大要一两个毕业生，那么今年省政府很可能还会来要毕业生。

赵长风细细地盘算了全校大四的一千多个学生，看其中有没有厉害的竞争对手。最后他把目标锁定在法律系的包洪波和信息系的王媛媛两个人身上。他们一个人的哥哥在省财政厅担任处长，一个人的父亲是中州市工业局局长，假如他们要争这个指标，还真有点棘手。

事关前程，赵长风虽然非常着急，却一时又想不出什么办法。就在这个时候他听说省政府的指标已经分到学校了，只有一个。赵长风知道，这时候再不动手，如果别人抢先了，朱历宏答应了别人，再想让他改口可就更不容易了。

就在苦思无计之时，赵长风忽然接到程路同的电话，说他到中州出差了，要约赵长风出去吃个饭。

程路同是财经系书记历程生在白元县的同乡，以前是当地的县委副书记。原本没有什么雄心壮志，只想安稳地退休，却在别的县委常委争夺县委书记的形势中被逼站队，他左右为难。历程生就给他出了主意，让他去争取自己出任县委书记，并把他介绍给了赵长风。程路同咬牙拿出两万元积蓄，想让赵长风帮忙在赵强面前吹吹风，赵长风哪里有这个能耐？当然不敢收他的钱，当时只能口头上假意应承下来，然后就听天由命了。

谁料赵强无意中经过白元县，亲眼目睹了白元县县长和县委书记两派争斗不休。他暗中派人去调查了白元县的情况，程路同这个与两派毫无瓜葛的人浮出了水面。之后白元县委书记的人选决定不下而闹到省里时，赵强出于公心，提出让程路同担任。当地市委也就顺水推舟，就这样阴差阳错地成全了程路同的上位。程路同当然以为是赵长风的功劳，所以后来经常拜访赵长风，两人关系不错。

赵长风笑着对程路同说，要吃饭可以，但是需要程书记破费些，他要再约几个朋友过去。

程路同问赵长风是什么朋友，赵长风说一个程书记认识，就是你的老乡历程生；一个也见过面，就是财经系主任张宝才，还有一个是我们华北财经大学的校长朱历宏。

程路同大笑，说他也正想认识一下华北财大的领导，赵长风能叫过来多少就叫多少。

放下电话，赵长风来到朱历宏办公室，赵长风笑道："朱校长，今天想约您吃个饭，不知道您肯不肯给这个面子?"

朱历宏虽然是厅级干部，可是权力所至，也不过管辖财大六七千名学生、一千多名教职工。白元县县委书记所辖地区面积超过七百多平方公里，人口有四十万多万，所以程路同虽然只是个处级干部，但是手中所掌握的权力远非朱历宏能比。朱历宏非常乐于结识程路同这种大权在握的实力派干部。但他不会主动去攀交情，除非是迫不得已，否则还真放不下知识分子的架子。但是现在人家主动上门来，又是另外一回事了。

"呵呵，长风老弟真是知交遍天下啊。连远在白元县的县委书记都要主动跑到中州来替你买单。"朱历宏道。

下午六点，程路同的普桑出现在华北财大门口，朱历宏也让司机把他那辆拉达轿车开了出来。

赵长风拉着程路同来到朱历宏跟前做了一个简单的介绍，两个人礼貌地寒暄几句，毕竟刚刚接触，都还有点矜持。历程生和张宝才上了程路同的普桑，赵长风则和朱历宏一起坐进了拉达。

普桑稳稳启动，向北开了十多公里，上了黄河大堤。在大堤顶上的柏油路面行驶了十多分钟后，车停了下来。下了大堤，是一片郁郁葱葱的杨树林，在杨树林旁边，有五间平房。平房正中间悬挂着一个极其简单的招牌，上面写着“家常野味馆”五个大字。

他们刚走到门口，里面就迎出来一个三十出头的丽人，她一见程路同就热情地招呼道：“程书记，包间给你们准备好了，快点请吧。”

程路同笑着对她介绍说：“来来来，我给你介绍几位中州的重量级人物。这位是华北财经大学的朱历宏朱校长。”

丽人伸出涂着豆蔻的纤纤玉手：“朱校长，很高兴认识您。我叫张丽丽。”

朱校长微微一笑道：“你好你好。”

“这两位是朱校长手下的得力干将，华北财经大学财政金融系主任张宝才和系党总支书记历程生。”

“张主任、历书记，你们好！”

程路同最后把赵长风拉了过来，搂着赵长风的肩膀对张丽丽说：“至于这位年轻人，是朱校长、张主任和历书记的得意门生，也是我程路同的老弟，赵长风。”

张丽丽早就注意到这个年轻人了。她甚至能感觉出来，今天晚上的酒宴，这个还是学生的年轻人才是真正的主角。她连忙上前拉着赵长风的手亲热地说：“长风是吗？你是程书记的老弟，也就是我的老弟了。叫一声姐姐，不亏了你吧？”

赵长风倒也识趣，而且今天晚上本来就需要活跃气氛，他痛快地说：“丽丽姐好！”

几个人就在张丽丽的带领下进入包间。包间不大，装饰也非常简单，但非常干净，让人一看就神清气爽。

落座的时候朱历宏出于文化人的讲究，很是和程路同谦让了一番，要把程路同让到上座去。因为他虽然级别比程路同高，但是程路同年龄显然比他大。

“便宴，便宴。”程路同笑了起来，“朱校长，只是随便一起吃个饭，不是正式场合，没那么讲究。”

程路同指了指外面，低声说道："张丽丽原来在宁浩市郊区开了一家野味馆，县里的干部经常过去吃。前一段她和老公离婚了，她把宁浩市的野味馆留给了前夫，自己跑到中州市新开了一家。当时给了我们名片，让我们到中州出差时都过来吃饭。"

赵长风问道："程哥，丽丽姐为什么离婚？不是因为你吧？"

程路同大为尴尬，嗔怪道："长风老弟，又寻你程哥的开心是不？你还没喝酒呢，就开始说醉话了？"

这情形朱历宏看在眼里，确实是有点吃惊。虽然听说赵长风的叔叔是副省长，但是朱历宏绝对不认为，单凭这一点赵长风就可以和一个县的县委书记开这种肆无忌惮的玩笑。现在程路同非但一点都不羞恼，反而有点享受这种打趣，这说明赵长风和程路同之间的关系非常不一般。

给众人斟好茶水，张丽丽双手捧着菜谱问道："程书记，今天点什么菜？"

程路同接过菜谱后又和几个人客套推让了一番，然后就开始点菜，最后他对张丽丽笑道："对了，你泡的药酒还有没有？"

"当然有！"张丽丽吃吃地笑道，"程书记，嫂子没在身边，你也敢喝这酒？"

张丽丽出去后，程路同笑着对众人说："张丽丽泡的药酒也是一绝，大补，绝对大补。喝过一回就知道了。"

朱历宏、张宝才和历程生都笑了起来，赵长风在这方面却有点不开窍，只是见众人都笑，他也跟着笑了起来。

程路同坏笑着问赵长风道："长风老弟，今天你喝酒不？"

赵长风今天的目的就是打算把四个领导都灌醉，如何能不喝？反正他的酒量很大，酒精对他几乎不起作用。

服务员抱过来一只大玻璃罐，罐里的酒呈现出鲜艳的琥珀色，也不知道是用什么药材泡制出来的。

酒宴刚进行了一个小时，酒桌上的形势已经变成了四个酒精考验的领导联起手来对抗赵长风一个毛头小青年。面对着赵长风一个人，四个人轮番上去应战却节节败退，最后连连告饶。

在四个人当中，程路同是赵长风重点"照顾"的对象，所以在朱历宏、张宝才和历程生还保持着两三分清醒的时候，程路同已经有九分醉意了。

赵长风问道："程哥，现在县里干得还顺心么？"

程路同醉醺醺地笑了起来："现在，就连毛有才和刘琦声都在邻县夹着尾巴做人……"

"程哥果然是大将之才，可惜在白元县埋没太久了！"赵长风又是赞叹又是惋惜。

"长风老弟，再大将之才又能怎样？遇不到赏识你的领导，一切全都白搭啊！"程路同满腹的牢骚话，在酒精的作用下终于发泄出来，"长风老弟，你程哥从部队转业回来，整整在白元县待了十五年，我是什么人，有什么才能，这些领导能不知道吗？他们知道，可是偏不用你。远了咱不说，就说上一次吧，毛有才和刘琦声为争县委书记把白元县弄得乌烟瘴气的，市领导能不知道？可是偏偏像我这样老黄牛一样的干部他们绝对不会想起来的。"

说到这里，程路同搂住赵长风的肩膀，感慨万千地说："所以呀，长风老弟，程哥感激你，感谢你，你为程哥做的一切，程哥都记在这里呢！"程路同拍了拍胸口。

赵长风连忙说道："程哥，你醉了，不要说了！"

"哎，长风老弟，你别拦着我，让我说，我没醉。别看我说话不利落，可是我心里清醒着呢，跟一面明镜似的。长风老弟，程哥不是那种忘恩负义的人，我怎么当上这个县委书记的我清楚。我真的是打心眼里感激你啊！长风老弟，不信你问问你们历书记，我平时是不是一直在他面前念叨着你的好？"

朱历宏大吃一惊。他没有想到赵长风的能量竟然会这么大。虽然听说赵长风是赵强副省长的侄子，但是他毕竟还是一个学生啊。一般小事上别人会给一些面子，可是涉及一个县的县委书记的任免，赵长风也能插得上手吗？如果真是这样，那可要重新评估赵长风的影响力了。赵长风在华北财大一天，就算是他朱历宏的学生一天，可一旦赵长风毕业，离开华北财大，以他的家世关系，又怎么会记得他朱历宏是谁啊？

朱历宏正思索着，赵长风端起酒杯向他敬酒道："朱校长，我马上就要毕业离开学校了，说实话，还真有点舍不得。来，朱校长，我敬您一杯。”

朱历宏连忙双手端起酒杯和赵长风碰了一下，把酒干了。放下酒杯，朱历宏说道：“四年一转眼就过去了。长风，你毕业的去向，赵省长可给你安排好了？”

赵长风有些尴尬地一笑，说道：“嗨！”

朱历宏觉得他应该为赵长风做点什么了，这个时候最合适，趁赵副省长还没有发话。锦上添花谁能记得？雪中送炭才重要。

“长风啊，现在学校手头倒是有几个指标，一个是省中行的，一个是省保险公司的，还有一个是省政府的。长风，你看，要不先挑一个？”

八月十五日，赵长风早早地来到省人事厅调配录用处报到，外面已经站满了人，个个都是学生模样，应该都是和他一样来人事厅办理报到手续的毕业生。

排了一小时队，赵长风终于来到了窗口，里面是一个面容严肃的中年妇女，苦大仇深地盯着赵长风。

赵长风把派遣证递进去，笑着说：“同志，我来办理报到手续。”

中年妇女嘴唇动了一下，似乎“哦”了一声，她也不接派遣证，只是往旁边轻轻扭了一下下巴，示意赵长风把派遣证放在那里。赵长风伸长胳膊，把派遣证小心地放在桌面上。那中年妇女不看他的派遣证，反而站了起来，拿起大号搪瓷茶缸，慢腾腾地来到身后的饮水机旁，接上满满一茶缸水，又慢悠悠地走了回来。

好不容易在窗口旁坐下了，她却仍不看赵长风的派遣证，扭头和另外一个窗口的女办事员说笑起来。

“不好意思，同志，打扰一下。我的报到手续能快一点办吗？我的行李还放在外边，没有人看。”赵长风心里憋着火，脸上却赔着笑说。

中年妇女狠狠地瞪了赵长风一眼：“急什么？没见我这儿正喝水呢？”

她拿过赵长风的派遣证放在面前，又从桌子下面拿出一本厚厚的登记簿，对照着派遣证查阅起来。最后她手指停了下来，指着一个地方，和赵长风的派遣证核对了两遍，然后拿过来一本介绍信，快速地填好，撕下来和派遣证一起扔出了窗口。

赵长风拿起介绍信一看，接收单位是中原省直属机关事务管理局。他愣了一下，又挤回到窗口，推开窗口边的人："不好意思，不好意思。我问一个问题。"

不理会别人的嘟哝，赵长风挤着把介绍信伸进了窗口："同志，是不是弄错了？我是分配到省政府啊？"

中年妇女不耐烦地说道："没错！省政府包括省政府组成机构、省政府直属机构和省政府特设机构。这些机构都是把用人指标报上来，由省政府统一招人统一分配。省直属机关事务管理局属于省政府直属机构，所以你的分配去向没有任何问题。你如果有不同意见，请向省大学生分配就业办公室提出。下一个！"

赵长风站着愣了半天。省直属机关事务管理局也属于省政府？听名字就是后勤部门，类似于工厂里的后勤办公室加劳动服务公司。

按照介绍信上的地址，赵长风来到政三街省直属机关事务管理局大楼，找到了人事处办公室。办公室分成里外两间，外间放了六张桌子，有三女一男在那里兴高采烈地聊着时下正热播的电视剧。

赵长风用手指轻轻地在门框上敲了几下，问道："对不起，各位老师，能打扰一下吗？"

谈兴正浓的三女一男这才发现门口还站着一个人，话被人打断，皱着眉头说道："你这人怎么回事？不知道进来要先敲门吗？"

赵长风礼貌地笑笑，指了指门说道："老师，我来的时候，门就是开着的。"

"你来办什么事啊？"一个大眼睛的女孩子饶有兴趣地盯着赵长风，她的年纪比赵长风还小。

"我叫赵长风。这是我的派遣证和介绍信。"赵长风跨前两步，恭恭敬敬地用双手把材料递给这个女同志，"请问老师贵姓？"

女同志道："我姓李，李雪梅。"

第二章　心甘情愿，蹲点扶贫遭“发配”

初到省政府机关事务管理局工作，赵长风屁股还没坐热，就被安排到梁丫子乡蹲点扶贫。蹲点扶贫是个苦差使，一般人视为畏途，被笑称为“发配”，想不到赵长风却是欢天喜地。没人知道赵长风与梁丫子乡所在的县委书记程路同有着一段耐人寻味的交情！赵长风此番去蹲点扶贫，希望在他的帮助下干出一番成绩来！

李雪梅看着派遣证和介绍信，说道：“王处长早上还跟我们交代过，说这两天会有一个大学生分到我们这里，没想到你这么快就来了。”

赵长风一脸歉意地笑笑，并不说话。初到一个新单位，一定要抱着少说多看多干的态度，其中少说多看最为重要。

李雪梅很满意赵长风的表现，她又说：“王处长开会去了，上午不一定能回来。这样吧，先给你安排一下宿舍，你把行李搬进去，下午再过来吧。”

赵长风这才知道，那个年龄最大的女同志姓侯，大眼睛女孩姓张，而那位男同志姓刘。

随后赵长风在大眼睛女孩张倩的带领下，领了宿舍钥匙。把宿舍打扫了一下，去外边随便吃了点东西，时间就到了下午两点十分。赵长风下了楼，往人事处赶去。他已经算好了时间，赶到人事处差不多是两点二十分，只需要再等上十来分钟，人事处就上班了。

赵长风到了人事处办公室时，发现办公室门大开着，他往里一看，张倩和李雪梅正在里面忙着。

赵长风正要和她们打招呼，门外就走进来一个人，体型干瘦，面容严肃，戴着一副宽边眼镜。

“王处长，他就是您上午说的那个分到我们局里的大学生，赵长风。”李雪梅过来介绍道。

“王处长好!”赵长风连忙上前问好。

“好!”王处长点了点头，却扭头对李雪梅说道：“小李，你过来一下。”

李雪梅跟着王处长进了处长办公室，过了十多分钟才出来。“小赵，你进去吧，王处长在等你。”李雪梅说道。

赵长风来到处长办公室，平静了一下紧张的心情，轻轻敲了两下门，听到里面说了一声“进来”，这才推门进去。他刚往里走了两步，就发现王处长目光锐利地盯在他脸上：“把门关上。”

赵长风脸一红，连忙返回去把门轻轻关上，再走回来，王处长的目光已经柔和多了。“坐吧!”他努了努嘴，示意赵长风坐在他办公桌前的一把椅子上。

赵长风轻轻拉开椅子，端端正正地坐好，双手规规矩矩地放在膝盖上，这个姿势让他有点痛苦，因为坐得很浅，只有一小部分臀部和椅子接触着。

王处长把目光从赵长风身上收回来，专注地看着手里的材料。

赵长风屏住呼吸，大气也不敢出，就那么挺直腰板，端正脖颈，目光平视，保持着一个规规矩矩的姿势。

过了十多分钟，王处长才把手里的材料放下，笑着对赵长风说：“呵呵，很不错，赵长风同志，从档案材料上看，你是一个非常优秀的大学生，不但学习成绩好，工作能力也非常出色。你获得过几次奖学金，是华北财大优秀学生干部、中原省十大年度优秀大学生，担任过学生会副主席，还是党员。这都说明你是一个品学兼优的好学生。作为教育处处长，我为能有你这样出色的优秀大学毕业生来我局工作感到高兴。”

赵长风脸上有点发热，现出一抹羞赧之色，同时也觉得，他对王处长的第一印象不怎么准确。王处长笑起来还是很和蔼可亲的，比之前的严肃刻板要好太多了。

“但是，赵长风同志，”王处长的面容又严肃起来，“你切不可骄傲自满。

这些都是你过去取得的成绩和荣誉，只能说明你过去是一个优秀的大学生，并不能代表你参加工作后就是一个合格的或优秀的政府干部。所以你一定要严格要求自己，努力在工作中锻炼自己，争取早日成为一个优秀的政府干部。”

“是，王处长，我一定记住您的话，努力工作，认真向老同志们学习，争取早日达到王处长对我的要求！”

“不是我对你的要求，是组织上对你的要求！”王处长纠正道，“你的工作安排，我已经交代给小李了，你听她的安排就是了。”

赵长风从王处长办公室出来，李雪梅把他叫到跟前，严肃地说：“小赵，由于工作需要，现在把你调到财务处，你有什么意见没有？”

“没有意见，我坚决服从组织的安排！”

“那就好！”李雪梅说道，“不过我还要说明一点，你到财务处也还属于实习期。所以你一定要认真学习、努力工作，争取以优异的表现获得财务处同事和领导的认可，早日转正，成为一个合格的机关干部。”

“是！李老师，您的话我记住了！”赵长风说道。

到了财务处，李雪梅为赵长风做了简单的介绍，这时在场的有三个人，周处长、王凤和姜燕。

财务处周处长是一个秃顶的中年男人，面容严肃，眼光总是带着警惕。赵长风伸出手去：“周处长，您好，很高兴能在您的领导下工作。”

周处长伸出手来象征性地在赵长风手中放了一下就迅速地收了回去。

“小赵同志，我代表局财务处全体同志欢迎你，希望你好好工作，努力学习，争取早日融入财务处这个集体。”周处长嘴里说着欢迎，可是脸上的神情没有丝毫欢迎的意思。

到了下午，周处长通知开会，财务处各科室副主任科员以上人员都要参加。财务处马上空了大半，每个科室只留下一两个人。

会计核算科里，姜燕还是科员，没有资格参加会议，她就留在科里值班，这才让赵长风感到不那么孤单。

“姜老师，敢情咱们处里都是领导啊？”赵长风小声问道。

姜燕说道："是啊，财务处和人事处都是三个将军一个兵，所以你说话可要小心点，可别得罪哪个领导了。"

赵长风做了一个怕怕的表情，把姜燕逗得咯咯直乐。

会议很短，半个多小时就散了，领导们陆续从会议室里走出来。

王凤回到会计核算科，对赵长风说："小赵，周处长叫你过去一趟。"

看来果然是要给我安排工作了，赵长风心中一喜，随即又是一紧。他实在是有点不愿意面对周处长那张毫无生气的脸。

进了处长办公室，周处长难得地对赵长风笑一下，说道："小赵，请坐。"

赵长风在沙发上坐好，周处长开口说道："赵长风同志，先向你介绍一下刚才会议的情况。今年的扶贫任务下来了，局里给我们财务处安排了一个贫困乡，需要我们处抽调一名干部到那里去蹲点扶贫。由于处里实行的是定员定岗，其他同志手头都有具体的工作，抽调出去不合适。所以经过处里中层以上干部研究讨论，决定派你到这个乡工作一年，担任乡长助理，帮助这个乡尽快实现脱贫任务。你对这个安排有什么看法，有什么要求，都可以向处里提出来。"

"我坚决服从组织的安排！"赵长风立刻回答道。

周处长严肃地说："赵长风同志，不要有顾虑，有想法和要求尽管提！"

赵长风坚决地说："没有！"

两天后，人事处通知赵长风过去，这次负责接待赵长风的是侯大姐。

"小赵，这次派你下乡蹲点扶贫，你有什么想法没有？"

"侯老师，没有！"赵长风说道。

"那就好，我先向你介绍一下你将要蹲点乡的情况。"侯大姐说道，"这个贫困乡叫梁丫子乡，位于宁浩市白元县……"

赵长风一瞬间像被电流击中一般，幸福得浑身汗毛都竖了起来。宁浩市白元县，不就是程路同任县委书记的县吗？安排他到程路同手下扶贫？那可不是蚂蚁掉在蜜罐里了吗？以他跟程路同的关系，这哪里是蹲点扶贫啊，简直就是去疗养啊！

侯大姐诧异地看着一脸狂喜的赵长风，问道："小赵，你没事吧？"

赵长风连忙收敛起自己的表情，说道："侯老师，我没事，你继续讲！"

"梁丫子乡是全省闻名的扶贫攻坚乡，是一块难啃的硬骨头，省政府各部门和省直各机关都先后派人去过那个乡，但是结果差强人意。你这次去一定要做好充分的思想准备，要……"

赵长风连连点头，其实侯大姐后来说了什么他基本都没有听进去，他完全沉浸在喜悦之中。

"小赵，你还有什么问题吗?"

赵长风连忙点头道："侯大姐，没问题，我听明白了，情况都清楚了!"

"那好，明天上午八半点，你到人事处来集合，局里会派车送你们到黄河迎宾馆学习。"

第二天上午，赵长风来到人事处集合。这次省直属机关事务管理局派出去扶贫的人员除了赵长风之外，还有办公室和基建监督管理处两个干部。八点半，局里安排的车到了，三个人就上了车，被送到黄河迎宾馆。

省直机关下派的扶贫干部都在黄河迎宾馆集合，一共有一百多人。授课老师由中原省人事厅、省科技委员会、省扶贫领导办公室的领导和聘请的专家担任。授课的内容主要是传达中央的农业农村政策、科技改革与农村科技管理、小额信贷等事项。

课程一共讲授了三天，授课老师两天半就把内容讲完了。第三天下午，安排的是分组讨论。信阳市和驻马店市是中原省扶贫主攻地区，每组都有三十多个扶贫干部。宁浩市排在第三，有十几个扶贫干部。

散会后，宁浩市十几个扶贫干部都没有立即离开，大家聚在一起互相留下通讯地址、电话号码，并交流着各自要到什么乡去扶贫。其中有两个干部是宁浩市人，对那里的情况非常熟悉。于是其他人都围着他们，争相向他们了解情况。

国庆节后，刚回到局里上班，侯大姐就告诉赵长风，局里办公室陶副主任率领两位科长刚从梁丫子乡考察回来，明天早上要给赵长风谈一下梁丫子乡的情况。

次日早上，侯大姐带着赵长风来到办公室。陶主任见了赵长风，就说道：

“小赵同志，这次你可要做好艰苦斗争的准备哟！”

赵长风微笑着说：“不怕！早就准备好了！”

陶主任就大笑：“真是初生牛犊不怕虎呢！”随即又正色道，“其实也没有你们想象的那么可怕。梁丫子乡穷是穷了一点，但风景还是很不错的。梁丫子乡在伏牛山深处，扶贫主要有两个难点。一个是地处山区，可耕地面积太少，山民人均只有两三分地，收下的粮食根本不能满足温饱；另一个难点是交通不便，基础设施非常落后，乡里只有一条崎岖的石板路，勉强可通行机动三轮车，大一点的车根本进不去。整个乡里除了乡政府所在地和附近的两个行政村通了电之外，其他七个村落还是靠煤油灯蜡烛照明。”

陶主任喝了口水润润喉咙，继续说道：“我们这次过去，梁丫子乡的领导给我们提了两点要求，一个是希望我们能帮他们修一条能通行汽车的乡村公路，另一个就是能让下面几个村通上电。”

“经过向局领导汇报，局领导决定先做这么几项工作：第一，买两台柴油发电机送给他们，让梁丫子乡安排到最困难的村；第二，搞好小额信贷工作，鼓励山民发展林业和养殖业，不能完全依赖农业；第三，在合适的时候，组织梁丫子乡的干部们来中州参观学习一次，开拓一下他们的思路。”

陶主任最后说道：“赵长风同志，你这次去的任务，就是尽管熟悉情况，多做调查研究，把梁丫子乡脱贫的路子找准，为我们日后帮扶梁丫子乡提供科学依据。只要达到这个目的，你这次的任务就算完成了。下一年我们再派其他干部去的时候，就能直接认认真真地上项目、抓生产了。”

赵长风这下心里有谱了，这次去梁丫子乡的任务并不艰巨了。

“好的，陶主任，我明白了！”赵长风回答道。

赵长风又准备了两天。第三天上午，机关事务管理局召开大会，全局干部职工欢送到基层扶贫的三位同志，局里主要领导都出席了大会。会后，局里派出三位副处级干部，分别护送三人出行，送赵长风去宁浩市白元县的是人事教育处的方副处长。

宁浩市地处南阳盆地，距离中州市三百多公里，是中原省距离省会较远的城市之一。早上十点出发，中午下车在一个县城吃了饭，然后继续出发，到下午四点，才赶到了宁浩市。

宁浩市市委办公室、市委组织部和市政府人事局的人都到了，先把方副处长和赵长风安排在新华宾馆，然后就是吃饭。

饭桌上并没有什么新花样，就是欢迎省里领导下基层的套话，然后就敬酒喝酒。赵长风小露锋芒，把宁浩市几位陪酒的干部都灌翻了。宁浩市其他领导对赵长风刮目相看，纷纷对方副处长夸赞，说小赵同志很有前途。

第二天，继续上路，车开了两个多小时，到了白元县。白元县的张副县长领着县组织部和人事局的干部亲自迎接。

张副县长抱歉地对方副处长说，程书记出国考察还没有回来，王县长在省里开会，所以只能由他来接待省里领导了。

中午吃饭的时候，张副县长说从县城到梁丫子乡大概要三个半小时，其中汽车只能开一个小时到达半山腰的卧虎乡，在卧虎乡还要换乘农用三轮车，爬两个半小时的石板路才能到达梁丫子乡。

于是赵长风说道："方处长，你工作忙，要不吃过饭你就回去吧，不用再送了，剩下的路就由张县长安排吧。"

方副处长沉吟着。

张副县长也劝道："方处长，你回去吧。小赵同志交给我了。"

方副处长就说："也好，局里明天还有个会议，我正好赶回去参加。"

吃过饭，方副处长和司机返回省城。张副县长把赵长风安排进了县委招待所。

"小赵同志，你趁今天下午买一些生活用品和衣物吧。"张副县长交代。

赵长风笑着说："我带有衣服。"

张副县长摇头道："你带的都是秋天的衣服吧？山里冷，你还是买一些棉衣棉被带进去吧。"

赵长风这才想到梁丫子乡在海拔一千八百多米的山里。

张副县长又交代："再买上一些锅碗瓢盆之类的做饭用具，梁丫子乡没有职工食堂，街道上只有一家小饭馆，做的饭你不一定习惯，还是自己做比较好。"

于是赵长风就去街上买了两床厚厚的被子，又买了两件厚毛衣，一件羽绒服，再加上电炉、锅碗瓢盆、菜刀案板之类的厨具，装满了一辆三轮车，才拉了回去。

第二天早上，张副县长和县委组织部一位吴副部长一起过来。张副县长告诉赵长风，程书记和王县长不在，他要留在县里主持工作，这次到梁丫子乡就由吴副部长陪同了。

吉普车从县城出发，二十分钟后就进入山区，路明显地狭窄起来，吉普车沿着山路忽上忽下，曲曲弯弯地前进。路上的行人和车辆也越来越少，偶然看到的，多是冒着黑烟突突直叫的农用三轮车。

山路越来越窄、越来越陡，几乎刚刚能容纳吉普车的宽度，雾气慢慢地也重了起来。虽然已经是上午十点，但是往天空看上去，太阳朦朦胧胧的一片惨白，几乎和月亮没什么区别。

赵长风没走过这样的山路，看着一边是高耸的石壁，一边是深不可测的悬崖，心就揪了起来。他的手不由自主地紧紧地抓住了车门上的把手，手背有些发白。

“呵呵，小赵同志，是不是有点担心啊？放心吧，这条山路我们每年都走上百次，一点问题都没有。”吴副部长笑着说。

吴副部长话音刚落，前面就传来一阵轰然巨响。

司机连忙急踩刹车，吉普车发出一声刺耳的尖叫。车停下来之后，赵长风连忙跟着司机和吴副部长下车，这才看到，前方五十多米的地方，有一堆乱石堆在路中央，显然是刚从旁边的山崖上滚落下来的。

赵长风惊出一身冷汗，要是吉普车再开得快一点，岂不是会被这堆乱石砸个正着？

吴副部长却嘿嘿笑着，对赵长风说：“不要紧，小塌方而已。”显然他是司空见惯了。

三个小时后，他们终于到达了这次扶贫的目的地——梁丫子乡。

赵长风几乎是搬着腿从车上挪下来的，他的双腿已经麻木得没有感觉。而吴副部长早已习惯了这种奔波。

梁丫子乡政府大院有两栋麻石砌成的两层高的办公楼，钱乡长在前面引领着，把吴副部长和赵长风带到二楼仅有的一间四十多平方米的会议室。

钱乡长说道："吴部长、小赵，你们先坐，我通知乡干部过来见你们。"

十来分钟后，梁丫子乡机关各站所的全体干部职工都来到了会议室，能来得这么快，看来他们是早就接到了通知在乡政府里等候。

狭小的会议室一下子涌进了七十多号人，立刻显得拥挤不堪。赵长风放眼望过去，发现他们多是五十多岁人，四十多岁的就比较少，也有极少几个三十多岁的面孔——已经算是年轻人了。

让赵长风受不了的是，这些四五十岁的男同志每人一杆旱烟，一进会议室就抽上了。狭小的会议时顿时雾气缭绕，弥漫着一股辛辣的旱烟味道，熏得从不抽烟的赵长风几乎无法呼吸。

会议由钱乡长主持，他首先请县委组织部吴副部长讲话。吴副部长首先宣布县委县政府任命赵长风同志为梁丫子乡乡长助理的决定。在钱乡长的示意下，会场上响起了一阵稀稀拉拉的掌声。他们明白，这个乡长助理最多干一年就要走，没有必要给予太过热烈的掌声。

吴副部长待掌声落下后，继续讲话。他首先对梁丫子乡新任乡长助理赵长风同志提出了几点要求：

一是要珍惜机遇，充实自己。吴副部长说，中原省是个农业大省，搞好政治工作、经济工作，都绕不开农村问题、农业问题。白元县作为中原省的农业大县，具有广泛的代表性。而梁丫子乡又是省里扶贫攻坚的重点贫困乡，希望赵长风同志能够珍惜这次难得的到农村基层工作的机会，从实践中汲取知识、获取营养，为今后走上更重要的岗位打下坚实的基础……

吴副部长讲完话后，赵长风连忙拿起旁边的暖瓶为吴副部长的杯子里加水。吴副部长笑着对赵长风点点头，显然是非常满意省里下来的年轻干部的素质。

赵长风也笑，他毕竟是个刚毕业不久的大学生，还不适应这种领导长篇大论的空话和套话。

接下来是钱乡长讲话，只吭吭哧哧地讲了十多分钟，显得言简意赅多了。钱乡长的大意就是感谢省政府把赵长风同志派到梁丫子乡挂职任乡长助理，来开展扶贫工作，梁丫子乡的全体干部职工和全体群众都极为感谢。他请县里领导们放心，梁丫子乡全体干部一定会支持和配合好赵长风同志的工作，把赵长风同志照顾好，让赵长风同志在梁丫子乡感受到家的感觉。

接下来就轮到赵长风讲话。赵长风说话更简短，拿着话筒一阵感谢就说完了。

会场响起一阵热烈的掌声。

赵长风知道吴副部长和钱乡长对他的简短讲话一定觉得不满意，或者觉得他没有政策水平，不过赵长风全不在意。他坐了一路车，腿脚发麻，屁股被颠得生疼，还要坐在硬板凳上忍着屁股的疼痛听着长篇大论。

钱乡长低声问了一下吴副部长，吴副部长摇头。于是钱乡长就宣布散会，却让乡里四大班子成员留了下来。

吴副部长看了看天色，说现在出发，晚上七点多还能赶到卧虎乡。钱乡长知道梁丫子乡的条件，也不坚持挽留。

于是吴副部长又叮嘱了赵长风两句，这才和赵长风、钱乡长等人告别，赶往卧虎乡。

赵长风想着来时惊险的搓板路，不由得有点担心，就问钱乡长道："夜里开山路不要紧吧？"

钱乡长笑道："有什么要紧？司机老王整天开来开去，他闭着眼睛都能摸到地方，赵助理就放心吧！"

钱乡长又说："好了，我把大家给赵助理介绍一下吧。"

一个黑黝黝的男子姓孙，是副乡长，今年五十八岁，眼看就要退休了。张秀琴也是副乡长，三十七岁。一个矜持不说话的干部姓朱，是乡党委副书记。另外两个人分别是乡人大主席和乡政协主席。

"除了乡党委书记吴秋明，四套班子的人都到齐了。吴书记身体不好，一直在县里医院养病。目前梁丫子乡的工作就暂时由我全面负责。"钱乡长最后说道。

四套班子的成员都上前对赵长风到梁丫子乡蹲点扶贫表示欢迎和感谢。赵长风一一回应，这就算和主要领导都见过面了。

安排好住宿后，赵长风就被钱乡长等人拉上了酒桌。钱乡长端起酒杯，又说了一番欢迎词，然后干杯喝酒。

赵长风来的时候就知道白元县的人酒量好，酒风彪悍，不过他不怕，喝酒对他来说就是喝水。

几个回合下来，一瓶酒见底。张秀琴就拿过剩下的两瓶张弓大曲，重新分酒。

钱乡长觉得火候差不多了，就道："赵助理，这次你过来带了什么项目？前一阵子你们局里办公室陶主任在这里调研的时候，乡里提了几个项目。"

赵长风说道："我来的时候局领导已经安排过了。第一是先买两台柴油发电机送过来，让乡政府安排到最困难的村里先用着；第二就是抓一下小额信贷的事情，看群众有没有发展林果业、养殖业的愿望，我们局可以牵头协调一下；第三就是等到适当的机会，组织乡里干部们到省城学习一次，费用由我们省机关事务管理局负责。"

钱乡长一听最紧要的修公路和架电线两项工程没有提到，心里有点失望。

孙副乡长却笑嘻嘻地说："去省城学习？好啊！不过赵助理，你可得让你们局抓点紧啊。最好在我退休之前办好这件事，让我也到省城旅游一番。"

朱副书记严肃地说："老孙，是去省城参观学习，不是去旅游。"

孙副乡长白了朱副书记一眼，依旧笑嘻嘻道："反正是一个意思。"

钱乡长咳嗽一声，孙副乡长这才闭嘴。

虽然有些失望，但是能送来两台柴油发电机，也聊胜于无。钱乡长又问道："赵助理，柴油发电机什么时候能到？"

赵长风说："局里已经在安排购买，估计下个月底之前就能送到。"

孙副乡长又嘀咕了一句，大意是柴油发电机也就是个摆设，发电还需要柴油，村里没钱买不起柴油，怎么发电。

钱乡长目光严厉地一扫，孙副乡长又闭嘴了。

朱副书记却不吃钱乡长这一套，他接口说："老孙说得对。发电机可不是个摆设吗？下面的村穷得叮当响，哪里有钱买柴油？"

一时间气氛有些尴尬。赵长风脸上有点挂不住，心里埋怨陶主任怎么做的调研，连下面村里能不能烧得起柴油都不调查清楚。这样一来，花一两万购买的柴油机可不成了摆设。

赵长风说："钱乡长、朱副书记，我刚刚来到咱们梁丫子，对情况还不了解。如果真的是因为村里太穷买不起柴油的话，我要向局领导汇报一下，看他们如何处理。”

钱乡长大度地一笑，点头说：“来，喝酒，喝酒，不谈工作。”

喝完酒，钱乡长带着大家陪赵长风到住处去。房子就在乡政府里，约二十多平方米，和赵长风的大学寝室差不多大小，中间用木板隔开，里面一张床，一张桌子。外面生有煤火炉，还有几把凳子，家具基本上是全新的。

张秀琴指着屋里的东西说道：“赵助理，这些东西只用过几次。前面的扶贫干部就住了几天，受不了了，搬去县城为我们乡扶贫了。”

赵长风笑笑，没有说话。

钱乡长问赵长风满意不满意，赵长风点头说满意。钱乡长就挥挥手，说：“张乡长，你今天喝酒少，就帮小赵安顿一下，我和其他人先回去了。”

赵长风觉得张秀琴单独留下来不合适，就说道：“张乡长，你也走吧，我自己来就行。”

张秀琴就看着赵长风笑，说道：“赵助理，我还不怕你怕什么？怕我把你吃了？这里是乡政府大院，你高喊一声，人都过来了，安全得很。”

赵长风没有想到张秀琴说话如此泼辣，臊得满面通红。

张秀琴解开赵长风的行李，到里间替他铺好被褥，又出来指着煤火炉说道：“赵助理，晚上把火炉上面盖好，下面堵严实，还有这排气筒要正放在火眼上。这样屋里就暖和了，也不会煤气中毒。”

交代过后，张秀琴又帮赵长风检查了一下门窗，这才放心离去。这些细节让赵长风有些感动。他觉得张秀琴就是嘴上厉害一点，其实还是个挺热心的人。

外面天已经黑透，赵长风就觉得有点冷。他打了个寒战，连忙取出厚毛衣穿上，还是觉得有点冷。这才过了中秋几天，山上夜里怎么冷得像冬天一样？

赵长风围着火炉子烤了半天，才觉得身上有点热乎气，他赶忙钻进被窝睡觉。到了半夜，赵长风就被冻醒，只好翻身起床，把第二条被子也拿出来盖上，这下钻到被子里才不觉得冷了。

第二天早上，赵长风从床上爬起来，就感觉喉咙眼发干，头有些疼，知道一定是感冒了。好在他在白元县买了不少常用药，于是倒了一杯热水，吞了一片感冒药，这才开始洗脸刷牙。洗漱完毕后，浑身还是没劲，本来他想打开炉子煮一包方便面，可是一点胃口都没有，就走出屋子，来到乡政府大院外边。

梁丫子乡政府所在地比卧虎乡还寒碜，只是一道东西长不到一百米的竖街。两旁尽是石头砌成的矮房，间或有一两户人家是用红砖建起的瓦房，就显得气派不少。赵长风看看也没有什么逛的，就转身回到政府大院。

钱乡长端着个搪瓷缸子正在屋外的水管旁刷牙，看到赵长风，含混地喊了一声，“早”。

赵长风笑着答应，正想上前搭两句话，忽然大门外冲进一个人，一边向钱乡长这边跑，一边惊慌失措地喊道：“钱乡长，不好了，不好了，崔金城自尽了！”

钱乡长把搪瓷缸子放在水池边上，用搭在脖子上的毛巾抹去嘴边的牙膏沫子，这才对来人说道：“王发财，你慌慌张张的干什么？慢慢说！你刚才说谁自尽了？”

王发财定了定神，开口说：“钱乡长，俺们村的崔金城自尽了！”

“崔金城自尽了？怎么回事？你把详细情况给我汇报一下。”钱乡长不慌不忙地说。

王发财说道：“钱乡长，昨天俺回到前进村，把你的通过抓阄承包柿子园的方案一说，崔金城就不愿意了，到村支部去闹。我告诉他，闹也没有用，这是乡里的决定，于是崔金城就回去了。谁知道今天早上我一开门，发现他用绳子吊在我家门口了，我赶忙叫人把他解下来。”

“王发财，这究竟是怎么回事？你这个前进村的党支部书记是怎么当的？怎么能把村民逼得在你家门口上吊呢？”钱乡长冷冷地说。

天虽然很冷，王发财额头上的汗就下来了，他连忙说道：“钱乡长，我不是执行你的指示吗？”

钱乡长厉声喝道：“王发财，你胡闹！我是让你去用抓阄的方式把村里的柿子园承包出去，不是去让你把村民逼死！”

王发财面色惨白，愣在那里。

钱乡长语气缓和了一下，说道："好了，王发财，现在不是追究你责任的时候。崔金城现在怎么样？他家人怎么说？"

王发财说："我过来的时候村里的赤脚医生正在抢救崔金城，我没敢等到崔金城的家人过来，就跑来乡政府了。"

钱乡长面色又是一变："这么说来，崔金城还没有死？"

王发财说道："把他解下来的时候，鼻子孔还有轻微的热气！"

钱乡长骂道："王发财，你真是个笨蛋！连崔金城死了没死都不知道，就来向我汇报？你应该坚持在现场帮助赤脚医生救人！王发财，我告诉你，这次如果崔金城真的死了，怎么也逃不了你的责任！"

看王发财傻在那里，钱乡长也不理他，对赵长风说道："走，赵助理，我们叫上乡派出所所长，一起到前进村看看去！"

赵长风一愣，没想到自己刚到这里，就遇到一桩人命事件。

前进村位于乡政府后面的一个山坳里，距离乡政府有四里多地，也是搓板路，可以通行农用三轮车。

钱乡长、赵长风和派出所的李所长一起挤坐在农用三轮车前面的铁板上，王发财则抓住护栏，蹲在车斗里。在颠簸之中，钱乡长简单地向赵长风介绍了一下前进村和崔金城的情况。

前进村在梁丫子乡来说算是一个比较大的自然村，有二百多户，千百把口人。村里大部分都姓王，外姓人极少，崔金城就是村里少数的外姓人之一。

在前进村四周的山坡上，一共有四片柿子园，还是十年前栽种的。因为疏于管理，病虫害极多，柿子树长得瘦弱低矮，到秋天稀稀拉拉地结不了几个柿子。当初村委会号召村民承包时，其他人都不愿意承包——摘不了多少柿子不说，摘下的柿子还没办法处理。从前进村到白元县县城一来一回就要十来个小时，为那一点柿子跑到县城里去卖还不够搭工夫钱。

崔金城看见别人都不愿意承包，这才出来和村委会说，要承包其中最大一片柿子园，承包费定为每年两百五十元，承包期限为五年。当时前进村里人都说崔金城一定是疯了，一年拿出两百五十元去承包那柿子园，绝对是一个真正的二百五。

崔金城却不理睬村民的嘲笑。他到县新华书店买来果树管理技术的书，按照书上的要求对柿子树进行剪枝、松土、施肥、喷药，经过他大半年的照料，到了年底，柿子园竟然收获了两千斤柿子，到县城卖了八百多元。可是由于前期崔金城投入太大，基本上没赚什么钱。

有了第一年的经验，第二年崔金城干劲更大了。于是他就下了老本，从信用社贷款两千元，全部投入。到了这年秋天，崔金城竟然收获了一万多斤柿子。柿子不可能一下子都到县城卖完，崔金城就把柿子洗干净晾干，放在太阳下晒成柿子饼，最后卖到县土产公司。这一年下来，崔金城光卖柿饼就卖了四千多元。刨去投入的两千元成本，崔金城一年赚了两千多元。

于是村里人都心动了，他们纷纷到村里主动要求承包剩下的三片柿子园。村委会就趁势涨价，把承包金提高到一年五百，但还是有人抢着承包下来。

可是承包了其余三片柿子园的人一是不懂技术，不会管理；第二是舍不得投入，不敢像崔金城那样破釜沉舟地去贷款投入。所以到了秋天，虽然这三片柿子园并不比崔金城家的柿子园小多少，却没有收获多少柿子。除去投入的农药化肥，最后算下来，竟然连五百块钱承包金都没有赚到。于是村民们就失去了承包柿子园的兴趣。

崔金城却不管别人家的事，他继续加大投入，花了三千多元请人在柿子园中间打了一口水井，买了柴油机、水泵，又大老远买来水泥，在柿子园中间修建了几百米长的硬化渠道，就是为了便于给柿子树浇水施肥。

于是一连三年下来，崔金城家的柿子园连连获得丰收，崔金城也成了前进村名列前茅的富裕户。

可是到了今年，崔金城的五年承包合同到期。他到村委会重新签订合同的时候，村民们却过来闹了，都要争着承包这个柿子园。尤其是村里王姓占了大多数，他们抱成团，向村委会施加压力，说这柿子园无论如何都不能继续承包给崔金城。

崔金城当然不干。为了这个柿子园，他五年来几乎投入了七八千元，打了机井修了水渠，可是现在，村委会却要把这柿子园承包给别人，他怎么能答应？

村支书王发财还算是个公道人。虽然同族村民给他施加了很大压力，他也觉得崔金城投入了那么多钱，现在要把这个柿子园承包给别人不合适。可是崔金城合同只签了五年，现在合同承包期到了，村民们要求重新来竞争承包合同，也有一定道理。究竟该怎么处理柿子园呢？王发财没有了主意。

昨天上午，王发财到乡政府向钱乡长请示这件事，想让钱乡长给他拿个主意。钱乡长急着赶去接组织部的吴副部长和赵长风，一时间也没空细想，就说了一句，回去让你们全村村民抓阄。谁抓到了谁承包，听天由命，没有抓到是手气不好，怨不得别人。

王发财回去后，就把钱乡长的意思跟村里人说了，并安排今天上午每家每户出一个代表，到村委会来抓阄。

崔金城一听说是钱乡长的主意，也有点傻眼了。他愣了半天，就说采用抓阄办法来决定谁承包这个柿子园也可以，但如果是其他人家抓到了，必须把他这五年来在柿子园中投入的费用给予补偿。

在场的王姓村民都不干了，他们对崔金城说，是村里让你打井了？还是村里让你修水渠了？还有找专家来修剪柿子树、给柿子树喷药灭虫，这些都是你自己主动干的，能怪到谁的头上？我们如果抓中阄承包了柿子园，绝对一分钱不补给你。你如果不乐意，可以把你打的水井、修的水渠搬走。

这一席话可把崔金城气得够呛。可是他在前进村是独门独户，斗不过这么多姓王的人家。其他小姓人家正眼红崔金城的发达，这时候也不站在崔金城这边说话，反而偏帮王姓村民——抓阄好啊，抓阄我们也有可能抓得柿子园呢！帮你崔金城有什么好处？

崔金城的话让王发财也很为难。他因为不肯做主把柿子园重新承包出来，已经把同族的人得罪得不轻，现在如果再出来为崔金城说公道话，那么他这个前进村的支书就没办法干下去了。再说了，崔金城在柿子园里的投入连个票据都没有，他张口一说，谁知道他究竟投入了多少钱？

王发财就说，先抓阄，确定了谁承包柿子园，其他的事情接下来再说。

听王发财这么一说，崔金城就急了。不事先说好，等抓过阄后，谁还认啊！崔金城就开始纠缠不休，把王发财弄恼了，就说，崔金城，你再闹我可要找治保员把你送到乡派出所了。崔金城这才气咻咻地作罢。

王发财本来以为这件事就到此为止了，却没有想到，今天早上一开门，崔金城竟然吊在他家门框上了。于是他连忙把崔金城放下来，找来村里的赤脚医生抢救崔金城，他则赶快跑到乡政府向钱乡长汇报来了。

四里多地说到就到，说话间三轮车已经停了下来。王发财抢先下车，在前面领路，钱乡长、赵长风、李所长跟在后面。

崔金城就在王发财家抢救。还没有走到王发财家，就远远地看到一群人在门口围着。王发财心头一沉，心说坏了，崔金城可能死了。王发财扭头看看钱乡长，也是一脸阴郁，阴得都快滴出水了。

到了门口，看见本家侄子站在外面，王发财就问："崔金城怎么样了？"

本家侄子忙说："抢救过来了，正在屋里躺着呢。"

王发财一颗悬着的心在才放进肚子。钱乡长的脸色也好看一点了。

"让开让开！没事都回家去，看什么看！"李所长腰间挂着明晃晃的手铐，嘴里大声吆喝着。人们就散开了，那些胆小的村民就返回家去，胆大些的村民却远远地看着，并不真的离开。

刚进王家大门，一个妇女就扑了上来，嘴里哭骂道："王发财，我跟你拼了！"她正是崔金城的婆娘。

王发财自知理亏，连忙躲开，崔金城的婆娘就扑到了钱乡长身上。

钱乡长眉头一皱，那边李所长已经厉声喝道："你这疯婆娘闹什么闹？钱乡长你也敢扑？信不信我把你抓进派出所？"

崔金城的婆娘看到冲撞了钱乡长，心里就有点虚，愣了一愣，就一屁股坐到地上掩面号啕大哭起来，哭声很是凄惨。

钱乡长就说："你嚎什么嚎？你是让我来解决问题还是让我来听你干嚎？"

崔金城的婆娘一听这话，那哭声就渐渐小了下去，变成细细的抽泣。

钱乡长不再理她，带着李所长和赵长风进了屋。

屋子正中间铺了一张草席，草席上放了一床被子，崔金城虚弱地躺在被子上，脖子上一道深紫色的勒痕清晰可见。

王发财已经跟进来了，他蹲在崔金城的旁边，小声地喊道："金城，钱乡长来看你了。”

崔金城吃力地转动了一下脖子，盯着钱乡长看。

钱乡长拍了拍崔金城的胳膊，说道：“金城兄弟，咱好说好商量。这样吧，让村委会先给你拿点医药费，你先回家养病。这柿子园的事，等你身体好了再说。”

钱乡长站起来走了出去。王发财连忙跟了出来，对钱乡长说道：“钱乡长，你也知道前进村是个啥状况，村委会根本拿不出钱。”

钱乡长厉声喝道：“拿不出钱你就自己垫，你自己闯的祸你自己不收拾，还想让我来给你擦屁股啊？”

王发财低下头不敢说话。

钱乡长又说：“王发财，这几天你给我看好崔金城，他要是有个三长两短，你就等着进局子吧！”

说完钱乡长就带着赵长风和李所长上了三轮车，让司机老王回去。

在回去的路上，李所长气呼呼地说：“钱乡长，我看崔金城纯粹是在讹人。他如果真想死的话，早就死了。估计是拿好绳子等在王发财家门口，听到里面有人出来，这才把脖子套进去。要不早就死透了，怎么能抢救得过来？”

钱乡长说：“老李，他讹也就任他讹了，这可是人命关天的事，万一他真的死了，咱们可咋办？”

李所长闭上嘴不再说话，心里却觉得钱乡长心太软、没魄力。

回到乡政府，钱乡长就把乡里主要干部召集到会议室开了个会，商量如何处理崔金城的事。会上大家都说，如果不让崔金城承包，他有可能再寻短见。上次他在王发财家门口寻短见，这次说不定会跑到乡政府来寻短见。若是让崔金城承包，村里大多数王姓村民肯定会不愿意，他们联合起来到乡政府来闹，也是个麻烦事。

看大家七嘴八舌说了一大堆，却一个有用的主意都没有，钱乡长就来气。他忽然瞥到赵长风在微笑、却一声不吭，心想赵助理是从省直机关下来的干部，见多识广，也许他有什么高招？

钱乡长就问道：“赵助理，你有什么想法，说说吧。”

赵长风微笑着说：“钱乡长，我刚参加工作不久，没有啥经验。还是听各位领导的意见吧。”

钱乡长就泄了气，说那就先散会吧，大家回去都认真考虑考虑前进村的事，如果有什么好的办法，立刻向他汇报。

钱乡长刚回到他的办公室，赵长风却在后面跟了进来。钱乡长扭头看到赵长风，惊奇道：“赵助理，咋又过来了？”

赵长风把钱乡长的办公室门关上，这才说道：“钱乡长，前进村柿子园承包的事，我倒是有个想法，只是刚才会议室人多，我不方便说出来。”

钱乡长心中一喜，连忙指着椅子说：“赵助理，坐，坐！坐下说。”

赵长风说道：“钱乡长，首先我想问一下你的意思，你是不是觉得前进村的柿子园还是由崔金城继续承包比较合适？”

钱乡长点了点头，说道：“按理说应该这样。人家投入那么大，现在收回来改由其他人承包不合适。”

赵长风笑着说道：“钱乡长，那我知道你的意思了。我们只要想办法让崔金城承包到这个柿子园不就得了？”

钱乡长说：“想什么办法？前进村百分之九十五的人都姓王，如果就这样让崔金城承包了去，前进村的人还不闹腾死啊？”

赵长风说：“这个问题也好解决。我们可以抓阄，只要让崔金城通过抓阄抓到柿子园的承包权，其他人想闹也没法闹！”

钱乡长说道：“是，山里人就认这个抓阄。可是怎么才能让崔金城抓到阄呢？你的意思是作弊吗？山里人看着闷儿哩巴几的，其实很精明，如果我们作弊让他们发现了，那可就要惹出大麻烦了！”

赵长风就附在钱乡长的耳边嘀咕起来。钱乡长越听眼睛越亮，到最后他不由得哈哈大笑，连连拍着赵长风的肩膀说道：“中！不愧是省机关的干部，有水平，真有水平！这种主意俺这种大老粗是想不出来。”

赵长风说道：“钱乡长，你如果同意的话，那咱们就这样干了！”

钱乡长点头说：“中！就按你说的办！”

第三章　快刀斩乱麻 处理承包权

前进村的果园承包权一直是个令人挠头的事情，可到了赵长风这里，则变得十分简单。快刀斩乱麻，抓阄决定，各听天命，一下子就把问题解决了，令人刮目相看。引得钱乡长等领导对他的能力高度肯定。赵长风也算旗开得胜，打响了胜利的第一枪。

第二天，乡派出所李所长带两个民警到前进村，以骚扰村里治安的名义，把崔金城夫妇都铐了，带到乡政府关了起来。

前进村的王姓村民们看到这一幕都禁不住幸灾乐祸：让你崔金城闹，让你崔金城上吊。这不，惹下大麻烦了吧？乡派出所把你们抓去，那滋味会好受吗?

到了下午，崔金城两口子垂头丧气地被送了回来。同时李所长还通知前进村支书王发财，说经过乡领导的教育，崔金城终于认识到自己的错误，他同意通过抓阄来确定柿子园的承包权。因为这件事影响太大，乡政府为了保证柿子园公平公开地被承包出去，特意派省政府下来的干部赵助理亲自主持抓阄工作。三天后的上午十点钟，前进村每户选派一个代表，到乡政府大院参加柿子园承包权的抓阄。不参加者，或者迟到十分钟以上者，视为自动弃权。

三天后的上午九点半，前进村的村民陆续来到乡政府大院。在大院门口摆了一张桌子，桌子后面坐着三个人，分别是乡政府办公室的小王、乡派出所管理户籍的民警老张以及前进村党支部书记王发财。前进村的村民来了之后，首先由民警老张和王发财共同核实村民的身份。身份核实无误后，村民就可以在乡政府办公室小王这里领一张带着编号的卡片。小王告诉村民这是待会儿抓阄的凭证，没有了这张卡片，就不能抓阄。

村民一看到卡片上红艳艳的乡政府大印，不由得也庄重起来，小心翼翼地把卡片收好，生怕不小心把卡片弄丢，就失去了抓阄的资格。

九点五十分，乡政府的几个工作人员抬出来三张桌子，放在政府大院东边的高台上，一前两后地摆好。还牵来一根电线，弄了一个麦克风放在后面的桌子上，一个大喇叭就放在高台上，正对着下面的村民。

这时候乡政府大院外已经挤满了前进村的村民。由于每家每户只许派一个代表进入政府大院抓阄，其余人都被拦在外面等候。可是他们都一个个伸长着脖子拼命往大院里面瞅，脚下慢慢地往大院里面移去。忽然他们看见李所长黑着个脸，手里拿着又粗又长的电棒，腰间皮带左边吊着明晃晃的手铐，右边则挎着褐色的手枪皮套，皮套里插着一把黑乎乎的手枪。这些村民马上小心地往后面退了几步，远远地避开李所长威严的视线。刚才还拥挤不堪的政府大院门口顿时清静了许多。

崔金城在门口领了一张带公章的卡片，也进了乡政府大院。

眼看要十点了，赵长风抱着一个大木箱子，和钱乡长两个人来到东边的高台上。赵长风把木箱子放在前面的那张桌子上，然后和钱乡长坐在后面两张桌子旁，两个人小声说笑起来，神态很是轻松。

赵长风抬腕看看表，已经十点了。政府办公室的小王跑到台上对钱乡长说道："钱乡长，前进村一共有二百二十六户人家，现在已经有二百二十三户村民代表领了抓阄证了。"

钱乡长看着赵长风。赵长风说再等等吧。钱乡长挥挥手，小王就跑去门口继续守着。又有两户村民代表气喘嘘嘘赶过来，领了抓阄卡片。

十点十分，赵长风站了起来，冲大院门口做了个手势。办公室小王和户籍民警老张就站了起来，把乡政府的大铁门关上，用粗铁链锁好。

赵长风对钱乡长笑了笑，就把麦克风挪到跟前，对着麦克风说道："前进村的村民代表们注意了，请大家来到台下，前进村柿子园承包权的抓阄马上就要开始了。"

村民们就向这边拥拢了过来。一些人为了抢占前面的有利地形，拼命地往前挤，一时间场面混乱不堪。

赵长风对着麦克风说："请大家不要拥挤，按照顺序站好。"

下面的村民并不理他，照样挤来挤去。

钱乡长黑着脸看了一眼李所长。李所长立刻跳到台上，对下面喊道："挤什么挤？都给我站好了！谁再挤，我就把他赶到外面去不准参加抓阄。"

下面的村民立刻老实多了，不能参加抓阄，那损失可就大了。

指挥好村民站队，李所长继续在村民中间来回走动，大家都闭了嘴，连窃窃私语都不敢。

钱乡长对赵长风说："赵助理，继续吧。"

赵长风拿着办公室小王交上来的统计表，看了一眼，对着麦克风说道："根据梁丫子乡政府的有关决定，梁丫子乡前进村柿子园承包权的抓阄工作定于今天上午进行。根据刚才的统计资料，前进村共有农户二百二十六户，实到二百二十五户，其中前进村第二村民小组的刘老耄没有按照规定时间来乡政府报到登记。按照乡政府的通知精神，刘老耄自动放弃了柿子园承包权的竞争。下面请钱乡长讲话。"

赵长风把麦克风挪到钱乡长面前。

钱乡长咳嗽了一声，手扶着麦克风说道："前进村的乡亲们，梁丫子乡党委和政府对前进村柿子园的承包工作是高度重视的，我也不讲什么大道理了，只是想告诉乡亲们，既然来参加抓阄，就说明你们对抓阄决定柿子园承包权的认可。现在我问你们，有谁不同意抓阄这个办法的，请站出来。"

村民们互相看了看，没有一个人站出来。崔金城迈了小半步，但是马上又收了回来，最终还是没有站出来。

"好！既然没有人站出来，就说明大家都觉得抓阄这个办法不错。那么我今天就把丑话说在前头，谁抓到了这个阄，谁就获得了前进村柿子园的承包权，其他人再讲什么闲话怪话，或者去干扰影响人家对柿子园的正常经营管理，乡政府会严惩不贷。"

钱乡长的话从大喇叭中传出来，冷冰冰地砸在村民们的心上，大家都紧张地沉默着。

钱乡长扫视了一眼下面的村民，非常满意他说话的效果。停了大约有半分钟，钱乡长才对着麦克风大声说道："现在，由乡长助理赵长风同志主持抓阄工作！"

钱乡长把麦克风递给赵长风，背着手离开了主席台。接下来的事情都是赵长风的。假如真的有村民看出了抓阄作弊，那么也是赵长风的责任，钱乡长并没有在现场，什么责任都不用承担。而且，钱乡长作为梁丫子乡实际上的一把手，他如果不回避，假如出了什么岔子，谁在最关键的时候出来主持大局？

赵长风等钱乡长进了乡长办公室，这才对着麦克风说："前进村的乡亲们，前进村一共有四片柿子园。其中三片柿子园由于承包人连续两年没有上交承包金，等于放弃了柿子园的承包权。经过前进村党支部、村委会的研究决定，这次把这三片柿子园也一起拿过来，重新进行承包。这样，我们这次实际上是对四片柿子园的承包权分别抓阄。"

台下的村民愣了，他们实际上最想承包的是崔金城的柿子园。

赵长风继续说道："抓到柿子园承包权的村民可以选择承包柿子园，也可以选择放弃柿子园的承包权，完全由抓到阄村民自行决定。"

下面的村民这才松了一口气，他们生怕万一抓到其余三个柿子园的承包权，被强迫承包，可怎么办？那三个柿子园可是需要很大投入的。

"为了避免出现短期行为，四片柿子园的承包期限都定为十五年，方便承包户对柿子园的持续投资。下面，我来宣布一下这次抓阄的办法。"

赵长风走到前面桌子旁继续说道："乡亲们在进大院门口登记的时候，每个人手中都发了一张盖有公章的卡片，那是你们的抓阄凭证。乡亲们现在拿出来看一下，上面都有编号。"

村民拿出来卡片一看，果然上面都印有编号。

赵长风说道："上面的编号就是你们抓阄的序号。待会儿开始抓阄的时候，按照编号的顺序依次上来抓阄。"

那些编号靠后的村民就非常懊悔了，为什么不早一点过来呢？万一崔金城的柿子园被前面的人抓走了，那不是亏大了？

那些编号靠前的村民心里就沾沾自喜，早起的鸟儿有虫吃，果然不假啊，听了老婆的话，早来半个小时，就拿到了靠前的编号。

赵长风又拿出一张大红纸，让办公室的小王贴到台前，上面分别标着四片柿子园的位置，还用一二三四的数字分别标好。

“乡亲们，你们看好了，这四片柿子园分别按照序号标好了。其中村东的柿子园是一号，村南的柿子园是二号，村西的柿子园是三号，村北的柿子园是四号。”赵长风说道。

赵长风指着木头箱子对村民们继续说道：“现在，这木头箱子里一共放了二百二十六只乒乓球。其中有二百二十二只是白色的，剩余的四只是黄色的。由于到场的村民代表只有二百二十五人，所以我现在拿出来一个白色乒乓球。”

赵长风伸手从木箱子里拿出了一只白色乒乓球，交给台下的办公室小王，让他拿走。

赵长风又说道：“抓到白色乒乓球的人，不能获得了柿子园的承包权。只有抓到黄色乒乓球的人才能获得柿子园的承包权。这四只黄色的乒乓球上分别写有一二三四的编号，分别对应前进村的四片柿子园。谁抓到几号，就对应着几号柿子园的承包权。”

村民们心中就狂喊，要三号，要三号！村西的柿子园正是崔金城承包的柿子园。

“乡亲们，如果你们还有什么不明白的，可以问我。”赵长风最后说道。

等了两分钟，见没有人说话，赵长风就说道：“好，那现在，前进村柿子园承包权的抓阄工作正式开始。”

他喊道：“请拿一号卡片的人上来抓阄。”

一个年轻人一脸狂喜地爬上台来，来到木头箱子前。木头箱子上面有一个小洞仅仅能容一只手伸进去，洞口黑洞洞的，什么都看不见。

赵长风把手伸进木箱里搅动了一下，说道：“不许往里看，快抓。”

年轻人把手伸进去，摸了半天，最后掏出来一看，是一只白色的乒乓球。

妈的！臭手！年轻人骂了一句，往自己脸上抽了一巴掌，沮丧地跳下台去。

下面的村民本来紧张得屏住了呼吸，生怕年轻人把黄色三号乒乓球抓了去。这时看到年轻人自己抽自己，不由得哄堂大笑，心头轻松了不少。

接下来第二、第三个，结果都是抓到白色乒乓球，一直到第五十六号村民上去，才抓到一只黄色的二号乒乓球。

“唉！为啥不是三号呢！”五十六号村民沮丧地跺了跺脚。正要下去，赵长风却把他喊住：“你到下面办公室小王那里登记一下名字。等抓阄结束后由前进村村委会和你签订承包合同。”

那村民把乒乓球往赵长风手中一塞，叫道：“赵助理，我不承包了，我放弃承包的权力！”

赵长风微笑了一下，继续向下面喊道：“五十七号村民！”

受到出现第一只黄色乒乓球的刺激，台下的气氛又高涨起来，人人都伸长脖子，看五十七号村民能摸到什么样的乒乓球。是白色的！

“五十八号！”

……

崔金城手里的卡片是一百六十七号，他心里非常紧张，卡片不但被手心的汗浸湿，也被他攥得皱巴巴的。

到了一百二十五号，又有村民摸出来一个黄色乒乓球，上面写的是四号。不过这个村民没有把乒乓球扔了，他跟乡政府办公室小王一起去登记，看来是打算承包下柿子园好好干一番了。

接下来的人又接连摸到白色的乒乓球，一直到一百六十六号都是如此。

“一百六十七号！”赵长风喊道。

“到，到！”崔金城高举着卡片喊道。他紧张得口干舌燥，心好像是在嗓子眼里蹦着。他手忙脚乱地爬上台，来到木头箱子前。

“快抓！”赵长风冷冷地说。

崔金城把手伸进木头箱子里，往上方一捞，果然上面的角落里粘着一个乒乓球，崔金城轻轻一用力，把乒乓球拽下来，手就从箱子里缩回来。

他把乒乓球举到眼前一看，立刻蹦了起来，嘴里疯狂地喊道：“三号，三号，我是三号！”

一盘花生米、一盘猪头肉、还有一大盆热气腾腾的烩菜，再加上一瓶张弓酒，这就凑成一桌菜了。

钱乡长提着两张小凳子摆放在小方桌面前，对赵长风说道：“赵助理，坐啊！别嫌寒酸。”

赵长风笑呵呵地说：“钱乡长，我就爱吃烩菜了。尤其是天冷的时候，拿着两个热馒头吃上一大碗热气腾腾的烩菜，浑身都暖和透了！”

钱乡长哈哈大笑，说：“中，赵助理喜欢就中！”

赵长风主动拿过酒瓶，拧开瓶盖，给钱乡长倒酒，钱乡长就要去抢：“赵助理，我来我来，今天你是功臣。我应该给你倒酒才对。”

赵长风一边倒酒一边拦着钱乡长：“钱乡长，什么功臣啊？没有你的领导，我能办了今天这事吗？所以，我应该给你倒酒！”

钱乡长心里很是舒服妥帖，碰到一个能干的下属不容易，碰到一个能干的却毫不居功的下属更是不容易。小赵同志确实不错，可惜他是省里的干部，最终还是要回省里去的。

等赵长风把自己杯中的酒也加满，钱乡长就举起杯子道：“赵助理，我敬你一杯。说实话，俺真是服气了！”

赵长风双手捧着酒杯，用杯子口碰着钱乡长酒杯的中下部，以示尊敬：“钱乡长，该是我敬你。”

赵长风一饮而尽，然后取过来钱乡长的酒杯，又为钱乡长加酒。

钱乡长摇头道：“话说回来，不用这种办法，还真摆不平这事。对了，赵助理，你再给我说说李所长把崔金城带到你房间的情形吧。”

赵长风也笑了起来，说道：“钱乡长，我就不说了吧。一想到崔金城视死如归的那个样子我就想乐，这场戏也多亏了崔金城的出色配合。”

接下来的日子，钱乡长也没给赵长风安排具体任务，他就在办公室小王的带领下到下面几个村去搞调研。

梁丫子乡一共有九个行政村，除了前进村和青龙沟村之外，其他村子都距离乡政府比较远。各村的贫困程度跟距离乡政府的远近成正比，距离乡政府越远的村子就越贫困。

除了前进村，梁丫子乡最富的村就是青龙沟村了。到了青龙沟村后，小王领着赵长风在村里转了一遍，又走访了几户人家。赵长风心中不由得一阵酸楚，所谓最富的村，无非是正常年景能吃上粗粮细粮混杂的饱饭。村里虽然也通电，但是有一半的人家都没有用上电灯，因为他们舍不得出电费，更交不起几十块钱的电表初装费。即使那些安装了电灯的人家，平时也很少开灯。

赵长风问小王，电灯也费不了多少电，村民既然安上电灯了，怎么不用呢？小王说，因为梁丫子乡山高，线路架设很长，所以农用电电费很高，一度要三块八，村民怎么舍得用？

在青龙沟村支书张常有家里，赵长风见到了青龙沟村唯一一台十四寸彩色电视机。张常有骄傲地向赵长风介绍，他家这台电视机的显像管是根据日本标准在中国生产的。

说着，张常有揭开蒙在电视机上的防尘罩，打开电视让赵长风看。效果还可以，但屏幕上星星点点的雪花不停地闪。

“信号不好，换一个台吧！”赵长风说道。

张常有立刻把电视机关了，说道：“赵助理，先别看了，我领着你到其他村民家里转转吧。”

小王笑了，冲张常有说：“不用了，我带着赵助理转转就好了。”

离开张常有家，小王告诉赵长风，张常有家电视只能收到两个台的节目。其中第一套节目马马虎虎还能看，第二套节目就是漫天雪花，其他频道根本收不到。所以每当家里有客人的时候，张常有就只收看第一套节目。

一连三天走访了三个村子，赵长风越看越心酸。如果不是亲眼目睹，他实在想象不到，还有生活的这么贫困的人。到后来，赵长风实在没有勇气跟小王去看最贫困的村了。

梁丫子乡虽然穷，但是森林覆盖率比较高，山上的植被保存得很完好，到处都是郁郁葱葱的次生林。只是在这些村落附近，会露出一些光秃秃的山体，上面寸草不生，残留着被雨水冲刷的痕迹，就像健康的头皮上有一块疤瘌似的，看起来非常不舒服。

赵长风问小王这是怎么回事。小王向赵长风解释说，梁丫子乡可耕地面积太少，村民们就想办法砍掉树木，在山坡上开荒种粮食。但是由于这里的山坡都很陡峭，大多数都在三十多度以上。树木砍掉后，存不住土，一下雨，失去植被保护的泥土就被冲走了，只剩下光秃秃的岩石，别说庄稼，连野草都长不了。

到了第四天，小王看赵长风不想再到下面村子里去了，就对赵长风说，其实梁丫子山里的风景很不错，有很多地方有泉水瀑布，他可以带着赵长风到那里去看看风景。

赵长风心里一动，梁丫子乡还有这样的好风景？也好，去散散心吧，于是就跟着小王进山了。

他们从乡政府出发，沿着崎岖的小路往上走，走了半个小时，赵长风浑身就热了起来，也不觉得深山里的寒气逼人了。他脱掉羽绒衣，穿着毛衣跟着小王继续前进。大约走了六七公里，忽然听到前方涛声如雷。这声音赵长风太熟悉了，家乡云台山的瀑布就是这样的声音。

果然，转过一个弯后，一条巨大的瀑布就出现在赵长风面前。瀑布有六七十米高，三十多米宽，气势磅礴地从山巅冲下来，跌落在山脚下一泓碧蓝如宝石的幽潭中。一阵山风吹来，阵阵水雾就飘了过来，打到赵长风脸上，凉丝丝的，让一路的燥热消去不少。赵长风顿觉心旷神怡，连日来到贫困村调研感到的压抑和郁闷也暂时忘却了。

“美！太美了！真没想到，梁丫子乡里还有这么一块美丽的天地。”赵长风大声赞道，“小王，平时来这里看风景的人一定很多吧？”

小王道：“这穷乡僻壤的，谁来啊！”

赵长风说：“梁丫子乡里的人啊。”

小王撇撇嘴道：“那些老农民才不会过来看呢！用他们的话说，这东西不当吃也不当喝的，看有啥用？该饿着还是饿着。”

赵长风一时无言。

小王又说道：“赵助理，如果你喜欢看，这种风景梁丫子乡多着呢，光瀑布都有六七个。今天我们先在这里玩玩，明天我再带你到另外地方去看。”

第二天，小王带赵长风去了另一个地方，这条瀑布比昨天那条瀑布更为壮观，风景也更美。

赵长风跟随小王来到瀑布下方的深潭边。潭水也是碧绿得如翡翠一般，面积有十多亩大小。在深潭的尾部，是一条五六米宽的小溪，水深大约有两米，溪水清澈透明，在深秋的阳光照耀下，成群结队的柳条鱼在溪水里自由自在地游着。

鱼儿多是两三寸长，它们不怕人，即使赵长风蹲下来把手伸进水里，鱼儿们依旧坦然自若地在赵长风手边游来游去，有的竟然张开嘴去咬他的手指。赵长风手用力一抓，一条鱼就被抓在手中，它拼命地在赵长风手中挣扎起来。其他鱼儿这时候才感觉到了危险，倏地游散开来。

赵长风把鱼儿提出水面，这是一条寸把来长的小鱼，小家伙拼命地挣扎着，赵长风笑了笑，又把鱼儿放回了水里。

小王笑道："这里很少有人过来，所以鱼并不怕人。只可惜鱼太小，塞牙缝都不够。"

赵长风爬上高处眺望，小溪如一条碧绿的腰带，曲曲折折地绕在山腰之间。在距离小溪不远处，依稀可以看见一个小山村。

小王告诉赵长风，那个村叫老爷庙，有几十户人家，是梁丫子乡最穷的山村。虽然从这边看着不远，但是要走过去却要翻越两座山头。

赵长风问小王，像老爷庙这样依偎在山溪旁边的村落还有几个？小王说，山里的贫困村都几乎是紧挨着山溪，山民们就是图用水方便。

赵长风心中一动，如果把柴油发电机换成小型水力发电机，利用溪水的落差修建几个小型发电站，村民们不就可以不用花钱购买柴油也能用上电了吗？他打算回去立刻打电话向局里汇报，让他们看看能不能把柴油发电机换成水力发电机。

回到乡政府，赵长风就来到钱乡长办公室，给局办公室陶主任打了电话，把他的想法说了。

陶主任"嗯嗯啊啊"听了半天，最后说："小赵同志，你的想法是好的，出发点也是不错的。但是年轻人还是要多学习多研究，要学会辩证地看待事物和问题。有些事远不是你想象的那样简单。关于修建小水电站的事，局里也不是没有考虑过，但是这个问题涉及层面太复杂，比如需要考察立项，需要环保局、规划局、水力部门、电力部门等等这些部门的联合审批。建成水电站还需要专门的职工进行管理，这又涉及人员的编制问题。总之，建立小水电站不是不可以，但却是一个复杂的系统工程，整个周期会相当长。而省里把梁丫子乡的扶贫任务交给我们局是为了什么？还不是希望我们能立竿见影地改变梁丫子乡贫穷落后的面貌吗？

“相比起小水电站来，柴油发电机有它先天性的优势。比如不需要其他部门审批，也不需要太多的工作人员进行管理，更不需要漫长的建设周期，把发电机运到村子里就可以立即使用，这对村子不通电的落后面貌改变最快。

“至于村民烧不起柴油的问题，小赵同志，你可以让梁丫子乡向白元县有关部门申请财政补贴啊。作为一个扶贫项目，我们省里把主要设备都给他们买好了，下面县里有关部门的配套措施也得跟上吧？他们要弄明白，我们是去帮他们扶贫的，出了成绩也是他们县里有关领导的。”

最后陶主任说：“小赵，局里派你去主要是执行局里决定的，你就不要再分心在其他事情上了。踏踏实实地把局里安排给你的事做好，就算顺利完成任务了。好了，我现在比较忙，这事就这么定了吧！”

陶主任挂了电话，那边赵长风手拿着话筒却半天没有放下来。他仔细想了半天，也许陶主任说得对，他工作经验少，很多具体程序搞不明白，如果盲目去考虑一些事，可能会好心办坏事，还是踏踏实实地执行局里已经决定下来的事吧。

也许是给陶主任打的这个电话起了作用，五天后，陶主任给赵长风打了个电话，说局里购买的两台柴油发电机已经运过去了，明天上午到达白元县。让赵长风到县城里去接柴油发电机厂送货的同志。

赵长风算了算，明天去县里接发电机，正好可以去见程路同。

于是赵长风往县里打电话，接电话的人警惕地问赵长风是谁，有什么问题可以找组织部的吴副部长联系。

挂了电话，赵长风又给组织部的吴副部长打了电话，吴副部长问他找程书记干什么。赵长风就说，局里赠送的两台柴油发电机明天就要到白元县了，局领导想让程书记亲自过去看一下。

吴副部长在电话那头就偷笑了，这省城的领导也太小题大做了吧？两台柴油发电机不过两万来块钱，就要我们县委书记去迎接？别的地方捐赠给县里超过十万的物资，也没见程书记去露一下面。

不过毕竟是省里有关部门领导的意思，吴副部长还不好得罪，于是他说，程书记刚出国考察回来，正在宁浩市向领导汇报，明天有可能会回来，也有可能回不来。如果程书记回来，他一定告诉程书记过去看看。

“吴副部长，麻烦你了！”赵长风得到了他所需要的信息，就挂了电话。只要知道程路同回来了就好办，大不了亲自跑到县委去找程路同。

晚上，钱乡长回来后，赵长风向他汇报了柴油发电机明天要到白元县的消息。钱乡长显然对柴油发电机不感兴趣。他对赵长风说，明天他还有其他工作要安排，就派张秀琴副乡长陪他一起到县城去接柴油发电机。

赵长风对谁陪他去都无所谓，反正是个领导就行。可是钱乡长把张秀琴派过来，这让赵长风觉得多少有点别扭。赵长风还不习惯和女领导打交道，只是这层意思却不好说出来。

第二天，天不亮，司机老王就准备好了农用三轮车，过来喊赵长风起床。赵长风起床简单地洗漱了一下，来到车前，发现张秀琴已经坐在车斗里了。

司机老王说道：“张乡长，赵助理，你们坐稳当了，我们可要出发了！”在一阵轰鸣声中，三轮车驶上了颠簸的搓板路。

路上黑漆漆的，什么都看不见，只有三轮车大灯的一束昏暗灯光照在泥泞的路面上。赵长风心里有些害怕，想起来时道路两边的悬崖峭壁，他的心不由自主地悬了起来，生怕司机老王一个不小心开到悬崖下。

张秀琴仿佛能听出赵长风呼吸中的紧张，又是咯咯直笑。司机老王在前面听到张秀琴在笑，就知道她笑什么，于是大声喊道：“赵助理，你放心吧。俺就是闭着眼，也能把车开到山下去。”

张秀琴笑骂道：“老王，快闭上你的乌鸦嘴。你应该这样告诉赵助理，你就是闭着眼，也能把车安全地开到山下！”

张秀琴把“安全”两个字咬得重重的。

老王连忙说道：“是，是，张乡长，你批评得对，是能安全地开到山下。”

赵长风这才领悟到刚才老王话中的语病，不由得会心一笑，心里的紧张就减少了许多。

“老王，如果不是安全地开到山下，我也不用你送了，直接在山崖边打一个滚，就到山下了。”张秀琴有意宽解赵长风的紧张，故意说笑着。

转过一个山头，东边露出一抹曙光，天空变成一片朦朦胧胧的灰白色，四周的景物已经能够模糊看清，赵长风终于放下心来。很是奇怪，赵长风亲眼看着农用三轮车行驶在深不可测的悬崖边，有的时候几乎是骑着悬崖边沿行走，他反而不紧张了。这种能亲眼看到的危险，比什么都看不到却能感受到的危险要容易接受多了。

山风呼啸，赵长风虽然穿着羽绒服，但是仍感觉到冷。尤其是他的手，抓在车斗旁边的冰冷铁护栏上，几乎被冻成了青紫色。

经过三个小时的颠簸，到了卧虎乡已经是八点半了，正好赶上八点四十分卧虎乡开往县城的班车。

张秀琴买了车票，和赵长风上了班车。她告诉赵长风，卧虎乡开往县城的班车就两趟，如果赶不上早上八点四十这一班，那只有等到下午四点四十分了。

从卧虎乡到县城只需要一个半小时，山路虽然也算险峻，但是比起梁丫子乡下来的那段搓板路来，已经不算什么了。于是赵长风就半靠在椅背上，安心地酣然入睡。

赵长风忽然被热醒了，发现他正靠在张秀琴的肩膀上，连忙坐了起来，连声说不好意思。

张秀琴笑了笑说：“把羽绒服脱了吧。山下气温要比山上高五六度呢！”

赵长风把额头上的汗擦去，脱掉外面的羽绒服，却还是觉得热，又想把里面的厚毛衣脱了。张秀琴却拦住了他：“等到城里再脱吧。一下子脱得太猛，非感冒不行。”

这时候已经离县城不远了，公路两边渐渐繁华起来，比起大山里的荒凉，恍若两个世界。

赵长风说：“陶主任说，送货人会把柴油发电机先拉到伏牛山宾馆等我们。”

张秀琴告诉赵长风，伏牛山宾馆是白元县最豪华的宾馆，比县委招待所设施还要好一些。他们到宾馆的服务台一问，果然，中州柴油机厂的两位同志已经到了，就住在三楼，在楼上三零三号房。他们敲开门，里面是两个二十七八岁的年轻人。

赵长风笑着问道：“请问中州柴油机厂的孙小明、周跃进是住在这里吗？”

“我们就是，你一定是省机关事务管理局的赵长风吧？”

赵长风说是，又把张秀琴介绍给两个人。

两个人简单介绍了一下情况，两台柴油发电机暂时放在伏牛山宾馆的停车场。孙小明是中州柴油机厂销售科的销售人员，周跃进是柴油机厂的技术人员。两个人要负责柴油发电机运送、安装、试车、发电成功，任务才算完成。而梁丫子乡的发电机操作维护人员的培训，需要到中州柴油机厂去进行。

“其实也不用培训啥，很简单的，只要懂得电工知识就行。有说明书，在安装调试的时候在旁边听我讲个两天也就会了。”周跃进说。

他们一起到下面看柴油发电机，体积倒是不太大，乡里的农用三轮车一次能装下一台。张秀琴看了看表，已经十一点半了。她说发电机今天往山里运来不及了，不如两位柴油机厂的同志先在县城歇上一天，明天早上再往山上送。

孙小明和周跃进倒是无所谓，赵长风也想趁下午的工夫到县委去看看程路同回来了没有。张秀琴就把午饭安排在伏牛山宾馆一楼的餐厅里。张秀琴拿着菜单礼貌性地让孙小明和周跃进两个人点菜，这两个人倒是自来熟，不客气地拿着菜单豪点起来。

张秀琴脸色就有点不自然起来，她找了个借口把赵长风拉到一边，悄悄地告诉赵长风，梁丫子乡财政经费非常紧张，这次她来县城，钱乡长只给她批了两百块，一会儿结账怕是不够。张秀琴让赵长风在这里先陪着孙小明和周跃进，她到县城里找个熟人去借点钱过来。

赵长风笑了，告诉张秀琴，他身上还有上千元钱，够结账的了。张秀琴这才放下心来。

返回饭桌，赵长风就让服务员上了三瓶白酒，他变着花样地劝酒，又是玩笑又是激将，把两个人灌得酩酊大醉，省得他们喝了酒后又想别的花样。梁丫子乡经费紧张，能省一点是一点。结账的时候是赵长风付的钱，一共是三百多元。

赵长风一手拖着周跃进，一手搂着孙小明，费力地把两个人往房间里扶。

孙小明笑嘻嘻地趴在赵长风耳边说道："小赵，够意思。回去我跟我们处长说说，让他在你们陶主任面前美言几句。你还不知道吧，我们处长和你们陶主任是同学呢！"

赵长风一怔，他终于明白，陶主任为什么要坚持购买柴油发电机了！

把孙小明和周跃进扶到了房间里，赵长风和张秀琴转身出来。

"小赵，你酒量真好啊！"张秀琴说道，"他们一醉，替乡里省了不少钱呢。"

赵长风笑着不说话。

张秀琴又说道："小赵，你一会儿也在这里开个房间住下吧。我回家一趟，明天早上过来和你们一起回梁丫子。"

赵长风一愣，回家？

张秀琴笑着说："我虽然在梁丫子乡政府上班，家是在县城里。乡里好几个领导家都在县城呢。"

赵长风在开的房间里休息到下午两点半，出来叫了一辆出租车，开到县委大院。县委大院虽然没有省政府大院那么气派，但也有人站岗，把赵长风给拦住了。

赵长风本来想拿出梁丫子乡乡长助理的名片，想了一下，把省直属机关事务管理局的工作证拿了出来。

门岗一看是省里来人，态度顿时恭敬了许多。问赵长风找谁，赵长风说找县委程书记。门岗说程书记去宁浩市还没有回来呢。赵长风又问张秘书呢？门岗说，张秘书没有去宁浩市，就是不知道在不在。门岗给他指了指三楼的一个窗户，告诉他张秘书平时就在那里办公。

赵长风到了三楼，发现一个房间上挂着白元县县委办公室的牌子，门却关着。赵长风敲了一下门，里面没有人应声。等了一会儿，他又敲了两次，里面还没有动静，看来是没人。

赵长风发现旁边一个办公室门虚掩着，里面传来嬉笑声，于是赵长风过去轻轻地在门上敲了两下，里面没有人理他。赵长风就轻轻地推开门走了进去。

办公室里一共有七个工作人员，其中四个工作人员正全神贯注地围着一张茶几打扑克，一个工作人员站在旁边兴致盎然地看着。另外两个工作人员则趴在办公桌上下象棋。

“请问，张秘书在吗?”赵长风咳嗽了一声，问道。

正在看打扑克的工作人员不耐烦地说：“张秘书在隔壁。”

赵长风说道：“隔壁没有人。”

“那就是不在!”那工作人员头也不回地说。

赵长风心中来气，也懒得再问，转身想走。

离开了县委大院，赵长风在县城里随便逛了一下就回了宾馆。赵长风来到三零三房间，敲了半天门，里面没有回应，就让楼层服务员帮忙把门打开。

房间里，周跃进和孙小明依旧睡着，鼾声此起彼伏，赵长风上前摇晃了几下，两人还是没有醒过来。赵长风就退出房间，让服务员把门锁好。

到了晚上，他再次来到三零三房间，两个人仍是酣醉未醒。赵长风无奈，只好自己到下面餐厅去吃饭。

这时已经是八点钟了，餐厅里没有几桌客人吃饭。赵长风选了个靠窗户的位置坐下，要了一荤一素两个菜和冬瓜排骨汤。他正悠闲地等着服务员上菜，忽然旁边一个包房门开了，一个梳着马尾辫的女孩子捂着嘴，踉踉跄跄地从大厅穿过，奔向另外一头的卫生间。

赵长风看着女孩子的背影，觉得非常熟悉，愣了一下。张雨菁!

不会吧?张雨菁是赵长风在学校时的死党田磊的女朋友，中专毕业后她被分配到中州市花园路建行工作。她怎么会在这里出现呢?

赵长风站了起来，守候在卫生间外面。

过了很久，那个梳马尾辫的女孩子走出了卫生间，在旁边的盥洗池里洗手洗脸。

果然是张雨菁，赵长风这次可看清楚了。

“雨菁，你怎么会在这里呢?”

张雨菁头昏昏沉沉的，胃里难受得要命，她用手接着冷水，拼命地泼向额头，试图让自己清醒一些。忽然间听到有人叫自己的名字，她慢慢地转过身来，赵长风正一脸关心地站在身后。

“长风!”张雨菁小嘴一瘪，扑到赵长风的怀里哭了起来。

“雨菁，别哭！怎么了?”赵长风轻轻拍着张雨菁的后背，不知道怎么的，他一看到她哭，就有一种自己的妹妹被人欺负了、要冲上去保护的感觉。

“雨菁，告诉我，谁欺负你了?”赵长风心疼地看着张雨菁哭得稀里哗啦的脸，“告诉大哥，大哥替你做主!”

张雨菁泪眼蒙眬地看着赵长风，心中涌起一阵温暖的感觉。此时此地，依偎在赵长风怀里，她才感觉自己是安全的。

“说啊，雨菁，你怎么会在这里?谁欺负了你?”

赵长风看张雨菁不说话，着急地追问。可是张雨菁却不回答他，就那么趴在他怀里，嘴角挂着一丝笑意，睡着了。

其实刚才张雨菁已经完全醉了，她之所以还能勉强撑着，完全是靠着心中的一股警惕防备在强撑。此时见到赵长风，有了安全感，于是心一放松，就抱着赵长风睡着了。

张雨菁怎么会到白元县来呢?

原来，白元县也有省建行的扶贫点。张雨菁因为在行里没有后台，被抽调为行里的扶贫人员，被派到白元县来扶贫。

张雨菁到白元县报到时，白元县人事局副局长见张雨菁长得青春靓丽，就把她安排到了县外贸局办公室。用副局长的话来说，就是考虑到外贸局是白元县对外贸易的一个窗口，经常需要和一些外国客人或者省里一些大的外贸公司打交道。气质好、知识水平高的青年人的加入，会在很大程度上改善白元县的对外形象。有时候外国客人多了，外贸局的翻译就不够用，也需要刚毕业的学生充当一下翻译。就这样，张雨菁被安排到白元县外贸局去扶贫了。

平常张雨菁倒没有多少事做，无非是在办公室扫地送水，跑跑腿。只有上级领导来检查时，或者一些外贸公司来外贸局联系业务时，张雨菁就会被当做“白元县的骄傲”去陪这些上级单位或者天南海北的外贸公司的老总经理们去喝酒。

上级单位还好说，因为都是官员，多少还顾及一点形象，最多让张雨菁喝多一点，吐个天昏地暗的，回去睡一觉，歇两天就好。可是一旦碰到外贸公司的老总经理什么的，有些素质差的就会动手动脚，会拼命地灌张雨菁的酒。她总是强加着小心。

今天，外贸局办公室又把张雨菁拉过来陪酒，陪省里一个众诚外贸公司的副总喝酒。张雨菁眼看要招架不住的时候，赵长风出现了。

赵长风轻轻地叫了两声“雨菁”，她丝毫没有反应。没有办法，赵长风只能先半抱着她回大厅里再说。

不料，两个满口酒气的中年人却挡在了赵长风面前。

“你小子想干嘛？为啥抱着我们的人？是不是趁我们的人喝醉了，想占便宜啊？”

“就是，你这鳖孙占便宜也不找找主儿？没看这是什么地方吗？”两个人态度蛮横地指着赵长风的鼻子大声喝骂，“说，你是哪里人，来这里想干啥！”

赵长风眉头一皱，心头火就上来了。原来是他们把张雨菁灌成这样！正想去找他们呢，他们就先找上门来了。

“我叫赵长风，是省政府机关事务管理局的干部，目前在梁丫子乡挂职。”赵长风说道，“你们又是什么人？张雨菁是不是你们灌醉的？”

两个中年人一听赵长风是省政府派下来挂职锻炼的干部，气焰立刻小多了，而且这个年轻人还能叫出小张的名字，显然是认识小的。

其中一个人连忙说：“我是白元县外贸局办公室主任陈前，这位是外贸局业务科科长江程鹏，小张分到我们办公室挂职锻炼，今天她和我们一起接待上级单位，没想到却喝醉了。”

赵长风怒道：“到你们办公室锻炼，也不能把人灌成这样吧？外贸局的主任是不是？业务科长是不是？我告诉你们，如果雨菁有什么事，我绝对不会放过你们！”

“对不起，对不起，实在是不好意思。我和陈主任也劝小张少喝点，是她自己硬要喝的。”江程鹏连声道歉，又小心问道，“赵长风同志，请问小张是你什么人？”

“她是我表妹！希望事情真的是你们说的那样。等雨菁酒醒了我会详细问她的。”赵长风冷冷地说道，“现在请你们让开。”

陈前和江程鹏慑于赵长风的气势，连忙闪到一旁。

赵长风抱着张雨菁回到座位上，伸手喊过服务员："买单！"

陈前和江程鹏两个人互相看了一眼，灰溜溜地回到了包厢里。

包厢里，坐了七八个人，其中一个身材高大、脸色苍白的年轻人半靠在座位上，似笑非笑地看着他们两个人。

陈前连声说道："蔡总，实在是不好意思。小张她喝醉了，正好遇到她表哥，被她表哥给接走了。"

蔡达明呵呵笑了起来，说道："陈主任、江科长，那个赵长风说他是小张的表哥，他就真的是小张的表哥啊？"

陈前一愣，说道："蔡总，刚才你看到了？"

蔡达明点点头，说道："刚才我在后边看到了。这个赵长风我也认识。什么省政府的干部，他刚毕业的时候听说是干出纳的。不知道怎么会跑到你们这里来了。"

旁边一个有点谢顶的年轻人说道："前一阵子省城里来了个年轻干部到梁丫子乡扶贫，可能就是这个赵长风。"

蔡达明笑了："噢，我说呢。原来是出纳也不让他干了，被发配到下边扶贫来了。"

陈前和江程鹏两个人脸上就有点不好看，原来所谓省政府的干部竟然是这么个来历。一想到刚才两个人被赵长风唬得一愣一愣的，两个人就有点害臊。

蔡达明偏偏火上浇油，他哈哈大笑道："陈主任、江科长，你们两个老干部今天却被一个毛头小伙子耍得团团转啊！"

江程鹏比陈前年轻，火一下就上来了，他"砰"地一拍桌子："娘的！这鳖孙竟然敢耍俺！俺可不管他是不是省政府的干部，今天非要让他知道一点厉害不可！"

陈前毕竟老成持重，他一把拉住江程鹏道："江科长，那么急躁干吗？你过去又能怎么样？"

陈前沉吟了一下，问那个谢顶的年轻人："小刘，赵长风大概什么时候来白元县的？"

小刘想了一下说："大约有十来天了吧，是我们吴副部长亲自去接他的。"

陈前一拍大腿，说道："江科长，我们可能真的被那小子给耍了。他认识小张，但绝对不是表兄妹。你想想看，小张来我们外贸局一个多月了吧？如果两个人真的是表兄妹的话，一起到白元县来扶贫，能不联系？可是咱们啥时候听小张说过，她有个表哥也在白元县扶贫？"

"对啊！"江程鹏怒声道，"这鳖孙，看我今天不收拾死他！"

陈前依旧拦着江程鹏："江科长，你怎么这么冲动？赵长风再啥也不算，毕竟也是省城里派下来的扶贫干部，假如你过去动手打了他，那事情一旦闹大，对你可没啥好处。"

蔡达明敲了敲桌子，说道："江科长，陈主任说得对啊。你是国家干部，不能用拳头来解决问题。"

说到这里，蔡达明微笑着向角落里一个人说道："江队长，你说是不是啊？"

江队长一身警服，和江程鹏外表有七八分相似，只是年纪轻一些，眉头上一多了一块伤疤。

"哥，蔡总说得对！"江队长终于接话了，"你现在都是外贸局的科长了，也不觉得失自己的身份！"

江程鹏把脸一横，说道："我咽不下这口气！以为是中州的就了不起了？也不看看白元县是谁的地盘！今天我要不出这口气，以后在白元县传开来，说我被省城的一个出纳整了，让我以后还怎么在白元县里见人？"

江队长无奈地叹了口气，拉着江程鹏叫道："哥，我的亲哥，想出气还不简单啊？这事交给我了，我今天一定会把这鳖孙整得哭爹叫娘的。"

江程鹏立刻喜形于色，拍着江队长的肩膀说道："小弟，我知道你会为替哥出头的。"

蔡达明笑着伸手称赞道："江科长，我敬你一杯。赵长风惹到你们兄弟两个，那是他不长眼。他别以为白元县是个小地方，他不知道，小地方也卧虎藏龙呢！"

江队长和蔡达明碰了一下杯，一饮而尽："承蒙蔡总看得起。以后我大哥的生意，还望蔡总多多照应。”

放下酒杯，蔡达明装作不在意地问道：“江队长，你准备怎么教训赵长风呢？”

江队长冷冷一笑，说道：“我让他吃不了兜着走。”

赵长风扶着张雨菁来到伏牛山宾馆大厅，把她放在大厅的沙发上。他拿出证件到总台，想开一个房间。不料，他刚走出两步，张雨菁就翻了一个身，趴在沙发上剧烈地呕吐起来。赵长风连忙折回去，拍着张雨菁的后背：“雨菁，吐吧，吐出来会好受些。”

张雨菁一脸痛苦地趴在沙发上，身体剧烈地抽搐着，把胆汁都吐出来了。

大厅里的服务员走过来说：“先生，能不能把这位小姐扶到房间的卫生间去吐啊？这里是大厅，要接待客人，她这样一吐，让客人还怎么进来？”

赵长风连说不好意思，掏出一张五十块的钞票递给服务员，让她去拿纯净水和纸巾过来。服务员接过钞票，飞快地跑过去拿了一瓶矿泉水和一包纸巾递给赵长风。

赵长风把矿泉水瓶口塞到张雨菁的嘴边，说道：“雨菁，来，漱漱口。”

张雨菁却呻吟一声，在沙发上翻了个身，又迷糊过去了，小脸上满是泪水和污迹。

“一群混蛋，哪有这样灌酒的？”赵长风很心疼，恨恨地骂了一句，心想回头他一定要去程路同那里告状。

赵长风帮张雨菁把泪水和嘴角的污迹擦干，又把衣服上的污秽也擦干净。

“服务员，这沙发和地板就麻烦你收拾了。”赵长风抱起张雨菁，对服务员说道。

赵长风抱着张雨菁进了房间，小心地把张雨菁放在床上，到卫生间里用热水湿了毛巾，回到床前轻声地叫道：“雨菁，擦一下脸吧！”

张雨菁呻吟了两声，眼睛却没有睁开。

赵长风苦笑了一下，拿着毛巾，小心地为张雨菁擦脸。

刚擦了两下，张雨菁又要呕吐，赵长风连忙把她的身体翻过来，让她趴在床上，伸手把痰盂拿过来，放在床边，伸手在张雨菁的后背轻轻地拍着。

“嗵嗵嗵！”传来很响的敲门声，“开门！快开门！”

赵长风不由得非常恼火，哪有这样叫门的？

他快步走过去把门打开，还没来得及看清状况，外面就冲进三个人，把他按在了墙上。

“你们是谁？想干什么？”赵长风一边喊着一边拼命反抗，却不是那三个壮汉的对手。

这时，走进来一个穿警服的男子说道：“我们是白元县公安局刑警队扫黄办公室的，现在怀疑你非法嫖宿，要搜查一下。”

赵长风的脸被按到墙上，什么都看不到，但他还是赶快亮明自己的身份：“你们是不是弄错了？我是省机关事务管理局的干部，到你们县梁丫子乡挂职乡长助理，来支援你们的扶贫工作的。”

“哦，原来是省政府的大干部啊！”穿警服的男子语气中透着一股讥讽，“不过还是要搜查一下再说。”

穿警服的男子一挥手，三个人就扭着赵长风进了房间。

“说，这个女孩子是怎么回事？”那人指着床上酣醉的张雨菁。

赵长风说道：“她是我的朋友，也来你们白元县扶贫。我看她醉了，就把她先扶回宾馆让她休息一下，醒一下酒。”

“朋友？醉了？”穿警服的男子说道，“你还真是好心啊？这么晚了把一个喝醉的女孩子扶回自己的房间醒酒？你为什么不把她送回住处？”

赵长风说道：“我不知道她住在哪里。她醉成这样子了，我也没办法问她。”

穿警服的男子一伸手，变魔术似的从床头的枕头下面拿出一盒避孕套，伸到赵长风眼前问道：“你看，这是什么东西？你怎么解释？”

赵长风当然知道他的床头绝对没放这个东西，他立刻明白了，这些人是来找他麻烦的。于是他大声说道：“你们真的是公安局的吗？我要看你们的证件！”

穿警服的男子脸色一变，兜手一巴掌打在赵长风的脸上：“你一个嫖宿的涉黄分子，还想看我的证件？”

这一巴掌抽得又重又狠，赵长风脸上立刻出现几道紫色的淤痕，嘴角上也沁出了血迹。

赵长风眼里冒着怒火，死死地盯着眼前穿警服的男子："你叫什么名字？在公安局担任什么职务？"

"啪！"穿警服的男子反手一巴掌又抽在赵长风脸上，依旧是又重又狠。

"告诉你又怎么样？我叫江金鹏，白元县公安局刑警队副队长！"

江金鹏？赵长风忽然想起了那个外贸局业务科科长江程鹏，他仔细一看，发现江金鹏和江程鹏还真有几分相像。

"江程鹏是你什么人？"赵长风咬牙问道。

"你话还挺多的！"江金鹏挥手又是一巴掌。

"你们还不把这鳖孙给我带回刑警队！"

赵长风冷笑一声，说道："江金鹏，你别乱来。我告诉你，我可认识你们县委书记程路同。"

"你认识我们程书记？我还认识程书记的爹呢！"江金鹏吼道，"我告诉你，你就是认识天王老子，今天照样收拾你！"

赵长风嘴角挂着一抹讥笑。

江金鹏更暴怒了，他吼道："铐起来！带走！"

他身后的一个便衣立刻掏出了一副拇指铐，把赵长风左手从肩上一扭，右手往背后一提，把赵长风左右手的两个大拇指铐了起来。赵长风的眉头立刻皱了起来，他的两个胳膊像被折断了一样，两个大拇指更是钻心地痛。

一个便衣问江金鹏："队长，这个女孩子怎么办？"

江金鹏叫道："她是同案犯，当然是一起带走了！也给我铐上去！"

"江金鹏，她还是个十八九岁的孩子，都醉成这样了，你能不能放过她？"赵长风立刻喊了起来，"你有什么事直接冲我来，少拿她说事！"

江金鹏一脚踹在赵长风小腹上："两个狗男女都带走！"

赵长风被踹倒在地，痛苦地蜷起了身子。

一个便衣上前抓着赵长风的衣领，另外一个警察把张雨菁双手一铐，不理会她在痛苦地呻吟，扔在肩膀上扛了出去。

"江金鹏，你个狗日的等着瞧！我一定不会放过你！"赵长风简直要气疯了，他冲着江金鹏大喊道。

走到了伏牛山宾馆门口，赵长风依旧是大喊大叫。

这时候，两辆小车驶过来停在宾馆门口，前面的是一辆普桑，一个人从副驾驶座位上下来，一路小跑到后座把车门打开，一个五十多岁面容威严的男子从车里钻了出来。听到宾馆门口有大喊大叫的声音，不由得眉头一皱，不悦地说道：“小张，你去看看，是怎么回事！”

这个五十多岁的男子正是白元县县委书记程路同，小张则是张秘书。他们身后那辆小车里坐的是原籍白元县的旅美华侨王成富，是程路同在美国考察时亲自邀请回来考察白元县投资环境的。今天程路同在宁浩市向市领导汇报之后，就和王成富一起回到白元县。因为伏牛山宾馆是白元县最高档的宾馆，所以程路同亲自送王成富过来，没想到却遇见这一幕闹剧。

张秘书跑到人群外看了两眼，连忙跑了回来。

“程书记，是刑警队的江金鹏在抓人，一男一女，那个男的我看着好像是赵长风。”

“什么？赵长风怎么会在这里？你会不会看错了？”程路同浓眉一皱，“小张，你先去后面向王成富先生解释一下。我去看看是怎么回事！”

程路同挤进人群，只见两个便衣铐着一个男青年往外推搡，男青年脸上有几道淤痕，嘴角也挂着一道血迹，正在那里疯狂地叫嚷着：“江金鹏，你配当人民警察吗！”

可不正是赵长风吗！

程路同心中一颤，目光就盯在洋洋得意的江金鹏身上。你倒是真会给我添乱，连赵省长的侄子也敢铐，我看你的刑警队副队长是干到头了。

江金鹏被赵长风骂得火冒三丈，他干了十几年公安，还真没有碰到这么横的！

“赵长风，你再叫唤，可别怪我不客气了！”江金鹏指着赵长风说道。可是他的肩膀上却搭上一只手：“江金鹏，你对谁不客气？”

“你是谁啊！”江金鹏是干公安的，最后讨厌别人从后面拍他摸他了。江金鹏骂骂咧咧地扭过头刚想发怒，一看却是程路同站在他身后，他连忙换上了一副笑脸：“程书记，是你啊？你怎么过来了？”

程书记哼了一声，指着赵长风问道：“他是怎么回事？”

赵长风已经看到程路同了，他的心完全定了下来。程路同既然不主动跟他招呼，他也乐得装聋作哑。反正赵长风相信，就冲他现在这副惨样，程路同也绝对不会放过江金鹏的。

江金鹏心中一阵慌乱，没有想到会在这个节骨眼上碰到程书记。毕竟这件案子是他捕风捉影弄出来的，如果他已经把赵长风抓到刑警队录了口供，就什么都不怕，但是现在可有点儿悬。

“程书记，是这样的，我们刑警队今天来伏牛山宾馆扫黄，撞到了这两个人涉嫌嫖宿，正打算把他们带回刑警队审查。”

涉嫌嫖宿？程路同瞟了一眼赵长风，眼角出忍不住露出一丝笑意。年轻人啊，到底是火力旺。

赵长风敏锐地捕捉到了程路同眼角的笑意，不由得狠狠地瞪了程路同一眼。程路同连忙收敛笑意，装作什么都没看见。他严肃地问道：“江金鹏，涉嫌嫖宿，这可很严重啊。你调查过他是什么人了吗？”

“这……”江金鹏迟疑着不知道该怎么说，如果他直接说这个赵长风是省里派来白元县扶贫的干部，程书记肯定会发怒。把省里派下来的干部都抓起来了，以后省里哪里还敢再派干部到白元县扶贫？

想到这里，江金鹏只好半真半假地说：“程书记，这个人说他是省里派到我们白元县梁丫子乡扶贫的干部，我却有点怀疑。省城里的干部素质多高啊，怎么会嫖宿呢？所以打算带回刑警队做进一步调查。”这番话说的真是圆滑至极，他说他怀疑赵长风省里干部的身份，就进可攻退可守。给程书记的印象是，假如他调查核实了赵长风真的是省里干部的话，那么就会当成一场误会，把赵长风给放了，这样江金鹏就不会背上破坏白元县扶贫事业的骂名了。

江金鹏又说：“程书记，对了，这小子还打着你的旗号招摇撞骗，说他认识你。”程书记既然来了这么久，都没跟赵长风打招呼，说明程书记根本就不认识赵长风。

这时程路同还没有来得及说话，赵长风就吼道：“程路同，你再不让人给我开手铐，我跟你急！”

程路同本来不想暴露他和赵长风的关系，不料赵长风最终还是说出来了。

唉，年轻人，真沉不住气啊。

江金鹏一下子蒙了，他真想不到，赵长风竟然真的认识程路同，而且关系还很密切。怪不得刚才赵长风这小子说话那么横，原来是有恃无恐。这下麻烦了，娄子捅大了！

“程书记，这个，那个，我真，我真的不知道……”江金鹏一边语无伦次地说着，一边赶紧掏出钥匙把赵长风的拇指铐解开。

“赵长风，赵领导，我，我真的对不起！”江金鹏在赵长风面前点头哈腰地说。

“你给我让开！”赵长风一把将江金鹏推开，来到旁边那个便衣警察身边。那个便衣警察已经被这一幕吓傻了，他扛着张雨菁傻站在那里，不知道如何是好。

赵长风上去抱住张雨菁，嘴里呵斥那个警察道：“还不给我放下来！”

那个警察连忙把张雨菁放到赵长风的臂弯里，把张雨菁手上的手铐打开。

张雨菁嘴里断断续续地呻吟着，小脸已经憋得发紫。

赵长风不由得一阵心疼。

赵长风来到江金鹏跟前，指着江金鹏的鼻子说道：“江金鹏，你今天怎么对我，我都可以原谅你，但是你那么卑鄙地对待一个刚中专毕业的小女孩，我绝对不会原谅你！”

说着，他也不管这是大庭广众之下，也不管程路同就在身边，赵长风抬起脚来，一脚踢向江金鹏的小腹。赵长风这一脚势大力沉，江金鹏立刻惨叫一声，倒在地上。其实如果江金鹏有所防备，完全可以躲开赵长风这一脚，可是他没有想到赵长风竟然会如此大胆，当着程书记的面就敢下手，一时不备就中了赵长风的黑脚。

程路同眉头微微一皱，心里叹了一口气。平日里看长风老弟文质彬彬的，身上完全没有纨绔子弟的作风，还真不知道，他身上还有如此彪悍的一面。竟然丝毫不顾忌自己这个白元县县委书记的面子，当场痛殴江金鹏。

不过在程路同看来，赵长风此时痛殴江金鹏才符合他的身份。他如此暴怒也是理所当然的！

程路同怕赵长风继续下手，他脸上更不好看，连忙走上前去假装关心地拉着赵长风道："长风老弟，你跟我说说，这到底是怎么回事啊？"

"怎么回事？你问问江金鹏吧！"赵长风气咻咻地说，"那个女孩子是我表妹，她在白元县外贸局扶贫，外贸局一个叫江程鹏的科长把她拉出来陪酒，还把她灌醉了。正好被我碰到了，就说了江程鹏几句，然后把我表妹扶到我房间里醒酒。不料这个江金鹏就带着几个人到我房间以扫黄的名义，把我和我表妹都抓了起来。如果没遇到你，还不知道会是什么样的结果！"

"江程鹏？"程路同眉头一皱，不正是江金鹏的哥哥吗？他完全明白这是怎么回事了。

程路同来到江金鹏面前，严肃地说："江金鹏，你马上回家，给我深刻反省，等候组织上调查清楚事实，做进一步处理！"

"程书记，我……"江金鹏忍着痛站起来，还想跟程路同解释。

程路同疾声厉色地说："你什么你？还不给我马上回去？"

江金鹏不敢再说话，垂头丧气地离开了。

赵长风却对程路同的处理很不满意，他来到程路同面前开口道："程书记……"

程路同连忙拦住了他，脸上赔着笑容："长风老弟，我知道你要说什么。可是现在处理不合适，我后面的车上还坐着从美国回来的华侨客人。"

然后程路同低低地在赵长风耳边说道："放心，老弟，在程哥的地盘上，我会让你吃亏？这个面子我一定会帮你找回来的。"

程路同转过身，对周围的人说道："还看什么热闹？还不散了？"

周围的人看县委书记都发话了，谁还敢在这里停留，连忙散了开来。

程路同又问赵长风道："长风老弟，你来白元县干什么？怎么也不提前跟我打个招呼？"

"打了几次电话，都说你出国考察去了。"赵长风苦笑着说，"单位派我下来扶贫，我主动挑选了白元县，想过来你手下蹭几天饭，谁知道却蹭来一脸伤！"

"长风老弟，你住在哪个房间，我先去把华侨安排一下，然后就去找你！"程路同连连告罪。

两个服务员抱着张雨菁，和赵长风一起回到了房间。赵长风让她们把张雨菁放在床上，替她盖上被子，然后又说道：“到下面总台再给我开一个房间。”

两个服务员连声答应着小跑下去。

赵长风坐在张雨菁旁边，看她面色已经恢复正常，正香甜地睡着，显然完全不知道刚才发生的惊险一幕。

“哎，真是个傻丫头啊！”赵长风微笑着退出房间，把门带上，站在门口。

一小会儿工夫，服务员上来，把房卡递给赵长风，讨好地说：“赵先生，我替你在隔壁开了一间房。”

赵长风点了点头，说道：“待会儿程书记上来，你就让他来隔壁找我。”

进了房间，赵长风到洗手间去，一开灯，就看见脸上吓人的淤痕。

他忍着疼痛用热毛巾擦了一把脸，坐在沙发上，等着程路同到来。

半个多小时后，程路同过来了。“长风老弟，不好意思，让你久等了！”程路同笑着说道，“我刚把那个美国华侨安排好。长风老弟，你放心吧，这件事包在程哥身上。只是我有个小小要求，假如赵省长知道你在我这里发生了这样的事情，我以后哪儿还有脸去见他啊？”

赵长风听他又提到了赵省长，便说道：“关键是看程书记你怎么处理了！”

程路同说道：“长风老弟，先别着急，我已经让小张派人去找江程鹏了。等把整件事弄清楚了，我们再商量怎么处理。”

过了不久，张秘书进来了。“程书记，我把江程鹏找来了。他在门外等着呢！”

程路同说道：“让他进来。”

江程鹏畏畏缩缩地走了进来，目光躲闪着不敢看程路同和赵长风。

“程书记，我来了！”

程路同浓眉一拧，沉着脸说道：“江程鹏，今天究竟是怎么回事？”

江程鹏迟疑地说道：“程书记，我，我真不知道啊。是金鹏带着刑警队的人去扫黄的，与我无关啊！”

程路同重重地拍了一下桌子，上面的茶杯“哗啦”一声就掉在地上摔了个粉碎："放肆！江程鹏，你连撒谎也撒不圆。你怎么知道我问你的是江金鹏的事？告诉你，我是打算问你们外贸局为什么会让上面派下来的扶贫干部去陪酒，根本没问江金鹏的事。你可是不打自招！"

张秘书过来一边捡着地上的茶杯碎片，一边说道："江科长，你还是实话实说吧。刚才程书记上来的时候已经问过餐厅的服务员了，他们说今晚你和江金鹏都在下面包厢里吃的饭。"

江程鹏面色惨白，额头上的汗就下来了。他哆嗦着嘴唇说道："程，程书记，我，我错了，你就再给我一次机会吧。"

程路同冷笑了一下，说道："你们兄弟俩真是好大的胆子啊！让省里下来的扶贫干部去陪酒不说，竟然还敢制造事端诬陷省里下来的干部。你们以为白元县是你们江家兄弟的天下吗？告诉你，白元县是共产党的天下，只要有我程路同在白元县一天，这白元县就变不了天！"

江程鹏浑身哆嗦："程，程书记……"

程路同严肃地说道："江金鹏正在停职反省，你也和他一样，明天就不要去外贸局上班了，回家好好把事情经过写上一份说明材料交上来，等候组织进一步处理！"

"是，是，程书记，我一定好好反省！"江程鹏连声答应，点头如鸡啄米似地退了出去。

张秘书也把地上的茶杯碎片收拾好了，他说道："程书记，我到下边等你。"

等张秘书走后，程路同说道："长风老弟，事情都清楚了，啥都别说了。放心，这件事我一定会给你一个满意的交代！"

赵长风一方面想让程路同处治江金鹏兄弟，一方面却又担心这件事情闹大了，传回局里对他影响不好。因为江金鹏这一招太阴毒，用涉嫌嫖宿的罪名来对付他，传出去根本说不清楚。虽然程路同这边可以让县里定性是江金鹏捕风捉影地诬陷，但是局里那些领导会不会私下里对赵长风产生什么看法，真的很难说。

考虑到这些，赵长风说道："程书记，这件事如果传出去，难免会对白元县产生一些看法。程书记这么爱护我，这对程书记不公平，所以最好还是找一个其他理由。”

程路同觉得赵长风太够意思了，在白元县受了这么大的委屈，还能设身处地为他考虑，这实在让他有点感动。

“长风老弟，我也这样想的，这种小事能不惊动赵省长最好了。我打算成立两个专案小组，分别去刑警队和外贸局调查江金鹏、江程鹏两兄弟的问题。他们的劣迹多着呢，随便查出一两条就够他们兄弟俩喝一壶了！”

赵长风也相信程路同的判断，只看江金鹏、江程鹏两兄弟飞扬跋扈的样子就可以看得出了。

“长风老弟，这个事你就放心好了。”程路同笑着说，“还是谈谈你的扶贫工作吧。你在哪个乡扶贫？梁丫子乡还是田庄乡？”

“梁丫子乡。”

“长风老弟，你还真会捡重担子挑啊！”程路同苦笑起来，“梁丫子乡那地方你也敢去？”

赵长风笑道：“我也是实在没有想到，梁丫子乡竟然这么困难！”

“呵呵，没关系！”程路同拍着赵长风的肩膀说，“以后你就留在县里好了。我和梁丫子乡的老钱打个招呼，保准他把挂职扶贫的鉴定写得花团锦簇的。”

赵长风正色道：“住县里倒是没有啥问题，但是梁丫子乡的扶贫工作我却不想丢下。关于梁丫子乡的脱贫工作我心里已经有个大致的想法，可是今天我实在没有心情谈这个，改天你有空了，我过去和你谈一谈吧。”

程路同哈哈大笑，说道：“怎么着都行！我的办公室随时为长风老弟敞开。”

程路同又指了指隔壁，问赵长风道：“长风老弟，你给程哥说实话，隔壁那女孩子真的是你表妹？”

赵长风笑了，说道：“她叫张雨菁，曾经和我一个同学谈过恋爱，和我关系也不错，我一直把她当妹妹看待。毕业后她分到中州市一家银行，我没有想到她也会被派到白元县扶贫。”

程路同打趣道：“这就叫做千里姻缘一线牵啊！”

赵长风急了：“程哥，这个玩笑你可别乱开，我真把她当妹妹看待！”

程路同一本正经地说："好，好，长风老弟是把她当妹妹看待。"可是他嘴角一抹戏谑的笑却说明他根本不相信赵长风的话。

赵长风也懒得解释，只要自己问心无愧就好。

"程哥，我不想让雨菁再在外贸局那个乱七八糟的地方待着了。你回去问一下，看雨菁原来被分到哪里扶贫，就还让她去那里吧。"赵长风说道。

程路同笑道："长风老弟，你既然在梁丫子乡，她就一定被分到了田庄乡。"

赵长风关心地问道："那里怎么样？艰苦吗？"

程路同笑了，说道："田庄乡比梁丫子乡好太多了。位于平原地带，距离县城还不到半个小时的路程。实际上田庄乡也不算是贫困乡，农民地里的粮食管温饱是没问题的，只是没有其他产业，农民手里没钱而已。"

"半个小时？"赵长风说道，"那么可不可以把雨菁也安排在县城里住，每天到田庄乡去扶贫呢？半个小时也不算远。"

"没问题！长风老弟的妹妹也就是我的妹妹，大事解决不了，这种小事我还是可以解决的。"程路同开玩笑道。

"程哥，还有一个问题。今天我们局里支援梁丫子乡的柴油发电机到了，柴油机厂也派了两位同志过来负责安装。我和张副乡长过来接他们，中午的时候和他们说好了，明天陪他们一起回梁丫子乡去……"赵长风指了指脸上的淤痕："可是现在我这个样子，实在不方便见他们和张副乡长。"

程路同说道："这事好办，一会儿我让小张跟张秀琴说一声。对了，忘了告诉你了，张秀琴就是小张的亲姐姐。"

赵长风笑了，这关系是越说越近啊。

程路同说："那就这样，明天我让小张给你找一套房子，你搬过去住。我明天再找一个同志过来，和张秀琴一起陪柴油机厂的两位同志一起去梁丫子。"

"麻烦程书记了！"

"长风老弟，就别和我客气了！"程路同笑道，他掏出一张名片递给赵长风，"对了，县里给我配了个移动电话，前一阵子我觉得拿着太招摇，一直没用。后来发现没有个这玩意联系起来挺不方便，就用上了。你以后打这个号码，随时都能联系到我。”

赵长风接过名片看了看，笑道：“我就说嘛，堂堂的县委书记，早该鸟枪换炮了。”

“对了，还有一件事。长风老弟，这两天你好好养伤。过两天你和我陪王成富去梁丫子乡一趟。”

赵长风一愣，说道：“程哥，王成富是谁啊？”

程路同说：“就是那个美国华侨，他是梁丫子乡老爷庙村出来的。老爷庙村你应该知道，是梁丫子乡最穷的村，连电都没有通。我本来正想着该怎么向王成富解释呢，现在好了，你们局里送来了两台柴油发电机，正好给老爷庙村安一台，这样等王成富过去的时候，至少老爷庙村还能通电。”

程路同走后，赵长风忽然想起一件事，赶紧跑到三楼，问楼层服务员，三零三房的客人醒了没有？楼层服务员说三零三房的门都没有开过，客人应该是还没有起床。

这下赵长风就放心了。孙小明的处长和局里陶主任是同学，万一孙小明和周跃进看到今天的事情，回去说给他们处长听，他们处长再告诉陶主任，那就不太好了。现在两个人既然还没有出来过，说明今天晚上发生的事情他们肯定不知道，赵长风也不用再做其他准备了。

回房间洗了个热水澡，赵长风倒在床上就睡着了。

第二天，赵长风被床头柜上的电话铃声吵醒了，他迷迷糊糊地拿起电话问道：“喂，找谁啊？”

“长风，是我！”电话那端传来张雨菁的声音，“真不好意思，昨天我竟然醉得什么都不知道了。我醒来看到你留在床头的纸条了，就打电话给你了。”

“雨菁，你醒了？还难受吗？”赵长风一下子清醒了很多。

张雨菁说：“头晕晕的，胃里也很难受，浑身都没有力气。”

赵长风说：“雨菁，你等一下，我马上就过去。”

放下电话，赵长风一看手表，已经十一点了。他也顾不得洗脸刷牙，穿上衣服就来到隔壁的房间。

“雨菁，开门，是我！”

张雨菁拉开门，看一下赵长风，就哭了起来：“长风，你怎么回事？谁把你打成这样？”

赵长风笑着说：“没事，一点小伤，进去说吧。”

张雨菁“嗯”了一声，用手背抹去了眼泪，转身把赵长风让进了房间。

赵长风把窗帘拉开，冬日的阳光照射进来，室内一片明亮。这下子他脸上的伤痕就更加明显了，张雨菁看着不由得一阵心疼。

“长风，究竟是怎么回事？谁下手这么狠？”

赵长风笑笑，说道：“白元县刑警队的人，不过事情我已经解决了。”

“为什么？他们为什么打你？”张雨菁追问道。

“一点小摩擦，没啥大问题。”赵长风笑着掩饰道。

“一定是我，一定是因为我对不对？”张雨菁忽然想起来了，“江科长的弟弟就是刑警队副队长，一定是为了我，你们才起摩擦的！”

张雨菁顿时又哭起来：“长风，我不好，对不起，害得你和刑警队的人打架。”

“雨菁，别哭了！”赵长风从纸巾盒里抽了一条纸巾塞到张雨菁手里，“不好的是那些人，和你有啥关系？别胡思乱想了！”

“不，就是我不好，就是我害了你！”张雨菁泪眼蒙眬地看着赵长风脸上的伤痕，“看看，他们都把你打成什么样子了？”

“雨菁，你再这样说我可不高兴了！”赵长风说道，“我和田磊是好朋友，就冲你和田磊以前的关系，我也得照顾你啊！这点皮外伤算什么？休养两天就好了！”

张雨菁一下子愣在那里，她止住了哭声，背过身去，眼泪掉得更厉害了。原来，长风是为了田磊，原来，在长风心目中，自己只不过是田磊曾经的恋人！

赵长风没有察觉到张雨菁的异常，他听到张雨菁不哭了，就开心地说：“都毕业参加工作了，可不能整天哭哭啼啼，像一个长不大的孩子。”

张雨菁没有做声。

赵长风继续说道：“雨菁，白元县的县委书记是我们系书记的老乡，我和他比较熟。我跟他说了你的情况，他今天会给县里有关部门打招呼，把你调离外贸局，按照原计划到田庄乡去扶贫。”

张雨菁此时已经恢复了冷静，她淡淡地说：“哦，谢谢你帮忙，长风。”

“呵呵，这有什么啊！”赵长风笑道，“就冲田磊……”

张雨菁终于忍不住了，她扭过头逼视着赵长风：“赵长风，你能不能不提田磊？”

赵长风愣了一下，他张了张嘴，本来想说田磊现在混得不错，忍了一忍，咽回去了。“好了，雨菁，不说这个了，我给程书记打个电话。看看房子他给安排好了没有。”赵长风走过去拿起床头的电话拨了程路同的移动电话。

“程书记，我啊，长风。张秘书找好房子了吗？哦，两套都安排好了？程书记，麻烦你了啊！哈哈，我不是和你客气。行行，我在这里等他。”

赵长风放下电话，对张雨菁说：“田庄乡距离县城不远，半个小时就到。所以程书记在县城给你安排了一间宿舍，你可以住在县里，每天乘班车到田庄乡去上班。”

“谢谢！”张雨菁沉默了半天，忽然想起一个问题。“长风，你怎么会来白元县？”

赵长风这才想起，昨天张雨菁醉得迷迷糊糊的，后来发生的事情都不记得了。

“和你一样，我也在白元县扶贫。”

“真的吗？”张雨菁脸上绽露出一丝笑容，旋即又隐了起来，问道，“那真是太巧了。你在白元县什么地方扶贫？”

“梁丫子乡。”赵长风说道，“不过以后会常住在县城，有需要才去梁丫子乡。程书记也给我安排了一套房子，离你的宿舍不太远。有时间你可以过来找我玩，我请你吃饭。”

张雨菁脸上终于忍不住露出了笑容：“好，这可是你说的啊，到时候我找你请我吃饭，你可别嫌我烦哦！”

“怎么会呢？我不是和……”赵长风忽然醒悟过来，硬生生地把后半句咽了下去，强自改口说道，“我不是和你是邻居嘛！”

张雨菁轻轻咬了一下嘴唇，心中暗喜。

不一会儿，张秘书赶了过来，他告诉赵长风，程书记今天要陪王成富到县里各个地方参观，抽不出时间来陪他们，今天的午饭就由张秘书陪他们吃了。

吃过饭，张秘书先领着两个人去看给赵长风安排的住处。这是白元县工商局的家属楼，二楼有一套两室一厅的空房子。

赵长风进去看了看，挺满意的。张雨菁说只是脏了一点，需要打扫一下。

赵长风环顾一下屋内，没觉得脏啊。

张秘书就笑道："长风，女孩子都爱干净，观点自然和我们男人不同。"他对张雨菁说道："雨菁，你下午可以过来帮长风打扫啊。"

张雨菁点点头道，如果他恳求她的话，倒是可以考虑。

赵长风装作没听见，问张秘书，张雨菁的宿舍安排在哪里?

于是张秘书就带着赵长风和张雨菁下了楼，转过一条街。

"长风，雨菁，这里是我们县委县政府年轻干部的宿舍楼，我带你们上去看看。"

给张雨菁安排的宿舍在四楼，这一层基本上住的都是单身女职工女干部。

赵长风看了看张雨菁的宿舍，和学生宿舍差不多大小，多了一个小厨房小卫生间，还算不错。

"雨菁，你觉得怎么样?"赵长风问道。

张雨菁乐了："很不错啊，比外贸局的宿舍要好很多。只是也太脏了，需要大扫除才能搬进来呢!"

张秘书道："长风，要不这样吧，我派两个清洁工过来帮你们打扫一下?"

张雨菁连忙道："谢谢你，张秘书，不用了，我自己打扫就行。"

赵长风也说道："张秘书，别听雨菁说得那么夸张，女孩子就喜欢一惊一乍的，我看这里挺好，挺干净。"

张秘书道："那这样吧，下午雨菁就先打扫卫生吧。明天我领她到人事局，由人事局的同志陪她到田庄乡报到。"

第二天，张雨菁跟随人事局的一位副科长到田庄乡报到，给她安排了一个田庄乡团委副书记的头衔，在那边参加扶贫工作。

赵长风歇了两天，第三天时，看脸上的淤痕基本上消了，这才给程路同打了电话，去他的办公室了。

程路同见了赵长风，首先向赵长风说明了调查江金鹏、江程鹏两兄弟的情况。江金鹏的事比较好查，因为有关部门本来就接到大量举报江金鹏的举报信，顺着这些线索，调查组的同志已经掌握了不少江金鹏违法犯罪的证据，目前正在对其余线索进行核查落实。

但是对江程鹏的调查就遇到了困难。江程鹏看着脾气暴躁，其实手段非常高明，基本上没有留下什么痕迹，调查组还在外贸局做进一步的调查。

“长风，看来这次我们是遇到狡猾的对手了啊！”

“呵呵，程书记，这件事可以慢慢来。狐狸再狡猾，也逃不过猎人的猎枪。”赵长风笑道，“以江程鹏的行事作风，不可能没有经济问题的，关键是调查组现在还没有找到突破方向。”

程路同说道：“对，长风老弟，这事不急，反正主动权掌握在咱们手中。什么时候查到他们的问题，什么时候办他们。”

“程书记，先不说这个了。我和你谈点正事。”赵长风说道。

程路同笑了：“长风老弟，说吧，什么正事？”

赵长风说道：“就是梁丫子乡的脱贫问题。这两天我在房间里没有出来，就是在琢磨这件事。我认为，梁丫子乡脱贫的首要问题就是交通问题，如果能在梁丫子乡和卧虎乡之间修一条公路，那梁丫子乡的脱贫就有指望了。”

程路同摇头道：“长风老弟，关于梁丫子乡修建公路的事，好几届县委都讨论过，最后都不了了之。”

赵长风问道：“为什么？是因为资金的原因吗？”

程路同说：“资金是一个原因。还有一个重要的原因就是梁丫子乡既不具备开展大规模农业生产的条件，也没有什么矿产资源。如果县里投入巨资修建这条公路，几乎不会有什么回报。很多领导同志都认为，如果单单为梁丫子乡一万多居民出行的方便而修建一条公路，太浪费了。”

赵长风又问道：“程书记，县里做过预算没有，从梁丫子乡的卧虎乡修建一条公路需要多少投资？”

程路同说：“我看过县交通局提交上来报告，卧虎乡到梁丫子乡现有山道三十四公里，如果在现有山道上进行扩建维修，修建一条乡村四级公路，大约需要投入两百万元。如果要修建一条二级公路，至少需要八百万元。”

赵长风说道：“两百万元资金，以白元县的财政状况，应该可以拿出来吧？”

程路同道：“如果挤一挤，是能拿出来。可是白元县正处于一个经济快速发展的时期，很多好项目都需要资金，好钢要用在刀刃上，不能为了梁丫子乡一万多居民的出行方便，就影响县里经济发展的大好局面啊！长风老弟，现在干什么不都讲求效益吗？所以县里只能把有限的资金用在能给县里带来最大收益的地方上去。”

“程书记，你今年多大了？”赵长风忽然换了个问题。

程路同一愣，说道：“五十七了。”

赵长风说道：“程书记，你再干两三年就该退了吧？今后有什么打算吗？”

程路同叹了口气：“夕阳无限好，只是近黄昏啊。如果能早几年认识长风老弟就好了！”

伤感了一下，程路同又说道：“我还能有什么打算？只有多活动活动，争取弄一个副厅级待遇退休了。”

赵长风笑了：“程书记，我觉得你思想不够开放。都啥年月了，还总是盯在那个虚头巴脑的副厅级待遇上？人都退下来了，这个副厅级待遇能给你带来什么好处？”

程路同听出赵长风话里有话，连忙说道：“长风老弟，你莫非有什么好建议？说给程哥听听。”

赵长风说道：“你在任上时，当然是要追求政治利益，可是卸了任，就应该看重经济利益了。退休之后生活能不能过得有质量，只关乎一个钱字。副厅级待遇可帮不了多大忙。”

程路同摇头苦笑：“长风老弟，你也知道，我当上这个一把手花了多大力气，只要平平安安地熬过三年就可以光明正大退休了。假如闹出什么经济问题，岂不是晚节不保？代价太大了。”

顿了一顿，程路同说道：“我在白元县没有什么根基。县里的干部几乎都是毛有才或者刘琦声的人，虽然说我现在是一把手，他们表面上都服从我，可是谁知道他们背后会不会搞什么鬼？所以我只有洁身自好，不去考虑什么经济利益了。那些东西虽然好，但是也许会让我付出无法承受的代价。”

赵长风说道：“程书记，如果现在有一个机会，既能给你带来政治利益，又可以给你带来相当的经济利益，而且不会让别人抓到把柄，你会不会考虑呢？”

程路同笑了笑，指着赵长风说：“长风老弟，你啥时候也学会卖关子了？有啥话直说，跟程哥还需要绕这么大圈子吗？这么好的事当然要干了！”

赵长风一本正经地说：“程书记，还是从梁丫子乡的扶贫着手。这些天，我在梁丫子乡转了不少地方，发现那里乡很多地方的山美水美，风景秀丽，绝对不亚于这几年在我们省声名鹊起的云台山。”

程路同说道：“嗯，这两年云台山是搞得挺红火。”

赵长风说道：“云台山现在也是刚起步，按照它的发展态势，几年后超越少林寺，成为中原省旅游界的老大，不成什么问题。”

程路同从来不关心风景旅游之类的事，这时听赵长风这样说，不禁大吃一惊，问道：“长风老弟，你对云台山就这么有信心？”

赵长风笑道：“云台山没有开发之前我就去过。当时山里的村民和梁丫子乡一样，非常贫困。但是现在呢，比平原地区的村民生活都要好。再过两年，或许他们比城市居民还要富裕呢。”

程路同终于明白了：“长风老弟，你的意思是说，在梁丫子乡搞风景区开发？”

赵长风道：“对，梁丫子乡山溪纵横、瀑布成群、泉水奔涌，绝对具有成为云台山级别的风景区的潜质。”

程路同考虑一下，说道：“搞风景区建设，需要很大的投资啊。不过这是个方向，可以好好研究一下。”

赵长风说道：“程书记，你可别把这事拿到你们县委上去研究啊。”

程路同一愣：“长风老弟，你这是什么意思？”

赵长风正色道：“我想成立一个风景区开发公司，开发梁丫子乡风景区。”

程路同坐直了身体，说道：“长风老弟，你不是开玩笑吧？梁丫子那种地方，你现在去搞风景开发，需要多大的投入啊？万一达不到你预期的效果怎么办?”

赵长风说道：“程书记，我已经考虑清楚了。随着国家经济的不断发展，城市居民的收入会不断地提高。人们口袋有钱了，肯定需要消费，成天在城市的水泥丛林中忙忙碌碌，一定会非常向往大自然的青山绿水。这种势头在宁浩市可能还不明显，在中州市已经相当明显了。梁丫子山水秀美，森林覆盖率又那么高，搞旅游绝对有市场。

“这青山绿水、小溪瀑布、森林都是大自然现成的，我们现在只要砌一道墙，修一个门，弄几个人在那里收费，这是一个稳赚不赔甚至是一本万利的生意啊。”

程路同听得也很心动，点头道：“从长远来看，搞风景区绝对有赚头。”

赵长风说道：“况且修建风景区对梁丫子乡的村民脱贫也有好处。他们可以把自家改造成农家宾馆。接待游客住宿，再搞一些农家菜，弄些土鸡土鸭，自然环保无污染，城里人一定会趋之若鹜。这样一来，梁丫子乡的村民再也不用担心人多地少不够温饱了，光每年接待游客的钱就能让他们过上比县城人还富裕的生活。”

顿了一顿，赵长风又笑道：“程书记，这梁丫子乡可是全省闻名的贫困乡，如果在你手上脱贫，可是一项相当了不起的政绩啊!”

程路同笑笑，不说话。

赵长风知道，该摆出价码来了。

“程书记，我已经和家人商量过了，他们一致赞同我的主意，决定先给我拿出两百万元，作为梁丫子风景区的前期启动资金。”

赵长风其实哪里和家人商量过了？完全是他的主意。他现在手里凑凑拿出两百万不是问题，实在不够再从林满堂老爷子那里借一点也无妨。最重要的是，他看好梁丫子风景区的前景，这钱怎么也亏不了。

第四章　掀起你的盖头来，打造优质风景区

赵长风心里盘算，梁丫子乡虽然是一个贫困乡，但这里的风景却是独一无二。假如掀开这个美女的盖头，把风景区开发出来，方圆百里，甚至全省全国旅游界，一定会为之惊艳，那么受益者将会是梁丫子乡世世代代的村民，脱贫致富更不在话下。目前的问题是梁丫子乡至今没有一条像样的公路，再好的风景也是白搭。要致富先修路，赵长风决定说服程路同，请县政府牵头，共同投资，结成利益联合体。

程路同一惊，好大的手笔啊！家人，那么会不会是赵强省长呢？很有可能，如果不是赵强，谁能给赵长风一次性拿出两百万元资金来？

赵长风知道程路同已经心动了，就继续说道："而且他们还同意我提出的方案，即在新成立的景区开发公司里为程书记留百分之二十的股份。当然，这股份只是暗股，程书记可以通过亲属或者朋友等自己信得过的人来掌握这百分之二十的股份。等将来程书记退休了，再把这些股份转到名下。"

程路同叹了口气，说道："长风老弟，对于你的好意，程哥只有心领了。以程哥的身家，拿出个七八万块钱还没问题，但是让我一次性拿出四十万，程哥无论如何也筹不来啊！"

赵长风知道程路同是故意装糊涂，于是就干脆明说："程书记，谁说让你投钱了？这百分之二十的股份根本不需要你投入一分钱。"

程路同连连摆手，一本正经地说："不行，长风老弟，这怎么能成？你把我想成什么人了？"

“程书记你虽然没有投入资金，并不代表什么都没投入啊？这百分之二十的股份，按照南方比较流行的说法，叫做人力资源股。程书记投入的是人脉资源啊。这风景区既然开在白元县的地盘上，以后少不了和白元县各部门打交道。以你在白元县的影响力，风景区的建设运作一定非常顺利。这种效果可不是区区几十万元能买到的啊！”赵长风说。

程路同道：“长风老弟，这个你放心，这百分之二十的人力资源股不用给我，你的风景区建设在白元县照样顺顺利利的。”

赵长风笑道：“我说程书记啊，你就别推辞了。我知道，您现在肯定不会需要这些钱，可是退下来以后呢？嫂子、大侄子们以后用钱的地方多着呢，有这么一份股份放在这里，以后手里不是也有个活络钱？办啥事都方便啊！”

“这，这……”程路同唉声叹气地，指着赵长风不停地摇头，“长风老弟啊，你真要把你程哥架在火上烤啊！”

赵长风哈哈大笑道：“程书记，现在你在县委书记的位置上就不说了，等你退休之后，一定要到风景区挂一个名誉董事长，这等于给风景区挂了一道护身符，谁也不敢去找麻烦啊！”

程路同摇头道：“长风老弟，你这算盘怕是打错喽！等我一从白元县县委书记的位置上退下来，谁还认得我程路同是谁？”

赵长风说道：“你在县委书记的位置上至少还能干上三年，这三年也够提拔一批忠心的人上来了吧？你即使退了，这些人说话总还是管用的吧？再说，程书记在白元县县委书记的任上，一手把梁丫子乡这个在省里挂上号的贫困乡变成美丽富饶的梁丫子风景区，这要算近年来白元县的头一份政绩吧？无论是谁继任你的位置，敢忽略你的影响？更何况，即使你退了，这白元县谁来当县委书记，会不征求你的意见？”

程路同笑着，指着赵长风说道：“长风老弟，你真是门儿精啊。不过，要建设梁丫子风景区，两百万投资怕是不够吧？光修建从卧虎乡到梁丫子乡的公路，投资就不止两百万了。”

赵长风知道，程路同既然开始讨论风景区的建设，就已经默认接受了百分之二十的股份。他说：“卧虎乡到梁丫子乡的公路可以先按乡村四级公路标准来修建，先保证能通旅游客车就行，往后可以逐步改建扩建，慢慢升级到二级公路的标准。”

程路同说道：“即使按照乡村四级公路的标准来修建，也需要两百万元。全投入到公路上了，那后面景区的建设资金呢？”

赵长风说道：“当然是白元县出钱来修建这条公路了。”

“唉，你这小老弟，原来是要把程哥绕进去啊！”程路同苦笑了两声，然后说道，“让县里出资修建这条公路怕是有点难度啊。我虽然是县委书记，但是并不是我说了就算的，如果没有一个合适的理由，很难说服县里其他领导同意修建卧虎乡到梁丫子的公路。”

赵长风微微一笑，说道：“我个人觉得，说服其他领导并不存在什么难度。”

程路同浓眉一挑：“哦？”

赵长风说道：“首先梁丫子乡是在省领导那里都挂了号的贫困乡，你只要扯出帮助梁丫子乡扶贫脱困的旗号，就能堵住相当一部分人的嘴巴。这条公路之所以没有修建，主要原因不是因为县里其他领导反对，而是白元县一把手没有修建这条公路的意愿。你现在首先要帮助县里领导认识到，这条公路对梁丫子乡人民来说，就是一条脱贫致富的公路，是一条改变闭塞愚昧的落后面貌的公路。谁如果不同意修建这条公路，就是不希望梁丫子乡人民脱贫，不希望梁丫子乡改变愚昧落后的面貌，就是梁丫子乡一万多乡亲们致富路上的绊脚石！这几个大帽子一扣，谁还敢出来反对你？”

程路同微微点头。

赵长风继续说道：“这次我下来的时候，在省里也学习了相关政策。省里现在有专项的扶贫资金，只要下面县里有好的扶贫项目，就可以到省里去申请贷款。一般来说，只要下边的配套资金到位，省里扶贫贷款就会很顺利地批下来。假如白元县同意修建这条公路，获得省里的扶贫贷款的支持不是什么难事。所以，实际上，白元县财政并没有投入太多的钱，这个条件也有助于你说服县里的其他领导同志。”

程路同道：“不错！这一点我倒是没有认真考虑过。如果能争取到省里的扶贫资金，县里的阻力就会小很多。”

“除此之外，我们还有一枚棋子。”赵长风说道。

“是什么？快说说。”

赵长风说道：“就是那个美国华侨王成富。”

“王成富？”程路同有点不解。

“王成富不是梁丫子乡的人吗？过两天你不是让我和你一起陪他去梁丫子乡吗？”赵长风说道。

“哎呀！”程路同大笑起来，“长风老弟，你这小子，真是算得面面俱到啊！你是不是打算让王成富捐款修路呢？”

赵长风也笑了起来，说道：“程哥，我这点心思，瞒不过你。”

程路同说道：“你快说说，你在王成富身上是怎么考虑的吧！”

赵长风说道：“这次王成富同我们一起回梁丫子乡，让他好好体验一下梁丫子乡的搓板路。当然，王成富能一个人捐出全部修路款更好。这样从省里争取来的扶贫资金和县里的配套资金就可以把县城到卧虎乡的路扩建一下。

“如果王成富只捐出一部分，我们照样欢迎，哪怕是只捐出很少的一部分钱，我们也要热烈欢迎，并大张旗鼓地对王成富这次行为进行宣传。其实目的并不是需要王成富捐多少钱，主要是要借助王成富捐款修路的这个名义。你想想，美国华侨王成富先生为帮助家乡脱贫捐款修路，县里能不给予大力支持和扶助吗？王成富先生捐的钱不够，县里可以给配套资金予以支持嘛。不然就对不起爱国华侨回报国家、回报家乡人民的这一片拳拳赤子之心了。

“你只要打着王成富捐款修路这个旗号在县委会上提出修建卧虎乡到梁丫子乡的公路，估计不会有人出来反对你。”赵长风说道，“假如真的还有人反对你，你就把他也派到梁丫子乡去蹲点扶贫。过个两三个月，估计他再也不会反对你了。”

“长风老弟，你的政策水平真高啊。考虑问题太全面了！”程路同笑着说道，“我觉得你这个主意挺好。到时候不管王成富捐多少钱，我都要在县里召开一个表彰大会，表彰王成富先生这种爱祖国、爱家乡的义举，并号召全县广大干部和人民向王成富先生学习，一起捐款来帮助梁丫子乡修建这条脱贫致富之路。有了王成富在前面做榜样，县里的领导干部总不好意思不捐钱吧？领导干部捐钱了，人民群众自然是跑不了了！只要这个捐款活动在全县范围内轰轰烈烈地展开，那么帮助梁丫子乡修建公路已经是板上钉钉、跑不了的事了。”

“对，发动全县干部群众向王成富先生学习，捐款帮助梁丫子乡修建脱贫路。其他领导再有不同意见，也难以抵挡大势所趋啊。”赵长风哈哈大笑。

“好，那就这样办了！钱乡长早上还给我打电话，说老爷庙村柴油发电机已经试机成功了。现在村里正在架设简易电网。估计明天就可以全部完工。”程路同说，“我看后天就可以和王成富一起到梁丫子乡去。长风老弟，你觉得呢?”

赵长风说：“都行，反正我在县里也没啥事，正好回梁丫子乡看看!”

程路同又道：“长风，这个风景区开发公司的营业执照，我看还是等梁丫子乡的公路立了项之后再申办吧。现在申请，一些人又会拿来做文章了!”

赵长风说道：“我也是这样打算的。只要公路一立项，我再派人以学习王成富先生的爱国精神、投资贫困山区、帮助梁丫子乡群众脱贫的名义来开办公司。到时候程书记又可以把这个当成政绩来宣传，教育那些反对你修建公路的领导干部说：你们看看，这公路刚一立项，还没有修建呢，就有人过来投资了。一旦公路修建好，会有多少人去梁丫子乡投资呢? 这些领导干部除了对你心悦诚服之外，还能说什么呢?”

“哈哈！长风老弟，现在的年轻人真是长江后浪推前浪，我们这些老家伙真的该退下来了!”

赵长风笑着说：“程书记就别谦虚了，改革开放还需要靠你们这些革命老将保驾护航呢!”

这时候张秘书敲门进来。“程书记，县农机公司调过来的那辆新农用三轮车已经改装好了。车斗前面焊上两个沙发，外面也完全用帆布棚罩好。我刚才坐上去试了一下，舒适度还可以。”

程路同不悦道：“小张，谁让你自作主张改装三轮车啦? 难道说让王成富先生坐上改装的三轮车，梁丫子乡贫穷落后的面貌就改变了吗? 不能忌疾讳医，不能因为梁丫子乡穷就拼命遮遮掩掩，这不符合我们党实事求是的作风。我们就敞开了让王成富先生看，把梁丫子乡的真实面貌让王成富先生看看！怕什么? 只有让别人看到了我们的缺点，我们一些同志才会痛定思痛，去想着改变这些缺点。不然就一直这样遮盖着，到什么时候才能真正改变呢?

好了，小张，这三轮车你还是按照原样退回县农机公司吧。梁丫子乡不是有一辆旧车吗？到时候我们就坐那辆旧车去梁丫子。”

张秘书劈头盖脸地挨了一顿训，心里很是莫名其妙。当初改装三轮车的时候，他可是向程书记汇报过了的。当时程书记也称赞他这个主意好，说王成富先生是美国华侨，很可能会给白元县带来巨额的投资，一定要照顾好款待好，怎么转眼之间就变成试图掩盖梁丫子乡的真实面貌、忌疾讳医了？

“是我考虑不周，程书记，我这就去让他们把三轮车上的沙发拆了，退回农机公司去！”张秘书连忙说道。

程路同却又改变了主意：“算了，小张，既然已经改装好了，退回去也不合适。先暂时放在那里吧，回头再想着处理这件事。你先出去吧。”

张秘书出去后，程路同对赵长风说道：“长风老弟，本来这次想舒服一点去梁丫子乡，现在是行不通了，得陪着美国华侨王成富一起受罪。不过那个改装好的三轮车也不是没有用，等陪王成富去过梁丫子乡之后，这辆新三轮车就是你的专用车了，以后你去梁丫子乡就不用受那么大的罪了。”

赵长风笑道：“程哥，我这还是沾了美国华侨的光呢！”

程路同和赵长风定下来后天上午八点出发，到时候程路同派张秘书去接赵长风。

出了县委大院，赵长风找了一个公用电话，给在中州交通银行工作的死党田磊打了个电话，说让田磊跟领导打个招呼，最近这一两个月他有可能会转走两百万元。

“对了，长风，你不是在白元县吗？我这两天可能要到白元县出差，你可要好好招待我啊！”田磊在电话里嘿嘿笑道。

“你来白元县出差？交行在白元县没有分行啊。”赵长风奇怪道。

“行领导是派我去白元县拜访重要客户，顺便看看能不能再拉一点存款过来。”田磊解释道。

“呵呵，你们交行也真厉害，拉存款都拉到几百公里外的宁浩市了。”赵长风道，“不过白元县这人也奇怪，为什么会到中州交行去存款呢？每次存款取款还要到中州，多不方便啊。”

田磊笑了一声，说出一个让赵长风大吃一惊的答案。

“长风，你这么聪明怎么会想不到呢？这钱来路不正呗。放在白元县容易被人发现。”

赵长风想，来路正不正也不关他事，说道：“好吧，田磊，你什么时候到？我去接你。”

田磊说：“我下周一上午到，到了之后我先去外贸局拜访一个叫江程鹏的客户。中午可能请他吃饭，如果你有空，就过来陪酒吧。反正你小子酒量大。”

“江程鹏？”赵长风惊讶道。

“怎么，长风，你认识他啊？”

“呵呵，有点交情。”赵长风说道。

“那太好了，长风，我还担心和他不熟悉，到时候不好说话呢。”田磊高兴地说。

赵长风道：“田磊，你见到江程鹏的时候先不要提我。有些事等我和你见了面再细说。”

田磊说道：“好，那就周一见。那边领导叫我呢。”

挂了电话，赵长风冷笑着，这真是意外的收获。没想到江程鹏会把钱存到那么远的中州交行。调查组只是注意宁浩市几家银行，自然查不到江程鹏的存款。不过江程鹏再狡猾，也有百密一疏的时候。

这件事赵长风暂时还不打算告诉程路同。现在当务之急是先陪王成富到梁丫子乡去，关键是要说动王成富捐款修路，这关系到能否顺利开发风景区。相比之下，他和江程鹏、江金鹏兄弟之间的个人恩怨就微不足道了。

两天后，程路同和赵长风陪着王成富一起去梁丫子乡。很有梁丫子特色的搓板路几乎把爱国华侨王成富先生颠得骨头散了架。程路同在一旁连连向王成富道歉，说白元县经济发展还很落后，财政能力有限，实在拿不出钱来为梁丫子乡的山民修建一条哪怕是最简易的乡村公路。这次回梁丫子乡，让王先生受苦了。

看着程路同作为家乡的父母官也和他遭受同样的颠簸之苦，王成富还能说什么呢？加之县委书记的连连道歉，给足了他面子，王成富也只好强忍着了。

等王成富到了老爷庙村后，见到五十年前儿时的玩伴，听着那溶在血液里的浓浓乡音说着儿时的趣事，王成富不由得又激动起来。父老乡亲们如今还和四十多年前一样生活在如此苦难的环境里，他又怎么能忍心？王成富当场宣布捐助一万美金，让县里帮助梁丫子乡修建一条公路。

程路同和赵长风有点失望，弄了这么大阵仗，甚至连王成富青梅竹马的恋人都给请过来了，最后王成富才捐了一万美金。不过总的来说，赵长风和程路同还是满意的，毕竟他们达到了让王成富捐款修路的目的。在他们的计划里，王成富的捐款不过是个药引子，药方主要还是白元县财政上的配套款和向上级申请的扶贫专项资金以及向银行申请扶贫专项贷款。

程路同怕王成富再生什么变故，当即就让钱乡长把老爷庙村五百多村民全部召集在一起，开了个表彰大会，会上大张旗鼓地对爱国华侨王成富先生爱祖国爱家乡的情意大大地赞扬了一番。在表彰大会上，程路同还代表白元县政府当场和王成富签订了捐款协议。程路同当场向老爷庙的村民和一同在场的梁丫子乡干部表态：他回去后就组织县里有关部门开会，着手研究梁丫子乡公路的建设问题，争取让梁丫子乡公路项目建设在半年内上马，不会辜负爱国华侨王成富先生支援家乡建设的拳拳赤子之心。

台下响起一片雷鸣般的掌声，无论是老爷庙的村民还是梁丫子乡的干部都拼命地拍着巴掌，他们等这一天等得太久了。

赵长风的掌声甚至比王成富的还要热烈。

在梁丫子乡住了一个晚上，爱国华侨王成富先生的腰疼病就犯了。程路同和赵长风连忙陪着王成富下山就医，于是一行人就匆匆地告别了梁丫子乡，却给梁丫子乡一万多名群众和一百多名干部留下无限的期待。

回到县里，程路同立刻按照和赵长风事先商量好的步骤开始紧锣密鼓地行动。首先召开书记办公会，在会上碰了一下头，把爱国华侨王成富的壮举说了出来，接下来就是讨论如何配合这个壮举，修建梁丫子乡公路的问题。由于程路同事先准备得非常充分，所以说服工作也进行得非常顺利。加之四位副书记听说程路同在表彰大会上当着王成富和梁丫子乡的干部群众的面表了态，他们自然不能再说什么，不然不是和一把手过不去吗？

书记办公会达成一致后，县委常委会不过是走一个过场而已。四个副书记加上程路同，在九名县委常委中已经占了过半。五名正副书记都举手同意了，其余常委谁敢投反对票？所以县委常委会议也一致通过程路同书记的提议，同意修建卧虎乡至梁丫子乡的乡村四级公路。

书记办公会、常委会一通过，那么这个公路项目就已经确定了。就这样，赵长风开发梁丫子风景区的计划顺利地迈出了第一步。

星期一上午十点半，田磊刚走下汽车，早就等在一旁的赵长风就迎了上来。两个人夸张地抱在一起，肆无忌惮地寒暄着。

赵长风惊奇地发现，田磊的衣服得体奢华了许多，以前在学校，他身上穿的总是地摊上淘来的便宜货。现在田磊身上却是一身名牌，看来中州交行果然不错。

“走，田磊，先到我那儿歇歇！”

“不了，我要先去外贸局拜访江程鹏。”田磊说道，“已经事先联系好了。”

赵长风奇怪道：“你现在去外贸局能找到江程鹏吗？他已经被停职了。”

“被停职了？”田磊说道，“我周五给他打电话，他说周一上午在外贸局业务科等我呢。长风，你好像对江程鹏很熟悉啊，说说他的情况吧。”

赵长风说：“田磊，这事说来话长。你来白元县出差几天？”

田磊道：“领导给我三天的时间，所以办完江程鹏的事，还可以和你聚一聚。”

赵长风大喜道：“那好，田磊，到时候我会给你一个更大的惊喜。”

田磊一愣：“什么惊喜？莫非你又给我拉了一笔存款？”

赵长风说：“你就别管了，先去找江程鹏吧。对了，你千万不要告诉江程鹏你认识我。你就把他当成普通客户就好，不要谈其他的。”

田磊奇怪道：“长风，为什么？你和江程鹏之间有啥不愉快吗？”

“田磊，江程鹏有多少存款啊？”赵长风反问道。

田磊道：“他在我们行里存了九十万，这次他又承诺再存七十万。”

赵长风若有所思地点了点头。

“长风，对了，你不是说江程鹏被停职了吗？快跟我说说，究竟是怎么回事？”田磊好奇地问道，“还有你和他之间究竟有什么纠葛？”

赵长风笑道：“也没有什么，就是在一个餐厅吃饭，他喝醉了酒，然后和我起了点冲突，最后江程鹏还动用了警方。”

田磊骂了一句，关心地问道，“长风，你没有吃亏吧？”

赵长风笑道：“一开始吃了点小亏。但我不是告诉过你吗？白元县县委书记程路同是咱们系书记历程生的同村老乡，我以前见过。然后我就去找了县委书记程路同。刚好江程鹏还有其他事情犯在程路同手里，于是程路同就责令江程鹏停职反省，然后派调查组调查他的情况。”

“哦！我明白了！怪不得江程鹏这么着急让我过来，原来是想把白元县的资产转移走啊。”田磊说，“竟然欺负到我兄弟头上来了。长风，我宁可不拉他这笔存款，不赚他的奖金，也要替你出气！这样吧，你需要他什么资料，都可以找我，我都可以详细提供给你。”

赵长风大笑，拍着田磊的肩膀说：“田磊，够意思啊！你先给我留意着，暂时不要打草惊蛇。等忙过这一段时间，我再告诉程路同，让他派人去你们交行调资料。”

田磊笑道：“这样也行。反正他的钱在我们行里多放几天，我就可以多拿几天奖金。”

这天晚上，赵长风约了田磊和张雨菁见面，给他们一个惊喜，他还是希望两人能够复合。只可惜情过境迁，两个人心态都已经变了，最后是好聚好散，赵长风也只有摇头。

第二天早上，赵长风被田磊的电话叫醒。田磊告诉赵长风，他要赶最早的班车回中州。

赵长风一愣，说道：“田磊，你不是出差三天吗？急什么？今天在白元县再玩一天，明天再走吧。”

田磊说道：“长风，不了。我在白元县待着不好，白元县城这么小，万一被江程鹏看到我和你一起，不是凭空生出许多事吗？”

赵长风知道田磊这是在找借口，他不想留在白元县城的最大原因还是张雨菁。赵长风也不强留，陪田磊吃过早餐，把他送上开往中州的汽车。

汽车缓缓地驶出汽车站，田磊忽然打开车窗，伸出头来冲赵长风大喊：“长风，帮着告诉雨菁，说我走了！”

“知道了！”赵长风挥了挥手。

在汽车站外面，赵长风用公用电话往田庄乡团委打了个电话，张雨菁已经在班上了。她接到电话，没等赵长风开口，就淡淡地说：“田磊走了吧？”

“是啊，他刚走，让我跟你说一声。”赵长风叹了一口气。

在回去的路上，赵长风闷闷不乐，他一直把田磊和张雨菁看做是弟弟妹妹，非常希望他们能走到一起，可是最终两个人之间的距离却越来越远，不能不说是造化弄人啊！

十二月初的一天，程路同把赵长风约到办公室，他告诉赵长风，卧虎乡至梁丫子乡的公路建设项目可行性报告已经提交到宁浩市交通局乡村道路处了。由于各个环节都打过了招呼，估计很快就可以批复下来。现在可以着手研究梁丫子风景开发公司的问题了。

这个问题赵长风其实已经考虑了很久，心里有了一个成形的计划。他告诉程路同，资金的问题不用担心，家里已经给他准备好了，需要的时候随时可以调过来。按照工商局要求，至少需要三个股东以上才能成立有限责任公司，所以赵长风准备找两个人担任股东，程路同这边出一个人。风景区开发公司的审批问题则交给程路同负责解决。

程路同点头道：“长风老弟，这些都是最基本的问题，不用多谈。我的意思是，这个风景区开发公司的具体管理工作由谁来做？无论是你还是我，都只能为公司的重大决策把握一下方向。涉及具体的管理问题，恐怕还得另外再聘请高人吧？虽然说梁丫子风景区有很好的山水资源，但是如果开发不当，并不一定能把这些资源转成公司的利润啊。”

赵长风笑道：“程书记，这也正是我要和你商量的问题。一个商业上运作成功的公司无一例外都有一个好的管理团队，只有聘请那些精通风景区开发运作的管理人才过来，才能把我们梁丫子风景区的牌子打响，在全省乃至全国旅游市场推广开来，吸引游客来游玩消费。程书记有没什么好的人选可以推荐一下？”

程路同摇头道："长风老弟，你也知道宁浩市几乎没有什么旅游产业，更没有什么旅游品牌，所以谈到风景区开发建设、管理方面的人才，恐怕需要在中州市、洛阳市或者山阳市那些旅游搞得比较发达的城市去聘请了。"

赵长风点头道："我也是这样想的。尤其是梁丫子风景区和洛阳龙门石窟、白马寺，中州嵩山少林寺、黄河游览区等景区有很大不同，省内目前类似的并且搞得风生水起的景区只有山阳市的云台山景区和青天河景区了，所以我想到山阳市去找一下，看看能不能直接从云台山景区或者青天河景区挖一些人过来。"

程路同连连点头，说道："长风老弟，你的这个主意很不错！如果能直接挖人过来，他们不但能够带过来成功的管理经验和运作模式，还可以把那些关系好的大旅行社也带过来。这样我们梁丫子风景区的开发就走了一条捷径。"

赵长风立即和程路同敲定，第二天就回山阳市。

云台山位于山阳市东北部，景区潭幽峡险、石秀峰奇，三步一泉、五步一瀑，风景秀丽壮观，在中原省旅游局以及附近山西省、河北省等地区声名鹊起。可是有谁能想到，这么美的一个风景区几年前还默默无闻地被遗忘在太行山的绵延群峰之中，是一个连本地绝大多数人都没有听说过的地方呢？

提起云台山的开发，无法绕开一个人——阳江超，原山阳市云山区旅游局副局长，现任云台山风景管理局副局长。当初正是他慧眼识珠，把云台山开发出来，然后又全程主持了云台山风景区的开发建设以及把它向全国推介的工作。

赵长风现在回山阳的首要目标就是阳江超。假如能把阳江超挖到他麾下，一起参与梁丫子风景区的开发，将会有事半功倍的效果。

赵长风回到山阳市之后，先给在市政府开车的堂叔打了个电话，约堂叔出来吃饭。

下班之后，堂叔把农业局副局长送回家之后，立刻到南北苑去接赵长风。南北苑是当时山阳市最高档的住宅小区，赵长风的父母在这里买了一套三室两厅的房子。当时吃入伙饭的时候，堂叔在赵家的新房里看个不停，嘴里啧啧称赞。这么豪华的房子，连他天天开车接送的农业局王副局长家也比不上啊。

赵长风下了楼，坐进堂叔的拉达轿车里。堂叔问道："长风，到哪里吃饭？"

"桃园饭庄吧！"

赵长风记忆里山阳市最高档的饭店就是桃园饭庄了。

到了桃园饭庄，赵长风点了几个最贵的菜，又让服务员上了一瓶茅台。他一边为堂叔倒酒，一边说："叔，你今天开车，就少喝一点。咱俩整一瓶行不？"

堂叔看着茅台眼睛就不停放光，嘴里笑着说道："哎呀，长风你也真是的，就咱爷俩，弄这么好的酒干吗？"

看喝得差不多了，赵长风才漫不经心地问了一句："叔，你认识阳江超吗？"

"嘿嘿，阳江超这个人很不错，很够意思。只要我一个电话，让他帮啥忙都行。"

"叔，那你现在能帮我把阳江超约出来吗？"赵长风微笑着说。

堂叔愣了一下，暗叫自己牛皮吹大了，忙改口说："最近云台山风景区正抓紧建设，阳江超恐怕没有时间出来。"

赵长风笑了笑，他也就是随口一说，本来就没有指望堂叔能把这件事情给办了。

"叔，这样吧，你别约他了，先帮我一个忙。这两天帮我打听一下阳江超的情况，包括他的兴趣爱好，他在风景区管理局和其他同事之间的关系，和市里主管领导之间的关系。"

三天后，堂叔来到赵长风家，对赵长风说："长风侄子，你让我打听的事情，我都弄清楚了！"

原来阳江超在市领导心目中的地位并不高。市委一位主要领导谈到阳江超时曾经用了"自视过高，目中无人，恃才傲物，不重大局，不善与人共事"这样的评语。

市委领导之所以对阳江超如此评价，主要是因为他在云台山风景管理局里，和其他几位局长之间的工作配合有很大的问题。阳江超认为，其他几位正副局长根本不了解风景区管理工作的性质，都是外行领导内行。也不能说阳江超的看法没有道理，可是风景管理局毕竟是一个集体，阳江超虽然是开发云台山的有功之臣，却仅是个副职，是管理局的第二把手。对下不买其他几位副局长的账，对上不把一把手看在眼里，要在云台山里搞一言堂，怎么可能做得下去？

到最后，风景区管理局的其他几位正副局长都联合起来和阳江超唱对台戏。很多事，无论阳江超的意见是否正确，只要他一开口，其他几位局长都联合反对。阳江超眼看着一手养大的云台山风景区要脱离自己的掌控，怎能咽得下这口气，他就把事情捅到了市委领导那里。

市委领导早就对云台山风景区几位正副局长不和有所耳闻，也大致了解事情的经过。见阳江超上来告状，也念着他是云台山开发的元老，语重心长地劝他要谦虚谨慎、戒骄戒躁、切不可恃才傲物，目中无人，要善于与人共事。否则不仅影响自身的成长，也会影响整个组织工作的大局。

阳江超本来是来寻求领导的支持，没想到却被教育了一番，黑着脸走了，一点面子也没有给领导，这下阳江超在领导心目中的形象彻底被破坏了。要不是阳江超在风景区管理运作上确实有绝招，云台山风景区还离不开他，领导早把他调走了。

听了堂叔声情并茂的讲述，赵长风对阳江超已经有了大致的判断。市委那位领导说阳江超“恃才傲物、目中无人”还是比较准确的。这种性格确实不适合在政府部门做事，他能当上云台山风景管理局的副局长也真是个异数。这也从另外一方面证明了阳江超出色的工作能力和在云台山风景管理局不可或缺的地位。

“叔，阳江超目前在云台山负责什么工作？”赵长风最后问道。

堂叔说道：“他目前负责茱萸峰上山栈道的建设。”

堂叔走后，赵长风就躲在屋子里琢磨阳江超这个人。

首先可以肯定的是，阳江超经营风景区的能力是绝对没有问题的，所以是最适合梁丫子风景区建设开发以及初期运作的管理人才。而阳江超这种恃才傲物的性格，在政府机关是待不下去的，但是在赵长风这里没问题，只要能够把梁丫子风景区建设管理好、能够招揽来源源不断的游客。

那么剩下的问题就是，阳江超会不会放弃云台山风景管理局副局长的身份，屈尊到一个小的风景区开发公司去。赵长风询问过，云台山风景管理局是一个副县级的单位，那么管理局的副局长就是正科级，相当于一个乡的乡长或者党委书记。这种职位说大不大、说小不小，关键是看当事人自己怎么定位。

赵长风在脑海里反复权衡，他试图再找出其他可以顺利招揽到阳江超的方法，到最后，仍没有什么思路，只能静待时机。

赵长风决定趁这机会回单位去看一看，顺便向领导汇报一下下乡扶贫的思想心得。

到了机关事务管理局，赵长风首先去人事教育处找负责他挂职扶贫的侯大姐报到。进了人事处办公室，侯大姐、李雪梅、张倩以及姓刘的男同志都在。赵长风规规矩矩地打了招呼。

侯大姐问赵长风："小赵，在下面扶贫还习惯吗？有什么困难和问题尽管跟组织说，组织上都会想办法帮你解决的。"

赵长风笑道："下面的同志对我都很好。扶贫工作进展得非常顺利。"

侯大姐说："那就好。对了，你到财务处去了吗？"

赵长风连忙说："侯老师，我刚回来，就先过来向你汇报挂职锻炼的情况了。财务处那边我还没来得及过去。"

侯大姐脸上笑意就更浓了，她点头道："嗯，小赵，我这边没啥问题了。你待会儿记得去财务处一趟，向领导汇报一下情况。毕竟你挂职扶贫回来之后，要回财务处工作呢！"

"谢谢侯老师，我知道了，我待会儿就去。"赵长风笑着，然后又低声对侯大姐说道，"侯老师，这次我从县里回来，下面的同志们让我带回来很多干货，说是送给省城的领导尝尝鲜，顺便也是为他们县里的土特产做宣传。现在是上班时间，我不好往机关里拿，下班后几位老师先不要走，我把干货给你们送过来。"

侯大姐笑道："也行，尝一尝鲜吧。如果味道可以，回头向省土特产公司和省外贸公司推荐一下，也算是帮他们的产品做一个广告。不过你就别送来单位了，下班后我们几个到你宿舍去取就好了。"

赵长风说道："行，侯老师，就这么说定了啊。下班后我在宿舍等你们。"

从人事处出来，赵长风这才去了财务处。一进门正好见到王凤和姜燕，赵长风笑着招呼道："王老师好！姜老师好！"

姜燕正在点钱，就冲赵长风笑了一下。王凤则说："哟，小赵回来了，在下面扶贫辛苦了！"

赵长风说："不辛苦，为人民服务！"

王凤笑说："小赵，你说错了吧？听说到下面扶贫的干部，都是人民为你服务呢！"

赵长风也笑了："看来王老师也下去扶过贫啊，深有体会。"赵长风指了指处长办公室，轻声问道，"王老师，周处长在不在？"

王凤点点头。

赵长风笑了一下，走到处长办公室门前，轻轻敲了敲门。

"进来！"里面响起一个冷冰冰的声音。

赵长风推门进去，笑着说道："周处长，县里派我来省城办点事，我就回单位来看看你，顺便向你汇报一下我的工作和思想情况。"

周处长严肃地点点头，指着办公桌前的一张椅子说："坐！"

赵长风连忙坐下，按照事先拟好的腹稿向周处长汇报了在梁丫子乡扶贫取得的丰硕成果，最后把这一切都归功于周处长的正确领导。

周处长板着脸听完赵长风的汇报之后，说了六个字："小赵，继续努力！"然后拿起了茶杯，有送客的意思。

赵长风刚拉开周处长办公室的门，迎面走来一个中年人，差点和赵长风撞了个满怀。

"赵先生，你怎么会在这里啊？"那个中年人望着赵长风惊讶道。

这个人是中州市交通银行业务部的方经理，田磊的领导。当初田磊进了交行之后，方经理和交行的两位副行长一起和赵长风喝过两次酒，让赵长风往交通银行里存款。不过当初方经理问赵长风的工作单位时，赵长风含混了过去，所以方经理一直不知道赵长风在什么地方工作。

“方经理，你好啊！我在这里上班呢！”赵长风握着中年人的手说道，这次他再也回避不了。

“好啊，原来你在这里工作啊！”方经理咧着大嘴笑道，“赵先生，我找你们周处长有点事。待会儿我出来找你聊聊啊。咱们俩好久没聊了。”

方经理进了办公室，把门带上，周处长惊讶地问道：“老方，你认识赵长风？”

方经理笑道：“是啊，我和他打过几次交道。他帮我们交通银行拉来几百万存款呢。只是我没有想到，他竟然是在你的手下工作！”

“几百万存款？”周处长稀疏的眉毛一耸，问道，“老方，赵长风竟然有这么大的能量？”

“不会吧？老同学，你也不知道啊？”方经理惊讶地说，“我刚才还以为赵长风拉过去的几百万存款是你们小金库里的钱呢。我就说嘛，老同学你不会这么不够意思，小金库里有钱不直接放到我那儿，这不是成心驳我的面子吗？”

周处长说道：“老方，你就贪心吧！局里计划外的资金我一多半都存到你那儿了，你还觉得不够啊？”

方经理笑了起来，说道：“谁让你们机关事务管理局油水大呢？我总怀疑你手里还有闲余资金。老同学，都放到我那儿吧，条件绝对比别人给的优惠。”

“少鬼扯了！”周处长还在琢磨赵长风的事，“小赵给你们拉了多少存款？”

方经理回想了一下，说道：“大约是四五百万吧，具体多少我记不太清楚了，反正比你放我那儿的两百万要多得多。对了，老同学，这个赵长风究竟是什么来历啊？真想不到，一个二十来岁的小青年竟然能有这么大的能量，看来你们机关事务管理局真是卧虎藏龙之地啊。”

周处长端着茶杯说：“老方，我也正在琢磨这事。赵长风的档案资料我看过了，华北财大毕业，山阳市普通工人家庭出身，没有什么显赫的背景啊。”

方经理诡秘地笑了一下，说道：“老同学，这次你打眼了吧？假如真的没有显赫的背景，就凭华北财大那二流大学的牌子，能顺利分配到省机关事务管理局？”

“嗯！”周处长意味深长地感叹了一声，手指敲着桌面久久不语。

把该拜的佛都拜到，该烧的香都烧完，赵长风终于长长地舒了一口气。从机关事务局出来，赵长风跟程路同通了一个电话，简单说了说这里的情况，说可能要过了元旦才能回白元县。程路同说没关系，县里也没有什么紧要的工作，让他在中州把事办完再回去。程路同还告诉赵长风一个好消息，宁浩市交通局乡村道路管理处已经组织人员评审并通过了卧虎乡到梁丫子乡的乡村四级公路可行性研究报告，现在已经向宁浩市计委申请立项了。

“长风老弟，你就买一个手机吧。要不我联系你多不方便。你如果怕赵省长知道，就偷偷用，他不会发现的。”程路同又说，“你要是不买，我这边就替你准备一个啊！”

赵长风忙说道：“程哥，你别费心了，我在这边买一个就是了。”

放下电话，赵长风想了想，没有手机，联系起来是很不方便。反正他现在也不在局机关上班，同事们也不知道他买了，不算张扬。

赵长风取出钱，到邮电局买了一部手机，这一全副武装起来，感觉就是不一样！

第五章　雪中送炭网罗人才

梁丫子风景区的开发已是万事俱备，只欠东风，而这股东风就是人才。必须要找到能够主持风景区开发和经营管理的优秀人才，才可以保证成功。在赵长风心中，这个不二人选便是阳江超。然而，阳江超此时正被卷入一场官司中。赵长风毫不犹豫出手救他于危难之中，还垫付了为他女儿动手术的救命钱。为报知遇之恩，阳江超欣然同意为赵长风效命。

眼看梁丫子风景区的规划已经进入预定轨道，赵长风就想着如何搞定阳江超了。这个时候，阳江超出事了。

原来阳江超被人举报，贪污受贿十六万，已经被抓了起来，近期已进入司法程序。

赵长风没想到阳江超居然真的受贿了。难道自己看错人了？这时，阳江超的妻子周老师主动找到了他，原来她是通过她的老同学——赵长风在山阳市一中时的老师张秋芳的关系找上门的。周老师也是六神无主，听说赵长风在省政府工作，就想让赵长风帮帮忙。听了她一番诉说，赵长风才知道阳江超收受贿赂是为了救他们的女儿小惠。小惠有先天性心脏病，急需手术，阳江超也是逼不得已才向风景区的建筑承包商收取贿赂。

但是这事证据确凿。不管阳江超出于何种动机，都逃脱不了法律的制裁。正当赵长风爱莫能助的时候，却无意从周老师的话中得知，阳江超的案子被指派到了宁浩市白元县法院负责审理。

这让赵长风心中狂喜，看来真是冥冥中自有天助啊。这样一来，事情就有转机了。虽然不能说一定能让阳江超无罪释放，但是毫无疑问能帮阳江超减轻刑事处罚。

送走了周老师，赵长风立即给程路同打了电话，把阳江超的事情说了，程路同说他马上去了解一下情况。

半个小时后，程路同的电话回过来了。他告诉赵长风，原来是有人写匿名信揭发阳江超贪污受贿，山阳市有关领导接到匿名信后本想把这件事压下来，可是云台山风景管理局的几位领导也收到了揭发阳江超的匿名信，其中不知道是谁把匿名信竟然直接寄到了省检察院反贪局。省检察院反贪局今年正好实行市管干部以上官员涉及贪渎案件异地侦查异地起诉的改革，就把这个案件移交给了宁浩市检察院。宁浩市检察院又指定白元县检察院侦办此案，并向白元县法院提起公诉。

听了程路同的介绍，赵长风心中暗自叹气，这个阳江超真不知道是不幸还是幸运。要不是他和同僚之间关系不好，也不会发生匿名信越级送到省检察院反贪局的事，这样在市领导有意不追究的情况下很可能会不了了之，最多是被市领导叫过去做一番诫勉谈话。即使阳江超的竞争对手暗中给阳江超下绊子，把匿名信捅到省检察院反贪局，要是反贪局没有实行市管干部涉嫌贪渎案件异地侦查、异地起诉制度，阳江超的案子很可能会有山阳市某个县区检察院负责侦办。这样在山阳市领导的有心袒护下，阳江超的案子也不会办得太严，也许最后给一个党纪政纪处分，开除党内外一切职务就可以了。可是，现在一连串因素加在一起，阳江超的案子竟然越闹越大，最后竟然弄了个异地侦查、异地起诉、异地审理，从这点上来说，阳江超也真是够背的。

“程书记，阳江超的案子你能帮上忙吗?”赵长风问，“这个人我以前向你提过，是开发云台山风景区的功臣，在风景区的开发建设方面眼光非常独到，也有一套非常适合国内旅游市场的理论和经验。假如我们能帮他这一次，那他一定会死心塌地跟着我们干，以后梁丫子风景区超过云台山都指日可待。梁丫子风景区是白元县的印钞机，阳江超就是保证印钞机正常运转的工人啊。”

程路同那边沉吟一下，说道：“我尽量吧。我这就去和检察院、法院打个招呼，看看到时候能不能酌情处理一下，给阳江超减轻点处罚。”

赵长风笑了，说道：“程书记，在你的一亩三分地上，你说话能不算数吗?”

程路同那边也笑了起来，说道：“长风老弟，程哥就给你撂一句话，不管结果如何，我会为你尽力。”

赵长风纠正道：“不对！你应该说，给我们自己尽最大努力！阳江超只要能出来，就是我们白元县风景区开发公司的人了。程书记，你绝对不会后悔的。阳江超这个人保证能让你数钱数到笑的。”

程路同哈哈大笑道：“行，我相信长风老弟的眼光。到时候检察院和法院这边有什么情况，我随时和你联系。”

赵长风却说：“程书记，你先去检察院帮我办一件事，眼看就要过年了，如果阳江超不能回家过年，他女儿小惠一定会知道真相的。小惠是先天性心脏病，身体很弱，阳江超在小惠的心目中不仅是一个好爸爸，更是一个无所不能的偶像，她还盼着爸爸给她攒钱做心脏手术呢。如果知道爸爸被抓起来，她一定会受到沉重的打击。如果那样，我害怕小惠的身体受不了，会发生什么意外。程书记，你好人做到底，先想想办法，给阳江超办一个取保候审，让他回家过年再说。”

程路同摇头叹息道：“长风老弟，你还真是菩萨心肠啊，对一个从来没有见过面的小女孩都这么好啊。这样吧，我让张秘书到检察院一趟，结果如何我尽快给你回个话。”

第二天早上，程路同的电话打过来了，他告诉赵长风，阳江超的取保候审没问题，让赵长风领着阳江超的家属来白元县检察院办理有关手续。

赵长风大喜，放下电话立刻通知周老师。之后，赵长风和周老师赶到山阳长途汽车站，坐上了中午十一点半开往宁浩市的长途汽车。

在汽车上，赵长风告诉周老师，他现在在白元县下面一个乡挂职乡长助理，支援白元县扶贫工作，所以有些事情能说上话。这次阳局长的事，他会尽量往最好的方向努力。

周老师知道，她这次真的是找对人了。原来赵长风不但是省政府的干部，还恰好在白元县挂职扶贫。她烧了那么多香，这次终于进对了庙门。可以看出，周老师忐忑不安的心稍微平稳了一些。

汽车在下午六点到达了宁浩市。张秘书开着一辆蓝色的大众在汽车站等候。赵长风和周老师就上了张秘书的车，又经过一个多小时到达了白元县。

赵长风把周老师安排在伏牛山宾馆，陪周老师简单吃过饭后，赵长风让周老师在宾馆里等着，他出去办事。

离开伏牛山宾馆，赵长风来到程路同家里，问道："程书记，现在阳江超的事怎么样了?"

程路同说："这事我自然不方便出面，都是小张在跑。取保候审是没问题了。现在的问题是检察院以什么罪名起诉，法院以什么罪名去判。这个还要好好商量一下。"

赵长风说："公检法的事我一窍不通，书记您看着办吧。"

程路同道："这个先不急，等阳江超取保候审出来后，再和他谈一谈，看还有什么情况是我们不了解的。等我们都搞清楚了，再看怎么办合适。"

第二天早上，赵长风到伏牛山宾馆接上周老师，把她送到检察院，然后对她说："周老师，你到检察院二楼找常科长，就说你是阳江超的爱人，来办理取保候审手续就行。"

周老师有点害怕，就问道："小赵，你不陪我进去，我一个人能行吗?"

赵长风笑道："没事，周老师，你只管去，没有什么问题。你办好手续后，检察院会有人把你带到看守所把阳局长领出来的。你接到阳局长后，也不要回伏牛山宾馆，直接到白元县汽车站坐车到宁浩市。宁浩市有个长城宾馆，你和阳局长先在那里住下，我会去找你的。这中间如果有什么事，你打电话给我。"

周老师点了点头，深深吸了一口气，挺直腰板向检察院走去。到了检察院非常顺利，周老师刚一开口告诉常科长她是阳江超的家属，常科长就给了她一份《取保候审申请书》，让她填写。周老师很顺利地把阳江超从看守所里接了出来。

阳江超在看守所里愁肠百结。眼看要过年了，他却被关在这里，他别的都不担心，就是担心女儿小惠。小惠如果知道他被抓起来了，一定会非常难受，也不知道她现在怎么样了。

就在阳江超暗自发愁的时候，看守所的人忽然通知他，他的家属给他办理了取保候审手续，现在他可以离开了。一时间他几乎不敢相信这是真的。

如果说他是被关押在山阳市，办理取保候审还是有可能的。可是他现在被关在距离山阳市四五百公里之外的宁浩市，在这里人地两生，而爱人又是一个只会教书的书呆子，她又怎么可能来到宁浩市白元县把自己保出来呢？

见阳江超愣在那里不动，管教就笑了："怎么了？在这里住上瘾了？不想出去？"

阳江超这才醒悟过来，连忙说道："想，想，当然想了！"

管教人员就说道："好了，出去吧！知道这里滋味不好受，当初为什么要做那些违法的事呢？"阳江超也不敢搭话，生怕触怒管教人员。

女检察员把手续交给看守所之后就走了，只留下周老师一个人在看守所的大铁门外等候。周老师正等得心焦，忽然看见大铁门上的小铁门一开，一个头发乱蓬蓬、胡子老长的男人走了出来，正是爱人阳江超。

周老师立刻扑上去，抱住阳江超哭了起来。

阳江超也双眼含泪，紧紧搂住妻子。"桂珍，你怎么在这里？"他十分惊讶。

周老师说道："老阳，先不谈这个。我们先离开白元县，到宁浩市去。到那里我再把详细情况讲给你听。"

阳江超也就闭口不提。两个人赶到白元县汽车站，先找了一个理发店帮阳江超理发修面，阳江超立刻显得精神多了，只是比起以前瘦了许多。

周老师去买了两张汽车票，到了宁浩市，找到赵长风所说的长城宾馆。周老师开了房间住下，立刻给赵长风打了电话。赵长风说一个小时后就到了，让周老师先和阳江超吃饭。

放下电话，周老师到外边买了一只烧鸡、半斤酱牛肉，还有其他一些熟食带到房间，对阳江超说："老阳，来，快吃吧，你一定饿坏了。"

阳江超上去就扯下一只鸡腿啃起来，嘴里说道："桂珍，你现在可以告诉我，取保候审是怎么办的了吧？"

周老师就把她从张秋芳那里听到赵长风的情况，然后贸然登门拜访赵长风，赵长风又如何答应帮她，然后把她带到白元县来办理取保候审的过程讲述了一遍。

末了，周老师还埋怨道："老阳，你平时说你的关系多硬，兄弟朋友们多好多仗义，可是你一出事，他们都躲得远远的，一个帮忙的都没有，最后还是张秋芳的学生赵长风给我们帮了大忙。”

阳江超听了也非常震惊，这个赵长风只不过是周老师同学的学生，但竟然肯下这么大的力气帮忙。更重要的是，小赵在办理这些事情的时候，一分钱都没有收，这在阳江超看来简直是不可思议。

“唉，老阳，我都不知道怎么感谢小赵才好。”周老师说道，“我从来没有见过如此热心的孩子。”

阳江超缓缓说道：“桂珍，无论如何，这个人情我们一定会还的。我阳江超还从来没有欠过别人这么大的人情呢！”

阳江超吃完饭，又洗了个热水澡，赵长风就到了。

阳江超见到赵长风又是一惊。在他想象中，能办成这么大事的人怎么着都应该是有一定社会阅历和活动能力的人，可是没有想到赵长风看上去最多二十二三岁。

“小赵，你好！”阳江超伸出手来紧紧握住赵长风的手，“多谢，多谢你啊！”

赵长风笑着说：“阳局长，客气什么？你是周老师的爱人，也不是外人啊。”

阳江超惭愧道：“小赵，我早被免职了，你还是叫我老阳吧。”

赵长风沉吟了一下，说道：“周老师，还是让阳哥先说说他情况吧。”

阳江超尴尬地问赵长风：“老弟，你需要知道什么情况？”

赵长风说道：“你就说说事情的经过吧，重点是把检察院反贪局问了你什么问题，你是如何回答的说一说。”

于是阳江超就说了起来。原来白元县检察院反贪局接到阳江超案子后，他们谁也没有惊动，悄悄来到山阳市。反贪局的人首先到山阳市各大银行摸排阳江超的存款情况。在距离阳江超家不远的一家银行查到了以阳江超名字开户的十八万元存款。在掌握了切实的证据后，反贪局的人才对阳江超采取了强制措施。

在反贪局里，阳江超承认那十八万存款是他的，其中的十五万元是这两年来多家建筑公司所谓的回扣款，但名义上是工程质量保证金。对于这一点，建筑公司自然也心知肚明。

此时面对反贪局的讯问，阳江超却想起当初这个救命稻草了。他坚持说这就是建筑商上交的工程质量保证金，不是贿赂。

反贪局的人质问他，如果是工程质量保证金，为什么不由风景区管理局出具正式收据？为什么阳江超收了钱之后不上交风景区管理局财务上统一保管？为什么其中一些建筑公司的工程验收合格后，阳江超还不把这些钱退还给建筑公司？

对于前两个问题，阳江超一概推托为他不懂财务纪律，认为这些钱放在风景区管理局和放在他个人这里问题都不大，总之都是对建筑公司保证工程质量的一个约束。反正这些钱自从他存到银行之后，一毛钱都没有动用过，连利息都留在账户上，可以让银行把对账单打出来一笔一笔清查。

女儿小惠平时的医药费都是阳江超两口子从工资里挤出来的。而这些钱阳江超都存在银行，本想等存够了心脏手术的费用之后才动用。因为现在钱还没有存够，所以这笔钱他根本没有动，这也算是对他的说辞的一个佐证。

至于为什么有些建筑公司的工程验收合格之后，没有把保证金退还，阳江超的解释是他太忙，要负责风景区建设开发推广等多项事务，而那些建筑公司也没有主动上门来找他要求退还，所以他就疏忽了。

“反正钱都一分不少地存在银行户头上，建筑公司什么时候来要我就什么时候退给他们，这怎么能算是受贿呢？”阳江超振振有词地辩解。

十八万存款中另外还有三万多块钱，是阳江超从单位小金库中转移出来的。由于阳江超负责风景区的开发推广工作，需要和国内各大旅行社搞好关系。因此风景区管理局就从单位小金库中拨出一笔专项资金归阳江超支配，用来支付各大旅行社的佣金和回扣款。有时候专项资金会有一部分结余，阳江超都存到个人账户上了，两年下来也累计有三万多块。

对于这三万多块，阳江超咬着牙不承认是自己贪污，说他只不过是把这些钱暂时存在个人的户头上。因为风景区的推广工作需要和方方面面打交道，有的时候会有很紧急的接待任务，到时候如果来不及到单位取款，那么这部分钱就可以暂时应一下急。总之，这些钱存在个人账户上并不是为了贪污，只是为了开展推广工作的方便。只不过由于他个人的组织观念不强，财务意识淡薄，没有把这些事跟风景区管理局的其他领导通气而已。

赵长风虽然不是很懂法律，但是听了阳江超的讲述还是松了一口气。阳江超还没有傻到一进反贪局就把什么事情都一五一十地交代出来。他处处给自己留了后路，那么接下来的事就好办一些了。

当然，并不是说阳江超给自己留了后路就一定有用。现在阳江超的案子既然是异地侦查、异地起诉、异地审理，就是向白元县的办案人员传达了一个信号，这个案子一定要从重处理！否则省检察院也没有必要搞改革试点了。所以赵长风判断，如果没有其他因素介入的话，单凭阳江超自己的辩解，恐怕检查机关是不会采信的。阳江超手中缺乏支持他说法的有力证据，比如没有保证金的收据。当然，如果当初写收据，对他来说是把柄，可是现在把柄就能成为救命的证据。

周老师见赵长风低着头久久没有说话，就有些慌张了，连忙问道："小赵，事情是不是很严重？我们家老阳会不会有事啊？"

赵长风缓缓地摇了摇头，说道："周老师，这事我也不好说。阳哥虽然给自己留有退路，但是这些退路却是漏洞百出。最后会是一个什么样的结果，很难说啊。"

阳江超也是一头冷汗。虽然在反贪局的审讯室里他还能保持冷静，但那是绝望下的冷静和拼死挣扎。现在他从看守所出来了，见到了希望，心里反而恐慌起来，他真的害怕重新被关进看守所，和那些形形色色的罪犯关在一起。

"赵老弟，你看我应该怎么做啊？"阳江超此时把所有希望都寄托在眼前这个年轻人身上。

赵长风轻轻笑了一下，说道："阳哥，你现在要做的就是回家安心过年。"赵长风不会给阳江超任何答案和提示的。他要做的是旁观者，而不是成为参与者。

阳江超迟疑了一下，把目光投向周老师。

周老师和赵长风已经比较熟了，顾忌就少一些，于是她大着胆子问道："小赵，能不能趁着过年前这几天在宁浩市活动一下？如果就这样回去，我们心里不上不下的，怎么能安心过年啊？"

“是啊，赵老弟，最好是能有个什么说法。不管是好是坏，让我心中也有个准备啊。”阳江超在一旁接着说道。

赵长风沉吟了半天，对阳江超说：“阳哥，你现在人已经在外边了，有什么可靠的关系你就跑一跑吧，看他们怎么说。”

阳江超苦笑道：“赵老弟，最近这两年我的心思全在小惠的病上，根本无暇去处理和领导之间的关系，和同事们之间的关系也很僵。现在临时去抱佛脚，恐怕也没有人为我说话。再说，案子在宁浩市这边处理，咱们那边的人恐怕也帮不上什么忙。”

周老师眼睛又红起来了：“小赵，你看，这边能找到什么关系不？”

其实赵长风和程路同早已经商量好了，阳江超这案子，他们和张秘书出面都不合适。程路同考虑了半天，想到一个人选。此人叫罗成龙，曾任白元县法院刑事审判庭庭长，退休后办了一家法律服务所，主要代理白元县的各类民事刑事案件。罗成龙是司法系统出身，和公检法系统的关系非常密切，阳江超的案子交给罗成龙办最为合适。

本来以程路同的意思，这事先缓缓再说，先让阳江超回家过年，他这边抽时间让张秘书和罗成龙打一个招呼。等过完年之后，再让罗成龙去见阳江超，签下案子代理协议，正式介入阳江超的案子。现在阳江超夫妇既然这么着急，赵长风只好提前把罗成龙抛出来了。

“周老师，阳哥，别人倒是给我介绍了一个人。这个人曾经是白元县刑事审判庭庭长，几年前退休后开了一家法律服务所，专门承接各类民事刑事案件。我想来想去，阳哥这件案子委托他办理最合适不过了。”赵长风说道，“只是眼看临近年关，我怕他太忙，所以本想等过完年再带着程哥去找他。”

阳江超听完精神一振，刑事审判庭的庭长，那关系多硬啊？公检法都玩得转！这件案子委托罗成龙办绝对没错。于是阳江超就说：“小赵，那我们是不是想办法先见见他再说？不管罗成龙再忙，我们先和他沟通一下，听听他的意见。等过年后再来找他，不是有个准备了吗？”

赵长风想了一下说：“那好吧。周老师，阳哥，你们就先在宁浩市住下，我回白元县，想办法联系一下罗成龙。有消息就立刻通知你们。”

出了长城宾馆，赵长风打了电话给程路同，程路同说：“既然如此，我就让张秘书去联系一下罗成龙吧。”

回到白元县，张秘书已经联系好了罗成龙，让赵长风直接到法律服务所去找罗成龙。

虽然张秘书没有明说，但是罗成龙在官场上待过，是成了精的人物，自然知道这个案子是县里一把手所关注的。所以赵长风一到法律服务所，罗成龙就分外热情。

寒暄过后，罗成龙问赵长风是做什么工作的，赵长风淡淡地笑，只说是在白元县扶贫的干部。

罗成龙暗想，他的判断果然没有错，眼前这个年轻人一定是在省城很有背景的，只有这样的人才有这样举重若轻的气派。那些小人物反而一说起自己就会虚张声势，好像生怕别人不知道自己是省城机关下派的干部。

罗成龙就请赵长风简单地介绍一下阳江超案子的情况。赵长风把阳江超的家庭情况介绍了一下，重点说了小惠的病情。至于阳江超的案子，赵长风说他只知道阳江超好像是因为贪污受贿被抓起来了，具体案情他也不太清楚。

罗成龙眼睛眯缝了一下，问赵长风道：“阳江超和你之间是什么关系？”

赵长风说：“阳江超的爱人是我高中时候的班主任。”

罗成龙会心地笑了起来，说道：“那好吧，小赵，我们去见一下阳江超再说吧。”

他们到了宁浩市长城宾馆，见到阳江超和周老师。夫妻俩又惊又喜，没有想到赵长风办事这么迅速，几个小时之内就把罗成龙给请过来了。

罗成龙又仔细地询问了一遍阳江超的案情，比起赵长风，罗成龙问得非常细致。比如阳江超接受工程质量保证金的时候，他说过一些什么话，对方又是怎么表示的，当时有几个人在场。又比如从风景区业务推广费中一共截留了几次款项，大致是什么时间存入银行个人账户的，最后一笔是什么时候存进去的，金额是多少等等。

接着罗成龙又叮嘱阳江超实事求是地向检察院和法院交代问题，千万不要隐瞒，他这边会尽力帮忙的。

赵长风回到山阳市后，就开始准备过年了。

过了大年初一，赵长风告诉父母，他要去中州给林老爷子拜年，林东风夫妇也从绥芬河回来过年了。

赵长风却没有想到，他这次中州之行，竟然再次把他和张长锁老人拉到了一起。

赵长风早上八点多就到了中州。到了林满堂家，按了门铃，张妈出来开门，见到是赵长风，不由得一愣，随即亲热地招呼道："长风，快进来吧。"

林满堂、林东风夫妇已经迎了出来。林满堂老人笑道："长风，真稀罕啊？想到今天这个日子过来看我？"

林阿姨上来亲热地拉着赵长风的手，说道："长风，快一年没见了，你晒黑了！"

林东风接口道："晒黑了好，晒黑了健康。好了，快让长风进屋吧，站在院子里说什么啊？"

进了客厅，林满堂冲楼上喊道："萍丫头，萍丫头，你快下来，看看谁来看你了？"

林欣萍从楼上下来，到了客厅，一看是赵长风，脸就红了，嗔怪道："赵长风，你来干什么？"

林东风一边招呼赵长风吃水果，一边埋怨道："长风，你怎么不提前打个电话就来了呢？"

赵长风笑道："林叔叔，我不是想着过年，你们都应该在家，所以我就过来了。"

林东风笑道："你也就是早来一步，要是晚来上一个小时，我和你林阿姨就领着小萍去串亲戚了。"

"啊，林叔叔，你们要串亲戚啊？那我太冒昧了！"赵长风非常不好意思，"那一会儿你和林阿姨带着欣萍只管走吧，我陪林爷爷说说话，就去看看单位领导。"

林阿姨说道："呵呵，长风，单位领导今天怕都不在家。他们也要陪着媳妇去看望老丈人啊。"

一听这话，赵长风的脸一下就红了。他这才明白了，为什么张妈见到他怪怪的，林满堂老人和林东风夫妇也望着他一直笑个不停，而林欣萍为什么会大声嗔怪他。正月初二回娘家，拜见老丈人和丈母娘，这可是中原省的风俗啊！

因为赵长风的母亲是南方人，距离山阳市非常远，回去一趟很不容易，所以赵家没有正月初二回娘家这个习惯。怎么把这个茬给忘了！赵长风非常尴尬，暗自埋怨父亲和母亲，为什么听说他来林家也不提醒一下，反而笑眯眯地催他快走，一大早上就把他从床上喊起来。

“林叔叔、林阿姨，实在是不好意思啊。”赵长风连声说道。

林东风大笑，说道：“长风，有啥不好意思的？一会儿我陪你林阿姨回娘家，小萍就不去了，让她在家陪你说话吧。”

“哼，我才不陪他呢！”林欣萍的声音从楼上传来。

林东风偷笑，指了指楼上，低声说道：“长风，看到了没有？小萍生气了呢。”

林阿姨也埋怨道：“长风，你也真是的，到县里挂职扶贫，怎么几个月都不给小萍一个电话呢？”

赵长风吭哧了半天，说道：“林叔叔、林阿姨，县里不是工作忙吗？下次我一定注意。”

林满堂老人在旁边大笑道：“长风，这就对了，现在的小妮儿是需要哄的，萍丫头也是这样。你多哄哄就好了。”

赵长风听得大汗淋漓。

林东风夫妇出去后，林欣萍依旧躲在楼上不下来。

林满堂就对赵长风说：“长风，你上去找萍丫头说话吧。你们年轻人有共同语言，不要在楼下陪我这个老头子了。”

赵长风怎么敢上去？他这个时间来林家本来就不对，现在上楼不是更让人误会吗？

一时间赵长风不上去，林欣萍不下来，成了僵局。

张妈会心地一笑，冲楼上喊道：“小萍，下来帮我择菜吧。我忙不过来。”

林欣萍在楼上应了一声，就迈着欢快的步伐走下楼来。可是她目光一和赵长风对视，俏脸立刻就红了。

张妈提来两捆山韭菜，放在客厅，林欣萍就坐在张妈旁边，帮张妈择起菜来。

张妈又笑着对赵长风说道："长风，别傻坐着啊！也来搭一把手。"

赵长风就也搬个小凳子，坐在林欣萍旁边，准备帮手。

林欣萍哼了一声，说道："还省政府的干部呢，一点眼色都没有。"看似不满，嘴角却挂着笑容。

赵长风干咳了一声，拿起一把韭菜，择了起来。刚择了几根，林欣萍又嚷道："赵长风，你是干活还是添乱啊。你看你择的韭菜，跟鸡叨的似的。"

赵长风终于忍不住了，说道："林欣萍，就算我今天来错了，你也不用一直挑我毛病吧？"

"哼！谁敢挑你毛病啊？"林欣萍说道，"不挑你毛病你还躲到白元县去，这一挑你毛病，你还不移民到火星上去啊？"

赵长风说："哎，林欣萍，你讲点道理好不好？谁躲到白元县去了？不是领导安排的吗？"

"赵长风，谁不讲道理？"林欣萍抢白道，"虽然是领导安排，但是到了白元县总能打个电话吧？县里生活怎么样，总能打个电话说说吧？几个月一点消息都没有，怎么能不让人家为你担心？"

说到这里，林欣萍猛然醒悟自己说漏嘴了，顿时低下头，白皙的脸庞上羞得通红。

赵长风一下子也不说话了，他胸口好像被一块大石头猛然撞了一下。怎么能不让人家为你担心？怎么能不让人家为你担心！这么说来，自己不在中州的日子里，林欣萍日日夜夜都在为自己担心么？一股说不出的情愫充斥在赵长风心中。他向林欣萍望去，一缕阳光透过玻璃照在林欣萍的耳垂上，上面淡淡的茸毛被阳光染成金黄色，晶莹剔透如艺术品一般。

张妈见赵长风和林欣萍都不说话，气氛有点尴尬，就调和道："长风，小萍，你们怎么总是赵长风、林欣萍地叫，听着多别扭啊？"

林满堂也在那边说道："对啊，长风，你比萍丫头还大两个月呢，你以后就是萍丫头的哥哥了，你要照顾萍丫头，多让着她点，不许欺负她啊！"

林欣萍啐了一口，说道："爷爷，谁让他照顾？我才不稀罕这个哥哥呢！"

赵长风忽然觉得心里很甜蜜，其实他蛮在意林欣萍的，只是一直不能接受林欣萍时冷时热的态度。

接下来的气氛就融洽多了，林欣萍虽然没有叫赵长风“哥哥”，但是却也不像以前那样直呼其名，而是略带亲昵地叫他“长风”，赵长风也叫她“欣萍”。

从林家出来，赵长风出门招手叫了一辆出租，坐了进去。单位过年发的年货上次赵长风没能全部搬回家去，这次既然来了，就顺便带回去。

到了宿舍，赵长风把剩下的东西装进两只大塑料袋里提了下楼。他来到路边，正想招手叫车，忽然听见身后传来一个女孩子的尖叫：“快闪开！”

赵长风连忙往后跳开，一个中学生模样的女孩子骑着自行车从后面冲了过来，车把正好挂住赵长风手中的塑料袋。自行车猛地一顿，女孩子就从自行车上飞了出去，结结实实地摔在地上。

赵长风连忙放下塑料袋，来到女孩子身边，伸手扶起女孩子：“怎么样？要不要紧？”

“哎哟！”女孩子一边叫着，一边用手扶着赵长风的胳膊，一只脚站了起来，另一只脚却半提着，根本不敢挨地。

“你这人怎么走路的？”女孩子疼得脸上的汗都出来了，“哪有像你这样不看路的？”

赵长风连声道歉：“对不起，对不起，我是着急拦车，没有注意后面。要不，我送你到医院看看吧？”

女孩子扶着赵长风，试着在地上走了两步，虽然很疼，但是勉强可以走，就知道没有什么大碍。于是她说：“算了，不用上医院了，我回去休息两天就好了。”

赵长风忙说：“还是去医院看看比较好，省得有什么后遗症。”

那个女孩子摇了摇头，大大咧咧地说：“在学校蹦蹦跳跳少不了扭伤，没事。你帮我把自行车推过来就行了，其他你就不用管了。”

女孩子龇牙咧嘴地迈腿，吃力地要跨上自行车，可是怎么也跨不上去。

赵长风在一旁说道：“不去医院也行，你住在哪里？我把你送回家去吧？”

女孩子说道："不用了，我自己能行!"

她一咬牙一努劲，还真的跨上了自行车。

"好了，你走吧，我没事。"

女孩子故作潇洒地冲赵长风摆了摆手，蹬上自行车就往前走，可是由于一只脚不能用力，自行车摇摇晃晃地就要摔倒。

赵长风一看不好，一个箭步冲上前去把自行车扶稳了。

"你这样不行啊。我还是把你送到家吧。"

女孩子这时候也不再逞强了，她豪爽地说道："好吧！为了减轻你良心的不安，我让你把我送回家吧!"

女孩家距离赵长风的宿舍不远，只隔了两条街。赵长风推着自行车，在女孩子的指引下进了一个大院，女孩家在一楼。

赵长风推着自行车把女孩子送到家门口，女孩子冲里面大声喊道："爷爷、奶奶，我回来了!"

里面应声出来一个五十多岁的中年妇女，她看到女孩子的模样一愣，惊叫道："灵儿，你怎么了?"

灵儿大大咧咧地说道："奶奶，没事，摔了一下。"

赵长风伸手把灵儿扶下了自行车。中年妇女这时才注意到赵长风，凶巴巴地问："你是谁？是不是你把我家灵儿撞成这样的?"

赵长风没有回话，灵儿抢着说："奶奶，你误会了！是我自己摔的。这个大哥哥看到我摔倒了，就主动要求把我送回家，做好事呢!"

就在这时，身后又传来一个苍老的声音："老太婆，你和灵儿在外面说啥呢？大冷天的还不快让孩子进屋?"

赵长风听着这声音，觉得非常耳熟，一时间却想不起是在什么地方听过。他下意识地一转身，看到身后的人，不由得目瞪口呆。

身后是一个六七十岁的老人，一身整洁的旧军装，背稍微有点佝偻，这不正是张长锁老人吗?

张长锁此时也看到了赵长风，他觉得眼前这个年轻人非常面熟，好像在什么地方见过。

赵长风看着张长锁老人灿烂地笑着，和当日在公交车上碰到的老人相比，这时他胖了许多，脸上的皱纹似乎也少了许多，看起来比两年多前还要年轻几岁。

“你、你、你……”张长锁老人手指颤抖着不停地指着赵长风，“你，你叫什么来着?”

赵长风连忙接口道：“大爷，我叫赵长风!”

“对，对，赵长风!”张长锁老人开心地说，“我年纪大了，记性不好了!”

中年妇女和灵儿惊奇地看着这一幕，太不可思议了，这个年轻人竟然和老头子认识!

“爷爷，他是谁呀?”灵儿首先开口问道。

张长锁哈哈大笑，说道：“灵儿，他就是我当年向你们提起的恩人赵长风啊。当初就是他在公共汽车上给我出钱买的车票，要不然我就被售票员赶下车了。”

“哦，原来当初就是你帮我爷爷的!”灵儿扶着自行车点了点头，“果然是活雷锋，我没有看错!”

赵长风此时已经知道中年妇女就是当初要和张长锁结婚的看护女工。这个灵儿说不定就是中年妇女的孙女，所以中年妇女才对她这么照顾。可是张长锁不是在中原省荣军院吗?怎么又会在中州住呢?莫非是赵强把他们接过来的?

赵长风跟着张长锁进屋，灵儿已经被中年妇女扶到沙发上。

张长锁老人替灵儿把鞋子和袜子脱掉，灵儿的白嫩小脚就露了出来。张长锁眼睛已经花了，看不清楚，但是他用手一摸，就知道灵儿的脚崴了。

“呵呵，不要紧，灵儿，骨头稍微错了一点位，我帮你捏一下就好!”张长锁笑着说道。

张长锁一手握住灵儿的小腿，一手抓住灵儿的脚掌，两手一用力，往上一扳。只听灵儿脚踝处传来极为轻微的响声。灵儿立刻大叫起来：“唉哟，疼死我了！唉哟!”

张长锁此时已经把手松开了。

灵儿这才觉出脚上现在是没有什么疼痛的感觉了。

灵儿扶着中年妇女的肩膀，左脚先站在地上，然后用受伤的右脚慢慢地接触地面，然后逐渐用力，最后完全站在地上。

“哎，是不疼了！”灵儿顿时眉开眼笑，冲张长锁喊道，“爷爷，你好厉害啊，竟然还会看病。”

张长锁老人有点不好意思地摆了摆手，说道：“以前当警卫员的时候，这些推拿正骨都学过一点，至于说看病，爷爷可是一窍不通啊！”

“好了，爷爷，那我去做寒假作业了！”灵儿笑嘻嘻地说，抱着书包到房间里去了。

张长锁拉着赵长风的手说：“长风，有两年多没见你了。你这孩子，后来怎么也不来找大爷了？”

赵长风苦笑道：“大爷，我以为你在荣军院呢。”

张长锁道：“早搬来中州了。我见到五伢子没有多久，五伢子就想办法让我搬来中州了。”

张长锁指着中年妇女向赵长风介绍道：“长风，由五伢子做主，我和翠莲两年前领了结婚证。”

赵长风觉得张长锁现在生活非常快乐，很替他感到高兴。

张长锁又问道：“对了，长风，你现在还在念大学吗？”

赵长风笑着说：“大爷，我早就毕业了。分配到省直属机关事务管理局上班呢。”

张长锁感叹道：“哎呀，可真快啊。转眼你就毕业了啊。”张长锁又说，“省直属机关事务管理局我知道，距离大爷这里不远，你没事多来大爷这儿看看，陪大爷聊聊天。五伢子太忙，大爷在中州也没有其他亲人，每天连个说话的人都没有。”

他们正在说话，忽然灵儿从房间出来，冲赵长风说：“雷锋哥哥，我以前听爷爷说你是什么大学的大学生，很厉害的。我有一道题不会做，你能不能教教我啊？”

书桌上，灵儿已经为赵长风准备好了一道题目。这是灵儿从一本奥数习题集里找出来的高难度的数学题。在灵儿看来，这种题目难倒赵长风这个不入流大学的大学生轻而易举。

赵长风本来还担心灵儿用物理、化学题目来难为他，这时一看灵儿拿出的是一道数学题，顿时松了一口气。他数学很好，灵儿此时给他出数学题，不是送上门来了吗？

“活雷锋哥哥，来吧。就这道题，我想了半天都弄不明白，你帮我解一下吧。”灵儿的大眼睛挑衅地望着赵长风。

赵长风脸上装出一副为难的样子，说道：“灵儿，原来是数学题啊？我是文科生，数学成绩可不是很好哦。”

“活雷锋哥哥，你不是华北财大的大学生么？数学成绩再差，也比我这高中生好吧？你就帮我解一下吧。”灵儿眼里露出狡黠的笑意，嘴上却假意哀求着。

“好吧，我看看，成不成你可别笑话我啊！”

赵长风挠挠头，愁眉苦脸地坐了下来。

看到赵长风的窘样，可把灵儿乐坏了，她殷勤地把钢笔和练习本递到赵长风手中，说道：“拜托哥哥了哦！”

赵长风接过练习本，扫了一眼上面的题目，就有了解题的思路，他拿起钢笔刷刷地写了起来，不到五分钟，这道题已经解出来了。

赵长风把练习本递还给灵儿，谦虚地说：“灵儿，你看看，不知道算得对不对。”

“嘿嘿，这么快就算出来了？想糊弄我？没门！”灵儿心里冷笑。

她笑嘻嘻地接过练习本，打眼一瞧，顿时呆住了。这道题目灵儿刚刚做过一遍，自然是知道答案的，所以她一看就知道答案是正确的。让灵儿惊讶的不是赵长风会做这道奥数题，也不是赵长风竟然这么短时间内就解出来了，而是他的解题思路是从来没有见过的。这种思路老师没在课堂上讲过，在各种参考书中也从来没有见过。按照赵长风的思路去解这道奥数题，非常简单快捷，怪不得赵长风不到五分钟就解出来了。

蒙的，一定是蒙的！灵儿心想，要不就是这道题活雷锋哥哥曾经做过，要不就是凑巧蒙对了。

“哥哥，我还有一道题不会，你再帮我解吧！”

灵儿又给了赵长风一道题目。

这回赵长风用的时间稍微长一些，解题方法是灵儿老师曾经教过的方法。

灵儿心里更不服气了，她心想，我就不信难不倒你，给你找一道超级难的。

灵儿从奥数习题集里找了一道最难的、她苦思冥想了一个星期也没有找出解题方法的题目给赵长风。

赵长风拿过来一看，眉头真的皱起来了。这道题果然很难，不过越难越有挑战性。赵长风的好胜心也被勾起来了。他开始苦思冥想起来，想出一个思路就演算一下，算了两步觉得不行，就把这页纸撕掉揉成一团扔在旁边，重新思考。

一会儿工夫，赵长风身边已经堆满了纸团，厚厚的练习本也被撕得只剩下薄薄的一层。

“嘿嘿，活雷锋哥哥，不会就算了吧，别累坏了脑子。”灵儿在一旁火上浇油，“不是每个大学生数学成绩都好的。有些大学生甚至连初中的数学题都不会做呢！”

赵长风的思维本来钻到一个死角里怎么也绕不出来，被灵儿这么一打岔，反而从刚才的牛角尖里跳了出来。再回头看这道题，豁然开朗，他顿时想到了一个解法，也顾不得搭理灵儿，拿起钢笔俯在桌子上写了起来。

几分钟后，赵长风洋洋得意地把练习本扔给灵儿，说道：“小丫头，好好看看吧。”

起身出了房间，赵长风向张长锁老人告别：“大爷，我还要赶回山阳市，就不陪你了。等我从白元县扶贫回来，一定经常过来看你。”

张长锁老人知道，过年期间有很多亲戚朋友都需要走动，也就不挽留赵长风。他和刘翠莲把赵长风送到门外，说：“长风，你可要千万记着啊，从白元县回来后要经常过来看望大爷！”

有了罗成龙的具体操作，阳江超的案子以最快的速度往前走着程序。果然如罗成龙预计的那样，白元县检察院最后以挪用公款罪向白元县法院起诉了阳江超。白元县法院给阳江超发了传票，案子定于二月二十一日开庭。

周老师请了假，提前一周陪阳江超来到宁浩市，还住在长城宾馆。

罗成龙和赵长风一起到长城宾馆去见阳江超夫妇。

双方见面后，阳江超和周老师心急地问赵长风和罗成龙，现在该怎么办。

由于罗成龙这些天已经和检察院和法院沟通过了，心里已经有了把握，所以敢对阳江超夫妇透露一些底细。

罗成龙表示，现在离开庭只有一周时间了，为了不出现变动，还需要五万元钱打点关系。

这可让阳江超夫妇傻眼了，上哪儿弄这些钱呢？两个人心生绝望，难道在最后关头要功亏一篑了吗？

到了这个时候，赵长风知道自己一直等待的时机到了。他开口道："阳哥，目前有两个办法，第一，就是这五万块钱我给你垫付。第二个办法，是我刚刚想到的，不瞒你说，最近我和白元县县委程路同书记的家人共同投资搞了个风景开发区的项目，说起来和程书记也算有点交情。我试着走走他的关系，看看白元县法院能不能酌情轻判一点。"

"小赵，你真是神通广大，竟然和白元县的县委书记都攀上了关系。"阳江超和周老师又是高兴又是佩服，"小赵，那就麻烦你去托程书记向法院讲讲情，肯定管用的。"

赵长风点了点头，又摇了摇头，低头思忖着什么，脸上有一些为难的表情。

阳江超叹了口气道："小赵，如果真是太为难的话，就算了。我们还是花钱走罗庭长的关系吧。"

赵长风停顿了一下，琢磨了一下措辞，继续说道："阳哥，不瞒你说，你取保候审的事情我就是托程书记办的。他本来听说周老师只是我高中班主任的同学，觉得关系太远，不想帮我办理。架不住我再三恳求，他最后还是让秘书去检察院打了招呼，让你取保候审了。

"在帮你办理取保候审的手续时，程书记已经向我声明了，你的事情只能管到这里，以后再有什么事情，都不要去找他。"

阳江超大失所望，身子一缩，整个人就矮了一截，有气无力地说："小赵，既然如此，那就算了吧，不要去找程书记了，省得去碰钉子。"

赵长风又笑了："程书记对那些今后对他有用处的人还是会帮忙的。"

阳江超叹气道："唉，人家在白元县，我在山阳市，距离几百公里。如果我还在云台山风景管理局任副局长，或许还会有点用处。可是我现在对程书记还会有什么用处呢？他铁定是不会帮我的！”

“没有用处，就不会变成有用处的人吗？”赵长风高深莫测地一笑。

阳江超一下子捕捉到赵长风的话外之音，于是精神一振，连忙问道：“小赵，怎么样才能变成一个对程书记有用的人呢？”

赵长风笑道：“阳哥，以前可能没啥办法。但现在恰好我和程书记的家人合伙搞这个项目开发，说不定阳哥就能帮上大忙。”

“小赵，是什么项目？”阳江超疑惑地问道。

赵长风说：“阳哥，我在白元县挂职锻炼的地方是伏牛山区里的一个贫困乡，里面风景非常优美，山水资源若是经过开发，绝对不次于山阳的云台山。所以我就拉过来一笔投资，成立了一个风景区开发公司。”

阳江超眼睛一亮，说道：“小赵，你这条路真是走对了。眼下搞风景区开发绝对是一桩非常赚钱的买卖。”然后他感慨地说，“当初云台山风景区开发的时候，我是拉不来投资。如果能拉来投资，我自己早就把云台山包起来单干了。唉，同样是做事，我一点力都没有少出，最后还落了个阶下囚的下场。”

赵长风劝慰道：“阳哥，都过去了，别想那些事了。咱们还是说说眼前的事情怎么办吧。”

阳江超点了点头，说道：“小赵，你的意思我明白了，就是说我在云台山风景区开发建设的那些经验，对你和程书记合作的这个风景区开发项目还是有用的，对吧？”

赵长风说道：“程书记本来想到南方武夷山、三亚之类的风景区招聘一些有风景区开发管理经验的人。他说南方人思想观念开放，在风景区开发管理方面很有一套。”

阳江超摆了摆手，说道：“小赵，说起咱们中原省风景区的开发建设推广，我阳江超要是排在第二，绝对没有人敢排在第一。先不说南方的风景区模式是否适合咱们北方，单是南北方旅游市场的消费观念差别，他们就适应不了。小赵，你所说的风景区我没有进去看过，但是既然是伏牛山里的景区，那么应该和云台山的风景差别不大，都是以山水取胜的。”

赵长风点头说道：“不错，阳哥，我看这两个地方也非常类似。”

阳江超说：“如果说是山水类型的风景区开发，我这里有现成的开发模式和成功经验。如果让我去帮你和程书记运作，绝对比去南方请人要好多了。”

赵长风笑着说：“阳哥，我也是刚刚才想到这一点。觉得以阳哥的风景区开发管理建设经验，对我和程书记合作的这个风景区开发项目很有帮助。既然是对程书记有用的人，那么让他帮一下忙，想必他不会推辞。”

阳江超拍着胸脯说：“小赵，你放心，这一点我绝对可以帮上你们的忙。”

赵长风微笑了一下，点头说：“阳哥，你的能力我绝对相信。云台山在山阳如日中天，岂能少了你的功劳呢？”

说到这里，赵长风话锋一转，继续说：“只是程书记并不了解这一点，所以要想让他相信你对我们的风景区开发建设推广有很大帮助，恐怕还有点难度。所以阳哥，你必须想办法打动程书记。”

阳江超问道：“小赵，你觉得我该怎么去打动程书记呢？”

赵长风想了一下说：“必须做一些实事让程书记看到你的能力，让他相信你是风景区开发建设不可或缺的人才，这样他就一定会想办法把你保出来，然后让你为风景区的建设出力，把大自然恩赐的山水美景变成源源不断的收益。”

阳江超点头道：“小赵，你的意思我明白了。只是你们打算开发的风景区我都没看过，又怎么去提建议和设想向程书记证明我的能力呢？”

赵长风说：“这很好办。阳哥，今天下午我就可以安排你陪我进山去看风景。参观几处风景之后，你对风景区有个直观的印象，就可以先写一份简略的开发建设计划。只要这份计划能够打动程书记，那么一切便都会有转机，你今后的工作也不会有啥问题。我相信，只要程书记能让你到风景区开发公司去工作，你的待遇绝对要远远超过你在云台山风景区管理局当副局长的时候！”

第六章　业绩就是资本，扶贫楷模受表彰

赵长风一手策划的梁丫子乡风景区项目大获成功！媒体报道顿时铺天盖地：扶贫干部赵长风有胆魄有能力，短期内引入巨资兴建了著名的伏牛山风景区，彻底改变了梁丫子乡贫穷落后的面貌。扶贫期结束后，赵长风等人受到了省委省政府的表彰，一朝成名天下知，赵长风成了名副其实的扶贫楷模。

周老师在旁边听得也非常欢喜，可是她心里还有一点担心。迟疑地问道："小赵，人家程书记会同意吗？俺家老阳可是犯过错误的人啊。我怕程书记会嫌弃……"

赵长风摆了摆手，说道："周老师，这个你大可不必担心，不管阳哥过去有没有犯过错误，这些都不要紧。要紧的是阳哥今后能不能把风景区开发公司管好，让我们的风景区在全省、在全国打响名气。"

见周老师和阳江超还是有点担心，赵长风继续说："阳哥，周老师，程书记这个人你们不了解，他在用人方面很大气，不拘一格。他主要是看重一个人的能力。再说了，阳哥犯错误不是事出有因吗？和其他贪官弄钱去找小姐花天酒地还是有本质的区别的。"

阳江超和周老师这才放心，阳江超点头道："小赵，你放心，只要程书记肯用我，我绝对不会让他失望的。"

赵长风说道："阳哥，有这个决心就行。那下午我就陪你到山里看看，你参观过山里的风景之后，一定要用心写一篇报告，争取打动程书记。其他就不要多想了好吗？"

周老师又在旁边插言道："小赵，下周二就要开庭了。现在让老阳去山里参观，写这篇报告，万一程书记看不中，那可怎么办？到时候再活动怕不把事情都耽误了？"

赵长风想了一下，说道："我让罗庭长去活动一下，如果到时候程书记这边还没有消息，我们就看看法庭那边能不能不当庭宣判，给争取一点时间。"

阳江超在一旁说道："桂珍，你还不知道我的能力？不要担心了，我写一篇考察报告递上去，保管程书记看得满意。"

到了下午，赵长风陪阳江超进了梁丫子乡，赶到时已经是晚上了，赵长风就安排阳江超住在乡政府。

第二天一早，赵长风带着阳江超在梁丫子乡的山里转了起来。阳江超果然天生是一个爱风景的人，山里的风景看得他如痴如醉，嘴里不住地啧啧赞叹，说这个梁丫子乡简直又是一个云台山。

他们在梁丫子乡的山里转了两天，也只看了这里乡风景的一小部分，赵长风对阳江超说："阳哥，时间紧，风景就暂时看这么多吧。这些风景虽然只是梁丫子风景区的一小部分，但是窥一斑而知全豹，足以激发阳哥的灵感了吧？"

阳江超点了点头，说道："小赵，这里风景真美啊，若是开发得当，比云台的山潜力更大呢。我真舍不得就这样走了！你放心吧，我心里有把握了。回去我就写考察报告，两天之内交给你和程书记。"

回到宁浩市长城宾馆之后，阳江超把自己关进房间里，两天没有出门。两天两夜的时间，他除了吃饭睡觉，就是埋头写考察报告。到了第三天早上，阳江超拿出一份厚厚的考察报告交给赵长风。

"小赵，时间太仓促，我只是写了一点粗浅的意见。你拿去让程书记看一看。等将来我有时间好好考察梁丫子风景区，然后找个地方静下心来认认真真地写一份计划，保管让你和程书记满意！"

赵长风接过考察报告粗略一看，发现阳江超不愧是中原省风景区管理开发的第一人，他的点子和思路，即使是赵长风也绝对想不到，风景区开发原来有这么多种办法和模式。

"阳哥，辛苦了！"赵长风灿烂地笑着，"这份考察报告很不错，我这就去找程书记。你就和周老师安心地在宾馆里等消息吧。”

周老师在一旁问道：“小赵，你觉得你阳哥写的东西还行吗？拿给程书记去看，事情能成吗？”

赵长风晃了晃手中的考察报告，对周老师说：“周老师，你放心吧。虽然程书记还没有看，但是我觉得至少能有九成的把握让他满意。”

周老师这才舒了一口气。

赵长风说：“周老师，你陪着阳哥到外边吃点好吃的，给阳哥补补身体。他这两天在宾馆里写这份报告，一定累坏了。”

离开宾馆之后，赵长风到了宁浩市市委招待所。程路同正好在宁浩市开会，住在这里。

程路同见赵长风过来，就笑着说：“长风老弟，怎么样，全搞定了吗？”

赵长风笑道：“程书记，你先看看阳江超写的考察报告再说。”

程路同接过考察报告，一边看一边不住地点头，脸上一副很满意的样子。整整看了半个多小时，程路同才把阳江超写的这一份三万多字的考察报告看完。

“真是精彩！”程路同拍案称奇，“小赵，你说得不错，这个阳江超果然是个难得的人才。就冲他这份考察报告，我也要想办法帮他一把。”

赵长风得意洋洋地说：“没错吧，程哥？我说了，招揽这样的人才你不会后悔的。只要有他在，梁丫子风景区很快就会成为和云台山并驾齐驱的著名风景区了。”

程路同哈哈大笑，他说道：“长风老弟，你呀你！阳江超虽然是千里马，不是还得遇到你这样的伯乐吗？现在阳江超已经同意到我们风景区开发公司来了吗？他不会再变卦了吧？”

赵长风说：“他绝对不会变卦的。首先在他的事情上，欠了我们一个天大的人情，他不还人情说不过去。其次，这次的案子后他想在短时间内再找一份能够发挥他特长的工作岗位怕是不那么容易。现在我们不计这些，把他接纳进来，给他一份待遇很高的工作，他能不欢天喜地吗？”

程路同笑着点头说：“那倒是！”

赵长风说：“况且我还有一个杀手锏。”

“哦?”程路同浓眉一挑，“长风老弟，你还藏有秘密武器啊？赶快抛出来让程哥看看，够不够核武器级别的?”

赵长风笑道：“绝对是核武器级别的。阳江超的女儿小惠的先天性心脏病手术需要一笔巨款。只要阳江超同意到我们风景区开发公司工作，我就把这一笔手术费用先给他垫付出来，以后再在他的工资里逐月扣除。阳江超当初之所以犯错，可能就是为了女儿小惠的手术费。现在我们主动给他拿出来，他还不感激涕零？只要这个重磅武器拿出来，保证阳江超会死心塌好好干!”

程路同道：“长风老弟，让阳江超过来，我心里还是有个担心。”

赵长风问道：“程书记，你担心什么?”

程路同说：“阳江超毕竟是有过污点的人了，谁敢保证他到了我们风景区开发公司之后，不故态复萌？要是他再在我们风景处开发公司搞这些，把事情弄得一团糟，我们岂不是得不偿失?”

赵长风笑着摆手道：“绝对不会！你忘了我是学什么的吗？我是搞财务出身的啊。”

程路同连忙说道：“对，我怎么把长风老弟的专业忘记了。”

赵长风说：“搞风景区开发，我对阳江超甘拜下风，但是要说财务管理，阳江超比起我这样的专业人士可要差远了。”

程路同道：“对，长风老弟，你得把风景区开发公司的财务管理抓起来才行，正好发挥你这方面的特长。”

赵长风说：“这几天我们就商量一下，建立一套行之有效的财务管理制度。对外的那些可以先缓一缓，目前关键是要把财务内部控制的体系建立起来。财务内部控制的最高目标是什么？就是堵死所有可能发生纰漏的环节。”

程路同道：“是啊，不仅要防范阳江超，还要防范其他人啊。以后公司会越做越大，内部控制如果不好，很多人就会在里面上下其手，从中渔利。别到最后局面不可控制，还会惹一堆麻烦。”

赵长风笑道：“放心，这个情况绝对不会出现。财务管理的最高境界是什么？就是靠内部控制体系去控制，而不是靠人品去控制。在财务管理体系内，每个人都会被看成是贼，而内部控制体系的功能就是用来防贼，让他们无从下手。所以在制度完善的现代公司中，即使所有的员工干部都有做贪污犯做小偷的心思，也不会有得逞的机会。”

程路同点头道：“长风老弟，你这么一说，我就明白了。其实也可以这样理解，让阳江超犯错的，不是阳江超的人品，而是风景区管理局的制度。假如风景区管理局的管理制度能制定得周密完善，那么即使谁想贪污，也无从下手。”

赵长风大笑道：“不愧是当领导的，总结总是那么到位。”

程路同摆手佯作生气道：“什么领导？长风老弟又拿我开涮呢！”

程路同正色道：“长风老弟，你给我上了深刻的一课啊。用人不能光盯着别人的缺点，还要想办法发挥别人的长处。假如一个人的特长发挥不了，却总是暴露出来种种缺点，那么作为主管领导就要反思一下，是不是自己的管理方法有问题。”

赵长风道：“这一总结，我就从感性认识上升到理性认识了。以后遇到类似的情况，就知道该怎么处理了，不会犯下总责怪别人的错误。”

又说了两句，赵长风才道：“程书记，那阳江超的案子该怎么处理啊？大后天就要开庭了呢！”

程路同道：“你直接去找罗成龙吧。他心里有数。”

罗成龙早已接到张秘书的电话，对后面的事情已经做好了打算。前面他开口要的五万块钱，纯粹是为了配合赵长风演一出戏。要是没有赵长风事先交代，罗成龙再有胆子也不敢开口向阳江超要钱——要知道，这可是张秘书代表县委书记程路同交代下来的案子。

赵长风去见罗成龙，罗成龙说：“小赵，你放心，事情都办妥了。你和我一起去见阳江超吧，有些事情我直接跟他交代。”

赵长风本身要的也就是“事情都办妥了”这一句话。对于其中的细节，他没兴趣知道。现在罗成龙既然觉得不方便让他知道，他也乐得轻松。

和罗成龙一起到了长城宾馆，赵长风又把周老师叫了出去，只留下罗成龙和程路同两个人在房间。

一个多小时后，罗成龙打电话告诉赵长风，他都交代完了。于是赵长风就和周老师一起回到长城宾馆。一进房间，就见阳江超满面含笑，一身轻松，显然吃了定心丸。

于是几个人就一起出去吃饭，把罗成龙好好招待了一番。

二月二十一日，白元县法庭开庭审理阳江超挪用公款一案。在法庭上，阳江超忽然当庭向法官举报了一个重大案情，一个在白元县看守所和他共同关押在一个房间的犯罪嫌疑人还犯有一桩抢劫案和三桩入室盗窃案。

这个线索其实是另一个犯罪嫌疑人举报的。但是看守所把这个线索透露给罗成龙，再由罗成龙告诉阳江超。这样阳江超就算有重大立功表现，法院对他的从轻处罚也就有了法律依据。

由于阳江超举报的案件线索有待核实，所以法庭没有当庭宣判，而是宣布休庭，待核实查证过阳江超举报的线索之后再进行宣判。

一周后，白元县法庭重新开庭，由于阳江超举报的线索经过查证属实，属于重大立功表现。

法院当庭宣判：被告阳江超身为国家公务人员，利用职务的便利公款私存，其行为已经构成挪用公款罪。但是由于阳江超系初犯，认罪态度较好，有悔罪的表现，且挪用公款数额不大，案发后能积极协助退还赃款，加之被告阳江超在本案审理期间当庭检举揭发其他人的犯罪线索，经查证属实，具有立功情节，可予以从轻处罚。判决如下：

被告阳江超挪用公款罪名成立，免予刑事处罚。自宣判之日起当庭释放。

宣判后，白元县检察院的公诉人和阳江超本人都表示服从法院的判决，不再上诉。

法官刚宣布退庭，周老师就从旁听席冲上去紧紧抱住阳江超，两口子喜极而泣。罗成龙在旁边说：“阳局长、周老师，别哭了，这是大喜事，你们哭什么呢?”

阳江超和周老师这才擦了眼泪，不好意思地对罗成龙笑了笑，说道：“谢谢。”

罗成龙指了指门外说：“走吧，咱们不走，人家法庭没办法关门啊!”

法院外，赵长风早就准备好了小车，接阳江超到宁浩市找了一家豪华酒店，摆了一桌酒宴，为阳江超庆贺。

酒桌上，赵长风见阳江超和周老师很开心，也就不客气了，拿着酒杯拼命地劝酒，最后把阳江超夫妇和罗成龙三个人都放倒了。

到了第二天下午，阳江超夫妇才从酒醉中醒来，他们醒来之后立即给赵长风打了电话，又是感谢又是不好意思。

赵长风对他们说："先别感谢了，晚上还有一个更大的好消息告诉你们。"

到了晚上，程路同终于和赵长风一起出现在宁浩市了。

阳江超夫妇见到程路同，上去又是一番感谢。程路同笑着说："别感谢我，都是长风老弟的面子大。"阳江超夫妇心中对赵长风更是感激。

程路同对阳江超说，他今天晚上摆了一桌酒宴，一是为阳江超庆贺，二也是为周老师接风，地点就在宁浩市市郊的野味馆。

程路同这么一说，赵长风倒是想起来了，他问程路同："是不是在黄河边开野味馆的那个张丽丽的老公开的？"

程路同笑道："长风老弟真是个多情种子，我一提野味馆你就想起张丽丽了。"

赵长风面红耳赤道："程哥，你可不要贼喊捉贼啊。"

到了野味馆之后，程路同订了一个包厢，四个人一起进去，酒菜上来之后，程路同说了一番祝贺的话，酒宴就算开始了。

相比起昨天拼命劝酒，赵长风今天的表现可斯文多了。酒宴不温不火地进行着，看看火候差不多了，赵长风才开口问道："程书记，上次阳哥给你的那份考察报告，你看过了吗？感觉如何？"

程路同矜持地笑笑，说："还不错，很有见地。"

赵长风又道："程书记，如果阳哥到咱们风景区开发公司工作，你觉得如何？"

阳江超和周老师夫妇都紧张地望着程路同。

程路同沉吟了一下，问阳江超道："老阳，你真的愿意到白元县这种小地方工作吗？"

阳江超连忙说："程书记，什么大地方小地方，只要能发挥我的特长，都是好地方。梁丫子风景区很有潜力，如果程书记不嫌弃的话，我愿意到程书记手下服务。"

程路同又思索了一会儿，说道："也好，老阳是景区开发难得的人才，可以来我们这里尝试一下。"

“谢谢程书记，谢谢赵老弟！”阳江超说道，“你们放心，我一定会让你们觉得用了我阳江超没错！”

程路同笑道：“希望老阳不要令我们失望啊！”

阳江超和周老师都欢天喜地。

赵长风在一旁笑道：“阳哥，还有一个好消息呢！”

阳江超和周老师愣愣地看着赵长风，心想还有好消息？

赵长风对程路同说：“程书记，还是你来宣布吧。”

程路同颔首道：“也好，那就我来说吧。老阳，长风老弟把你们家的情况跟我说了，尤其是你女儿小惠的病情。我和长风老弟商量之后，决定先从公司账上垫付二十五万元，先给小惠动手术。”

阳江超和周老师呆呆地望着程路同和赵长风，仿佛不敢相信自己的耳朵。

赵长风微笑着说：“阳哥，周老师，这是个好消息吧？”

阳江超和周老师听了赵长风的话，才肯定刚才程路同说的话是真的，不是他们听错了，也不是程路同在开玩笑。

“程书记，谢谢，谢谢你！”周老师和阳江超站起来冲程路同深深鞠了一躬，“你救了我们小惠，就等于救了我们全家。”

程路同连忙上前扶起他们说：“老阳，周老师，你们这是干什么？”

程路同指着赵长风说：“长风老弟，你太不地道了。你出钱，让我落这个人情，诚心看我笑话不是？老阳，周老师，要感谢，你们感谢长风老弟去。”

阳江超过去握住赵长风的手，含泪哽咽着说：“小赵，你，你让我说什么好呢？总之，以后你们让我干啥，我就干啥。”

赵长风笑着说：“阳哥，你这么客气干什么？明天我就把钱转给你，你领着小惠先去看病。等小惠的病好了，你再回到白元县来，安心地做风景区的开发工作。”

阳江超说道：“小赵，程书记，你们放心，这梁丫子风景区的开发就交给我了，我绝对让它超过云台山，成为我们中原省的第一风景区。”

第二天，阳江超正式和梁丫子风景区开发公司签订了合同，出任梁丫子风景区开发公司的总经理。赵长风又从自己百分之八十的股份里分出百分之五的股份给阳江超，他成为梁丫子风景区的股东之一，从此之后死心塌地为梁丫子风景区服务。

随后赵长风又划给了阳江超二十五万元。阳江超夫妇随即返回山阳市，领着小惠到北京最好的医院预定了手术。

五一期间，小惠在北京成功地实施了手术。到了五月底，小惠成功地度过了手术后各种并发症的考验，出了重症监护室，开始了漫长但是却充满希望的康复。

六月中旬，阳江超终于安心地从北京返回白元县，全身心地投入到梁丫子风景区的建设开发当中去。在阳江超的建议下，梁丫子风景区正式定名为伏牛山风景区。

七月一日，作为对党的生日的献礼，卧虎乡至梁丫子乡的四级公路顺利通车。

这天，阳江超兴高采烈地来到赵长风的住处。

“长风，我向你汇报个事情!”

“阳哥，你说吧，什么好事?”

阳江超说：“我给咱们伏牛山风景区联系到了一个绝佳的免费广告。”

“哦？免费的广告?”赵长风也兴趣大增，“说说看，怎么回事?”

“长风，是这样的。我以前在云台山风景区管理局搞风景开发推广的时候，认识了不少电视台的记者，其中省电视台的史记者就和我关系不错。这次为了伏牛山风景区宣传推广，我又找到了他。”阳江超说：“我们伏牛山风景区的开发和云台山风景区的开发不同，那里的开发有政府支持，可以不考虑预算。我们伏牛山风景区的开发全部都是自有资金投入，虽然说程书记在白元县几个商业银行也搞了几笔贷款，但是相对于风景区开发建设所需要的庞大资金来说，还是捉襟见肘。

“我和史记者商量了一下，最后结合我们伏牛山风景区所在地梁丫子乡是全省有名的贫困乡这个实际情况，决定在这上面做做文章。”

赵长风说道：“阳哥，莫非你想让省电视台以宣传扶贫的名义顺便给我们伏牛山风景区做一个隐性广告?”

阳江超笑道：“没错，史记者告诉我，最近省电视台要做一套扶贫专题节目，在全省大概选取两到三个典型的贫困乡进行跟踪采访，然后制作成专题片在省电视台播放。梁丫子乡既然是全省有名的贫困乡，当然有资格入选省电视台扶贫专题节目。他们可以给我们制作三期节目，连续在省电视台播放，这样不等于在省电视台为我们做了免费广告吗？”

赵长风沉吟了一下，说道：“阳哥，扶贫节目没有多少人喜欢看吧？这种节目的广告效应不怎么明显吧？”

阳江超笑道：“长风，广告效应明显不明显，关键在于造势。假如省电视台的记者把重点放在扶贫上面，广告效应自然会差一些。但是如果重点放在对伏牛山风景区的介绍上，那效果绝对不差。

“举个例子吧，假如省电视台的节目名称是《扶贫纪实》、《梁丫子乡的脱贫之路》，肯定没有多少人去关注。假如电视节目名称换成《伏牛山风景区——下一个云台山》《隐藏在贫困山乡的北国三峡》，会不会更吸引眼球呢？”

阳江超继续说：“当然，仅寄希望于省电视台一档节目就把伏牛山风景区宣传出去，显然是不够的。但是只要省电视台宣传了，肯定会引起省内其他媒体的关注。无论他们是关注扶贫还是关注风景，只要他们来到我们风景区，肯定会惊诧于风景区的美丽，所以借助他们的口，我们的风景区就可以在他们的报纸上或者电视上得到宣传。以此作为开端，我们伏牛山风景区的宣传推广也可以逐步走上正轨。”

赵长风说：“这倒是一个省力的办法。那我们现在需要做些什么准备呢？”

阳江超说：“你和程书记联系一下，让程书记指示梁丫子乡做一个扶贫材料，等省电视台记者来采访的时候用。”

赵长风笑了，说道：“扶贫材料倒是不难。前几天梁丫子乡的钱乡长还和我说来着。梁丫子乡村民上年人均收入不足两百元。今年由于修建梁丫子乡到卧虎乡的公路，以及我们风景区开发建设的工程，梁丫子乡很多村民都有了务工收入，平均下来每人每月能有七八百块。这样算下来，仅此一项，梁丫子乡村民收入就可以从年人均收入不足两百元，涨到年人均收入突破一千五百元。这个指标不但足以让梁丫子乡村民告别贫困生活，即使放在山下的平原地区，也算是中等偏上的生活了。”

阳江超大喜道：“长风，有这个材料做基础，不愁省电视台不过来。”

七月中旬，省电视台派出了一个五人摄制组来到白元县。程路同知道，这不仅关乎伏牛山风景区的宣传，更关乎他的政绩，于是接待得非常热情，省电视台摄制组兴致勃勃地奔赴梁丫子乡了。

一周后，省电视台摄制的扶贫专题节目顺利地在省电视台一套节目播放。节目播放之后，很多观众都被伏牛山风景区的美丽景色所吸引，纷纷打电话到省电视台，咨询伏牛山风景区的路线。

与此同时，省电视台这期节目也引起了中原省扶贫办公室主任高铁的注意。

高铁今年五十八岁，原来在宁浩市任副市长，今年五月份才刚刚调任省扶贫办当主任。从某种意义上来说，从一个手握实权、行政级别为副厅级的副市长，调任为行政级别是正厅级的省扶贫办主任，更像是对高铁临近退休前的一种慰藉和奖励。高铁在行政级别跃升半级的同时，只能安心在省扶贫办养老。

可是高铁却不这么看，他认为省扶贫办不但是他的新岗位，更是他的新舞台，所以他雄心勃勃地要干出一番事业来。

神龟虽寿，犹有竟时；老骥伏枥，志在千里；烈士暮年，壮心不已！高铁绝对不会让自己临近退休的两年时光白白虚度，挂一个省扶贫办主任的空衔提前颐养天年。

但是高铁这番雄心壮志在省扶贫办却遭到了抵制。这种抵制不大不小，恰好能让你感受得到，但是又不至于发生激烈的冲突。给高铁的感觉好像是他在森林中行走，而森林中到处都是蜘蛛网。这些蛛网蛛丝虽然不能阻挡他前进的脚步，但是密密麻麻地挡在眼前、黏在身上，总在阻挡他的视线、影响他的行动，不得不经常停下来把这些阻碍除掉。这些阻碍的来源就是他的两个副手，省扶贫办的两个副主任。

按照省扶贫办以往的惯例，只要扶贫办的正职升迁或者调走，空缺总是从内部提拔人来补上。这种惯例也给了扶贫办的领导干部一些安慰：虽然扶贫办相对于别的厅级部门来说属于清水衙门，福利待遇有些差距，但是干部晋升较快，竞争对手也较少，正所谓失之东隅，得之桑榆。

可是，省扶贫办前任张主任调走之后，留下的空缺竟然不是在刘副主任和贺副主任之间产生，而是从几百公里外的宁浩市调来一个副市长担任，这岂不是让本来满怀希冀的两个人大失所望？他们难免心生愤懑，或多或少地不配合新任主任高铁的工作，或明或暗地给高铁添一些堵，不大不小地给高铁增加一点阻力，就都是情理之中的事情了。

如果现在高铁才四十出头，或者是五十一二岁，哪怕是五十四五岁，还可以在这届扶贫办主任任期到头之后再干一届，高铁一定会做礼贤下士之状，热情地去拜访扶贫办的老同志，虚心地向刘副主任和贺副主任两位在省扶贫办干了七八年的副手请教。可是高铁今年都五十八岁了，再过两年就要退休了，政治前途已经完全明确，他又怎么会去受这个气？再说了，只有两年的工作周期，高铁连考虑全中原省的扶贫大业都顾不过来，时不我待啊！他怎么会把这宝贵的夕阳无限好的时间，浪费在处理机关中说不清道不明的复杂人事关系上？

什么勾心斗角，什么尔虞我诈！我高铁就是来干一番事业的！

如此一来，刘副主任和贺副主任更感到自己的意见和建议不受到重视，干脆展开了非暴力不合作运动。你高铁不是能干吗？一切都让你干好了。高铁在会上拿什么主意，做什么决定，刘副主任和贺副主任都连连点头，连声说好。要是高铁问他们两个人的意见，他们的意见就是举双手赞成高主任的意见。

三个领导之间的关系如此僵，让下边的干部也无所适从。

听高主任的吧，他干两年就要退休，到时候刘副主任和贺副主任之间肯定有一个人会被扶正。那时候刘主任或贺主任岂能忘了现在的事？来一场秋后大算账，那么以后在单位就别想有出头之日了，除非有关系能调离。话说回来，要是有关系，早就离开省扶贫办了，又何必在这清水衙门里苦熬呢？

那么不听高主任的，听刘副主任和贺副主任的吧，高主任现在还坐在省扶贫办一把手的位置。俗话说县官不如现管，刘副主任和贺副主任的秋后大算账还要等两年，高主任的小鞋可是立刻就能让你穿上的。

在这种情况下，省扶贫办的工作几乎陷于停滞状态。什么事情，除非高铁亲自去过问，下边负责的干部才会向他汇报，然后根据他的指示去进行具体操作。否则，只要高铁不过问，那些具体负责的人是绝对不会主动去找他汇报工作的。因为刘副主任和贺副主任都在旁边看着呢。每去找高铁主任汇报一次，那个人的前途就会黯淡一分。

对省扶贫办下面的干部来说，这样做也是没有办法的办法。高铁主任既然过问了，不汇报不办理不行，否则小鞋立刻就穿上了。高铁主任既然没有问，那么就乐得装糊涂，在刘副主任和贺副主任心里留下一个好印象。

按照规划，年初的时候省扶贫办科教宣传处已经和省电视台联系好了，让省电视台做几期扶贫节目，节目经费也已经拨出了。可是自从高铁来到省扶贫办任主任后，这件事就放下了。省电视台那边，节目专题组已经成立很久了，也不能一直挂着不去拍摄吧？于是就打电话给省扶贫办科教宣传处。科教宣传处的处长一直推脱。后来省电视台就说了，再不拍摄，扶贫节目专题组就解散了，去做别的节目了。科教宣传处的处长才让手下送了一大堆扶贫资料过去，让省电视台在这些资料中任意选取一些扶贫点进行拍摄宣传。也就是在这样的情况下，那个和阳江超相熟的记者才给阳江超透露了这个信息，以扶贫的名义来宣传伏牛山风景区。

高铁在家里打开电视，一看是扶贫节目，心中不由得大怒。他立刻打电话给科教宣传处的处长，问他为什么做这期扶贫节目没有向他汇报？

科教宣传处处长连忙说，这还是张主任在省扶贫办的时候和省电视台联系的意向，当时就说了让省电视台自主选题。后来这件事情就由省电视台的同志操作了，因为张主任有话在先，他也不好去过问。

高铁听后没有责怪科教宣传处处长。一个原因是张主任现在已经是省里一个实权部门的一把手，高铁得罪不起；另一个原因则是这期节目是省电视台自主制作，那么就说明这期节目的可信程度比较高。没有扶贫办掺和进去，是靠记者自己发现的。

于是高铁就放下电话，兴致勃勃地看起来了。

看了几眼，高铁猛然发现，电视里报道的竟然是宁浩市白元县梁丫子乡。他在宁浩市当干部的时候，也曾去过梁丫子乡扶贫。当时他就感慨梁丫子乡村民的疾苦，于是就针对梁丫子乡人多地少的情况，号召村民们在山上开荒种地，增加耕地面积。可惜由于梁丫子乡的山势陡峭，树木被砍伐之后，存不住水土，向山林要地的扶贫计划也失败了。

现在有人竟然想出办法帮梁丫子乡脱贫了吗？

高铁的眼睛随着镜头被带入了梁丫子乡，看着飞流直下、气势磅礴的瀑布，看着欢腾跳跃、一路歌唱的清澈小溪，看着碧蓝如玉、波光荡漾的幽潭，高铁第一次知道，梁丫子乡的景色竟然如此美丽。

镜头再拍到梁丫子乡的村民，他们都穿着整洁的衣服，脸上挂着灿烂的笑容，对着镜头说着自从伏牛山风景区开发之后，他们生活的巨大变化。那种发自内心的笑容甚至比大自然鬼斧神工的天赐美景还要美。

镜头一摇，出现一个年轻人，梁丫子乡的乡长助理，省城下来的扶贫干部赵长风。旁白解说道，正是这个年轻人，从外地引进了投资商，投入巨资在梁丫子乡兴建了伏牛山风景区，才改变了梁丫子乡贫穷落后的面貌。

看完电视专题片之后，高铁心中激情澎湃。典型，这就是典型，赵长风就是他一直要树立的扶贫典型！

高铁一直寻思着要在省扶贫办做出一番成绩。可是成绩从哪里来呢？从材料中、从汇报中、从典型中来。有些部门领导辛辛苦苦干上几年，弄成一个项目，报到上面，是一番政绩；而也有些部门领导什么也不用干，只要找几个笔杆子，总结一些材料，树立几个典型，报上去也是一番政绩。

可是高铁今年已经五十八岁了，留给他的时间只有两年。即使高铁想认真苦干，大干快干，想在省扶贫办做出一番成绩来也是不容易的。说不定他刚干出一番成绩，就到了退休年限。他退下之后，前面两年所做的成绩就被后任摘了桃子，成为后任的政绩，这种为他人作嫁衣裳的事情，高铁是绝对不会干的。更何况，那个摘桃子的很可能就是刘副主任或者贺副主任，这让高铁想起来更是不忿。所以高铁一直在寻找一些短平快的项目，甚至是现成的项目，从中发现成绩。

现在，省电视台这个扶贫专题节目一播出，等于从天上掉下个赵长风来，怎么能不让高铁欢欣鼓舞呢？

作为曾经的宁浩市领导，高铁对梁丫子乡的情况很清楚。在赵长风手上，梁丫子乡能从全中原省挂上号的贫困乡一举脱贫，这个成绩可是实实在在的。比起那些纯粹靠包装、靠玩弄数字游戏而堆砌出来的政绩来，梁丫子乡脱贫这种政绩更经得起检验。这个成绩对于省扶贫办来说，可是货真价实的政绩啊。

第二天，高铁立即指示办公室和科级宣传处，调几个笔杆子到宁浩市白元县去，帮助赵长风整理梁丫子乡脱贫材料。

接到省扶贫办打来的电话，赵长风忽然意识到这是一个绝好的机会。正如他在大学里争取优秀学生干部之类的荣誉一样，在仕途中，他每获得一次荣誉，都是前进阶梯上一块坚实的砖石。

程路同也意识到，这是他出政绩的好机会。当初修建梁丫子乡到卧虎乡的公路时，县里有很多干部虽然没有明着反对，但是暗地里却有不少非议。现在有了省扶贫办旗帜鲜明的支持，这条公路就成了他的政绩公路，批准设立的伏牛山风景区就成了他的政绩工程。县里那些鼠目寸光的干部这个时候除了佩服他高瞻远瞩的战略眼光之外，不可能再说出其他话了。

省扶贫办的笔杆子们到了白元县之后，受到了很好的招待，而阳江超又适时地以伏牛山风景区开发有限公司的名义赞助了他们一些经费，于是笔杆子们下笔如有神。白元县和梁丫子乡提供的那些干巴巴的数字材料，经过妙笔生花的加工润色，升华为一篇有理有据、文笔流畅、材料翔实的《梁丫子乡扶贫工作调研报告》。

高铁看到报告之后，更加坐不住了，他立即带领扶贫办主要领导干部到白元县梁丫子乡进行现场视察。

高铁亲眼目睹当年只能通行农用三轮车的搓板路变成了笔直的柏油路，当年家里穷得吃不饱饭、穿不上衣、连煤油灯都用不起的梁丫子乡村民家家户户都通上电了，多数人家都买了黑白电视机，还有一些买了彩色电视机和洗衣机。高铁激动地握住赵长风的手说："谢谢你，赵长风同志，你为中原省扶贫攻坚大业做出了巨大贡献，你就是中原省下乡扶贫干部队伍中的最佳典型，你就是中原省扶贫事业的一面旗帜！"

随后高铁又批评省扶贫办机关处室的一些工作人员作风轻浮、工作效率低下，致使赵长风这样优秀的扶贫典型起不到示范作用。

这话其实是说给刘副主任和贺副主任听的。刘副主任和贺副主任当然不服气，他们说赵长风不过是去年十月份才来到梁丫子乡，到现在还不足一年时间，他的优秀扶贫事迹尚未来得及总结。

高铁就继续批评道，赵长风作为一个刚刚毕业参加工作的大学生，来到梁丫子乡不足一年就改变了这里落后贫穷的面貌，那么省扶贫办以前派到梁丫子乡的那么多扶贫干部，工作了那么多年，为什么梁丫子乡贫困依旧呢？这不是工作效率低下、工作作风轻浮又是什么？高铁说这话的时候，完全忘记了他也曾经作为宁浩市的扶贫干部，在梁丫子乡蹲点过一年。

刘副主任和贺副主任哑口无言。他们已经在省扶贫办工作了七八年，如果高铁硬要说他们对梁丫子乡脱贫不力负有责任，确实也无话可说。毕竟，梁丫子乡是省里几个重点扶贫攻坚乡之一。

高铁对把赵长风和梁丫子乡的脱贫事迹树立成典型，越发来劲，在视察过程中频频表扬赵长风。

程路同曾经做过高铁的手下，知道他的个性。据他所知，高铁从来没有如此表扬过一个人。他现在这么频繁地夸奖赵长风，莫非是知道了赵长风和省长赵强之间的关系吗？

结束了在梁丫子乡的现场视察，回到省城中州之后，高铁立即指示省扶贫办马上给省政府写书面报告，建议以省政府的名义在白元县召开全省农村扶贫工作经验交流现场会，尽快把这里的扶贫经验推向中原全省。

由于省政府领导的人事变动，年初中原省政府几位省长的工作进行了重新排位和分工。赵强原来在副省长中排在第九位，负责文化、教育、科研、卫生工作，现在上升到副省长中的第三位，成为中原省这个农业大省里主管农业和农村工作的最高官员。

看到省扶贫办的报告后，赵强非常重视，立即做了批示，把省扶贫办的报告转到省政府办公厅农业处。农业处不敢怠慢，经过讨论研究，决定一个月后在宁浩市白元县召开一个中原省扶贫工作经验交流现场会，起草了一个报告向赵强请示。赵强看了之后当即批复了同意。

省政府办公厅农业处接到赵强的批复之后，立即电话通知省扶贫办和宁浩市政府，告诉他们省里一个月后拟在宁浩市白元县召开全省扶贫工作经验交流现场会，副省长赵强届时会参加，请省扶贫办、宁浩市政府和白元县政府以及各有关单位做好准备。

高铁接到省政府办公厅农业处的电话后非常激动。赵强副省长要来亲自参加扶贫工作经验现场交流会，足以说明对省扶贫办工作的重视以及对他们成绩的肯定。高铁立即让扶贫办科教宣传处和省电视台、省城各大报社联系，让他们抓紧时间到白元县梁丫子乡进行采访，在舆论上为这次全省扶贫工作现场经验交流会造足声势。

宁浩市接到省政府办公厅农业处的电话之后也不敢怠慢，副省长赵强要过来，这是一个多么好的和上级领导建立感情的机会啊。再说，梁丫子乡的脱贫政绩就是白元县的政绩，白元县的政绩也就是宁浩市的政绩，下面干得好，离不开上面的正确领导！

于是宁浩市政府也紧锣密鼓地行动起来。在市委书记和市长的指示下，宁浩市市委常委、宣传部长把宁浩市电视台台长和宁浩市日报社社长叫到办公室，让他们一定要发挥宁浩市主流媒体的作用，要密切和扶贫部门配合，及时组织骨干记者到梁丫子乡扶贫第一线，围绕着梁丫子乡引进外来投资进行风景区开发、建设、帮助村民脱贫的事迹，进行脚踏实地的采访。更要深刻挖掘出新闻背后的感人事迹，大力树立几个典型人物，在省政府会议召开前后进行轰炸式报道，营造良好的舆论氛围，把宁浩市的招牌在全省打响。

一时间，省电视台和省城各大报社、宁浩市电视台和市日报关于贫困山区梁丫子乡引进投资进行风景区建设，成功摆脱贫困的报道铺天盖地。在这期间，赵长风的典型事迹和伏牛山风景区的绝美风景都得到了大力的宣传。

现在阳江超天天做梦都会笑醒，即使在当初宣传云台山风景区的时候，也没有来过如此多的媒体记者，而且这些记者还都是免费地义务推广，一分钱不拿却不遗余力地推广伏牛山风景区。在这些媒体记者的报道下，已经有小批游客从中州市和宁浩市来游览伏牛山风景区。同时，也不断有省内的旅行社和阳江超进行接洽，商议开通伏牛山风景区的旅游团事宜。

程路同心情也非常愉快，这几天因为梁丫子乡的脱贫工作，他没少受到市委市政府领导的表彰，当然是说在程路同的带领下，白元县扶贫工作走到了全省的最前列。

对于市委市政府的这个评价，程路同觉得自己是受之无愧的。白元县就两个贫困乡，梁丫子乡在修建了乡村公路、伏牛山风景区开发公司成立之后，已经顺利地实现了脱贫。以后随着旅游事业的发展，梁丫子乡很快就能步入小康，成为白元县富裕的乡村之一。另一个贫困乡田庄乡，自从张雨菁引种鲍鱼菇之后，经济情况也大为好转，农民纯收入也翻了一番。以后市里再召开大会，程路同就可以骄傲地宣布，白元县再也没有贫困乡了。

程路同以为，白元县梁丫子乡能被树立为全省扶贫工作的典型，全部都是赵长风的功劳，要不怎么白元县这里还没有把赵长风的先进事迹报上去，省扶贫办就主动派人下来了解他的事迹了呢？

尤其是赵强省长将亲自参加在白元县举行的全省扶贫工作现场交流会。在中原省的历史上，这种规模的扶贫工作现场交流会一般都是省扶贫办主任、农业厅的副厅长、各地市扶贫办主任参加，哪里有过主管副省长亲自参加的先例？现在赵强为了扶持赵长风，竟然破例过来参加这个扶贫工作会议。

程路同央求赵长风道："长风老弟，这次赵省长过来召开会议，你一定要介绍我认识赵省长。当初他帮我那么大的忙，我还没有向他道谢呢！"

赵长风虽然明白程路同的用意，但是他如何敢答应？他想躲避这个场面还躲避不及。

赵长风推脱说："程书记，这样做不妥吧？"

程路同颇为遗憾地叹了一口气，看来这个心愿这次很难达成了。

中原省扶贫工作经验交流现场会九月在白元县召开。召开之日恰逢世界旅游日，所以全省各媒体的记者都集中在小小的白元县进行采访，其中最大牌的记者当数《国家日报》中原省记者站的。因为中原省排名第三的副省长赵强亲自出席这个扶贫会议，所以省政府新闻办公室就联系了《国家日报》的记者。

会议九点钟召开。八点半，省扶贫办主任高铁，省农业厅张副厅长、宁浩市王市长、各地市扶贫办主任都到达了会场，与此同时到达会场的还有白元县县委书记程路同、梁丫子乡钱乡长、梁丫子乡乡长助理赵长风以及伏牛山风景区开发公司总经理阳江超。

赵强此时还没有出现。

高铁低声向张副厅长、王市长解释道："赵省长还在路上，估计八点五十左右能赶到会场。"

八点五十五分，赵强和刘秘书出现在会场，高铁率先鼓掌，张副厅长和王市长也不甘落后，其他干部跟着鼓掌，顿时会场上响起一片热烈的掌声。

会议在省扶贫办主任高铁的主持下正式开始。高铁致过欢迎辞后，由赵强省长讲话。

赵强的讲话言简意赅。他首先谈了扶贫工作对中原这个农业大省的意义，又具体谈了中原省近两年扶贫工作的开展情况，然后就把梁丫子乡作为扶贫工作的典型，重点表彰了省直属机关管理局扶贫干部赵长风，以及为改变贫困山区面貌做出巨大贡献的投资商阳江超先生。当然，也提到了省扶贫办、宁浩市、白元县有关领导的指导作用以及梁丫子乡全体干部群众的努力。总之，赵强这一番讲话让台下所有能和梁丫子乡扯上关系的人个个都挺胸腆肚。

在讲话的最后，赵强号召其他县市的领导干部要解放思想，向白元县梁丫子乡学习，争取摸索出一条适合本地区特点的脱贫路子。

讲话完毕后，赵强亲自为省扶贫工作的先进典型进行颁奖。省机关事务管理局干部赵长风、白元县县委书记程路同、伏牛山风景区开发公司经理阳江超都上台了。和他们一同上台的还有其他两个地市报上来的扶贫先进工作者。但是明眼人一眼就能看出，后面这两个人明显是为赵长风和程路同做陪衬的。

赵强首先来到赵长风跟前，从身后的礼仪小姐手中接过中原省扶贫先进工作者的证书。正要颁发给赵长风时，不由得微微一愣，他觉得在什么地方见过赵长风，当初在电视和报纸上看到赵长风的照片时他就有这个感觉。可惜现在时间很紧，否则他一定会拉着赵长风问一问。

"祝贺你，赵长风同志！你辛苦了！"赵强紧紧地握了一下赵长风的手，然后把扶贫先进工作者的证书颁给了赵长风。

赵强来到程路同面前，微笑着说："程路同同志，我记得你！"

程路同顿时受宠若惊，赵省长是在向自己暗示什么吗？自己从来没有和赵强打过交道。赵省长既然能记得自己，这肯定是长风老弟的功劳啊！

赵强又说道："白元县工作搞得不错嘛，仍需要继续努力啊！"

程路同沉浸在巨大的幸福之中，他晕晕乎乎地从赵强手中接过证书，口中连声说道："谢谢赵省长，我一定会继续努力，不辜负赵省长和其他领导同志的信任。"

赵强微笑着点点头，在礼仪小姐的引领下，又走向阳江超。

颁奖的时候，赵强的秘书刘光辉俯身在高铁的耳边说了几句话，高铁连连点头。等赵强颁奖结束，高铁对着麦克风说："同志们，临近国庆，赵省长还有很多工作要处理，所以不能继续参加这个会议了。让我们以热烈的掌声欢送赵省长，感谢赵省长在百忙之中抽出宝贵的时间来参加省扶贫工作经验现场交流会！"

会场上响起一片热烈的掌声，赵强对着会场连说了几声谢谢，就和刘秘书匆匆离开会场了。

这情形让赵长风暗自舒了一口气，却让程路同心中若有所失。不过赵省长那两句话却让程路同心潮澎湃。

"程路同同志，我记得你！"

"白元县工作搞得不错嘛！"

这至少表明，他在领导心目中至少占据了一点点位置，相比起那些赵强不知道他们姓甚名谁的县委书记来，程路同可是占据了先发的位置。

扶贫工作经验现场交流会继续进行。赵长风作为全省扶贫先进工作者在会场上做了专题发言。接下来就是一些领导的讲话，工作经验的总结等等流程。

到了中午休息时间，所有参加会议的人员一起就餐。下午全体参加会议的代表和各大媒体的记者一起浩浩荡荡地开往梁丫子乡现场参观扶贫成果，顺便游览伏牛山风景区的美丽景色。

第二天，省电视台和《中原日报》以及省城其他媒体都在显著位置刊登了中原省扶贫工作经验现场交流在白元县召开的消息。在报道中，都配上了赵强握住赵长风的手亲切问好的大幅照片。

又过了两天，《国家日报》也在第二版中，以醒目的标题报道了中原省扶贫工作经验现场交流召开的消息，也配上了赵强和赵长风亲切握手的照片。报道中说，全国第一人口大省和全国第一农业大省的中原省，其脱贫工作关乎着全国脱贫工作的全局。而中原省宁浩市白元县在贫困山区开发风景区资源、帮助山区人民脱贫致富的做法，无疑为时下中国贫困山区的脱贫问题探索出了一条崭新的道路。在这其中，中原省政府强有力的领导和负责梁丫子乡脱贫具体工作的省城下派干部赵长风的大胆探索精神都功不可没。

从扶贫工作一开始，赵长风就向省机关事务管理局人事教育处的侯大姐和办公室的陶主任做了汇报。因为局里的扶贫工作具体由陶主任负责，所以侯大姐在勉励了赵长风几句后，让赵长风多和陶主任联系。对于赵长风在下面扶贫时做出的成绩，侯大姐说她会向王处长汇报的，在将来干部考核方面，人事处会考虑到赵长风这些成绩的。

陶主任接到赵长风的电话也非常高兴，说赵长风为省直属机关事务管理局争了一口气，是省直属机关管理局的骄傲。他一定向局长汇报，在局长面前为赵长风请功。

财务处周处长接到赵长风的电话后，反应却是冷冰冰的。赵长风把事情汇报完后，周处长冷冷地表扬了几句，虽然内容全是夸奖，可是那语气听起来像批评一样，让赵长风一时间弄不清楚周处长究竟是什么态度。

放下电话后，赵长风稍微做了一下心态调整，反正周处长就是那张脸，对谁都一个模样，根本不用在意。不管他语气怎么样，但是内容总是表扬吧？

这些都是赵长风在全省扶贫工作交流现场大会召开之前，向局里管着自己的头头脑脑们汇报的。后来全省扶贫工作交流现场大会召开了，赵长风即使想汇报也没有时间了。

首先是全省各地的记者对赵长风轮番采访，尤其是《国家日报》的那个记者，赵长风即使再没有政治敏感度，也明白登上《国家日报》对他来说意味着什么。

对付记者采访这种事情倒也简单，一套说辞可以对付所有的媒体。赵长风还专门请教过程路同，知道在记者采访的时候要首先把领导的功劳摆在前面。赵长风在媒体面前表现得非常谦逊，把梁丫子乡脱贫归功于省政府有关领导、省扶贫办有关领导以及省直属机关事务管理局的有关领导，正是有了他们的正确领导、大力支持、无私帮助，赵长风才在帮助贫困山区人民脱贫方面干出一点点成绩。

可是应付过媒体的轮番采访之后，赵长风又有了一个新任务，就是在省扶贫办高铁主任的安排下，参加了全省扶贫工作先进工作者报告团。在各地市扶贫办的邀请下，赵长风开始按照省扶贫办的要求到各个地市依次做演讲，把自己在扶贫工作中的经验和心得现身说法地讲出来。

这可是个体力活，要在会上声情并茂地拿着演讲稿朗读一个多小时，然后昏昏欲睡地听各地领导发表一些套话，会后还要陪与会领导一起进餐，进餐的时候还要维持一个扶贫先进工作者的应有形象。即使拿筷子夹菜的时候，满桌生猛海鲜、山珍野味赵长风都不能去动，而是要去夹白菜、豆苗、萝卜、冬瓜、豆腐之类能体现出一个扶贫先进工作者艰苦朴素本色的菜。虽然从营养学上来讲，这些素菜更健康、也更符合人体的需要，可是赵长风却是普通工人家庭出身，从小长了一个喜爱大鱼大肉的胃，现在摆满了一桌子美味不让动，不是要考验赵长风的自制力吗?

更要命的是，旁边不停地有领导热情地用公筷为赵长风夹菜，嘴里还劝道："小赵同志，来，尝尝俺们这里的特产。全国就俺们这一个地方产这种鱼，而且大补……"

赵长风这个时候就要矜持地说道："谢谢领导，谢谢领导。"

这一个月来，作为中原省扶贫先进工作者在全省各地市演讲，对赵长风不啻是一种精神和肉体上的双重折磨。好不容易等到全省扶贫先进工作者报告团解散，赵长风整整瘦了十多斤。他在白元县梁丫子乡扶贫了十一个月，体重也没有减轻一点，看来真的是扶贫容易、做巡回演讲报告难啊!

扶贫先进工作者报告团解散之后，赵长风在白元县挂职扶贫的一年期限也到了。赵长风挂职扶贫期间的鉴定自然不必说，是极其优秀的，上了《国家日报》第二版呢！程路同又举办了一个规模盛大的欢送会，风风光光地把赵长风和张雨菁两个人送回省城。

赵长风终于又回到他的一方天地中去打拼了。省城，将又是一个新的起点!

第七章　以小人之心
度君子之腹

李恩华局长苦思冥想不得其解，为什么赵长风毫无背景，却能分配到省直机关事务管理局？为什么赵省长不辞劳苦，亲赴白元县参加全省扶贫工作现场交流会，并亲自给赵长风颁发奖状？他寻思，这不是明摆着的吗？他决定为赵长风做点什么来弥补自己之前对他的怠慢。

回到省城之后，省人事厅和省扶贫办召开了一个小规模的省直机关扶贫工作总结会。会上，人事厅的张副厅长和省扶贫办的高铁主任点名表彰了十几名在扶贫工作中表现优秀的省直干部，重点表彰了赵长风。

会议结束了，赵长风长达一年的扶贫生活也结束了，他可以返回省直属机关事务管理局工作了。

回到省直属机关事务管理局，迎接赵长风和办公室、基建管理处其他两名扶贫干部的，是一场隆重的扶贫工作总结表彰大会。事务管理局局长兼任党委书记李恩华、副局长徐克猛和白长钢都出席了会议，发表了讲话。会议由办公室陶主任主持，局里主要处室领导也都出席了会议。

在局表彰大会上，赵长风出尽了风头，三位局长都点名表扬了他，办公室陶主任和人事教育处王处长、财务处的周处长在发表讲话的时候也都表扬了赵长风。至于办公室和基建管理处的那两名扶贫干部，就是赵长风的陪衬。

会议结束后，财务处的王凤和姜燕见到赵长风就一直恭喜他，尤其是姜燕，缠着让赵长风请客。他都成了典型标兵了，是局领导眼里的大红人，以后还不是步步高升？

人事处的李雪梅和张倩见了赵长风，也是满脸含笑，连声夸赵长风这一年在下边干得不错。

走在局里，很多人都主动和赵长风打招呼，他根本分不清谁是谁，只好笑着回应。一天下来，他脸上的肌肉都笑酸了，脖子都僵硬了。

对于认识的、不认识的人的热情和恭维，赵长风虽然嘴上谦虚着，可是心中却自信满满。是啊，机关事务管理局这些年来派下去这么多扶贫干部，谁有他赵长风干出过这么大动静？国家日报、省电视台、中原日报等各大媒体连番报道，这在省机关事务管理局的历史上怕也不多见吧？有了这个货真价实的成绩做铺垫，自己在机关事务管理局的道路应该会走得比较顺畅吧。

在局里热热闹闹地过了两天之后，事情终于归于平静，赵长风也正式回到财务处上班。

这天早上，赵长风来到办公室。等周处长进来后，赵长风又等了半个多小时，估计周处长该处理的事情都处理得差不多了，他才敲了敲门，走了进去。

“周处长好！”

“小赵，有什么事吗？”周处长依旧是一张不苟言笑的脸。

“周处长，我都回处里两天了，这两天一直没有什么具体的事情。周处长，你看看能不能给我安排一些工作做呢？”赵长风小心翼翼地措辞道。

周处长点了点头，说道：“小赵，本来看你在下边扶贫辛苦，想让你多休息两天，既然你主动请缨，那也好。这样吧，你的工作问题处里已经讨论过了，你就到资金管理科去接替姜燕的工作吧。”

赵长风一愣，他没有想到，到下边挂职扶贫了一年，回到财务处之后依旧是干出纳。这不是和他刚分到机关事务管理局时是一样的起点吗？抛开他在下边一年扶贫工作中取得的荣誉，怎么说他也是堂堂的大学本科毕业生，这些数数钱、登记账的工作随便一个刚毕业的中专生都能干。

见赵长风没有回答，周处长问道：“小赵，有问题吗？”

赵长风咬了咬牙，大着胆子说：“周处长，能不能安排一个别的工作呢？我以前已经干过出纳了。”

周处长两条淡眉微微皱了一下，有些不悦地说：“小赵，安排你做什么工作，是处里综合了各种因素以后决定的。这涉及组织原则问题，怎么能讲条件呢？小赵，不要因为在下边扶贫工作中干出一点成绩就翘尾巴了，这样很不好！”

赵长风心中憋气，脸上却做出一副诚恳的姿态：“周处长，我错了！我一定会认真地做好出纳工作，保证完成处领导交给我的任务。”

周处长两条淡眉这才松开，他点了点头，说道：“小赵，你去把王凤和姜燕都叫过来，我跟她们交代一下。”

周处长交代之后，在王凤的监督下，姜燕和赵长风开始了工作交接。

姜燕一边交接，一边替赵长风不忿：“小赵，也不知道周处长怎么想的，竟然会让你来做出纳工作。你在下边扶贫工作干得那么出色，也是上过《国家日报》的大人物，让你来做出纳真是大材小用。”

王凤在一旁咳嗽了一声，说道：“小姜，你先把工作交接完再说。”

姜燕却满不在乎地说：“王老师，我都不怕，你怕什么呢？”

赵长风笑着说道：“姜老师，这有什么？干什么都不是工作吗？出纳你能干，我也照样能干啊！”

姜燕笑道：“小赵，你真是太老实了。我是省会计学校毕业的中专生，又是女孩子，干出纳理所当然。小赵你可是华北财大毕业的本科生，哪有让毕业一年多的财经类本科生干出纳的？”

赵长风依旧笑道：“姜老师，我虽然毕业一年多了，但是主要是在下边扶贫，没接触过具体的财务工作，从出纳干起是应该的。”

下了班之后，张雨菁打电话告诉赵长风，她回到银行后，已经从出纳柜调到会计柜了，虽然待遇差不多，但是岗位重要性提高了不少。

听得出来，张雨菁对这样的岗位变动感到非常开心。赵长风也替张雨菁开心，连声恭喜。

张雨菁开心过后，又在电话里问道：“长风，你是全省的扶贫先进典型，都上了国家日报了，回到局机关一定得到重用了吧？”

赵长风立刻郁闷起来，但他不想让自己的情绪影响张雨菁，就笑着说道：“嗯，很不错呢！局里召开了表彰大会，局长副局长们轮番表扬我，现在你到我们直属机关事务管理局来打听一下赵长风，保证没有一个人不认识的。”

张雨菁就咯咯地笑着，说赵长风吹牛。

挂了张雨菁的电话，赵长风就躺在床上反思，他觉得有什么地方不对劲。按照道理来说，连张雨菁这样做出一点成绩的人回到单位后都能得到提拔，他做出这么大的成绩，没有理由原地踏步啊。可是周处长为什么会把他安排在财务处最不需要技术含量的出纳岗位上呢？是自己有什么地方让周处长看不顺眼吗？

就在这时，门外忽然传来了敲门声，赵长风起床打开门一看，是人事教育处的张倩。张倩探头探脑地往房间指了指，小声地问赵长风道："小赵，你的女朋友在不在？没有打扰你们吧？"

赵长风一愣，说道："张老师，我没有女朋友啊！"

张倩瞟了赵长风一眼，说道："小赵，你还骗我啊？竟然敢说自己没有女朋友？上次她还去我们人事处打听过你呢！挺漂亮挺可爱的一个小丫头！"

赵长风嘀咕了一句："去人事处找过我？"他沉思了半天，终于想了起来，于是哈哈大笑道，"张老师，你是说张雨菁吧？你误会了！她是我同学以前的女朋友，那天找我是让我帮她办点事情！"

张倩心中微微一喜，脸上却做出一副极端鄙视的样子："我看那个女孩子对你的感情不一般啊！不会你是撬了你同学的墙角吧？"

赵长风颇为尴尬，说道："张老师，这事可不能瞎说啊！"

张倩嘻嘻一笑道："好了，小赵，没事的！咱们都是年轻人，什么都能理解！不请我进去坐坐吗？"

赵长风连忙闪开一旁，说道："不好意思，张老师请进吧。"

张倩来到客厅的沙发旁，看了一眼，笑嘻嘻地说："小赵，我现在相信，那个女孩子不是你的女朋友了。"

张倩用小巧的手指轻轻在沙发上抹了一下，然后举着食指让赵长风看："小赵，她如果是你女朋友的话，你的沙发会积这么厚的灰尘吗？"

赵长风脸红了，他连忙找来一块抹布，说道："张老师，不好意思，我刚从县里回来，还没来得及打扫宿舍！"

张倩抢过抹布，笑着说："算了，今天我就义务你打扫一回吧。"

赵长风争不过张倩，只好任她拿着抹布开始打扫卫生，他则拿着拖把在一旁拖地。张倩整整忙了一个多小时，把赵长风的房间弄得窗明几净，这才拍手道："嗯，现在看起来还马马虎虎！"

"张老师，你快歇歇吧！我给你倒杯水喝。"

赵长风给张倩端来一杯纯净水，这才想起一个问题，便问道："张老师，你怎么这个时候来我这里？是不是有什么事情啊？"

张倩摆了摆手，说道："小赵，我也没有什么事情，只是随便过来串串门。"

省司法学校也是小中专，里面的学生都是初中毕业之后不上高中直接读中专的。张倩作为一个中专生，竟然能分配到省直机关，而且还在要害的人事处工作，这说明她的家庭背景绝对不简单。

赵长风只顾着沉思，一时间就忘记了说话。张倩奇怪地问道："小赵，你怎么了？想什么呢？"

赵长风连忙笑道："我在想，司法学校也在文化路上，我去华北财大的时候经常路过啊，咱们两个学校相隔不远。"

张倩笑着说："是啊，挺近的。我还经常去你们学校打网球呢！所以一听说你是华北财大毕业的，就觉得挺亲切。"

赵长风说道："谢谢张老师的照顾！"

张倩说道："小赵，你就别叫我张老师了。论年龄，我比你小两岁呢。你叫我小张或者张倩吧，我听着你叫张老师特别别扭。"

"张倩，那我就不客气了啊。"赵长风既然知道张倩是有背景的人，当然乐于和她搞好关系。毕竟在人事处这种要害部门，能提前知道很多信息呢。

张倩见赵长风不和她生分，就喜滋滋地点了点头，说道："不愧是上过《国家日报》的大人物，果然是拿得起放得下，一点都没有那些刚进单位的大学生的扭捏。"

赵长风苦笑两声，说道："张倩，你别提什么《国家日报》了好不好？上过《国家日报》又怎么样？回到财务处不还得老老实实地干出纳？"

张倩说："你们财务处这么安排是有点不太合理。按理说，在下面扶贫也算是实习，你回来应该给安排到会计岗位上，怎么还能继续干出纳呢！"

赵长风连忙说："我干出纳也没有什么不好的。多练练基本功，对我这样的年轻人成长有好处。”

张倩咯咯一笑，说道：“小赵，你就别在我面前装了！但凡年轻人，谁愿意去干那些没有一点技术含量的工作？”

赵长风挠挠头，没有说话。

张倩瞟了赵长风一眼，忽然压低声音说：“小赵，我这次来，是要告诉你一个内幕消息。你知道就行，不要再去问别人或者告诉其他人。”

赵长风这才知道张倩的来意，他连忙郑重其事地说：“张倩，多谢你的信任啊。”

张倩笑了笑，压低声音说：“你到局里工作实习期已经满一年了，该转正了，本来按照正常的程序，你是大学本科毕业，实习期满一年合格，应该从实习生转为科员。可是按照局里内部文件的精神，在干部考核的时候要向到下边扶贫的干部倾斜，你是扶贫干部，又做出了巨大成绩，应该破格提拔半级，从实习生直接升为副主任科员。”

赵长风听得又惊又喜，副主任科员，相当于副科长的级别，这在省直属机关事务管理局里不算什么，可是放到下边却相当于一个副乡长，或者县里区里的一个副局长。只是他又有些疑惑，让一个副主任科员干出纳，合适吗？似乎还没有类似的先例，还是先听听张倩下面说什么吧。

果然，张倩愤愤不平道：“可是处里的文件下来后，办公室和基建处两个下乡扶贫的干部都破格提了半级，你却偏偏还是按照正常程序，从实习生转为科员。”

赵长风心中一沉。

张倩继续说道：“办公室和基建处的两个干部在乡下干了什么？大家都很清楚。他们几乎常年泡在省城，没到过乡下几回，根本没做出什么成绩。哪里像你，被省扶贫办树立成全省扶贫典型，受过赵省长的接见，事迹也上过国家级日报、省电视台和中原日报。论起成绩来，全省上一年度扶贫的干部中你可是数一数二的，怎么着也该对你破格提拔。可是到最后，偏偏反了过来，那两个毫无成绩的干部得到了破格提拔，你却依旧按照正常程序走。”

“也许领导有他们的考虑吧。”赵长风心情极为沮丧。

张倩说道：“小赵，我本来不该告诉你这些的，但是我知道后很为你不平!”

赵长风连忙说道:“张倩,谢谢你!”

张倩摆了摆手道:“客气什么。我看你是华北财大毕业的,又挺对脾气的,我看不惯那些人压制年轻人,才过来告诉你的。”

“还是要谢谢你。”赵长风淡淡地笑了笑,看似毫不在乎,心中却五味杂陈。干出成绩的没有破格提拔,没有干出成绩的反而破格提拔,这是什么世道啊?难道说机关里都是这样吗?

张倩又说道:“小赵,我觉得这事有点不对头。基建处和办公室的两个人被破格提拔,倒也无所谓。这两个人我知道他们都有点背景,他们下去扶贫本来就是为了获得一些资历,好被破格提拔。可是小赵你干出这么大成绩,怎么反而没有被破格提拔呢?这就有点不正常了。”

赵长风郁闷地点了点头,说道:“张倩,你没来之前,我也正在思考这个问题呢。其实何止是没有破格提拔,我甚至是被降级使用了呢。如果我在财务处实习一年,没有下去吃扶贫的那个苦,现在也应该到会计岗位了吧?可是现在,怎么还在出纳岗位上呢?”

“是啊!我当时也觉得纳闷。”张倩说道,“后来我向李老师和侯大姐打听了一下,才弄明白事情的原因。说起来,小赵,这事情还真是有点赖你。”

赵长风惊奇地问:“张老师,怎么会怪到我的头上?我做什么了?”

张倩说道:“你是咱们局里下派的扶贫干部,搞什么项目需要多和局里的领导沟通。在你下乡之前,陶主任已经到白元县梁丫子乡考察过了,提出了几个扶贫项目。你到了梁丫子乡之后就应该老老实实地按照陶主任定下的扶贫项目去做。至于你干不干出成绩,都无关紧要,重要的你是听领导的话,按照领导布置下的任务去做,按照领导规定好的剧本去演。”

“按照领导规定的好的剧本去演?”

“对,你必须按照领导规定好的剧本去演。”张倩说道,“只要你按照领导规定好的项目去做,不管结果如何,你的任务都是胜利完成了。”

“可是你倒好,到了下边之后自作主张,抛弃了陶主任为梁丫子乡安排好的扶贫项目,别出心裁地引进什么风景区项目开发。虽然结果证明你是正确的,帮助梁丫子乡的群众顺利实现了脱贫致富,可是这些东西都是你自己搞出来的，根本不是陶主任的意思啊。如果你搞这些，没有搞出成绩，陶主任最多笑你自不量力，不会怎样针对你。偏偏你自己搞的这一套红红火火，最后不但被省里树立成典型，还上了国家级的报纸和省电视台。小赵，你想过没有，你干出的成绩越大，越衬托出陶主任以前安排的扶贫计划无能。陶主任能不对你生气吗？领导们宁愿要一个听话的不出成绩的下属，也不愿意要一个能干出成绩却不听话的下属。再说，小赵，你即使想出了风景区开发的主意，也要向陶主任汇报一下，争取他的同意啊，只要他同意了，这些成绩就有了他的功劳，那么你再去干，无论干好干坏，陶主任都不会怪你啊。”

赵长风心想，我不是不想向陶主任汇报，只是以前汇报了一个水力发电项目，就被陶主任批得狗血喷头，我怎么敢再提意见？

“可是我在做演讲、做报告、做总结、写材料的时候都提到了局领导的正确决策和指挥，把扶贫成绩都往他们身上靠啊。这些东西都记有他们的功绩啊。”赵长风说道，“他们没有做的事情，我把这些事情安在他们身上，他们难道还不高兴吗？”

张倩笑道：“你以为局领导稀罕这样的成绩啊。因为他们觉得这些成绩来得名不正言不顺，好像是你施舍给他们的。领导们最开心的就是亲自领导，亲自领导最过瘾！”

“亲自领导最过瘾？”赵长风愣住了，“张倩，什么叫亲自领导呢？”

张倩笑了笑，说道：“小赵，这你就不懂了吧？在领导眼里，‘领导’两个字是荣誉，可这荣誉是分档次的，‘领导下’是一个档次，‘正确领导下’是一个档次，‘英明领导’又是一个档次，但是这些荣誉和档次都比不上‘亲自领导’。”

赵长风出神地听着，没有想到张倩一个司法学校毕业的中专生，年龄比他还小两岁，对官场的事情竟然能看得这么透彻。

张倩继续说：“假如领导什么都没有干，那些事情和功劳都归到领导头上，是领导‘正确领导’的结果，一般领导还说得过去，马马虎虎地也能接受。可是对某些领导来说，他没有干的事情你却要归到他的身上，他就觉得有些讽刺的意味了。怎么，你们是说我坐在办公室什么都不干，干成了什么都是我的功劳，是不是？那我就亲自撸起袖子上场干干让你们瞧瞧。我亲自上场干了，这些事情干好了，自然就是我的真本事。无论是下边人或者是别的领导看到，也说不出什么，毕竟是我亲自上场干的。

“所以呢，领导都喜欢亲临现场进行‘亲自领导’。比如喊几个学生挖一个坑，弄几个干部运来一棵小树，然后领导到现场扬一铁锹土，这就可以叫做‘在领导的亲自领导下，地方换了面貌，山河重做了安排’；当然这些是属于小儿科的，难度比较小的。多数有品位的领导都喜欢干点难度比较大的事情。就比如梁丫子乡的脱贫吧，这个在全省都挂上号的贫困乡，有什么事情能比让梁丫子乡脱贫这样真刀真枪的功劳过硬啊？所以陶主任才会不辞劳苦地在梁丫子乡考察调研了一周多时间，然后拟定出了一个脱贫方案，定下了几个脱贫项目。可你倒好，去了之后把陶主任的方案都推到一边，自己搞了个风景区开发项目，而且事先也没有和陶主任通气。现在干成了，你把这些功劳归到陶主任身上，陶主任就领情了吗？局长们、副局长们、其他处室的领导们会怎么看陶主任？会不会嘲笑他以前拟定的计划华而不实？会不会认为你把梁丫子乡脱贫的功劳安到他的身上是他在抢夺胜利果实？”

“总之，小赵，你这件事情搞得陶主任非常狼狈。”张倩说道，“陶主任一狼狈，他能在局长们面前说你好话吗？而且局长们的态度也基本上和陶主任一样。在机关里做事，最重要的就是要讲求组织纪律，讲求听组织的话，听领导的话。所以，你现在干出了成绩，但是没有听领导的话，在领导眼里，你就等于犯了严重的方向性错误！

“这道理就像是明朝太监公公拿着尚方宝剑去前线部队监军。要是他乱指挥被敌人砍死，或者被自己的士兵砍死，那么朝廷就会追认他的功绩。如果侥幸没有被砍死，无论打了胜仗还是败仗，回来都会连升几级，甚至成为太监总管，因为他始终站在皇上一边。”

“可是，赵省长亲自表彰了我，省扶贫办高铁主任也把我树立成扶贫典型，国家级日报也刊登了我的事迹，省电视台和中原日报也连篇累牍地报道了我的扶贫经验。”赵长风说道，“在这种情况下，局领导们多少也要考虑一下舆论影响吧？他们不能因为我没有按照他们定下的扶贫方案走，没有按照他们规定的剧本去演，就把我所有的成绩都否定吧？”

张倩微微一笑，说道：“小赵，局里并没有否定你的成绩啊！相反的，他们极为重视，专门召开了全局干部参加的扶贫工作表彰大会，在会上高调表彰了你，号召全局干部向你学习。怎么样？这荣誉给的还不够吗？这还不叫做对你扶贫做出的成绩的肯定吗？”

“但是，”张倩话锋一转，“荣誉也仅仅是荣誉，给你的荣誉再多，那些东西都是虚的。只要荣誉没有给你带来实际利益，那么这些荣誉就好比你上学时得到的奖状一样，除了贴在墙上让别人看看、夸你两句外，连收废纸的都嫌不值得收！

“所以，局里能给你的荣誉都给你了，然后陶主任只是在干部考核评审会上轻轻说了一句‘不服从领导的安排’。你的一切功劳都归于零，甚至成为负数，这就是你这一年下乡扶贫生涯的最终结果。”

赵长风长长地叹了一口气，说道：“张倩，张老师，谢谢你。我彻底明白了！看来这次财务处安排我继续干出纳一点都不冤枉。人事处没有对我进行破格晋升也在情理之中，是我少不更事，不知道其中的规则。”

张倩见赵长风有点心灰意冷，就劝慰道：“小赵，没什么的。这不过是在机关里迈出的第一步，以后机会多着呢。下次遇到机会你要注意一下，千万不要再犯类似的错误了。”

“我知道，下次绝对不会再犯了。”赵长风点了点头，“张倩，这些东西你是从哪里听来的？你在机关里也只比我多一年时间啊！”

张倩说道：“这些都是我父亲整天灌输给我的。”

“哦？你父亲一定是位领导了。要不他怎么懂得这么多？”

张倩嘻嘻一笑，说道：“保密！”

张倩的一席话让赵长风陡然成熟了很多，他一直以为，自己在大学里当过学生会干部，到白元县扶贫的时候搞得风生水起，和县里的同志关系也很不错。现在看来，自己所了解的所谓官场规则实在是太小儿科了。自己的漂亮成绩在潜规则面前不过是一个毫无用处的彩色汽球，看着五彩斑斓、炫目多彩，可是只要遇到微不足道的一根小刺，马上就“砰”地一声被刺破了，成为一堆毫无用处的碎片。

赵长风是那种越挫越勇的人，骨子里有一股不服输的劲。虽然说这次扶贫回来给他的打击非常大，但是对赵长风来说，这反而成了他前进的动力。

不过赵长风知道，一定要老老实实地夹着尾巴做人，先去适应机关中无处不在的潜规则。

赵长风收拢了心思，去掉了被树立成扶贫典型之后心理上的浮躁情绪，像一个刚分配到机关事务管理局的大学生一样，重新开始了他的机关菜鸟的生活。

赵长风每天提前半个小时到财务处，先取报纸，然后打扫卫生，给资金管理科的其他同志都泡上一杯茶。然后他精神抖擞地坐在王凤的对面，认认真真地数钱，对所有来办理资金业务的同志都笑脸相迎，弄得其他科室的同志纷纷纳闷，怎么号称机关事务管理局中门最难进、脸色最难看、事情最难办的财务处的服务态度忽然好了起来呢?

除此之外，赵长风一有机会，就向领导汇报自己的思想情况。这个领导当然是赵长风的直接上司资金管理科科长王凤。至于周处长，要不是周处长主动叫他，他是万万不敢过去主动汇报工作的。

用张倩的话来说，机关中最忌讳的就是越过自己的上司向上一级领导汇报工作。如果这样做，顶头上司一定会认为你没有把他放在眼里，或者想在背后搞什么小动作，打他的小报告。

而对于上一级领导来说，除非有特别的癖好，否则也不怎么喜欢这些越级汇报的人。首先上级领导会认为你这人不安于本职工作，有野心有想法；其次会认为你既然能不尊重本部门的领导越级汇报工作，那么有一天你也可能会选择越过他向更高一层的领导去直接汇报；第三点，也是最重要的一点，那些领导们都是有身份的人。谁能和他说得上话、谁不能和他说话都要论资排辈的，你一个小出纳，再有想法，也只能通过你的科长向我来汇报。你直接来向我汇报，那么我的级别不是降低了吗?在你的眼里我不就成了科长吗?就可以随时被你打扰、被你接触了吗?对领导来说，不能被人随便接触，本身就是一种身份的象征。

所以赵长风对这些事情都非常注意，即使周处长有时候把他叫进处长办公室，除非他特别要求，赵长风都不会主动带上处长办公室的门。他从周处长办公室出来之后，不等王凤装作很无意地来询问，就会主动向王凤汇报，刚才周处长找我了，让我干什么事情了。当然，一般都是些跑腿的鸡毛蒜皮的事情，根本不涉及什么具体利益。这个时候王凤就会矜持地笑笑，对赵长风说道，小赵，这些事情以后没有必要告诉我啊。周处长让你干什么你就去干什么吧。

这种生活让赵长风很憋屈。回到宿舍的时候，他躺在床上常常想，他这种性格的人究竟适不适合待在官场？他这样收敛起自己的本性在机关里熬，究竟能不能给他带来事业上的通达？

每当赵长风想到他在机关中受到的冷脸和委屈，几乎都想放弃，想干脆辞掉这份工作，到商海中痛快地打拼一番。不管输赢、不管赔赚，都靠的是个人的能力，能充分发挥自己聪明才智的生活才是痛快淋漓的人生啊！

可是有两个原因让赵长风选择继续在机关事务管理局坚持下来。

一个原因是赵长风不服输的性格。假如他在省机关事务管理局里混得风生水起，前途一片光明，这个时候他觉得官场没有意思、弃官从商，到商海中拼搏一番，这种情况他可以接受，因为他在官场是个胜利者，他之所以选择离开是因为他腻味了机关生活的枯燥无味、波澜不惊，厌烦了官场之中的勾心斗角、尔虞我诈。

可是现在不行。赵长风如果现在离开省机关事务管理局，那他就是一个失败者，是官场上的逃兵。赵长风一旦选择从省机关事务管理局辞职，不但机关事务管理局中的那些人要嘲笑他，连他自己也不能原谅自己。我赵长风怎么能以一个失败者、一个懦夫的名义逃离官场这个特殊的竞技场呢？

张倩下班后隔三差五地就来找赵长风聊天。在张倩口中，赵长风总是能得到一些机关事务管理局的内幕消息。更重要的是，张倩可以把从她父亲那里得来的官场经验转教给赵长风。那些经验赵长风越听越佩服。他甚至产生了想要登门拜访张倩父亲的愿望，直接从张倩父亲口中得到的官场经验，肯定会比张倩转述过来的要精彩得多，也准确得多。

赵长风忽然想起，他好长时间没有去看张长锁老人了。

星期六，赵长风到商场买了一些滋补营养品，来到张长锁家里。

张长锁老人看到赵长风过来，开心得合不拢嘴，笑着埋怨道：“长风，我以为你把爷爷忘了呢！这么长时间都没有过来看我！”

赵长风脸一红，解释道：“大爷，我刚从县里回来，单位事情多，一直闲不下来。这不，刚闲下来，我就过来看你了。”

刘翠莲也笑着说：“长风，以后多往家里跑跑啊，陪你大爷说说话，要不可要把你大爷闷死呢。”

这时候门外响起一个女孩子的声音：“爷爷、奶奶，我过来了！”

门帘一响，灵儿蹦蹦跳跳地进来了。

“呀！活雷锋哥哥，你终于来了？”灵儿看到赵长风也非常惊喜，“你再不回来，我还以为你在下面壮烈了呢！”

张长锁老人脸一绷，说道：“灵儿，怎么这样跟你长风哥说话呢？没大没小的！”

灵儿还嘴道：“爷爷，你都七十多岁了，活雷锋哥哥才二十出头，你俩在一起说话才是没大没小的！”

灵儿上前拉着赵长风的手道：“活雷锋哥哥，走，我正好有几道题不会，你既然来了，就给我讲解一下吧！”

张长锁老人虽然很想继续和赵长风说话，但是却不敢影响灵儿的学习，天大地大，功课最大。

“长风，去吧，给小丫头讲一讲。”张长锁老人说，“自从上次你教给她几道题目，她一直念叨着你呢，说你讲得比老师还好呢！”

赵长风却坐着没动，对灵儿说：“灵儿，你要想让我辅导你功课也可以，但是以后不许再叫我活雷锋哥哥。”

灵儿做了个鬼脸，说道：“不叫你活雷锋哥哥，难道叫你活雷锋叔叔？”

赵长风脸一沉，灵儿连忙说道：“好啦好啦，这么点玩笑都开不起，一点都不好玩。好吧，我就叫你哥哥吧。好哥哥，快起来帮我看看这几道题目吧！”

到了灵儿的房间，灵儿打开一本奥数习题集，拿着铅笔在上面画着：“哥哥，这道，还有这道，我都不会。”

赵长风拿过习题集，仔细读了第一道题目，然后拿着笔在草稿纸上演算了几个步骤，就有了答案。

“灵儿，你过来看，这道题目是这样的……”

在赵长风的指点下，灵儿很快就弄懂了第一道题目，她佩服地说道：“哇，哥哥，你好厉害啊！这么厉害的数学成绩，怎么只考了一个华北财经大学啊？”

赵长风翻了个白眼，说道：“灵儿，你注意分析题目，少想那些与题目无关的事情。”

第二道题目赵长风也很快做出来了，为灵儿讲解。

但是第三道题目，赵长风却有点犯难了，他考虑了很久，也找不出解法，只好认输道：“灵儿，这道题目我暂时想不出来解题方法，你先做别的题目吧。让我好好想一想，等想通了再告诉你。”

灵儿笑嘻嘻地说道：“原来哥哥也不是神仙，也有不会的题目。”

灵儿拿着习题集做别的题目，赵长风则在一边苦苦思索着第三道题目，一直苦思了两个多小时，赵长风终于把这道题目解出来了。他长长地嘘了一口气，谢天谢地，终于没有丢人。

灵儿看到赵长风把第三道题目也解出来了，不由得高兴地搂着赵长风脖子说道：“哥哥，拜托，我会崇拜死你的！要知道，这道题目我们班的数学天才解了三天都没解出来呢。”

接下来的时间里，赵长风一周都要抽出两三天时间给灵儿补课。随着补课次数越来越多，灵儿和赵长风也越来越熟稔，在她心目中，似乎赵长风真的成了她的亲哥哥。

二月初的一天，下午四点半，财务处已经没有什么业务了，赵长风正在盘点保险柜里的现金，与当天的账目核对。

忽然，赵长风听到一个脆生生的声音：“哥！”

他抬头一看，只见灵儿梳着一个马尾辫，穿着一身耐克运动衣，笑嘻嘻地站在柜台前。

“咦，灵儿，你怎么跑过来了？今天不上课了吗？”赵长风问道。

“哥，你忘记了吗？我们今天放寒假了。我过来接你下班，到家里给我补课。”灵儿噘着嘴巴说道，似乎对赵长风忘记她放寒假的事情非常不满意。

赵长风拍了拍脑袋，说道：“哦，对啊！我忙糊涂了！灵儿，你先在那边的沙发上等我一下。我下班了就跟你一起走。”

到了下班时间，赵长风收齐账簿，锁好保险柜，走出柜台，灵儿就扑了过来，拉着赵长风的胳膊说：“哥，你让我等了这么久，待会儿你要请我吃麦当劳!”

“好，请你吃麦当劳。”赵长风疼爱地说。比起张雨菁来，灵儿似乎更像他妹妹。

“噢！吃麦当劳喽!”灵儿开心地拉着赵长风跑了起来。

“灵儿，慢点，这是单位，别疯疯癫癫的。”赵长风一边跟着灵儿的脚步，一边说道。话音没落，前面走廊拐弯处，灵儿一头撞到一个人的怀里。

赵长风一看，是机关事务管理局的李恩华局长，连忙道歉：“李局长，不好意思啊!”

李恩华面色严肃，正想批评赵长风，忽然看清了灵儿的长相，心中一惊，脸色就放缓了许多。

赵长风对灵儿说：“灵儿，还不向李局长道歉?”

灵儿皱了皱鼻子，说道：“对不起!”

李恩华大度地摆了摆手，笑呵呵道：“没关系，没关系。”他还想再和赵长风说两句，那边灵儿就拉着赵长风的手不耐烦地说：“哥，快走啊，你还要请我吃麦当劳呢。”

赵长风瞪了灵儿一眼，对李局长说：“李局长，真不好意思啊。”

李恩华笑道：“好了，小赵，快领你妹妹去吧。”

陶主任早就看到了这一幕。等到赵长风走远后，陶主任上来对李恩华说道：“李局长，你看看这个小赵，像什么话？就仗着自己上过国家级日报，当过一个什么扶贫典型，就开始放松对自己的要求了。”

李恩华淡淡地一笑，没有理会陶主任的话，径直走了。陶主任被晾在那里，不知道李局长那一笑究竟是什么意思。

李恩华满怀心思地回到家里，躲在书房苦思冥想。赵长风的妹妹怎么看着这么面熟啊？我在什么地方见过，对，我一定在什么地方见过。可是，为什么我偏偏就想不起来呢！

李恩华还真想起来了，原来赵长风的妹妹灵儿他真的见过，不过不是见过真人，而是见过照片。半个月前，他去赵强省长的办公室。在赵省长办公桌上的玻璃下面，见过一张三人合影，在赵省长和省长夫人正中间灿烂地微笑的那个小姑娘，不就是这个灵儿吗？

想到这一点，李恩华浑身一个激灵。他心中一直苦思冥想的一个问题终于得到了答案。以前他到赵省长办公室去，赵省长总是和颜悦色地接待他，满脸笑容，让他如沐春风，可是上次他到赵省长办公室，赵省长却自始至终一脸严肃，没有对他露出一丝笑容。

还有，前两天他在省政府的大院里远远地看到赵省长正要上车，便主动地跑过去打招呼，可是赵省长却没有对他做任何回应，好像根本没有看到他一样，径直坐上车走了。当时他还疑神疑鬼，在猜测究竟是赵省长没有看到他呢，还是根本不想理睬他。

接连在赵省长那边发生的这两件事，让李恩华一直百思不得其解，弄不明白自己究竟在什么地方得罪了他。李恩华把自己近期干过的事情一一过滤了一遍，觉得不可能得罪赵省长。首先赵省长不是省直属机关管理局的分管领导，李恩华在工作中不可能得罪赵省长；其次在省直属机关管理局管辖的权限内，也没有什么事情和赵省长分管的领域冲突的。李恩华甚至把下面各个部门的头头脑脑都问过了一遍，看看有没有发生过和赵省长有过关联的事情，甚至连基建维修处也问到了。看是不是赵省长家的住房有什么问题，基建维修处没有及时维修。结果是没有，通通没有！

有问题不怕，怕的就是有了问题却找不到原因！李恩华不怕赵省长给他冷脸看，只要能找到原因，他就可以改正过来，甚至加倍去弥补过去犯下的错误。可是现在，他根本不知道赵省长究竟为什么给他冷脸，这怎么能不让他烦恼呢？如果找不到原因，这就意味着，以后他可能会继续得罪赵省长，赵省长可能会变本加厉地讨厌他。这样的前景太可怕了！

在中原省政府，任谁都能看得出来，赵强虽然是排名第三的副省长，可是所有的副省长、甚至包括省长，发展前途都比不上他。赵强又有能力又有魄力，前途无量啊！现在李恩华得罪了中原省政府最有发展前途的副省长，而且还不知道为什么得罪了，那么自己的前途将一片黑暗。

但是，李恩华一直苦恼的问题，今天因为遇到赵长风的妹妹而全部解决了，原来，原来根子是出在赵长风身上啊。

李恩华全部都明白了！他真蠢啊，他早就应该看出赵长风和赵强之间的关系了。多明显啊，赵强、赵长风，还有比这更明显的线索吗？

为什么赵长风毫无背景，却能分配到省直属机关管理局呢？为什么那么多有经验有能力的干部，到白元县梁丫子乡扶贫都干不出一点成绩，赵长风一个刚毕业的大学生到了梁丫子乡之后，就能干出惊天动地的成绩呢？

为什么省扶贫办高铁主任会急吼吼地不理睬两个副主任的意见，一意孤行地要把赵长风树立成中原省的扶贫典型呢？如果赵长风一点背景都没有，只是一个普通的机关干部，高铁能如此关照他吗？

为什么中原省电视台、中原日报甚至是国家级日报，都把采访焦点对准这个刚刚走上工作岗位的大学生呢？尤其是国家级别的日报，是全国政治的风向标，如果是一般人，能说上就上吗？

为什么赵强会不辞劳苦，在国庆节前夕亲赴宁浩市白元县参加全省扶贫工作现场交流会，并亲自给赵长风颁发奖状呢？如果赵强和赵长风没有一点关系，他会放下省里那么多重要的活动不参加，而去参加扶贫工作现场交流会吗？这种会议，以前主管农业的副省长谁参加过啊？

赵长风，赵长风！全是因为赵长风！

李恩华浑身冰凉。李恩华曾经听人说过，赵省长有一个正在上中学的女儿，算起来应该是灵儿的年龄。现在想来，赵省长玻璃下面压着的分明是一张全家福，中间那个叫灵儿的小姑娘就是他们的女儿。灵儿既然是赵省长的女儿，她又叫赵长风哥哥，赵省长又没有儿子，那么赵长风很可能是赵省长的侄子。李恩华又回忆赵长风的长相，越比较越觉得赵长风和赵强长得有点像。

赵长风是赵省长的侄子，是赵省长一心想培养的人。赵省长花了那么大的力气，把赵长风弄成一个全省扶贫典型，又是上电视又是上报纸，已经给了省直属机关管理局这么明显的信号。偏偏自己鬼迷心窍，听陶主任说什么赵长风不服从领导、不尊重领导的鬼话，不但没有提拔赵长风，反而把赵长风变相降格使用。

李恩华出了一身冷汗，怪不得赵省长对他不苟言笑，怪不得赵省长在路上看到他却不理睬他，原来问题出在赵长风身上啊。

不过亡羊补牢，未必晚也！现在既然知道了问题所在，事情就好办多了。赵长风刚从县里扶贫回来两个月，要想弥补还来得及。只要弥补好，弥补得当，弥补得让赵省长满意，那么以前造成的恶劣影响都可以顺利挽回，赵省长说不定还会因为自己脑袋瓜子灵活、反应快而因此印象更深刻呢。

李恩华是一个拿得起放得下的人，所以即使明白自己犯了错误，却不会一直沉浸在懊悔之中，而是全身心地考虑如何补救。

第二天，李恩华早早地到了办公室，先打了一个电话到人事教育处，让王处长过来。

王处长到了局长办公室，发现李恩华正面色严肃地看着一份材料。

“李局长，我来了。”

“嗯，王处长，坐。”李恩华严肃地说。

王处长心里有些忐忑不安，不知道领导今天态度为什么这么严肃。

李恩华说道：“王处长，我刚刚看了人事教育处报上来的年度干部定级审核表，发现里面问题很大。”

王处长心中纳闷，所有的表格都征求过各部门领导的意见了，他们都认可了人事教育处的定级审核啊。一般来说，各部门领导没有意见，局领导是不会干涉人事教育处的定级审核的，除了破格提拔的，局领导会过问一下。可是办公室和基建处那两个破格提拔的人选是李局长亲自点过头的啊。那么还有什么地方会有问题呢？

“李局长，不知道哪一方面有问题啊？”王处长小心翼翼地问道，“我们下边工作的同志眼光和思想都有所局限，有很多问题想不到，还请李局长多批评指点。”

李恩华把审核表扔在桌子上，严肃地说道：“王处长，为什么赵长风这么优秀的干部你们人事教育处没有破格提拔？”

王处长一愣，他绝对没有想到问题会出现在赵长风这里。当初他向李恩华汇报初步意见时，李恩华并没有提出反对意见，怎么现在忽然又提起赵长风了呢？

“李局长，是这样的，本来按照规定，赵长风也够破格提拔的条件了。但是在向各处室领导征求意见的时候，有领导反映赵长风组织纪律性差，不懂得尊重领导，还需要多锻炼。所以人事教育处在综合了各方面的意见后，又询问了财务处周处长的意见，最后才决定赵长风同志按照正常的组织程序走，不予破格提拔。”

“组织纪律性差？不懂得尊重领导？”李恩华激动地说道，“这是哪个处室领导的评价？王处长，你有没有看过白元县对赵长风挂职扶贫的鉴定意见啊？那里面可有这两句话？赵长风这一年多都在下面扶贫，是下面领导了解赵长风，还是我们局里某些处室领导了解赵长风？

“先说组织纪律性差吧。如果赵长风同志真的组织纪律性差，赵长风能在白元县梁丫子乡做出这么轰轰烈烈的扶贫成绩吗？扶贫工作可是一个系统工程，讲求的是各方面的配合协调必须一致到位，这样扶贫工作才能有起色。梁丫子乡那么个烂贫困摊子谁不知道？那么多扶贫干部都兴冲冲地下去、灰溜溜地回来，只有赵长风同志干出了一番惊天动地的事业。如果有人因此判断赵长风组织纪律性差，我看赵长风同志‘组织纪律性差’得有水平。如果一个组织纪律性差的评价能把工作搞好，那么我宁可大家都组织纪律性差！”

“再说不尊重领导吧，赵长风什么时候不尊重领导了？”李恩华说道，“就看赵长风写的扶贫材料，做的扶贫报告，哪一桩哪一件不是把局领导列在最前面？这局领导里不光包括我，还包括你王处长、财务处周处长、负责具体扶贫工作的办公室陶主任。我们扪心自问，在赵长风所做的扶贫事业中，究竟有没有真正是我们这些领导的功劳？那些风景区开发规划究竟是不是我们给赵长风出的主意？”

“惭愧啊，汗颜啊！”李恩华感慨道，“王处长，我自认为对赵长风在下面的扶贫工作没有提供过真正有用的意见，甚至在赵长风同志下去扶贫的时候我还不认识他。你呢，王处长，你对赵长风在下面扶贫提供过什么建设性的意见吗？”

“李局长，我也没有！”王处长做出一副惭愧的表情。

“对，不光你没有，据我所知，恐怕周处长、陶主任也没有。但是即使如此，赵长风同志在向省领导、在向全省人民汇报时，还念念不忘我们各位领导。难道说，这样的人也叫做不尊重领导吗？”李恩华激动地说，“我看不是不尊重，是太尊重，是尊重过了头了，以至于某些领导无视赵长风同志在下面一年多扶贫工作所做出的巨大成绩。”

“李局长，我，我本来是要给赵长风同志破格提拔的……”王处长诚惶诚恐地说。

李局长摆手道：“王处长，你不要多心，我不是说你。我是说某些干部！赵长风是全省的扶贫典型，也是我们省直属机关管理局的扶贫英雄。他在下面辛辛苦苦扶贫了一年，流了多少汗水？回到机关之后，我们能不能创造一些条件，让我们的扶贫英雄不受不必要的委屈？英雄流汗又流泪，这种蠢事我们能不能少干甚至不干呢？这些都值得我们警惕，值得我们深思啊！”

到了这个时候，王处长如果再不知道该怎么说话，那么他就根本不配当这个人事教育处的处长了。

“李局长，我知道了。这个年度干部定级审核表，我拿回去让处里的同志重新讨论一下。”

赵长风戴上袖套，精神抖擞地坐在出纳位置上，准备开始一天的工作。忽然他身旁站了一个人，他抬头一看，是周处长。

周处长笑眯眯地拍了拍赵长风的肩膀，说道：“小赵，把手头的工作放一放，到我办公室来一下。”

赵长风一下子愣在那里。这情况太诡异了，从来都是冷着脸的周处长忽然笑眯眯地对他说话，赵长风真是难以相信，他甚至怀疑刚才笑着和他说话的究竟是不是周处长，又或者周处长转了性子？

王凤在对面用复杂的眼神望着赵长风。据她所知，周处长从来都是在处长办公室内扯着嗓子喊下属进去汇报工作，甚至连内部电话都懒得打一个。

在下属面前，虽然周处长的笑容非常罕见，但是如果下属运气好，一年之中还是有可能见到周处长一两次笑容的。可是周处长亲自要下属到他的办公室去，王凤在财务处五年多时间里还从来没有见过一次。

但是，就是这最不可能发生的事情，偏偏就在王凤眼前发生了，而且还发生在财务处里地位最低的赵长风身上，这意味着什么？

“小赵，还愣什么？快把抽屉锁好，到周处长办公室去吧。”王凤热心地提醒赵长风。

赵长风连忙把账簿凭证都放进抽屉里锁好，对王凤说道：“王老师，那我先进去了。有人过来办款的话，让他们先等我一下啊。”

赵长风刚迈进处长办公室，周处长就笑呵呵地迎了上来，亲热地说道：“小赵，坐，快坐！”然后他亲自把办公室的门关上。

赵长风坐在沙发上，周处长并没有回到办公桌后那张真皮办公椅上，而是侧身坐在赵长风旁边。

“小赵，回来财务处两个月了，适应不适应处里的工作氛围啊？”周处长笑呵呵地问道。

赵长风说：“周处长，处里的工作氛围很好，我很喜欢财务处的工作氛围。”

周处长说：“那就好！小赵，你在处里尽管放心大胆地工作，如果有老同志敢欺负你，你尽管向我反映。”

赵长风连忙说道：“周处长，老师们对我挺好的，没有人欺负我。”

周处长点了点头，又问道：“小赵，你对工作有什么想法，或者有什么意见没有？不要有什么顾虑，尽管大胆地提出来。”

赵长风摇头道：“周处长，我刚开始从事出纳工作两个月，很多事情刚刚上手，还需要多看多问多学习。想法和意见暂时还没有，如果有，我会第一时间向处长反映的。”

周处长哈哈大笑，拍着赵长风的肩膀说：“嗯，小赵同志。我其实很喜欢你们年轻人的，天不怕地不怕，有冲劲有想法，敢干肯干。以后你有什么想法尽管来找我，我们交流一下。你不要怕犯错，也不要有顾虑。”

“好，处长，有你这句话我就放心了！”赵长风言不由衷地说，“我有什么想法和建议一定会多多向处长反映的。”

周处长又问道：“小赵，那你现在真的对工作没有什么想法？”

赵长风摇了摇头，真诚地说道：“周处长，我真的没有想法。”

周处长又笑了起来。

赵长风心中就有点毛骨悚然。周处长今天怎么了？这么无缘无故地笑？恐怕周处长这一会儿工夫的笑容，比他过去一年里的笑容都多吧？

周处长说道："小赵同志，既然你没有想法，那我可有想法了。现在我要跟你说说我的想法。"

赵长风连忙说道："请周处长指示。"

周处长说："哎，小赵，我们现在是交流意见，是讨论事情，你不要搞得这么严肃，这么一本正经嘛！"

周处长这番话让赵长风有点受宠若惊了，周处长什么时候和下属用过如此平等的语气说话啊？

周处长沉吟了一下，说道："小赵，先向你解释一下。按理说，你从县里扶贫回来，已经过了一年的实习期，以你的学历和工作能力来讲，不应该让你去做出纳工作。我也知道，你对安排你去做出纳工作可能会有一些想法。虽然你没有表现出来，但是有一些想法是免不了的。"

赵长风连忙辩解道："周处长，我没有任何想法，我挺喜欢出纳工作的，真的。出纳工作是会计工作的基础，只有从最基础的工作干起，才能让自己的根基牢固一点，对会计业务有着更本质的认识。"

周处长笑道："小赵，你在大学期间就是优秀的学生干部，在下面扶贫的时候又是全省的扶贫典型，觉悟很高，我很欣赏。"

顿了一下，周处长继续说道："小赵，我还要向你解释一下，安排你去做出纳工作的用意。考虑到你是本科学历，又是党员，在扶贫工作中做出了非常出色的成绩，连《国家日报》都报道过。这次你扶贫回来，处里是想给你加一些担子、委以重任的。但是在这之前，首先要对你进行一些考验，看看你有没有年轻人的浮躁情绪。基于以上原因，处里才决定先把你放在出纳的岗位上锤打一下，检验一下你这块金子的成色。"

说到这里，周处长又笑了起来："恭喜你，赵长风同志，你顺利地通过了处里安排给你的考验。这段时间的出纳工作，你表现得非常出色。每天早来晚走，任劳任怨，不计较个人的得失，总是以处里工作的大局为重，我很欣赏你这种表现。年轻人不但要有冲劲干劲，还必须能沉下来，有板凳要坐十年冷的自我奉献精神，才能完成组织上交给的任务。我很高兴，在你身上我同时看到了年轻人敢想敢干的拼搏精神和老同志身上沉稳、顾全大局甘于牺牲自我利益的奉献精神。”

赵长风诚惶诚恐地听着周处长给他戴的一顶又一顶高帽，甚至都忘记了谦虚几句。他心想，周处长究竟是想要干什么？怎么忽然对他转变了态度？

“好了，不绕弯子了！”周处长说道，“小赵，现在我代表处领导征求一下你的意见，如果因为工作需要，处里把你调到审计科去工作，你愿意去吗？”

赵长风一下子愣住了，审计科？搞财务的谁不知道，审计科是多么要害的一个部门，它几乎掌握着其他部门财务工作的生杀大权。任凭领导干部级别再高，一遇到审计人员，心中都难免惴惴不安，生怕审计人员一个不小心，揭开了他们的盖子，把下面不可见人的东西全部暴露于光天化日之下。

在省机关事务管理局，财务审计处的审计科不光审计局机关处室自收自支的小金库，更要定期审计机关事务管理局直属单位的财务工作。

“怎么样？小赵同志，你就表个态吧。”见赵长风不说话，周处长又笑着问道。

“周处长，我以前没有干过审计工作，我怕过去了做不好。”赵长风此时却有点迟疑了。因为审计工作虽然权力很大，属于人见人怕的要害部门，但也是一个比较容易得罪人的部门。现在周处长忽然要把他调到审计科，谁知道打的是什么主意，说不定是想拿自己当枪杆子使呢！

周处长笑了起来，说道：“小赵同志，谁也不是天生就会做某种工作的。不懂不要怕，可以在工作中不断学习嘛！你是财经类本科大学生，有非常深厚的理论底子，现在欠缺的只是实践经验。把你放到审计科去锻炼一年，保管就是顶呱呱的审计骨干。”

见赵长风还在犹豫，周处长说道：“小赵，你也不要着急下决定。你可以先回去考虑几天，等想好了再来找我。”

出了处长办公室，赵长风心里还是犹疑不定。周处长把他调到审计科去，究竟是什么用意呢？

第八章　缘分是一种十分奇怪的东西

人与人之间也许真存在所谓的缘分，赵长风压根没想到赵省长的女儿居然会那么快就同自己建立起亲如兄妹的关系。有了这样一种关系，无论他如何辩解也于事无补，人人都会拿另外一种眼神来看他，把他坐实在赵省长的侄儿这个名分上。

赵长风回到出纳的位置上，王凤破天荒地没有问周处长找他去谈什么，赵长风也难得第一次没有主动向王凤汇报周处长向他布置什么事情。

一个上午，赵长风都处在兴奋和犹豫当中。是去审计科，还是不去呢？从他内心来说，还是很渴望能离开出纳这个岗位的，只是他心里还在担心周处长的真实意图。

赵长风的担心并不是没有道理的。比如进入财务处，目的就是为了让他充财务处那个没有人愿意下去扶贫的干部名额。等他扶贫回来，他来财务处的任务就胜利完成了，然后就把他扔在出纳岗位上无人理会了。有了这一次经历，谁知道周处长这次抛出来的审计科香喷喷的馅饼会不会变成陷阱呢？会不会周处长想利用他打击某个人，然后利用过之后就弃之不管甚至让他去背这个黑锅呢？

中午下班时，赵长风到机关食堂去打饭，在食堂门口遇到了张倩，他招呼道：“张倩，今天中午打算吃什么？”

张倩笑嘻嘻地说：“这取决你请我吃什么。”

赵长风和张倩已经非常熟稔了，经常互相开玩笑。听张倩这么说，赵长风就做出一副害怕的表情："张倩，我可不敢请你。请你吃饭就是请你男朋友吃醋，万一他跑过来揍我，该怎么办呢？"

张倩俏脸绯红，嘴巴上却丝毫不肯示弱："揍你？你这油嘴滑舌的东西，谁杀了你就是为民除害了。"

"那好吧，张倩，今天中午就满足你这个为民除害的心愿。一会儿你去买三大碗红烧排骨来把我撑死吧！"赵长风一本正经地说。

"三大碗红烧排骨？本姑娘可没空去喂猪！"

说说笑笑之间，赵长风和张倩打好了饭。食堂中午主要是年轻人过来，并没有多少人，张倩找了个偏僻角落坐下。

张倩说道："我给你说点事情。"

赵长风听张倩这么说，立刻收起了嬉笑，正经起来。他坐在张倩对面，问道："说吧，又有什么内幕消息？"

张倩用汤匙敲了敲饭盒，小声说道："小赵，你一边吃饭一边说话，表情自然一点。"

赵长风心领神会，用筷子夹了一块排骨放在米饭上，低声问道："张倩，这么说还真的有内幕消息了？"

张倩白了赵长风一眼，说道："小赵，你老实交代，以前你是不是没有和我说实话？"

赵长风莫名其妙，问道："张倩，我什么事情没有和你说实话啊？即使是考试，总得给个范围吧？"

张倩脸色一变，说道："这么说来，你有很多事情没有和我说实话了？"

"张倩，我只在一件事上跟你撒了谎。"赵长风一本正经地说道。

"什么事？"

赵长风痛心疾首地说："张倩，和你在食堂一块吃饭，你问我最多能吃几份红烧排骨，我告诉你说，我最多能吃三份。其实，我最多能吃四份。"

张倩"扑哧"一声笑了出来，说道："赵长风，你还真是头猪呢！"

笑过之后，张倩又严肃起来，说道："小赵，你不要避重就轻，快点老老实实地回答问题。说，你以前是不是没有和我说实话啊！"

赵长风还是丈二和尚摸不着头脑，他苦笑道："张倩，虽然我不知道你问的是什么问题，但是我没有撒谎骗过你。”

“哼，到现在还想骗我啊？”张倩冷笑着说，“你没有背景，李局长会把我们处长报上去的干部评级审核表给退回来，就是为了讨论重新给你定级？”

“什么？”赵长风真没有想到，张倩这里还有这么一个天大的好消息呢！重新定级，这意味着什么？意味着他可以从科员破格提拔到副主任科员，而不必等候正常程序，苦苦熬煎四年时间。在仕途道路上，如果比别人少走四年，就意味着在将来竞争的过程中他比别人领先了四年。那些被落下的人除非也有奇迹发生，否则按照正常程序，就在竞争中永远落后了四年。

“张倩，你说的是真的？”赵长风又惊又喜，甚至还有点不敢相信，生怕张倩在骗他。

张倩讥笑道：“小赵，你还装。太没有意思了吧？我把你当成朋友，才和你说那么多的，谁知道你到现在还在骗我？既然这样，以后咱俩各走各的，我这小人物攀不起你这大树！”

“不是！”赵长风见张倩要急了，连忙解释道，“张倩，我也不清楚这是怎么回事啊。我根本没有找任何人去活动做工作啊！”

张倩见赵长风不像在骗她，奇怪道：“小赵，你没有找人做工作我相信，但你真的没有背景吗？没有背景李局长会无缘无故地把评级审核表给我们处长退回来？王处长在会上还狠狠批评了我们，说我们工作不细致，在评级审核的时候没有考虑到你扶贫时做出的出色成绩呢！”

赵长风此时已经百分之百肯定，张倩透露的消息绝对是真的。看来他破格提拔的事情是大有希望了。再想想上午周处长要把他从出纳岗位上调到审计科去的情况，赵长风心中又是喜欢又是迷茫。

赵长风欢喜的是，结合人事教育处给他重新考虑破格提拔的评级问题，他基本可以肯定，周处长把他从出纳岗位调到审计科绝对是提拔重用，不是让他去背黑锅。如果人事教育处真能把他破格提拔到副主任科员的级别上，那么他到审计科去也顺理成章了，并且还不是以普通干部的身份去的，而是以副科级别的小领导的身份过去的。也就是说，在审计科，他不用再扮演一个端茶倒水拿报纸跑腿的小角色，而是可以指挥别人去做事情的领导了。

可让赵长风迷茫的是，他不知道这一切变化是从什么地方开始的。是什么原因让李恩华局长忽然开恩，把人事教育处的干部评级审核表退了回去。同样，赵长风也相信，周处长把他调到审计科，也绝对不是周处长忽然良心发现，觉得对不起赵长风这个扶贫功臣，而一定是李恩华局长对周处长说了什么，周处长才按照局长的意思，把赵长风从出纳的岗位上调走了。这佐证了张倩的说法，也预示着人事教育处对赵长风的破格评级已经是板上钉钉的事情了。周处长很可能是未雨绸缪，提前为赵长风行政级别的变化做好准备，否则等评级审核最终下来，赵长风被正式确定为副主任科员，财务处就被动了。谁见过让一个副科长去当出纳的？

正如张倩以前告诉赵长风的那样，人事教育处在做干部评级审核的时候一定事先征求过李恩华的意见，否则王处长也不敢轻而易举打破机关事务管理局的惯例，对赵长风这个扶贫干部不做出政策倾斜。那么，李恩华局长的态度为什么会忽然发生这么大的变化，做出前后迥异的决定呢？这其中一定是有原因的，只是现在让赵长风想破了头，也想不出真正的原因是什么。

看着赵长风一脸迷茫的样子，张倩有点于心不忍，她还以为赵长风在为难，不方便说出这方面的情况，于是笑着说："好了好了，小赵，你不方便说就别说了。今天下午下班，你请我吃一顿海鲜大餐作为补偿吧！"

"好！没问题！"赵长风爽快地答应道。能维持张倩这条人事处的内线，请多少顿大餐都是值得的。

两天后，赵长风又一次和姜燕进行了工作交接，这次是姜燕来接替他的出纳工作。

对于重新回来干出纳工作，姜燕没有任何意见，她真心替赵长风高兴。赵长风是财经大学本科学历，干出纳工作是有点屈才了，到审计科去才是学有所用，英雄有了用武之地。

对于姜燕的豁达，赵长风也非常佩服，他自问如果换位相处，他绝对做不到像姜燕这么通透豁达、心无芥蒂。

由于人事教育处的评级审核尚未正式批复下来，赵长风实际上是以科员的身份到审计科去的。

审计科一共有六个人，其中有科长一名、副科长一名，其余四个人都是普通科员级别的审计员，赵长风过去后，就成为了审计科第七名成员。

审计科科长姓左，年龄三十出头，说话大嗓门，做事雷厉风行，很有审计干部的气派。

副科长是一位姓金的女性，面容严肃，戴着一副黑框眼镜，从外表看有四十出头。她说起话来慢条斯理，但是在细声慢气的话语背后却流露出一种不容别人辩驳的气势。

四个审计员都是清一色的男性，老张是年龄四十出头中年男人，也不知道是怎么混的，在省直机关中到了四十多岁竟然还是一名普通科员。另外三个人年龄都差不多，二十五六岁的样子，赵长风听张倩说过三个人的学历，其中小王和小李都是大专毕业，而小罗和赵长风一样，都是本科学历。

赵长风到审计科报到后，左科长和金科长都非常热情，详细地为他介绍科里的情况。

四个审计员当中，小王和小李对赵长风非常友好，话语之间让他感觉到年轻人之间那种毫无隔阂的融洽气氛。

小罗给赵长风的感觉却是怪怪的，虽然也是满面笑容，但是赵长风总能感觉出来，小罗的笑容背后隐藏着一些东西，这种感觉让赵长风心中有种说不出的腻味。

至于老张，给赵长风的感觉和小王、小李乃至小罗都不一样。当左科长向老张介绍赵长风时，老张只是轻轻地“哦”了一声，然后冷淡地说了一句“小赵同志好”，就再没说话。

左科长在旁边笑着说：“小赵，你别介意啊。老张就是这样的人，面冷心热。你接触时间长了就知道了!”

审计科里，除了左科长有单独一间小办公室外，金副科长和其他审计员都在一间大的办公室里办公。赵长风去了之后，左科长就把赵长风的办公桌安排在金科长的对面，这个意思非常明显，等人事教育处的干部评级审核表正式批复下来之后，赵长风就和金科长平级，也是审计科的副科长了。

刚到审计科，也没有什么实际工作，赵长风拿着一本审计手册在那里翻看。下午快下班的时候，左科长来到大办公室，热情地说：“同志们，我宣布一个好消息。今天审计科全体人员到小肥羊火锅城聚餐，为审计科的新同志赵长风接风洗尘。趁现在的工夫，同志们赶快打电话回家请假吧。”

“科长英明，科长英明！”小王和小李开心地叫道。小罗在一旁古怪地一笑，也跟着说：“左科长，太好了。咱们科有两个星期没有到外面集体会餐了呢！”

赵长风推辞道：“左科长，这不太好吧？要不今天晚上聚餐我买单，算我请科里的同志吧！”

左科长笑道：“小赵，你还是先把钱准备好放在那里吧。你放心，你这一顿是跑不了的，不过必须等咱们科里聚过餐之后！”

金科长也推了推宽边眼镜，慢条斯理地说：“小赵，请与被请都是义务，你逃不了的。”

“对不起，左科长，今天晚上我家里还有事，我就不去了！”老张在一旁淡淡地说。

左科长眉头微微一皱，又笑着说：“老张，什么重要的事情，非要今天赶着办呢？我们科里来了新同事可是一件大事啊！”

老张说道：“左科长，我家里真的有事。”

小王低声嘀咕了一句：“每次都这么扫兴！”

小罗脸上却露出一丝不易觉察的微笑，显然他对老张给了赵长风一个下马威感到非常开心。

左科长还要说话，赵长风连忙接口说：“左科长，老张同志有事就让他去忙吧。改天我请客的时候再让他一起去就好了。”

左科长知道老张的脾气，他只是差一个台阶下。现在赵长风这么一说，正好给了他一个台阶。

“那好吧，老张，就不耽误你的事情了。下次小赵请科里同志吃饭的时候，你可不能再说不去啊！”

老张淡淡地说：“到时候看情况吧！”

晚上的聚会非常热闹，除了赵长风和金科长，几乎所有人都喝高了。不过赵长风在酒桌上也装出不胜酒力的样子，他不想暴露他在酒量方面的特长。

酒果然是增进感情的利器，第二天赵长风到审计科上班，感觉气氛非常融洽，无论是和左科长、金科长，还是和小王、小李，那种有点陌生的客气都不见了。其实说起来审计科里这些人和赵长风也不算是陌生人，大家都是财务处的，赵长风当了两个月的出纳，虽然没有和审计科里所有的人都打过交道，但是低头不见抬头见，多少也算是混了个脸熟。现在这一场酒喝下来，仿佛是一场入伙仪式，宣布赵长风从此后无论在工作上还是生活上，都正式是审计科的人了。

这天下午快下班的时候，赵长风忽然接到一个内线电话，是姜燕打过来的，说他妹妹过来找他了。

赵长风这才想起，这两天由于一直琢磨着工作调动背后的因素，竟然忘记去给灵儿补课了。

于是赵长风连忙赶到资金管理科，看见灵儿正嘟着小嘴巴窝在沙发上。

赵长风连忙赔着笑过去："灵儿，来看哥哥了？"

灵儿哼了一声，噘着嘴巴不看他。

"哟，人不大，脾气还不小呢！"赵长风伸手在灵儿小巧的鼻子上刮了一下。

"你这臭家伙，少碰我！"灵儿嚷嚷道。

赵长风吓了一跳，连忙往身后看去，见王凤和姜燕都望着他笑。

赵长风尴尬地笑了一下，转过身拉着灵儿的手，小声道："乖灵儿，走，跟哥哥到外边说去。"

灵儿本来还想继续发脾气，可是不知道怎么的，被赵长风一拉着手，她的脸蛋忽然绯红起来，竟然低下头乖乖地跟着赵长风出去了。

赵长风把灵儿拉到走廊的角落里，连声赔着不是："灵儿，对不起，是哥哥不好。这两天工作太忙了，实在抽不出时间给你补课了！"

赵长风耍了一个心眼儿，把忘记补课说成抽不出时间补课。

灵儿眼圈一红，泪珠在眼圈里打转。她委屈地望着赵长风："你这臭家伙，不能去给我补课，难道就不能给我打电话说一声吗？还有，为什么你换了工作也不告诉我？你是不是讨厌我啊？是不是讨厌我来找你啊？"

赵长风连忙说道："灵儿，怎么会呢？我不是昨天刚调整的工作吗？我本来打算好了，今天下午下班后就去找你的！"

其实如果灵儿不来找赵长风，赵长风暂时还想不起去找灵儿。不过灵儿既然来了，赵长风就信口胡说，反正灵儿是小孩子，哄哄就开心了。

果然，灵儿立即破涕为笑，她瞪大可爱的眼睛望着赵长风道：“真的吗？你不是骗我的吧？”

赵长风脸一绷，说道：“我骗你干什么？如果我骗你，以后就让我真的变成臭家伙！”

“哼，你不骗我也是臭家伙！让我昨天等你到晚上十点，你都没有去给我补课！”灵儿嗔道。

“好好好，灵儿，是哥哥的错。这样吧，待会儿下班，我先请你去吃麦当劳，然后去给你补课，怎么样？”赵长风笑着说。

“好！这可是你主动请的啊，不是我敲诈你的！”灵儿笑嘻嘻地说。麦当劳是她的最爱，可惜爸爸抠她的零花钱抠得太严，让她不能时时大快朵颐。

到了下班时间，灵儿又拽着赵长风蹦蹦跳跳地跑了起来。

“慢点，灵儿！”赵长风还记得上次灵儿撞上李恩华的教训，连声对灵儿喊着。可是来不及了，在走廊的拐弯处，灵儿又一头撞到了一个人。

赵长风抬头看去，心中叫苦不迭，怎么这么巧，又撞上了李恩华？

李秘书知道李恩华局长今天一定有什么喜事了。下午李局长去了一趟省政府大院，回来之后就满面春风的，举手投足之间也比往常敏捷了一些，竟然有一种在青年人身上才能感觉到的活力。这不由得让李秘书心里琢磨，究竟是遇到了什么喜事，竟然能让沉稳大气的李局长如此兴奋？

李秘书猜得没错，李恩华今天确实遇到开心的事了。今天李恩华到省政府去办事，办完事走出办公大楼正门的时候，正好碰上赵省长。李恩华连忙主动打个招呼，没想到赵省长竟然就在办公大楼的门口停下来和李恩华聊了起来，足足聊了有两三分钟。在谈话过程中赵省长自始至终都面带笑容，除了关心李恩华的工作情况外，甚至关心了一下他的身体。这怎么能不让李恩华受宠若惊呢？

和赵长风告别后，李恩华还意犹未尽，脑海里仍在回忆刚才赵省长满面笑容和他谈话的情形。赵省长和他说的每一个字、每一句话，他都清清楚楚地印在脑海里。当时因为激动，李恩华没有来得及细想，现在静下心来细细琢磨，李恩华觉得赵省长的每一个表情、每一个动作都是在向他传达一种暗示。

对比前两次见到赵省长的情形，李恩华觉得和这一次简直有天壤之别。想想前两次的遭遇，再想想这一次赵省长对他热情的态度，李恩华觉得就像是在做梦一样。

对了！押对了！看来这次真的押对宝了！李恩华兴奋地想着。

在李恩华看来，赵省长对他态度前后的巨大变化肯定是因为赵长风的缘故。以前李恩华对赵长风非但没有重用，反而有点压制的意思，这怎么能不让赵省长感到愤怒呢？

当然，以赵省长的身份地位，他愤怒了也绝对不会主动打电话跟他李恩华说，也不会派人过来告诉他。赵省长只要摆出一个姿态，甚至稍微流露出一丝不满就够了，剩下的事情就要靠李恩华自己琢磨领悟了。

假如李恩华琢磨不出来，或者根本没有注意到赵省长对他的不满，又或者琢磨出来了，却对赵省长这些不满浑不在意，那么就不排除赵省长会对他采取进一步的措施。

其实以赵省长的地位，如果真的对李恩华产生了看法，根本不用采取什么措施。他只要在省长办公会议上讨论到省直属机关事务管理局的时候，发表一两句对李恩华的负面看法，那么李恩华的前途就会大受影响。

作为中原省最有前途的政治明星，虽然赵强不是李恩华的主管省长，赵强目前的地位也还不足以任意提拔李恩华，但是赵强目前的地位却绝对可以影响李恩华的提拔。所以，李恩华明白，赵强省长是他无论如何都不能得罪的强势人物。

看今天赵省长对自己的态度，李恩华就知道，他又顺利地渡过了仕途上的一场危机，重新获得了赵省长的好感。而获得赵省长好感的关键就是李恩华迅速纠正了自己的错误，对与赵省长有密切关系的赵长风进行了提拔重用。

想到这里，李恩华暗自庆幸，要不是让他撞到赵省长的女儿和赵长风在一起，他不知道要被蒙在鼓里多久，到时候一旦让赵省长在心里对他形成不可逆转的看法，形成了厌恶的思维定势，那么他即使想弥补也来不及了。

不过，现在还好！李恩华甚至觉得，通过自己后面的努力，他把一件坏事办成了好事，让自己在赵省长心中的分量陡然加重。要不然，赵省长会在百忙之中停在办公楼门口和他长聊了两三分钟，还对他的工作和身体情况嘘寒问暖？

回到机关事务管理局之后，李恩华依旧沉浸在兴奋之中，这种情绪甚至通过他的言谈举止不知不觉地表现出来了。

李秘书敏锐地捕捉到李恩华局长这种喜悦的情绪，趁机递上了两件非常难办的事情。这两件事情要是在李恩华局长心情不好的时候提出来，百分之百是会遭到李恩华局长否决的；要是在李恩华心情一般的时候提出来，那么会不会得到批准全靠运气；可是如果在李恩华局长心情非常愉快的时候提出来，李恩华局长基本上都会首肯李秘书的要求。

果然，李秘书把请示递上之后，李局长心情愉快地在请示文件上批复了“同意”两个字。这让李秘书心中也暗自欢喜，不住地祈祷：让李局长天天都有好心情吧！

下班之后，李局长笑容满脸地离开办公室，走起路来也虎虎生风，分外显示出一局之长的威严。可是他刚走到走廊拐角，就有一个人撞到他怀里来了。李局长的好心情顿时被破坏了不少，他眉头一皱，正要发怒，没有想到又看到了赵长风，而撞在他怀里的小姑娘，正是赵省长的宝贝千金灵儿。

李局长迅速把怒容转化为和蔼可亲的笑脸：“哎呀，小姑娘，撞坏你了没有？真是对不起啊，叔叔走路不小心。”李局长俯下身来，和颜悦色地说道。

赵长风没有想到李局长会首先道歉，而且还是抢在他道歉之前，这速度快得都让他来不及反应。

“李局长，真对不起啊！”赵长风连忙说，“我妹妹就是这样，走路疯疯癫癫的。”

灵儿没有搭理李局长的道歉，却对赵长风哼了一声，抢白道：“你才疯疯癫癫呢！”

李局长笑呵呵地说：“小赵，你怎么能这样说你妹妹呢？走路快是年轻人活力的体现，不像我们老头子，即使想快也快不起来喽！”

“李局长真幽默。”赵长风笑着说，“您这么年轻，连中年人都不算，怎么能划到老头子的队伍中去呢。”

李局长笑着正要趁机和赵长风扯几句，灵儿却在旁边嚷道：“哥，你还带我去麦当劳不?”

李局长连忙改口说：“小赵，不耽误你们时间了，快带你妹妹去吧。以后有时间多到我办公室去坐坐，我很喜欢和你们年轻人交流呢!”

“好的，李局长，我以后一定去，只是怕打扰您的工作呢!”赵长风笑着说道。

“呵呵，小赵，再忙的人也总有闲的时候啊。”李局长笑呵呵地说，“好了，你们快去吧。再多说两句你妹妹又要冲我瞪眼了!”

请灵儿美美地吃了一顿麦当劳，赵长风带着灵儿来到张长锁老人家里。刚进家门，刘翠莲就说：“灵儿，怎么现在才回来?刚才你妈妈来电话说，她从北京开会回来了，让你回去吃饭呢!”

“奶奶，我吃过饭了。是长风哥哥请我吃的麦当劳。”灵儿扭着身子说道。

“长风，你和灵儿一起吃的饭?”张长锁老人问道。

赵长风在旁边正琢磨灵儿的妈妈究竟是什么来头，竟然到北京开会。听到张长锁老人的问话，他连忙回答道：“爷爷，是啊。我和灵儿一起吃的麦当劳。”

张长锁老人笑着说道：“灵儿，吃过饭了也不行啊，你得回去见妈妈啊!”

灵儿跺着脚说：“爷爷，我好容易把长风哥哥请过来给我补课，你逼我回家干吗?我就是回去，也得等长风哥哥给我补完课再回去。”

张长锁老人也拿灵儿没有办法，只好说：“那你也得先给你妈妈回个电话，告诉她你吃过饭了啊。省得她在家里为你挂心。”

一听张长锁老人不逼她立刻回去，灵儿立刻露出了笑脸，开心地去给妈妈打电话了。

对于灵儿和张长锁老人的关系，赵长风从来没有仔细考虑过，他一直以为灵儿是刘翠莲的孙女，可是现在他才觉得情况有点不对。

从刚才灵儿和张长锁老两口的对话中能听出来，灵儿的妈妈是个大干部，能到北京开会，经常忙得不着家，这绝对不是一个普通的女干部。而以刘翠莲的生活背景，她的儿媳妇怎么可能是这种级别的干部呢?

那么灵儿究竟是谁的女儿呢？

分析到这个地步，事情的真相已经呼之欲出。灵儿很可能就是赵强副省长的女儿！不过即使分析得再到位再准确，也比不上亲口求证来得确定。

赵长风就悄悄地问张长锁老人："爷爷，灵儿的爸爸是干什么的啊？"

"哈哈！"张长锁老人咧着没牙的嘴巴笑了起来，他大声说道，"长风，我以为你早就知道了呢！弄了半天你一直不知道啊？灵儿的父亲就是五伢子啊！我不是和你一起去见过五伢子吗？他现在还是副省长啊！"

耳朵背的人，说话的声音也特别大，生怕别人听不清楚。不过赵长风此时已经没有心思注意张长锁老人声音的高低了，他完全被张长锁老人的话震撼了。虽然他已经做了充分的心理准备，但当张长锁老人亲口证实了他的推测之后，赵长风还是不可避免地被这个消息震撼了。

原来，灵儿的父亲真的是赵强啊！他怎么那么傻，以前没有想到呢？如果当初用心在灵儿这边想一想，早就应该发现这个事实了。

现在赵长风已经完全明白，为什么李局长会忽然改变对他的态度了。一定是灵儿撞到李局长怀里那次，李局长认出了灵儿是赵强副省长的女儿，然后又见灵儿亲热地拉着自己的手，口口声声地喊赵长风为哥哥，李局长就以为自己一定是赵强的侄子，所以就立刻改变态度，对他照顾起来。然后就有了周处长找他谈话、把他调到审计科；也有了王处长在人事教育处重新讨论干部评级审核，破格把他提拔到副主任科员的级别上。

关于这一点推测，还有一个例子可以佐证，就是灵儿今天又撞到李局长身上时，看李局长对灵儿和蔼可亲得都有些肉麻的态度，就可以证明，李局长绝对是知道灵儿和赵省长之间这一层关系的，只是他非常聪明地没有点明而已。

"哥！"

灵儿一声呼唤把赵长风从沉思中唤醒。赵长风扭头一看，灵儿的眼圈红红的，眼泪在眼眶里打转。赵长风连忙问道："灵儿，怎么了？是不是你不回去吃饭，你妈妈说你了？"

"不是！"

灵儿听到赵长风关心的话语，眼泪终于忍不住掉了下来。

“灵儿，怎么回事？告诉哥哥！”赵长风心疼地说。

张长锁老人和刘翠莲在一旁看到也连忙过来。

灵儿抹了一把眼泪，对张长锁老人说：“爷爷，妈妈没有训我。她听说我在爷爷家补课，很高兴呢。我哭，是因为，是因为我感到委屈……”

张长锁老人就纳闷了，既然灵儿的妈妈没有训灵儿，灵儿为什么还感到委屈呢？

“灵儿，你为什么委屈？谁欺负你了，你告诉爷爷，爷爷为你出气。”张长锁老人爱怜地说。

灵儿抽泣了一阵，感觉好受了一点，她抹了抹眼泪，对张长锁老人说：“爷爷，谁也没有欺负我，我就是感到委屈！你不要管了，让我和长风哥哥说一会儿话好吗？”

“好好，你跟你长风哥说也行。”张长锁连忙答应，灵儿是个小孩子，长风和她比较容易沟通。

灵儿拉着赵长风进了她自己的房间，把房门关上。

“灵儿，你为什么感到委屈，现在可以告诉哥哥了吧？”赵长风问道。

灵儿低着头坐在床上，看着自己的脚尖，眼圈又是红红的。过了好久，灵儿才抬起头说：“哥，刚才你和爷爷的对话我都听到了。”

赵长风奇怪地说：“灵儿，我和爷爷的什么话你听到了？”

灵儿说道：“你问爷爷，我爸爸是干什么的……”

“噢，原来是这个啊？”赵长风说，“灵儿，是因为哥哥问你爸爸是干什么的，你不高兴了吗？”

灵儿咬着嘴唇，轻轻摇头道：“不是……”

赵长风柔声说道：“灵儿，那你告诉哥哥，你为什么哭啊？”

灵儿低声说道：“哥，我以前一直以为，你知道我爸爸是副省长，所以才对我这么好的。可是刚才听了你和爷爷的对话，我才知道我错了，原来哥哥是真心实意对我好的。所以我心里很感动，一感动，就、就忍不住哭了起来……”

“傻丫头，原来是因为这个啊！”赵长风笑了起来，“这有什么好感动的？难道除了哥哥就没有人真心实意对你好了吗？张爷爷和刘奶奶就对你很好啊！”

灵儿摇头道：“哥，你不明白。不一样的！爷爷和奶奶是对我好，但那是因为爸爸的缘故。”

赵长风说道：“灵儿，你怎么能这样想张爷爷呢？张爷爷可不是那种势利眼的人啊。”

“哥，你误会了！”灵儿抬头望着赵长风，“你真的没明白我的意思。我说爷爷对我好是因为爸爸的缘故，意思是说爷爷因为喜欢爸爸，所以才喜欢我。即使我爸爸现在不是副省长，是一个普通工人或者一个种地的农民，爷爷也会对爸爸很好的。”

赵长风摇了摇头，说道：“灵儿，我还是不明白。张爷爷对你爸爸好就不能对你好了吗？”

“哎！你不但是个臭家伙，还是个笨家伙呢！”灵儿急得又想用小手打赵长风，“我的意思是说，爷爷喜欢我，是因为他喜欢爸爸，所以才喜欢我的，爷爷并不是真心喜欢我这种性格，他完全是看在爸爸是他一手带大的份儿上，才迁就着我的！”

赵长风耸耸肩膀说：“灵儿，你管爷爷是因为喜欢爸爸才喜欢你，还是因为喜欢你才喜欢你呢？总之，只要爷爷喜欢你不就行了吗？结果并没有什么区别嘛！”

“你……”灵儿一急，眼圈又红了。吓得赵长风连忙说道：“好了好了，乖灵儿，就算张爷爷不是因为喜欢你而喜欢你吧。那么你爸爸妈妈呢？他们应该是真心喜欢你吧？”

“爸爸妈妈？”灵儿咬着嘴唇淡淡地笑了一下，“如果给我改一个名字，他们也许会真心喜欢我。”

“改一个名字？”赵长风有点莫名其妙了，“灵儿，你改成什么名字，你爸爸妈妈才会真心喜欢你啊？”

灵儿说：“如果我的名字叫‘工作’，他们也许会喜欢我！可惜我的名字不叫‘工作’，而是叫‘灵儿’，所以他们只好去喜欢那个‘工作’了。”

“你呀，真是个调皮鬼！”

赵长风听明白灵儿的话后，忍不住笑了起来。原来灵儿这小丫头是向他抱怨，爸爸妈妈喜欢工作更甚于喜欢她。

“灵儿，你爸爸妈妈喜欢工作那是出于职责，他们心里一定是非常非常喜欢你的!”赵长风说道。

“哼！喜欢我？一点都没有看出来!”灵儿委屈地说，“他们整天忙来忙去，经常把我一个人留在家里。要不是张爷爷搬到中州来住，我恐怕得天天吃开水泡面了。”

赵长风此时已经完全明白灵儿刚才为什么会哭了。平时赵强夫妇一定是忙于工作，疏于对灵儿的照顾。而灵儿这个年龄正是性格形成的重要时期，无论从心理上还是生理上都需要家长的关心和呵护。

赵强夫妇把灵儿托付给张长锁夫妇照顾，虽然在生活上解决了灵儿的吃饭问题，但由于张长锁夫妇在年龄、文化水平上和灵儿有着巨大的差异，无法解决灵儿心理上的需要，所以灵儿依旧感到孤独、没有人疼爱。

恰恰就在这个时候，赵长风出现了。他的年龄只比灵儿大六七岁，又是大学毕业生，赵长风和灵儿之间没有代沟，非常好沟通。再加上赵长风能在灵儿很喜欢的数学方面为灵儿提供帮助，自然而然让灵儿对他产生了心理上的依赖，在心里真的把他当成亲哥哥。而且赵长风出手大方，隔三差五地领着灵儿去吃麦当劳大餐，灵儿就认为赵长风非常疼爱她。

但是以前在灵儿心里一定存着一个疑惑，那就是认为赵长风一定知道她是副省长的女儿，所以才对她关爱有加。只是灵儿这个时候太需要关爱了，加上心里又非常喜欢赵长风，所以她就接受了下来。只是灵儿内心常常提醒自己，长风哥哥并不是真的喜欢她，而是因为爸爸才对她这么好的。

可是今天当灵儿给妈妈打过电话回来，听到赵长风和爷爷之间的对话，灵儿才发觉，长风哥哥竟然不知道她是副省长的女儿，顿时把灵儿感动坏了。原来长风哥哥是一心一意地喜欢她，是真真正正地喜欢她，并没有掺杂其他因素。在灵儿的记忆中，她长这么大，还没有遇到这样一个只疼爱她本人、而不是在乎她家世背景的人。

灵儿并不是一个眼窝浅的女孩子，平时不管受到什么样的委屈都难得掉一滴泪，这时候遇到一个真心实意对她好的人，心里却忽然觉得很委屈，眼泪就不由自主地稀里哗啦地流了出来。

不过灵儿这么一哭，却把她和赵长风之间的心理距离又拉近了一步。灵儿心里埋藏了许多心事，她一直想找一个人说，却不知道该和谁说。即使是以前的赵长风，灵儿都不愿意告诉他。可是今天，灵儿哭过之后，忽然有了一种向赵长风倾诉的冲动。

灵儿小时候，爸爸妈妈工作都不是很忙，对她非常疼爱，可是从她小学四年级开始，爸爸出任中州市副市长之后，就开始忙碌起来，几乎没有时间照顾灵儿，不过这个时候妈妈工作还不是很忙，能照顾灵儿，灵儿还没有产生被忽视的感觉。

后来，妈妈的职位也升迁了，也渐渐忙碌起来，只是和爸爸不一样，妈妈还能抽出一点时间来照顾灵儿，所以灵儿对这种情况多少还能接受。

再后来，等灵儿要上高中的时候，妈妈的工作担子越来越重，再加上她认为灵儿已经开始上高中了，是个懂事的大孩子了，不需要家长多操心了，就把注意力全转移到工作中去，基本上忽略了对灵儿的照顾以及和灵儿之间的沟通。

而且灵儿和别的领导子弟都不一样。在中州市，无论是省里的领导还是中州市里的领导，子女一般都到中州一中去读书，中州一中的领导在接收这些学生的时候基本上已经弄清楚了这些学生的家世，明里暗里都会对这些领导子弟给予特殊的照顾。可是赵强却对灵儿要求非常严格，他害怕学校领导会因为他的缘故而对灵儿照顾有加，这不仅会让灵儿思想上产生高人一等的优越感，也容易让灵儿产生惰性，不努力学习。所以在初中升高中的时候，赵强就把灵儿安排到中原省实验中学的片区内参加考试，让灵儿凭借着自己的实力考进了中原省实验中学。

中原省实验中学和中州一中同样是省重点，却没有什么领导子弟就读，里面多是一些品学兼优的普通学生，在这种情况下，灵儿才容易把精力全部投入到学习当中去，而不是去和别的领导子弟攀比物质条件。

按照赵强的要求，把灵儿安排到实验中学片区，为灵儿伪造了一份档案，实验中学的领导和老师们并不知道灵儿的真实身份，在他们眼里灵儿只不过是一个成绩不错的普通学生。

长期独立的生活养成了灵儿独立思考的性格，她认为中国没有一流的大学，即使是国人引以为傲的清华和北大也不过是徒有虚名而已，在灵儿的心目中，读本科时考国内大学不过是一个候车站，为什么不在高中毕业的时候就直接到世界一流的大学就读、偏偏要在国内再浪费四年时间呢？在灵儿的那些在中州一中读书的初中同学里，选择高中毕业时到国外读书的人比比皆是。

可是灵儿把自己的想法跟赵强说了之后，赵强并不赞同女儿的想法。赵强认为，灵儿的本科阶段还是在国内把基础打扎实，然后到读研究生的时候再考虑去国外，不要没学会走就想着怎么跑了。

灵儿知道，爸爸的说法其实是一个借口，根子上还是为他本人仕途上的声誉考虑，爸爸是害怕别人用他把女儿送到国外读大学来作为攻击他的理由。为此灵儿和赵强之间发生了强烈的争执，甚至灵儿都到了绝食的地步。最后还是妈妈出面调停，两个人各让一步。赵强提出一个条件，只要灵儿在读高中的时候能够被学校推荐为保送生保送到名牌大学，赵强就同意送灵儿到国外读大学。因为灵儿能够被学校推荐为保送生，说明她已经具备了在中国一流大学学习的能力和资格，可以到国外广阔的天地去了。但是赵强强调，这个保送生资格必须是灵儿凭借自己的本事拿下来的，灵儿不许向省实验中学的领导透露自己的身份，借着赵强副省长的身份去换取保送生资格。赵强发现有人帮灵儿在这个环节弄虚作假，那么不但不同意灵儿到国外大学读本科，甚至连读研究生的时候，灵儿也休想出国。

省实验中学确实有保送生的名额，除了极少数的名额偶尔会照顾到特殊身份的学生之外，其余绝大多数名额都给了参加中学生奥林匹克学科竞赛获得金银牌的学生。所以灵儿要想取得实验中学免试保送到名牌大学的资格，就必须想办法获得全国中学生奥林匹克学科竞赛的金银牌。

中学生奥林匹克学科竞赛分为物理竞赛、化学竞赛和数学竞赛，灵儿的数学成绩最好，所以就报名参加了学校举办的奥数小组，准备参加学校举办的中学生奥林匹克数学学科竞赛资格选拔，到时候在中原省赛区拿一块金牌或者银牌回来。

赵长风听灵儿说到这里，才明白为什么灵儿天天抱着奥数的习题集不停地做练习题，还经常请他过来补课，原来她的目的就是为了获得中学生奥数竞赛的金银牌，好被学校推荐为免试保送生。

“灵儿，你感觉参加这个奥数竞赛有多大把握?”赵长风问道。

灵儿有些泄气，她告诉赵长风，她的成绩通过实验中学的资格选拔赛应该没有问题，但是到全省参赛选手一起比赛的时候就不行了，她高二曾经参加过两次奥数竞赛，高三第一学期也参加过一次，可是都没有获得名次。

“哥，过了寒假就是高三最后一个学期了，我还有一次参赛机会，到时候我如果不能取得金银牌，我爸爸就不会同意我到国外读大学了!”灵儿表情黯然地说道。

赵长风想了一下，说道：“灵儿，我觉得你还是很有希望拿一块金银牌的。平日里看你做题，绝大多数题目都会啊!”

灵儿摇头说道：“哥，题目我是都会做，可就是做题速度慢，到省里参加竞赛的时候，经常有好几道题目没有做完。”

赵长风知道灵儿说的是实情，灵儿做题的速度是慢了一些。她这个做题速度在实验中学可能还行，但到了省里比赛就显示出差距来了，要知道能参加省里比赛的都是些数学尖子。

灵儿又问道：“哥，我发现你数学成绩很好，解题的速度也非常快，为什么当初你没有去参加中学生奥林匹克数学竞赛呢?如果你参加，也能摘金夺银吧?那你应该被保送到国内名牌大学，怎么又会到华北财经大学这种学校去读书呢?”

赵长风一笑，没有回答灵儿的问题。灵儿在中原省实验中学读书还不满足，她又怎么会理解赵长风就读的山阳三中，连参加全国中学生奥林匹克竞赛选拔赛的资格都没有呢?

“哥，你知道我最佩服你什么吗?”灵儿说道，“我最佩服你的就是你做题时的反应速度，如果你这速度能转移到我身上，估计我在全国中学生奥数竞赛中，拿一块省赛区的金牌不成什么问题。”

赵长风笑着说：“灵儿，有那么夸张吗?”

灵儿连连点头，说道：“嗯，哥，你解题的速度连我们实验中学的数学尖子都比不上呢!对了，哥，你能给我说说，如何才能提高解题的速度吗?”

赵长风耸耸肩膀，不知道该如何回答。解题的速度很大一部分来自天赋，另外一部分则来自于题海战术的训练，只有经过大量题型的训练，到时候一看题目类型就知道自己做过，该从什么地方下手，那么解题的速度自然而然就会很快。可是留给灵儿的时间不多了，只有过了暑假之后两三个月的时间。

如果给灵儿补课，那么会不会起到事半功倍的效果呢？

赵长风打定了主意，就对灵儿笑道："灵儿，你不要为做题速度担心，等哥哥给你多找一些针对性的题型陪你多做多练，到时候做题速度一定能提高。"

第二天去审计科上班，赵长风虽然眼睛通红，却精神抖擞，一点疲态都没有。

左科长通知赵长风和金科长到他的小办公室开了一个小碰头会。左科长这样做其实是一种向赵长风示好的一种姿态，按理说人事教育处对赵长风的任命并没有正式下来，赵长风还是一个普通科员，但是左科长却提前让赵长风进入角色，这中间的意味不言而喻。

左科长递给赵长风和金科长每人一张表，嘴里说道："金科长、小赵，这是我们科年终福利分配表，你们看一下有什么问题。"

赵长风这时才想起来，现在已经是二月上旬了，再有十来天就要过年了。赵长风看着福利分配表上密密麻麻地列了计划生育奖励、安全生产奖励一大堆名目，他感觉有点好笑。计划生育奖励还可以理解，但是审计科这种单位也要和工矿企业一样设置个安全生产奖励吗？

赵长风看了一下他的名下，各种奖金奖励加在一起有两万块。而左科长是三万五，金科长是三万，至于其他科员，则是从一万到一万五不等。

左科长对赵长风说："小赵，这个只是我们科里的福利，不包括财务处和局机关发放的福利。"

赵长风第一次有资格接触这个层次的东西，心里有很多疑惑，于是问道："左科长，我们只是一个审计科，这些钱是从哪里来的呢？是从审计经费里节省下来的吗？"

左科长和金科长都笑了，左科长说道："这些钱有些是我们审计科创收的钱，有些是局直属单位财务科送过来的钱，总之名堂很多，时间长了，你就会慢慢了解了！"

看过福利分配表之后，金科长说没有什么意见，赵长风自然也没有什么意见。

“那好，就这么定下来吧！明天就给同志们发了。”左科长说着打开了抽屉，掏出两张银行卡分别递给金科长和赵长风。

金科长没说什么，笑着收了起来。

赵长风却有些纳闷。

接下来的时间里，财务处、局机关陆续发放奖金和福利，奖金都是以银行卡和购物卡方式发放的。福利的品种就多了，什么鸡鸭鱼肉、海产品、水果、干货土特产、微波炉、洗衣机、加湿器等等。

赵长风给林东风打了个电话，林东风一接电话就笑了起来，他告诉赵长风，边贸生意是不能做了，边境控制得越来越严了。他让赵长风帮他在中州找一些项目，到时候继续合伙做生意。

赵长风说：“怎么，林叔叔终于下定决心，舍得离开绥芬河那块风水宝地，回中州来发展了吗？”

林东风笑道：“当然是哪里有机会就在哪里发展了。现在绥芬河机会越来越少，既然如此，我何不留在中州市呢？这样我可以一边做生意，一边照顾老爷子。老爷子年龄越来越大了，虽然说有张妈和小萍照顾，我毕竟是不放心啊！”

赵长风说道：“也好，现在遍地都是机会。林叔叔既然想在中州市发展，我们都可以留意一下，看看有什么项目，到时候我们再商量。”

林东风考虑到赵长风是省政府的干部，以后政府方面的资源会越来越多，对两个人合作事业的帮助会越来越大，此时听到赵长风答应和他继续合作，林东风不由得开心地笑了。

“太好了！长风，只要你愿意和叔叔继续合作，我相信我们一定会在中州市大展拳脚的。”林东风说道。

“呵呵，林叔叔，当初是你带我出道的，我怎么会不愿意和你一起合作呢？”

第九章　打屁股也是一门高深的学问

自古以来，官场上责罚下属通行打屁股，其实打屁股也是一门高深的学问。谁可以打，谁不可以打；谁打得轻，谁打得重；怎么打，用什么打；高高举起轻轻打下，还是狠狠地往死里打，都需要仔细琢磨。否则一个打不好，轻则丢官弃爵，重则身首异处，历史上不乏其例。

几天时间一晃就过，转眼就到了大年三十，虽然按照规定这一天还要上班，但是局里人心思动，早就坐不安稳了，所以领导就睁一只眼闭一只眼地任由下属们提前离开。

赵长风大年三十早上到机关里报了到，然后就回到宿舍准备返回山阳。

早上，赵长风就被母亲叫醒，告诉他该放炮吃饺子了。

门铃响了起来，阳江超和周老师提着一大堆礼品领着小惠站在门口。

赵长风连忙说道："哎呀，阳哥、周老师，你们怎么来了？我正说吃过饭去给你们拜年呢！来来，快进来说话。"

阳江超一边往里走一边说："长风，我是任董的下属，自然该我过来拜访任董啊!"

阳江超到伏牛山风景区任总经理之后，知道了伏牛山风景区开发公司的董事长是赵长风的母亲任巧芬。阳江超就明白了，伏牛山风景区开发公司实际上是赵长风的产业，赵母任巧芬只是挂一个虚名而已。

明白了这一点，阳江超自然不能让赵长风到家里去给他拜年。且不说赵长风对他女儿小惠有救命之恩，也使他免去了牢狱之灾，单单就从他是赵长风的下属这一点来说，他就该主动到赵长风家拜年。

赵父赵母早就把碗放了下来，他们看到是阳江超一家也连忙迎了过来。

“任董事长，新年好!”阳江超抢先说道。

小惠也跟着说：“爷爷奶奶新年好!”

其实阳江超年龄只比赵父赵母小几岁，按理小惠应该称呼赵父赵母为伯父，但是阳江超既然和赵长风称兄道弟了，那么小惠只好再降一辈，称呼赵父赵母为爷爷奶奶了。

周老师领着小惠，陪着赵父赵母说话，赵长风和阳江超则躲在书房谈起伏牛山风景区的事。

伏牛山风景区的情况赵长风其实是非常了解的。他的宿舍里装有传真机，除了电话联系之外，每周阳江超和风景区的财务科都会把各种报表传真一份给赵长风。这些报表和数据可以让赵长风清清楚楚地了解风景区的运作情况。所以阳江超此时和赵长风谈伏牛山风景区，更多的是谈对伏牛山风景区未来的规划和设想。

赵长风听了阳江超的汇报，不得不承认阳江超在风景区开发建设、推广运作方面是一个面面俱到的天才，他的那些奇思妙想，赵长风万万是想不出的。

赵长风肯定了阳江超对风景区的贡献，然后又指出风景区存在的一些不足的地方。当然这些不足赵长风都是从财务管理的角度去看的，比如资金运作效率、管理费用和经营费用的比重等等，这些是赵长风的强项。严格来说，这些方面阳江超做得已经很不错了，但在赵长风这样专业人士的眼里当然还有提高的余地。这并不是赵长风在吹毛求疵，而是一种领导管理的策略。对于管理下属，必须采用恩威并施的胡萝卜加大棒的政策。如果你一直给下属胡萝卜，时间长了，即使是再恭顺的下属，也会在心中产生自得意满的情绪，认为自己对企业来说非常重要，老板离了自己绝对不行。

虽然目前阳江超因为赵长风对他的恩情，还不会走到那一步，可是难保将来他不会走到那一步。所以赵长风从现在起就要防微杜渐，绝对不给阳江超翘尾巴的机会。

听了赵长风的批评，阳江超果然诚惶诚恐。他以为自己已经做得够出色了，没想到在赵长风这里还是挑出了几处毛病，看来老板之所以成为老板，果然有道理。赵长风虽然年轻，但是眼光之犀利，远不是自己能比的。

这时赵家的亲戚朋友也都陆续来到赵家拜年，阳江超和周老师就带着小惠告辞了。

省机关事务管理局虽然初八就开始上班了，但是人心还沉浸在节日的气氛当中，直到过了正月十五，人们的心才收了回来，局里慢慢恢复了正常的工作气氛。

三月初，人事处的干部评级表终于批复下来了，赵长风被破格提拔为副主任科员。让赵长风意外的是，局机关办公室那个一起到下边扶贫的干部的破格提拔却没有通过。听张倩说，那个扶贫干部是陶主任亲自推荐的。赵长风从这个迹象中得到一个信号，那就是陶主任在局领导那里，或者说在李恩华局长那里，已经开始失宠了。

成为副主任科员之后，赵长风顺理成章地成了审计科的副科长。为此赵长风还按照惯例请审计科里的同事们吃了一顿大餐。

审计科今年的审计计划本来已经拟定好了，赵长风来了之后，左科长就要做出相应的变动。在左科长的办公室里，左科长拿出审计计划表递给赵长风，说："赵科长，今年一共要审计十三个局属单位的财务状况，你没来之前的分工是我负责审计七个单位、金科长负责审计六个单位。现在你来了，就替我们分担一下担子吧，你从这十三个局属单位里挑三个单位出来吧。"

赵长风看了一下，说道："左科长，我初来乍到，业务还不熟悉，就先从一些简单的审计任务着手吧。省直机关第一幼儿园和省直机关第二幼儿园，这两个单位归我如何？"

左科长哈哈大笑道："赵科长，你还真会挑'重'担子啊！"

赵长风也笑了，说道："左科长，第三个单位我就选省直机关资金管理中心吧。"

在机关事务管理局的十三个局属单位中，最难的两个审计对象就是省直机关资金管理中心和省直房屋开发公司。最简单的审计对象自然就是赵长风前面所挑的省直机关第一幼儿园和省直机关第二幼儿园了。赵长风作为审计科的新人，挑选一个最难的审计对象再搭配两个简单容易的审计对象，也算说得过去了。

左科长见赵长风主动申请加了一个最难的审计单位，就有点替赵长风担心了，他想了想说："赵科长，咱们科四个审计员中，老张经验最丰富，你就领着老张审计这三个单位吧。"

赵长风笑着说："左科长，多谢你考虑得这么周到。在审计方面我是新人，正需要老张这样的老同志带一带我呢!"

左科长就把老张叫了进来，告诉他今年跟赵长风一组，负责审计省直机关资金管理中心和两个省直幼儿园。

老张无可无不可地答应了下来。

老张出去后，左科长说："赵科长，你别看老张这一副冷淡的模样，搞起审计来真是一把好手呢！关键是你要想办法发挥他的主观能动性。"

听左科长这样说，赵长风就知道，老张背后一定有什么故事，否则绝对不会是现在这副模样。不过左科长既然没有主动向他说起，赵长风也就不再刨根问底地追问了。反正以后和老张要长时间合作，在工作中慢慢了解这个人也不晚。

审计工作分工确定以后，左科长就召开了一个审计工作动员会，在会上谈了一下审计目标，强调了一下审计纪律，要求科里同志一定紧密配合，胜利完成今年审计工作的目标任务。

会议结束后，赵长风主动找到老张，让他谈一下对分给他们的三个局属单位的审计有什么想法。

老张淡淡地说："赵科长，你是领导，我听你安排。"

赵长风不愠不恼，笑着说："老张，什么领导不领导的？你是搞了一二十年审计工作的老同志了，而我只是一个刚接触审计工作的新手，我之所以挑选你跟我一组，就是看中了你丰富的审计经验，想让你带带我呢。"

赵长风自认为他这番话说得非常诚恳了，没想到这种话老张以前听多了，并不买账。他依旧不咸不淡地说道："赵科长，你太客气了，我就是一个普通的审计员，只会听领导安排，领导安排我干什么我就干什么。"

赵长风笑起来："老张，既然这样，我们先难后易吧。先从省直机关资金管理中心这个最难啃的骨头下手。我给你一周的时间，你针对省直机关资金管理中心的情况制订一个初步的审计计划出来。”

老张点了点头，对赵长风说：“好的，赵科长，我下周这个时候交给你。”

老张那边去做他的审计计划，赵长风这边也在做他自己的准备。他之所以把省直机关资金管理中心要过来，主要就是想审计省直机关管理中心的资金流向，看看里面有没有什么猫腻。

实验中学的数学教学组已经安排了专门的老师对参加全省奥数比赛的选手进行突击强化训练，只是灵儿已经参加过三次这样的突击强化训练了，她感觉没有什么效果，于是灵儿决定孤注一掷，放弃参加学校老师组织的强化训练，回到家里让赵长风给她做强化训练。

灵儿做出这个决定的时候，心里其实已经对取得奥数金牌感到绝望了，如果长风哥的强化训练也不奏效，那么就留在国内读大学吧，至少可以经常回中州来看看长风哥哥。

按照赵长风的要求，灵儿不骑自行车上学了，每天下午放学后，她直接打车回到张长锁家里，为的就是能挤出来在路上多花的半个多小时的宝贵时间。

在赵长风准备的辅导资料中，每一种题型都有三道以上的练习题，每道练习题都附上了详细解法，赵长风就拿着这些辅导资料让灵儿练习。灵儿越做越佩服赵长风，长风哥哥竟然会想出那么多的新题型。这让灵儿甚至有了参加奥数竞赛现场的感觉，以前她就是遇到这些新题型而不知所措呢!

赵长风每天让灵儿做一部分题型，第二天再让灵儿在复习昨天题型的同时再接触新的题型。就这样，花了六天时间，让灵儿把所有的题型都做得滚瓜烂熟。

明天奥林匹克数学竞赛就要开始了，今天已经是留给灵儿的最后一天时间了。赵长风下午专门以家长的身份赶到实验中学，替灵儿向数学组的老师请假，说灵儿下午就不去参加数学组老师的模拟冲刺了。

数学组的老师颇为惋惜，他告诉赵长风，灵儿还是一个很有潜质的数学尖子，如果能参加今天下午的模拟冲刺，说不定明天竞赛的时候能取得一块铜牌呢。

赵长风连连道歉，说家里真的有事情，不过他向老师保证，明天奥林匹克数学竞赛，灵儿会准时参加。

请过假之后，赵长风就和灵儿一起回来，赵长风把他从辅导资料中挑选出来的各种题型组成了一套模拟试卷，这套模拟试卷几乎和明天的竞赛试题一模一样，只是题型的前后顺序和数字有点差别。

赵长风按照竞赛的时间要求，让灵儿开始做题。由于这些题型灵儿这几天已经做得很熟了，所以解题速度飞快，最后竟然比规定时间提前半小时完成了。然后赵长风一检查答案，除了一处由于灵儿粗心被扣了零点五分外，其他全部正确。

赵长风心里非常高兴，可是却故意板着面孔训斥灵儿为什么不细心，竟然被扣了零点五分。

灵儿也有点不好意思，这道题明明会做，为什么会粗心呢？她对赵长风说道："哥，还有半小时的时间，足够我检查出这个错误了，所以这不能算我错了！"

赵长风笑了起来，可不是吗，还有半小时的富裕时间呢！

"好，灵儿，强化训练到此结束，我们去吃麦当劳大餐！"赵长风大声宣布。

灵儿第一次对麦当劳大餐不感兴趣了，她仍然有点忧心忡忡："哥，是不是再做一些练习题啊？一想起明天的考试，我心里真的没有底啊。"

赵长风笑道："灵儿，这就是问题所在。你们学校的老师抓得太紧，该放松的时候没有放松，到考试的时候弦绷得太紧，发挥就不好了。你放心，只要今天你能够完全放松下来，明天的考试至少能拿一块银牌呢！"

第二天中午，赵长风刚回到宿舍，电话就响了起来，里面传来灵儿兴奋的声音："哥，竞赛结束了！"

赵长风听到灵儿兴奋的声音就知道结果了，不过他还是不由自主地问了出来："灵儿，发挥得如何啊？"

灵儿兴奋地说道："发挥得很好啊！哥，你的强化训练真管用，这次竞赛时只有两道题型我没有见过。"

赵长风一听竟然还有新题型，就有点替灵儿担心，问道："灵儿，那两道新题型你解出来了吗？"

灵儿说道："哥，都解出来了。因为其他题型没有花多少时间，所以我有充足的时间来思考这两道新题型，最后都解出来了呢！"

"呵呵，灵儿，你赶快回来吧，我请你吃大餐为你庆功！"赵长风说。

赵长风情不自禁地哼起小曲来了，这一桩心事终于了结了。如果不出意外的话，灵儿一定会拿到金牌。

下午下班时，灵儿准时出现在赵长风的办公室，她依旧沉浸在兴奋之中："哥，你真是太厉害了。"

赵长风莞尔道："厉害什么啊！其实是你以前做题量不够，你想想看，如果做题量够了，怎么会有那么多陌生的题型呢？"

灵儿眨了眨大眼睛，说道："哥，不会啊，我们老师每次给我们的练习也很多啊。"

赵长风想了一下，笑着解释道："那说明你们的辅导老师眼界太窄，他们准备的练习题量是够了，难度也够了，只是创新性思维不够，所以一到竞赛赛场上就显得不够用了。灵儿，你这两年参加奥数竞赛之所以成绩不好，很大程度上都是被你们学校的辅导老师耽误的。如果你中间能换上其他学校的辅导老师，博采众长，那么也许你早就拿到金牌了呢！"

吃饭的时候，灵儿难得没再提出来吃麦当劳大餐，也许是觉得以后到了国外，能经常吃到麦当劳吧。她让赵长风决定请她吃什么。

赵长风想了一下，就带着灵儿来到经二路上的一家咖啡馆。

灵儿见赵长风把她带到了咖啡馆，脸一下红了，她小声对赵长风说："哥，你怎么选咖啡馆啊？感觉怪怪的。"

赵长风一本正经地说："灵儿，这家咖啡馆的套餐味道不错，价格还便宜，我想省钱，所以就来了。"

到了咖啡厅，灵儿点了杯圣代，要了一个黑胡椒牛排套餐。赵长风则要了一壶信阳毛尖和一个中式煲仔饭。

咖啡厅非常安静，悠扬的乐曲声飘扬着，确实能够使人很放松。

赵长风一边吃饭，一边问道："灵儿，这次有没有把握拿块银牌？"

灵儿嘴角露出甜甜的微笑，说道：“长风哥，下午我们老师和我对了一遍答案，我做的题目全部正确，你说我有没有把握拿一块银牌呢?”

赵长风故作惊讶道：“哇！那灵儿不是要拿金牌了吗?”

灵儿点头微笑，得意地说：“那当然!”

赵长风长长地出了一口气，笑道：“灵儿，这下你爸爸可没有理由阻止你去国外读书了吧?”

灵儿点头道：“我爸爸虽然对我很严厉，但对我的承诺从来都是说到做到，所以我不担心拿到金牌后他会改变主意。”

赵长风举起茶杯和灵儿碰了一下，说：“那哥哥提前恭喜灵儿心愿达成了!”

灵儿忽然沉默了下来，过了很久，她才小声说：“哥，如果我真的去国外读书了，就见不到你了。”

赵长风笑道：“见不到也没有关系啊，可以书信联系，也可以打国际长途啊。实在不行，我就到国外去看你!”

“骗人!”灵儿笑着说，“你真的会去国外看我吗?”

赵长风严肃地说：“嗯，只要你在国外念书，我真的会过去看你的。”然后赵长风又嬉皮笑脸道，“不过，灵儿，现在这不是八字还没有一撇呢？奥数竞赛的成绩还没有出来，说那么远有什么用？万一你没有拿到金牌，岂不是……”

“呸呸呸，乌鸦嘴!”灵儿皱着鼻子说，“我都告诉你了，我全都做对了，怎么可能拿不到金牌呢?”

赵长风笑呵呵地不说话。

灵儿忽然说：“哥，等成绩公布了，我拿到了金牌，你陪我去见我爸爸妈妈好吗?”

赵长风骤然心跳加速，却装作浑然不在意地摇了摇头，说道：“灵儿，我这个人天生胆子小，一见大领导就紧张。还是不去的好!”

灵儿说道：“哥，你不用紧张，我爸爸除了对我厉害一点，对别人都是很好的。”

赵长风还是摇头，说道：“灵儿，不合适，还是不合适。你爸爸那么反对你出国，如果他知道是在我的辅导下，你提高了数学成绩，最后拿到了金牌，心里还不一定怎么讨厌我呢！”

灵儿说：“不行，我不管你怎么想，反正我拿到金牌的那一天就过来找你，拉你去我们家。如果，如果你不去的话，我就永远永远不睬你了！”

话都说到这了，赵长风自然不能让灵儿“永远永远不睬”他啊，所以他就模棱两可地答道：“好吧！灵儿，到时候如果哥哥没有事情，就陪你去你们家。不过在这之前，你先不要告诉你爸爸妈妈啊。万一到时候我有什么事情去不成，多失礼啊！”

灵儿严肃地说：“我不告诉他们可以，但是不允许你有万一。”

赵长风笑着投降，说：“好好，没有万一。”

灵儿奥数的事情至此算告一段落了，剩下的就是等成绩公布出来，灵儿去领金牌。

赵长风暂时收起心来，开始对省直机关资金管理中心的财务状况进行审计。老张制订的审计方案非常详细，他虽然对赵长风态度冷淡，但对工作非常认真，在老张和赵长风的努力下，从资金管理中心账务上查出了好几处违纪使用资金的情况。

这天下午，他们从资金管理中心出来，已经到了下班时间，老张准备回局机关大院取自行车回家。赵长风却拉着老张说：“老张，晚上留下来加个班吧，把资金管理中心审计报告的初稿赶出来。”

老张愣了一下，淡淡地点了点头，说：“好。”

赵长风又看了看手表：“老张，现在是五点半，我们找个地方吃个工作餐，六点半开始工作如何？”

老张说：“就去局机关干部食堂吃吧。”

赵长风摆了摆手，说：“我还想趁吃饭的时候和你商量一下工作，干部食堂人多嘴杂，没办法商量。不如我们在附近找一家干净、安静的饭馆，边吃饭边商量如何？”

老张无奈地点了点头。

赵长风偷偷地笑了，这是他到了审计科之后老张第一次答应和他一起到外面吃饭。以前即使是审计科集体出动，老张也是绝对不会参加的。这次赵长风精心设计了个理由，以工作为名，终于把老张圈进来了。老张虽然在人情方面非常冷淡，但是对分内的工作却是一丝不苟，从来没有推脱过。

他们在政三街上找了一家中档饭店，要了一个小包间，赵长风和老张坐了进去。点了几个菜，赵长风又要了一瓶宋河粮液。赵长风知道，如果要茅台、五粮液之类的酒，老张肯定不同意，而要太便宜的酒，赵长风面子上又不好看，赵长风就点了中原省本地名酒宋河粮液。

赵长风打开酒瓶，拿起杯子就要为老张斟上，老张伸手阻拦，摆手道："赵科长，不用了，我不喝。"

赵长风就笑了，说道："老张，你就别谦虚了。每天早上上班，你身上都有一股酒味，怎么会不喝酒呢？况且这酒也不是我请你的，我们吃的是工作餐，是科里的办公经费支出，有你的一份呢！"

老张就不好推辞了，说道："赵科长，那我只喝三杯，晚上还要工作呢！"

赵长风把自己的杯子也斟满，举起杯子说："老张，这段时间和你的合作非常愉快，从你身上我学到了不少审计知识。来，这杯酒就算是审计科的新同志敬老同志的。"

老张见赵长风双手端起了酒杯，也只好把酒杯举起来和赵长风碰了一下，说道："赵科长，你千万不要这么说，我虽然是审计科的老同志，但你是审计科的领导，所以我当不起你的敬酒。这酒不能算是谁敬谁，就算是碰个杯吧。"

"好，谁也不敬谁，我们碰杯！"赵长风笑着把杯中的酒一饮而尽，然后把杯底亮给老张。

酒品如人品，见赵长风喝酒这么爽快，老张心里对赵长风的印象不由自主地好了起来，他也把杯中酒干掉。

赵长风心里偷偷笑了，老张是有酒瘾的人，如果能坚持住不喝，那还能控制住自己，但是一旦喝了第一杯酒，那么三杯之约就完全是个空话，老张根本控制不了。

果然，在赵长风又将军又劝酒的情况下，老张不知不觉地竟然喝了第四杯，刚喝完，老张忽然醒悟过来，叫了一声："赵科长，不能再喝了，我说过只喝三杯的，这都喝了四杯了。”

赵长风抢过老张的酒杯说道：“老张，既然已经破了三杯的戒了，那就不要说那么多了，来，继续喝。”

老张平时都是在家里喝闷酒，很少有人陪他喝酒，偶然有老同学过来，酒量又非常有限，从来没有像赵长风这样喝酒这么爽快的，一时间老张的情绪被赵长风带得高涨起来，不知不觉地两个人竟然把一瓶宋河粮液喝完了。

赵长风也不征求老张的意见，直接让服务员又拿过来一瓶。老张其实蛮想阻止赵长风的，只是此时已经酒至微醺，欲罢不能了。

赵长风看老张的模样，知道差不多到火候了，他打开酒瓶，把老张和他的酒杯都倒满，把酒瓶放在桌子上，却没有像之前那样马上邀请老张碰杯，而是往后一靠，摇头说道：“老张，你的酒量太厉害了，我有点高了，歇歇再喝吧。”

老张正在兴头上，想乘兴追击，见赵长风提出来要歇一下，不由有点失望。他举起杯子说道：“赵科长，这一杯酒既然斟满了，我们先干了再说。”

“好，干！”赵长风自然是不怕，举起杯子一饮而尽，把杯底亮给老张，里面涓滴不剩。

老张满意地点了点头，说道：“赵科长真是好酒量、好酒品啊！”

赵长风笑道：“老张的酒量人品也不差啊，以后有空咱们多切磋切磋。”他随即话风一转道，“老张，不过我们现在先切磋一下工作吧。”

老张拿起酒瓶，往酒杯里倒了一杯酒，仰头一饮而尽，然后把酒杯重重地放在桌上，握了握拳头，对赵长风说：“赵科长，你可知道，今天是我十年来和科里的同事说话最多的一次？”

赵长风笑着说：“老张，能感觉得出来。你平时挺沉默寡言的，谢谢你对我另眼相看。”

老张说：“赵科长，也许是缘分吧。今天我既然打开了话匣子，那就说个痛快吧。”

赵长风笑道：“那太好了，你是审计科的前辈，我正好可以在你这里请教一些人生经验。”

老张摆了摆手道："什么人生经验？应该说是切肤之痛！"

顿了一顿，老张继续说："赵科长，继续刚才的话题。说实话，即使你审计出真相来了，事情也并不一定会按照你设想的那样发展。"

"最好的情况当然是，领导采纳了你的审计结果，对审计对象的违规行为和违规责任人进行了处罚。可是很多时候，领导或许和被审计对象之间存在着千丝万缕的联系，一旦你把审计的结果报上去，领导非但不会高兴，反而认为你是在给他添堵。"

赵长风想了一想说："老张，这个环节我看可以避免。因为上报临时审计计划的时候，周处长应该和局领导通过气的。如果局领导和资金管理中心有瓜葛，可以直接不同意我们去做这个临时审计啊。"

老张摆了摆手，说道："那是最愚蠢的领导才会做的。真正高明的领导不但会支持你去审计，而且是大张旗鼓地支持你去审计，以示他和被审计对象之间的清白。因为高明的领导永远不会去为下属的愚蠢行为做背书，即使他这次能保住下属，也不能保证将来依旧能保住，如果将来下属东窗事发，那么联系起领导以前的庇护行为来，很难不让人产生联想，那这个领导就很可能也会被纳入有心人的视线。所以这是高明的领导要极力避免的。"

"但是你真的去审计了、查出问题了，领导表面上也不会去庇护那个出了问题的下属，他甚至会采取某种措施去严厉惩罚那个下属。说起来这就有点像古代官场里的打屁股。"

"打屁股？"赵长风有点不明白。

老张说道："赵科长，你难道没有听说过，在古代官场上，打屁股也是一门学问？"

赵长风摇了摇头，表示没有听说过。

老张解释道："在古代，不光官府要打老百姓的屁股，连下级犯了错，上级也会打下级的屁股，甚至皇帝都会拿大臣的屁股来泄愤。"

赵长风说："这个我倒是听说过。"

老张道："古代打屁股的时候，分为监杖者和行杖者。行杖者就是负责打屁股的人，监杖者就是在一旁监督打屁股的人是否认真地履行了打屁股的职责。"

“对行杖者来说，打屁股是一门技术性很强的本领，因为孰轻孰重，全在打屁股的人掌握之中，随意变化，奥妙无穷。轻者毫发无损，重者非死即残。在明朝的时候，负责行杖的校卒都要经过严格的训练，然后进行考试，合格后才能‘持证上岗’。我曾经在一本书里看到，校卒在训练时先用熟牛皮绑扎成两个人形标本，一个里面填满砖头，另一个外面包上宣纸，然后再给它们穿上衣服。”

“放满砖头的人形标本用来练习‘外轻内重’，要求做到外面的衣服没有一丝一缕的损坏，里面的砖头却要碎如齑粉；包纸的人形标本用来练习‘外重内轻’，要求做到外面的衣服已经破烂不堪，但是里面的宣纸却要完好如初。”

赵长风倒是听说过，古代打屁股的时候，如果塞一点贿赂，那么能够挨得轻一点，但是却没有想到这里面竟然还有这么多的讲究。

老张继续说道：“对于那些有权打下级屁股的高官显爵来说，打屁股就是一门高深的学问。比如谁可以打，谁不可以打，谁应该打得轻，谁应该打得重，都需要仔细琢磨。否则一个打得不好，轻则丢官罢爵，重则身首异处，历史上不乏其例。”

赵长风眼界大开，拿起酒瓶给老张倒了一杯酒，双手捧起酒杯道：“来，老张，喝完这杯酒再说。”

老张说：“现在的打屁股虽然有了不同的涵义，但是其中的奥妙却被一些聪明人发挥得淋漓尽致，登峰造极。”

“比如某个官员主管的一亩三分地上出了大事，顶头上司眼看遮盖不住，暗中劝这名官员引咎辞职，过了一两年甚至过了一两个月，就不声不响地给这名官员安排在另外一个地方担任相同的职务，这就是好比是打屁股中的‘外重内轻之法’。”

赵长风连连点头，问道：“老张，那么什么是现代官场上的‘外轻内重之法’呢？”

老张沉吟了一下说：“比如某个县长，不慎得罪了市委书记。于是不多久，市委就下了一个文件，把这个县长调到市委党校安排一个第五副校长干干，在后面还加了一个括号，注明待遇不变。这就是典型的‘外轻内重之法’。”

赵长风站起来，双手恭恭敬敬地端起一杯酒，心悦诚服地说：“张老师，我敬你一杯酒。听你这么一讲解，我才知道打屁股果然是一门高深的学问。”

这是赵长风来到省直机关事务管理局后，第一次真心实意地叫人老师，包括以前张倩给他讲那些官场上的潜规则时，赵长风都没有这么诚心过。

老张摆手道：“赵科长，这声张老师我可当不起，你还是叫我老张吧。”说着，从赵长风的手里接过酒杯又是一饮而尽。

没过几天，赵长风却真的在审计资金管理中心的时候发现了问题，一笔金额高达一千万的国债交易不可避免地暴露出来，而且和中心的主办会计小商有了牵扯。

而这背后牵扯到的居然是资金管理中心的领导吴主任。在证据面前，小商为了撇清自己的关系，如实地向赵长风反映了问题。

赵长风听着小商的反映，越听越心惊，虽然他早就猜到了这个情况，但是当他听到事实和他猜测的完全一致时，仍不由得感到心惊。

听完小商的汇报后，赵长风说：“小商，你现在回财务部照常上班，不要表现出丝毫异常。也请你放心，你反映的情况我们会为你保密的。我现在就回审计科，和领导商量一下。你也可以利用这段时间再收集一些其他材料，将来帮助我们审计组迅速厘清事实。”

小商心里还是有点忐忑，小心地问道：“赵科长，我反映的这些情况算不算是立功啊？我将来会不会受到什么处分啊？”

赵长风严肃地说：“小商，这要看你说的是不是实际情况，看你牵涉进这件事情有多深。如果事情真的像你反映的那样，那么你的问题不大，再加上你主动向组织提供有关情况，应该不会对你造成大的影响。我也会积极地向组织上请求对你多加照顾的。”

小商千恩万谢地说：“多谢多谢，那就拜托赵科长了。”

小商离开之后，赵长风整理了一下材料，立刻返回审计科。

到了审计科，赵长风把情况向左科长单独做了汇报。左科长听了之后也是大吃一惊，涉及上千万资金，这可不是一个小案子。这种事情他一个人可决定不了，于是左科长连忙带着赵长风，找周处长汇报去了。

周处长听了左科长和赵长风的汇报，也面色凝重，真没有想到，资金管理中心会捅这么大一个娄子。要是一些小的违规违纪问题，在周处长这个层面上能遮掩过去，可是金额竟然高达上千万，这就远远超出了周处长的控制范围。

“左科长、赵科长，为了谨慎起见，你们再把小商约过来详细谈一次，把中间的一些细节再落实清楚。我们必须掌握确凿无误的事实，才好向局领导反映啊。我们必须排除这些问题不是小商出于某种个人目的编造出来的。”周处长指示道。

左科长点了点头，请示道：“周处长，你看我们什么时候约小商过来比较好?”

周处长说：“今天下午或者明天，你们约的时候注意一下方式，不要引起资金管理中心其他人的注意。”

左科长和赵长风点了点头，说道：“周处长，那我们抓紧时间去办。有了结果再来向你汇报。”

回到审计科，左科长和赵长风商量了一下，觉得左科长假如到资金管理中心去，一定会引起别人的注意，左科长就让赵长风到资金管理中心去，和小商约好，下班后在其他地方见面。

于是赵长风就回到了资金管理中心他的临时办公室，找了个借口把小商叫了过来，他告诉小商，审计科的左科长要见他，但是不方便让别人看到，等下班后，小商到黄河路左科长家附近的建文宾馆，左科长已经订好房间，他们在房间里见面。赵长风还交代小商，想办法把二月份的凭证偷偷带出来，让左科长亲眼看一下那张用进账单受理回单做的会计凭证。

下班后，小商就留在办公室磨磨蹭蹭地不走，假装加班核算一笔账目。等办公室的人都走完之后，小商就把二月份的那本装订好的凭证拿出来，又把三月份冲销的红字凭证也抽出来，一起放进公文包，然后赶到了黄河路建文宾馆。

赵长风和左科长早就在里面等候，见到小商过来，赵长风立刻让小商向左科长重新汇报一遍情况。

小商又原原本本地把情况汇报了一遍，并拿出二月份和三月份的凭证。

左科长看到实物证据后，基本上可以肯定小商汇报的都是实际情况，不过为了谨慎起见，他还是询问了小商不少问题。

比起赵长风来，左科长可是一个审计的行家里手，他问的问题更仔细、更专业，基本上把各种可能性都涵盖了。

问完之后，左科长又让赵长风拿着二月份和三月份的凭证到建文宾馆的商务中心复印了一份，然后才把凭证交还给小商。他告诉小商，回去后一切照旧，千万不要表现出异常状况。

小商走了之后，左科长和赵长风商量了一下，决定立即向周处长汇报。周处长也在办公室没走，正在等候左科长和赵长风的消息。听了左科长和赵长风的汇报后，周处长下了决心，他说："事不宜迟，我们立即去向李恩华局长汇报!"

在局长办公室，李恩华面容严肃地听着左科长和赵长风的汇报，又看了左科长呈上来的会计凭证复印件。

左科长看了赵长风一眼，说道："李局长，我们目前掌握的材料就这么多了。"

李恩华点了点头，对左科长和赵长风说："你们一定要注意保密，这些情况目前除了我和周处长外，不得向任何人泄露，明白吗?"

左科长和赵长风连忙点头道："李局长，我们明白。"

"那好，小左、小赵，你们俩先回财务处吧。我和你们周处长商量点事情。"李恩华说道。

左科长和赵长风连忙告辞。临出门时，左科长还小心地把局长办公室的门带好——这件事情本来赵长风想做的，但是见左科长要亲自动手，他自然不方便抢着去做。有的时候，即使是替领导关门，也是需要论资排辈的。

等办公室的门关上之后，李恩华才招了招手，让周处长坐到他的办公桌跟前："周处长，你怎么看这件事?"

周处长看着李恩华的脸色，揣摩着李恩华的心思说："李局长，我估计这件事情是真的。资金管理中心有违规拆借巨额资金的嫌疑。”

李恩华点了点头，说道：“周处长，你安排一下，明天开始对资金管理中心今年的账目进行突击审计。务必在一周之内拿出一个准确的审计结果出来，然后我再报请局党委进行讨论。”

周处长说：“李局长，我回去后就安排。”

李恩华交代道：“临时审计时注意方式方法和纪律，千万不要和资金管理中心起什么摩擦，以免让自己陷入被动。”

周处长感激地说：“李局长，我明白。谢谢李局长的关心。”

李恩华又说道：“还有，这次临时性审计你找个合适的名目去办，在没有掌握确凿证据之前，千万不要说是我的意思。”

周处长连忙说：“李局长，你放心，我就说这是我们财务处审计科正常的临时性审计任务。资金管理中心只是恰好被抽中了。”

李恩华笑了，说道：“那好，老周，你去办吧。”

周处长受宠若惊地出去了。

第十章　发现资金管理中心一个巨大的黑洞

赵长风怎么也想不到，刚刚上任审计科长，就发现了省直机关事务管理局资金管理中心一个巨大的黑洞。他不由得胆战心惊。经过初步的调查了解，赵长风深深地感到幕后黑手的强大，他决定抽丝剥茧，一定要揭开这巨大的黑幕。

春寒料峭，可是在回财务处的路上，周处长浑身却暖洋洋的。促使周处长浑身暖洋洋的热力来源只是因为李恩华对周处长称呼的一个改变。李恩华有个习惯，对于直属下属，一般都会客气地以职务相称，比如刚才一直称呼"周处长"；只有他对直属下属的工作或者表现比较满意时，才会亲热地把下属的职务去掉，改称为"老某"。所以刚才周处长一听到李恩华称呼他为"老周"，就知道李局长对他一定是非常满意。在这一点上，周处长其实是蛮嫉妒那些科长的，李局长一直亲亲热热地称呼他们为"小某"，从来不冷冰冰客客气气地称为"某科长"。

周处长出去后，李恩华用手按了一下真皮老板椅的按钮，老板椅的靠背就向后倒去，倾斜成一个非常舒服的角度。李恩华发福的身躯就重重地躺在靠背上，闭上眼睛思考如何应对眼前这个突发状况。

从左科长和赵长风汇报的情况来看，虽然尚未有确凿证据证明资金管理中心违规拆借了巨额资金，但是李恩华推断，资金管理中心违规拆借资金恐怕是事实了。只是不知道在这违规的行为中，资金管理中心的吴主任陷得有多深，也不知道这违规拆借巨额资金的后果究竟有多严重。李恩华最担心的就是，这拆借出去的一千多万巨额资金的安全问题。因为眼下金融诈骗案层出不穷，很多单位和个人贪图违规拆借的高额利息而上当受骗被套了个血本无归。即使资金管理中心这一千多万巨额资金是拆借给正规的金融单位，李恩华也害怕不安全。去年中州城市信用社被挤兑风潮挤垮的先例还记忆犹新，被中州城市信用社忽然倒闭套牢的单位和个人不计其数，其中还有很多是干部的家属，就是因为贪图城市信用社拉存款时许诺的高额利息。

从内心来讲，李恩华希望这只是一起普通的违规资金拆借案件。只要能顺利追回违规拆借的巨额资金，他就准备把这件事情按下去，给资金管理中心吴主任一个内部处分就完了。因为这件事情一旦被捅出去，李恩华作为资金管理中心的上级领导，肯定负有领导责任。即使省里领导网开一面，不追究李恩华的领导责任，但是下级又脏又臭的屁股暴露在光天化日之下，难免会影响到机关事务管理局和李恩华的形象，别人难免会产生丰富的联想，以为机关事务管理局的几个领导也和资金管理中心的吴主任一样。

在官场上，上级替下级捂盖子的事情多了，并美其名曰叫做上级维护下级；反过来，下级维护上级的事情也非常多，这就叫做与上级领导保持高度一致。

可李恩华担心的是，这一千多万被拆借出去的巨额资金成了肉包子打狗——有去无回。那么这件事李恩华即使想捂，也不敢捂。因为这种事情如果捂不好，连自己都会卷进去。且不说他李恩华现在是地厅级干部，正是年富力强往上走的时候，单单是这一千多万违规拆借出去的资金，他一点好处都没有捞到，却要无缘无故地被卷进去承担责任，世界上有这么好的冤大头吗？

一想到这里，李恩华的牙齿禁不住痒痒起来，他对吴主任不是普通的愤怒，他心中还有一种恨铁不成钢的感觉。

说起来，吴主任和李恩华关系也不一般，当初吴主任之所以能从陶主任手里接过资金管理中心的位子，固然有陶主任推荐的原因，但主要还是因为李恩华的大力提拔。仔细论起来，李恩华和吴主任还有一层比较特殊的关系，只是这层关系除了李恩华和吴主任外，别人并不知晓。

李恩华原来是省交通厅的一个副处长，当初正是交通厅的王厅长对李恩华的赏识，一路把李恩华提拔成处长乃至于交通厅副厅长。最后，李恩华又从交通厅副厅长的位置上到机关事务管理局任局长。虽然李恩华迈出的这最后一步不是王厅长的功劳，但在这之前，王厅长对他的赏识提拔可是功不可没。也就是说，如果没有王厅长的提拔，李恩华断没有可能走到机关事务管理局正厅级局长这一步。

吃水不忘挖井人。李恩华自然要对王厅长进行报答。李恩华对王厅长的报答就体现在吴主任身上。吴主任是王厅长的亲外甥，当初李恩华到机关事务管理局的时候，王厅长就对李恩华嘱咐过。所以李恩华到了机关事务管理局之后，吴主任就由一个车辆管理处的科长升为办公室副主任，然后当陶主任从资金管理中心的位子上调到办公室任主任时，吴主任就从办公室副主任的位子上平调到资金管理中心任副主任并主持资金管理中心的工作，半年后，就顺利地升为资金管理中心的主任。这中间若没有李恩华的提拔，吴主任如何能晋升得这么快捷？不过在局机关的干部看来，这完全是吴主任会来事的结果，大家根本没有想到，李恩华和吴主任背后还有这一层关系。

不过自从去年以来，李恩华对吴主任的态度也有所改变。改变的关键还出在王厅长身上。李恩华离开交通厅之后，王厅长就升任省政协任副主席。到了去年，省交通厅的现任厅长忽然因为在公路建设招标中受贿被查出来，然后顺藤摸瓜追到王副主席身上，在王副主席任交通厅厅长的时候，也大肆在公路招投标中接受贿赂。于是王副主席晚节不保，在临近退休之际被判了二十年徒刑。

李恩华听到王副主席出事的消息后大吃一惊，他一直以为，王副主席是一个非常廉洁的人。最起码在提拔李恩华的过程中，王副主席并没有收他一点好处。李恩华不知道，为什么王副主席表面和背后反差竟然那么大？也许在王副主席看来，公路建设承包商的红包已经够大了，完全没有必要再去敲下属的竹杠了？

王副主席的入狱让李恩华对吴主任的态度起了微妙的变化，也许李恩华自己并不愿意承认，可是事实上确实如此，他对吴主任确实没有以前那么看重了，吴主任也悄悄地被从重点培养名单上挪了下来。

李恩华并不知道，正是他对吴主任的态度的微妙变化，让吴主任开始自暴自弃，进而铤而走险的。在吴主任看来，舅舅王副主席入狱之后，最大的靠山没有了，他的一切希望都寄托在局长李恩华身上，可是李恩华对他也不像以前那么亲热了，而是若即若离，这让吴主任觉得在仕途上升迁无望，转而想到利用现在的职位去捞一些好处，然后就引发了一系列后果。

李恩华考虑了很多，最后还是决定，等审计科的审计结果出来再说。如果被拆借出去的巨额资金能如数追回，那么看在王副主席以前对他的提携之恩上，他就最后替吴主任捂一下盖子。如果拆借的资金不能够追回，那么他也没有办法，只有在局党委会上提出来，交由局纪检委来办这件案子了。

赵长风今天一身轻松，因为经过突击审计，由他和左科长、老张组成的审计小组已经查明，资金管理中心和中州信托投资公司之间的国债委托交易是虚假交易。

对审计科来说，他们的审计到这里基本上就可以向上级汇报了。至于查清楚和资金管理中心进行贷款交易的人是谁，能不能顺利追回这笔违规贷款，则是局机关纪检委的事情。

周处长领着赵长风和左科长到李恩华局长办公室做了紧急汇报。汇报之后，左科长和赵长风就离开了局长办公室，周处长再一次被李恩华留下。赵长风从李恩华严峻的面部表情上就知道这件事情大局已定，吴主任一定会吃不了兜着走的。

一身轻松地回到审计科办公室，赵长风倒了一杯茶水，拿过一张报纸，靠在座位上悠闲自得地看了起来。

忽然，办公桌上的电话响了起来，那端传来灵儿调皮的声音。

“哈哈，是灵儿啊，怎么这个时间打电话给我啊?”赵长风这一周忙于审计，好久没有听到灵儿的声音了。

灵儿没有回答赵长风的问话，却没头没脑地说道：“哥，你们办公室有没有今天的《中州日报》?”

赵长风笑道：“有啊。就在我手边呢!”

灵儿开心地说：“哥，你快点打开，看看第五版。”

《中州日报》的第五版上，以醒目的标题写着“年度中国奥林匹克高中组数学竞赛（中原省赛区）结束，中原省实验中学高三学生赵灵儿以满分成绩夺得第一名。”

赵长风的惊叫声一半是为讨灵儿高兴装出来的，一半却是真的感到惊讶，因为毕竟有几道题是新的题型，他给的辅导资料中并没有，灵儿却完全做对了。赵长风本来以为，灵儿能拿到一块金牌就不错了，但却没有想到是以满分的成绩拿了第一名。

赵长风哈哈大笑道：“好好，今天晚上我为你庆祝。说吧，你想怎么庆祝？”

赵长风带着灵儿来到一家饭馆，吃饭的时候灵儿告诉赵长风，她获得金牌的事赵强已经知道了，非常高兴。灵儿告诉赵强，她这次之所以进步这么快，能获得奥林匹克数学竞赛的金牌，完全得益于一个家庭教师半年来对她的辅导。赵强就告诉灵儿，一定要把这个家庭教师请到家里，让他当面向人家表示感谢。至于家庭教师是谁，灵儿暂时还没有告诉赵强，她想等爸爸见到赵长风之后有一个意外惊喜。

对于灵儿这样的做法赵长风也很同意，因为他内心深处很是期盼能出现这种戏剧性的效果，越是这样，赵强对他的印象越深刻。

灵儿告诉赵长风，赵强正在北京开会，会议快结束了，这两三天之内就能从北京赶回来。赵强已经答应，他一从北京回来，就马上在家里宴请赵长风，答谢赵长风对灵儿的帮助。

吃完饭，灵儿突然缠着赵长风说要去迪厅玩，赵长风没办法，只好点头。

在迪厅里，服务生把赵长风点的东西送了过来，在桌子上摆好。然后在桌子中间点上一根红色的蜡烛，在烛火摇曳之中，气氛顿时浪漫了不少。

八点钟，迪厅里终于响起了劲爆的音乐，舞池不断有青年人扭动着身躯跳进去疯狂地舞动起来。

在舞池的正中央，两个衣着暴露的领舞者随着音乐的节奏摆动着身子，做出各种夸张的动作。

灵儿兴奋地说道：“哥，快点，我们也进去跳吧！”

赵长风苦笑一下，他的确没有什么舞蹈细胞。但他今天的任务就是讨灵儿高兴，所以既然灵儿喜欢，他就只好舍命奉陪了。好在是蹦迪，只要胡乱扭动身躯就行了，即使是群魔乱舞，也没有人说你舞动得难看。

灵儿急不可耐地拉着赵长风进了舞池。在他们不远处有四个青年互相示意了一下，都起身跟着赵长风和灵儿进了舞池。

音乐狂乱而有劲爆，重低音的鼓点仿佛是敲在人的心上，震得心脏都要随着音乐的节奏一起跳动。

灵儿举起双手，和着舞曲的节奏跳了起来，她的动作活力四射却又有一种特别的青春甜美，把周围那些疯狂的女孩子都比了下去。

赵长风则张牙舞爪跟一个大猩猩似的，护卫在灵儿周围。

灵儿望着赵长风笨拙的舞姿，咯咯地笑着，嘴里大声喊着："哥，我怎么看你的动作不是在跳舞，而是在打篮球啊。"

忽然，赵长风一把将灵儿拉到自己怀里。

灵儿不由得浑身一紧，脸色绯红，望着赵长风说："哥，你干吗?"

赵长风没有回答灵儿的话，目光望着一个远去的身影。那个身影闪了几闪，就消失在狂舞的人群中。

赵长风忽然又伸手把灵儿拉到自己怀里，一个转身，躲过一个黑影。

赵长风在灵儿耳边说道："灵儿，走，这里不对劲!"

说着赵长风护着灵儿就要往外走，这时却有四个青年舞动过来，把赵长风和灵儿包围在中间。

"哟，傻帽，现在知道害怕了啊?"

"咦，小妹妹年龄不大啊？不是正上初中吧？小子，你这是在祸害祖国的花骨朵儿!"

灵儿从来没有遇到过这种情况，紧张地躲在赵长风怀里瑟瑟发抖。

赵长风望着四个流里流气的青年，心中一沉，知道今天遇到找茬的了，看来不能善了了！如果赵长风没有带着灵儿，即使面对着四个青年，他也不会害怕。这四个家伙他即使打不过，也完全可以逃得了。可是现在，有灵儿在身边，赵长风根本不能逃跑，更重要的是，赵长风还要护着灵儿不能受伤。如果灵儿受到一点儿伤害，那么赵长风这一辈子的前途就算完了。他私自领着赵省长的女儿到迪厅蹦迪，还让她受到了伤害，一旦让赵强知道，赵强会放过他吗?

“灵儿，别害怕，有哥在呢！”赵长风拍了拍灵儿瑟瑟发抖的肩膀，就紧紧护着灵儿往外走去。

四个青年分成两组，一前一后地把赵长风和灵儿夹在中间。

刚走出舞池，正好旁边有一个圆柱，赵长风猛地把灵儿往圆柱后面一推，口中喝道：“藏好！”

然后赵长风身子猛往前扑，抓住前面两个人的脑袋重重地往中间一撞。前面两个人根本没有想到赵长风竟然敢在被四个人包围之下还抢先动手，猝不及防之下，竟然被赵长风得了手，两个脑袋就撞在一起，两个人“哎哟”一声，只觉得眼冒金星，脑袋里嗡嗡直响。

“小子，本来想给你一条活路，既然你自己找死，就怨不得咱哥们了！”左边那个光头的彪悍青年狞笑着说道，他一伸手，从口袋里拿出一把弹簧刀，拇指一按，锋利的刀锋就弹了出来。

另外那个戴大耳环的青年也从怀里拿出一把弹簧刀，刀锋在迪厅的彩灯下发着寒光。

赵长风不由得浑身一阵发紧。虽然他上中学时有无数的打架经验，但多是赤手空拳的肉搏，顶多是拎块板砖，夹根木棒，真的动刀子的情况还没有遇到过。

怎么办？赵长风拿眼睛轻轻扫着左右两侧，想拿把椅子来做武器对抗对方的刀子，可惜距离他最近的桌子都有五六米远。

就在这个时候，异变又生，灵儿忽然从圆柱后面扑出来挡在赵长风身前：“不许你们伤害我哥！”

看着灵儿“勇敢”的举动，赵长风长叹一声，手中用力，把灵儿拉在自己身后。

“你们想干什么冲着我来，不要伤害我妹妹，她还是一个孩子！”

“嘿嘿，你说不让伤害就不伤害了？”光头青年狞笑道，“这时候才向哥们求饶，不觉得晚了一点吗？”

这时一个粗壮的声音响起：“什么晚了？我看一点都不晚！”

只见一个穿着黑色西装的大汉领着十多个身材同样高大的保安杀气腾腾地出现在两个青年身旁，十多个保安人手一根一米二长的特大号警棍，紧紧地盯着两个青年，似乎他们一有异动，就会立刻扑上去。

“大、大、大哥，我、我们只是闹着玩，没有、没有别的意思！”两个青年哆哆嗦嗦地说道。

黑西装大汉怒声喝道：“你们竟然敢在韦斯特迪厅闹事？也不打听打听这是什么地方？还不把刀给我放下？”

黑西装大汉冷着脸不说话，立刻过来四个保安，两个保安如老鹰抓小鸡似的抓住两个青年的衣领把他们提走，另外两个保安弯腰拖着躺在地上呻吟的另外两个青年，跟在后面。

黑衣大汉领着赵长风上了楼，穿过一道长长的走廊，来到经理办公室。这里的隔音效果很好，迪厅的喧闹音乐在这里一点儿都听不见。

黑衣大汉推开办公室的门，对赵长风说道：“进去吧。”

赵长风拉着灵儿的手走了进去。

办公室面积很大，有七八十平方米，在办公室门口的两旁，垂手肃立着十多个保安，个个身材都在一米八以上，身材笔挺，气势肃穆，给人的感觉仿佛他们不是保安，而是特种兵一样。

在办公室的尽头，是一张豪华的老板桌，又高又大。老板桌前面，两个青年垂头丧气地站在那里，另外两个青年半蹲在地上，额头上不停地往下流着冷汗，但却一句呻吟都不敢发出。

老板桌后面是一张宽大的老板椅，上面坐了一个娇小的身影，赵长风举目望去，不由得愣在了那里，那个女孩竟然是他的校友方佳怡。

“佳怡，你怎么会在这里？”

方佳怡也没有料到，进来的竟然是赵长风，当她望着赵长风手里还拉着一个高中生模样的女孩时，不由得面色一变。

“呵呵，这么巧啊。长风，真没有想到啊。”方佳怡站了起来“呵呵，韦斯特迪厅是我哥哥开的，哥哥有时没空，我就过来帮他打理一下。”

“哦，原来是这样啊！”赵长风笑了，“这么说还真是巧了。”

“嗯，还不是一般的巧呢！”方佳怡哂笑道，“当初我怎么拉你到迪厅来你都不愿意，没有想到今天会不期而至。”

赵长风苦笑两声，这种事情没有办法解释，没有办法解释的事情最好就不要解释。

赵长风也就不试图解释了，把灵儿拉到方佳怡的面前介绍道："佳怡，这是我妹妹灵儿。"

然后他又对灵儿说道："灵儿，这是你佳怡姐姐。"

在灵儿心中，除了父亲赵强外，赵长风是她最尊敬的人，她方才看到方佳怡对赵长风语带讽刺，心中就不爽，此时又如何肯叫方佳怡一声姐姐呢？

方佳怡从灵儿眼中读出了敌意，不由得更对赵长风和灵儿的关系狐疑起来。

"长风，我记得你是独生子啊，什么时候又有了一个妹妹啊？"

赵长风连忙说道："灵儿是我叔叔的女儿，她也姓赵。"然后赵长风对灵儿说道："灵儿，快告诉佳怡姐姐，你是不是也姓赵啊？"

赵长风这么拼命地向方佳怡解释，倒不是怕方佳怡什么。他主要是有两个顾虑。一个是怕方佳怡见他和灵儿一起来迪厅，就以为他和灵儿关系暧昧。

另一个顾虑则是，赵长风害怕这件事对灵儿的影响。灵儿毕竟是赵强的女儿，又是高中生，万一让人误会她是那种不三不四的女孩儿，那赵长风的罪过不就大了吗？

当然，赵长风心里也对方佳怡有那么一点歉意，方佳怡一直邀请赵长风到她家里去拜访一下老爷子，赵长风一直找各种理由推辞。所以赵长风一见到方佳怡就害怕，总觉得欠她一点什么。

方佳怡为什么一定要坚持让赵长风到家里拜访老爷子呢？说起来还是因为有一次在学校，方佳怡为了应付一个苦苦追求她的男生，就把赵长风当做挡箭牌了，结果正好被方佳怡的哥哥方天雷看到。

那件事过后，方天雷一直要求方佳怡把赵长风领到家里让老爷子过目一下，拍板定案。可是方佳怡总是以她还在读研究生为由，说等读完研究生之后，就向老爷子汇报，把赵长风领到家里去。

方佳怡研究生毕业后，方天雷又再次提起这件事，说研究生也毕业了，该把赵长风领到家里去了吧？不然老爷子以为闺女这么大了还没有谈男朋友，非把心脏病急出来不可。方佳怡又找了一个借口，说赵长风在县里扶贫，不能回来，勉强搪塞了过去。

到了年底，方天雷告诉方佳怡，他已经打听清楚了，赵长风已经扶贫结束了，回到省机关事务管理局上班了，这下该把赵长风领回去给老爷子过目了吧？

这次方佳怡找不到任何借口了，只好去对赵长风说明。方佳怡告诉赵长风，只是到家里应一个卯，他只要表现恶俗一点，不让老爷子喜欢，这段剧情就结束了。可是赵长风从来没有经历过这种事情，要他冒充方佳怡的男朋友去骗方老爷子，万一以后穿帮了该怎么办呢？所以思来想去，赵长风还是没敢答应方佳怡。不过也正因为这件事情，赵长风心中一直对方佳怡心存愧疚。

其实赵长风是一个爱情傻瓜，他根本没有想到，方佳怡这种表现正说明她爱上了他。否则方佳怡只要向方天雷说明真相，或者告诉方天雷，她和赵长风早就分手了，另外再找一个男朋友不就得了？

可是方佳怡的心思已经这么明显，偏偏赵长风却不明白。方佳怡一个女孩子，总不好意思直接告诉赵长风，我爱上你了，你爱不爱我啊？

所以方佳怡只好变着法地向赵长风透露她喜欢他的信息，可惜赵长风一直不能领悟。

灵儿心中一直非常崇拜赵长风，以为长风哥哥是一个天不怕地不怕、无所不能的人，此时忽然见到赵长风在方佳怡跟前赔着小心，心里顿时非常不舒服，她忽然紧紧地抱住赵长风的胳膊说道："长风，你干吗要骗她啊？你就大方地告诉她，我是你女朋友嘛！"

女孩子的直觉都非常敏锐，灵儿虽然只是一个高中生，但对男女之情已经懵懵懂懂地知道一些，她见方佳怡对赵长风的态度，就猜出来方佳怡一定非常喜欢赵长风，可是偏偏又装出一副盛气凌人的样子，所以冲动之下，就说自己是赵长风的女朋友，想煞煞方佳怡的威风。

但是灵儿如何能理解方佳怡心中的凄苦啊？她为了赵长风整整等了三年，现在她如果再不能说动赵长风，那么方老爷子就要给她介绍一位老上级的公子。这岂是方佳怡能忍受的？

说实话，方佳怡虽然对赵长风和灵儿的关系有点狐疑，却没有真的把灵儿往赵长风的女朋友上去想，毕竟灵儿看起来很小，比赵长风小了六七岁呢。

可是方佳怡没有想到，赵长风身边这个可爱的女孩子竟然亲口承认是赵长风的女朋友，一时她不由得脸色大变。

就在这个时候，门口忽然传来一个暴怒的声音："赵长风，你竟然敢这样欺负我们方家的人？看我今天怎么收拾你！"

赵长风扭头望去，只见方天雷大踏步地冲了进来。

方佳怡知道哥哥的火爆脾气，连忙冲上去拉着哥哥的手说道："哥，别，你误会了！"

方天雷一把甩开方佳怡的手说道："老妹，你放开我，都什么时候了，你还护着这小子！"

方佳怡扑上去死死拽着方天雷的手说道："哥，我没有护着他，你听我说！"

"听你说什么？"方天雷怒气冲冲地说，"我都听保安部经理汇报过了。这小子为了一个小女孩和几个地痞在迪厅里争风吃醋，还动起了刀子。要不是保安经理率领人赶过去，一定会酿成血案的。"

"天雷哥，你听我说，不是这样的。"赵长风苦笑着上前解释。

"什么不是这样的！"方天雷指着赵长风的鼻子说，"赵长风，枉费佳怡苦苦等了你三年，对你的这一片痴心。你要是想泡妞，到别的地方去泡也行，偏偏领着女孩子大摇大摆地到我的迪厅来向佳怡示威，你说，你究竟想干什么！"

"天雷哥，我真不知道韦斯特迪厅是你开的。"赵长风辩解道。

"佳怡，你看看，被我说中了吧！"方天雷对方佳怡说道，"他是因为不知道这迪厅是我开的，所以就领着女孩子偷偷过来。如果知道了，说不定就领着女孩子去另外的迪厅了。"

"天雷哥，你误会了！"赵长风真是哭笑不得。

"我误会个屁！"方天雷暴跳如雷，挥舞拳头就要揍赵长风。

方佳怡扑了上去，死死抱住方天雷的胳膊，然后对赵长风喊道："长风，你快走！"

方天雷急得面红耳赤，想甩开方佳怡，却又害怕用力过重让妹妹受伤，一时间不知道如何是好，在那里直叫："佳怡，你放开我，放开！"

“佳怡，我……”赵长风还想解释。

“长风，你快走呀!”方佳怡的嗓子都哑了，“我哥哥急了是什么都能干得出来的。”

赵长风看眼下的情形，想解释清楚是不可能了，只有先领着灵儿走，等回头方天雷冷静下来了，再好好做解释。

“天雷哥，我回头再向你解释啊。”

赵长风急急忙忙地拉着灵儿说道：“灵儿，咱们走。”

方天雷急得在后面跳着脚喊道：“姓赵的，有种你就别走，留下跟我讲清楚!”

迪厅的保安虽然多，但是却不敢上前阻拦赵长风，他们看这情形就知道，这是老板的家事，他们要是上前阻拦，万一有个什么好歹，就是出力不讨好了。

赵长风领着灵儿出了迪厅，长长地叹了一口气，灵儿此时才知道自己惹了祸，低着头向赵长风道歉道：“哥，对不起，我不是故意的。我不知道那个姐姐是你女朋友。”

“唉，她不是……”赵长风摇了摇头，不知道该对灵儿怎么解释，他拍了拍灵儿的肩膀说，“好了，乖灵儿，不关你的事，不要想那么多了。哥哥送你回去，你好好睡一觉，把这儿的一切都忘掉。”

第二天上午，赵长风接到周处长的通知，让他和老张到李局长办公室去一趟。

赵长风和老张来到李恩华办公室，发现除了李恩华之外，兼任局纪委书记的副局长徐克猛也在，两个人都面容严肃。

见赵长风和老张过来了，李恩华开门见山地说：“赵长风同志，针对审计科审计出的问题，经过局党委机关研究，决定由局纪委牵头成立三二七专案组，对资金管理中心中有关人员进行审查。”

赵长风知道，今天是三月二十七日，李恩华这么说就意味着专案组从今天开始正式工作。

李恩华继续说：“为了提高专案组的工作效率，局党委决定从审计科抽调两名审计人员协助纪委三二七专案组对资金管理中心有关人员的经济问题进行审计查证。考虑到你和老张同志都是党员，又都亲自参与了资金管理中心的审计工作，对资金管理中心的情况较为熟悉，所以决定抽调你和老张同志参加三二七专案组，不知道你和老张同志有什么想法没有？”

赵长风一下子愣住了，他实在没有想到，局领导对资金管理中心的案子反应这么迅速，他们昨天下午刚把材料报上去，今天上午三二七专案小组就成立了。更没想到的是，局领导会决定抽调他进专案小组。

“我没有问题。”老张依旧是一副淡然的模样。老张是从来不会主动要求承担什么工作的，但只要工作分到他头上，他也从来没有推辞过。

“你呢？小赵？”李恩华看着赵长风。

“这？李局长、徐书记，我从来没有参加过专案小组，没有什么经验，怕做不好这份工作吧？”赵长风推辞道。

“呵呵，小赵同志，谁也不是一开始就有工作经验的。包括徐书记，不也是从一个毫无纪检工作经验的新手变成纪检工作战线上的老兵的吗？”李恩华以为是自己严肃的表情吓到了赵长风，就换了一种语气笑呵呵地说。

“是啊！小赵同志，李局长说的没错，我当初被抽调进纪检部门的时候，更是什么经验都没有呢。”

徐克猛连忙附和着李恩华的话。他心里奇怪，在这种场合下李恩华一贯是态度严肃的，怎么今天忽然对审计科的小赵客气起来？回想这次在局党委会上李恩华力排众议拍板让赵长风进专案组，徐克猛心中就感觉情况有点不寻常。其实按照徐克猛的意思，是希望审计经验更丰富的左科长或者金科长能抽调一人到专案组来。

李局长和徐书记都把话说成这样了，赵长风知道自己不能再推辞下去了，再推辞就是不识抬举了。

“好！既然李局长和徐书记这么信任我，那我就到专案组好好学习、努力工作，争取圆满完成组织上交给的任务。”赵长风表态道。

李恩华满意地点了点头，说道：“对嘛！这才是年轻人应有的态度嘛。”

徐克猛问李恩华道：“李局长，一会儿专案组开会你还参加不？”

李恩华笑道：“我就不参加了，有你在，我还有什么不放心的。”

徐克猛站起来说："那好，李局长，我带他们去参加专案组的会议了。"

李恩华点了点头。

赵长风和老张也站起来，老张没有说话，赵长风对李恩华说："李局长，那我们跟徐书记过去了。"

"去吧，小赵，记得要服从徐书记的领导，服从专案组的纪律，好好干，为年轻人争口气！"李恩华语重心长地嘱咐道。

赵长风转身时，却瞥见了李恩华桌上放着一份《中州日报》，报纸正好打开到第五版，上面印着大幅的黑白照片，灵儿举着奥林匹克数学竞赛金牌灿烂地笑着。

徐克猛带着赵长风和老张一起来到局机关小会议室，见里面已经有四个人了，都是局机关纪委的同志。赵长风和老张进来后，徐克猛示意了一下，立刻有一个纪委的同志过去把小会议室的门关上。

徐克猛在纪委副书记王学旺的身旁坐下，然后指着对面的两个空位对赵长风和老张说道："小赵、老张，坐这边吧。"

赵长风和老张连忙过去坐下。

徐克猛扭头对王副书记说："人都到齐了吗？"

王副书记点头道："徐书记，都到齐了。"

徐克猛说："那好，我先为大家介绍一下。这两位同志一位是审计科的副科长赵长风同志。"

赵长风站起来向周围的人示意："大家好。"

"好，坐下吧。"徐克猛手轻轻往下一压，赵长风坐回座位上。

"这一位是审计科的业务骨干老张同志。"

老张站起来淡淡地说："大家好。"

介绍过赵长风和老张，徐克猛又向老张和赵长风介绍了专案组的同志，其中专案组组长由纪委王副书记担任，副组长则由纪委干部老刘担任，另外还有纪委的两个干事小谢和小卢。

互相介绍过之后，徐克猛说道："同志们，我宣布，三二七专案组正式成立，从现在开始，专案组就开始行动了。下面，由专案组组长王书记向大家宣布专案组纪律。"

王副书记严肃地说："同志们，大家都知道纪检工作组织纪律的严肃性，只有依靠铁一般的纪律才能为专案组成功办案提供有力保证。为了保证三二七专案组顺利地完成组织上布置下来的任务，用铁一般的事实把三二七专案办成铁案，经专案组研究，并报请局纪委批准，制定以下专案纪律：一，严禁接受与本案有关人员的吃请、礼品；二，严禁单独会见与本案有关的人员；三，严禁与专案组以外的人员谈及案情以及在专案场所以外的地点谈论案情。"

说完之后，王副书记特意对赵长风和老张交代："这些纪律，纪委的同志都比较熟悉，你们是第一次参加专案组，尤其要注意这些纪律。"

"是，王书记，我们保证坚决执行专案组的纪律。"赵长风和老张表态道。

会议结束后，徐书记和王书记率先离去，后面的事就由专案组副组长老刘负责。

老刘让大家跟他下楼，上了一辆面包车。面包车出了机关事务局大院，往北开去。

在面包车上老刘说："同志们，资金管理中心的吴主任、业务部方经理已经被采取双规措施，他们目前被控制在黄河边一个部队的招待所。我们现在就是要去部队招待所办案。也就是说，在案件查明之前，我们就要和吴主任、方经理同吃同住。除了刚才王书记宣布的几条纪律外，我在这里还要补充几条。"

"第一，在案件没有水落石出之前，所有专案组成员不得私自离开部队招待所，若真的有特殊情况需要离开，必须向我和王书记请假；第二，在专案组办案期间，所有人的通讯工具都要上交到我这里集中保管。"

赵长风顿时傻了，专案组怎么会有这么严格的纪律呢？这不光是对吴主任和方经理的双规，也是对专案组成员的双规，这样一来，一点人身自由都没有了。

"小赵、老张，你们现在可以给家里人打个电话，请个假，说是因公出差，需要一段时间才能回来。"老刘对赵长风和老张说。

赵长风迟疑了一下，说道："刘组长，事情这么匆忙，我连换洗的衣服一件都没带出来，洗漱用具也没有拿。”

“专案组每人有两千元的服装补助，你需要什么衣物，可以把牌子和规格写好，专案组会安排专人一起去采购的，采购超标部分由个人承担。”刘组长冷冷地说道。

赵长风张了张嘴巴，实在不知道该说什么。

赵长风首先给家里打了个电话，告诉父母他要因公出差一段时间，可能不方便联系。

赵父赵母了解儿子的能力，所以对赵长风出差倒是不担心，他们嘱咐赵长风要多照顾自己，有空了就给家里报一个平安。

挂了电话，赵长风又给张长锁老人打了个电话，让老人转告灵儿，他出差了，等回来他会和灵儿联系的。他本来还想多说一些，可是专案组成员都在一旁虎视眈眈地盯着，赵长风想了一想，还是不要多说为好。反正专案组总要结束的，到时候他见了灵儿再详细解释就好。

然后刘组长又交代了一些组织纪律和注意事项，这才领着专案组成员一起到八号房见吴主任。

吴主任头发凌乱，眼睛通红，见到刘组长，吴主任立刻跳了起来，大声呵斥道：“老刘，怎么回事？你有没有搞错啊？为什么把我弄到这里来？我明天还要到北京去开会！”

刘组长淡淡地说：“老吴，你还是想想怎么把自己的问题交代清楚吧。至于到北京开会的事情，你暂时就不用想了。”

“什么意思？我交代什么？老刘，你难道把我当成罪犯了吗？我老吴干了一辈子革命工作，你难道还不了解我是什么人吗？即使你不了解，难道局领导也不了解吗？”

说到这里，吴主任像捞到救命稻草一样嚷道：“对了，局领导是了解我的，他们知道我是什么人！老刘，你这样搞经过李局长同意了吗？经过徐书记批准了吗？”

刘组长严肃地说：“老吴，没有局领导的批准，我们能对你采取双规措施吗？你不要抱着侥幸心理试图蒙混过关了。告诉你，既然能双规你，我们手里就掌握有证据。”

“证据？老刘，我是冤枉的，我没有任何违纪行为。”吴主任歇斯底里地喊起来。

刘组长冷冷地看了一眼忘情表演的吴主任，转身对专案组成员说道：“我们走。”

吴主任侧着耳朵小心地听着外面的动静，当他确定外面真的没有人了的时候，才双臂一松，胳膊软塌塌地垂落下来，腰杆里那股强努出来的气也泄了，本来就有点驼背的身躯显得更加佝偻。

吴主任知道，这一次他是逃不掉了。他目前只能通过装疯卖傻争取一点时间，让他的同伙蔡达明早点把一切都弄好。假如蔡达明不能把一切摆平，那么他只有豁出去，抱着蔡达明一起去死。

这一切都起因于昨天晚上的那个电话，他本来以为是局里同事的应酬，却没有想到迎接他的是一个规定时间规定地点交代问题的强制性双规措施。当局纪检委的工作人员对吴主任宣布完双规的决定后，吴主任就知道，一定是他和蔡达明之间的交易出事了。

对吴主任来说，其他事情都不可怕，他唯一的软肋就是蔡达明。

吴主任以前自认为还算是一个清正廉明的好干部。不能说自己不贪吧，但是那些小动作都是在规则允许的范围之内，不会引起什么严重的后果。吴主任目标远大，不会因为一点钱财就毁了自己的前途。

可是自从姑父王副主席入狱后，吴主任就觉得前途一片阴暗。所谓人在人情在，人走茶就凉。姑父在台上的时候，身边的人如众星拱月一般，姑父那边刚一被双规，其他人就已经忘记了王副主席是谁，仿佛他们从来没有受过王副主席一点帮助似的。

就拿局里一把手李恩华来说，他能走到今天这一步，能少得了姑父提拔他的功劳吗？当初姑父可是没有受他一点好处，就地把他连提几级，提到了副厅级的位置上。可李恩华又是怎么对自己的？姑父在的时候嘘寒问暖，姑父一被抓进去，立刻对自己变了嘴脸。

既然仕途已经不可把握，那么只有捞实惠了。在这种情况下，吴主任的心思起了变化。就在这个时候，办公室的陶主任忽然给吴主任介绍了一个朋友过来。

说起来办公室陶主任还是吴主任的前任。吴主任到了资金管理中心之后，也听到不少下属的小报告，说陶主任以前搞了如何多的小动作。可是吴主任不得不佩服陶主任，人家搞了那么多小动作，捞了那么多实惠，竟然没有出一点岔子。这就说明人家陶主任的水平和能力了。不像某些官员，为了捞一点实惠，最后把自己的前途都断送了，更有甚者，身家性命都搭进去了。

说起来陶主任的小动作也不是多稀罕，就是把资金管理中心的闲散资金私下里拆借出去。可是陶主任拆借出去的动作都很隐蔽，周期都非常短，而且资金到时候都能安全地回流到资金管理中心账户上，这才叫本事。有些人把资金拆借出去了，虽然捞到一点好处，到时候资金却回不来，这种人的行为在吴主任看来，不叫拆借资金，叫拆借前途。

陶主任果然是人脉广阔，他给吴主任介绍的朋友叫蔡达明，是众诚外贸公司的副总，更是中州市常务副市长蔡国富的小儿子。

可是吴主任没有想到，蔡达明实在是个灾星。

蔡达明第一次向吴主任提出拆借资金是去年十一月份，数额一百万元，月利息高达五分。这利息的确高得吓人，也就是说吴主任只要把一百万元拿出去在蔡达明那里放一个月，蔡达明就要支付他五万元的利息。

面对高额回报的诱惑，吴主任心动了。但是，与此同时，吴主任不得不提醒自己，要警惕高回报后面的高风险。可是转念又一想，蔡达明也不是普通人，他父亲是中州市常务副市长，本人又是中原省第二大外贸公司众诚外贸公司的副总，总不至于为了区区一百万就跑路吧？

于是吴主任就按照陶主任指点的高招，玩起虚假国债交易的指定放款来了。

十一月快结束时，蔡达明按照私下协议要求，及时把一百万打回资金管理中心账户上。到了十二月，吴主任又指示业务部把一百万元通过中州信托投资公司转给蔡达明。

十二月底，蔡达明依旧很守约，把一百万打回资金管理中心账户上。这让吴主任非常高兴，就这一百万元转手两个月，扣除其他费用之后，他就赚了将近八万。这样算下来，只要多进行几笔这样的交易，一年赚上四五十万是轻轻松松的。假如真的能捞这么多钱，那么即使没有后台，用这些钱去做资本攀一个后台也不是什么难事。

蔡达明好像知道吴主任的心思，他忽然对吴主任说，从一月份开始，他每月想要拆借一千两百万。

这个数字把吴主任吓了一跳，一千两百万，蔡达明想干什么？

蔡达明就把和外国厂商签订的出口合同拿给吴主任看，又提供了对方打过来的美金水单，再加上已经翻译好的进口商品管理目录，这一切都让吴主任相信，这笔出口的生意是铁定赚钱的买卖。

即使这样，吴主任还是心有不甘。自己如果向蔡达明拆借一千两百万，一个月只能赚六十万的利息，并且还要刨去上交给资金管理中心当做国债买卖收益的那一部分，而这些钱不过是蔡达明所赚利润的十分之一。

于是吴主任告诉蔡达明，资金数额太过巨大，冒的风险太大，这件事情还是等等再说吧。

蔡达明对吴主任的表现自然心领神会，知道问题出在哪里。于是就将月息提高到百分之六，并告诉吴主任，这是他所能支付的最高利息了。他之所以过来找吴主任拆借资金，主要还是因为大家是老关系了，合作得比较顺手，如果吴主任还不满意，他只好去找别人合作了。

到了这个时候，吴主任知道已经不能再往上提价了，就半推半就地答应了蔡达明。回到资金管理中心之后，吴主任就指示业务部方经理把一千两百万通过中州信托投资公司划到蔡达明账上。

一月底，一千两百万资金顺利回到资金管理中心账上，至于七十二万利息，在一月初资金管理中心划拨资金的时候就由蔡达明预先支付了——指定放款一般都是先扣除利息的。

吴主任一笔交易净赚了六十多万，不由得神清气爽。到了二月一日，不待蔡达明那边打招呼，他就主动把一千两百万放了出去。这时吴主任却没有想到，他这笔款放出去后成了打狗的包子，有去无回了。

这笔款项放出去不久，蔡达明就心急火燎地打电话给吴主任，说外国方面二月一日发布了新的进口商品管理目录，他做的商品也在进口限制范围之内，不能继续出口了。

一听到这个消息，吴主任当时就傻了，紧追着要求蔡达明转回一千两百万资金。蔡达明当时就火大了，说这资金全部投在生产上，怎么可能抽得回来？他提前给吴主任打招呼已经是仁至义尽，让吴主任先想想办法把这笔账遮掩过去，等他那边筹措出资金来了，就立即偿还资金管理中心的借款。

面对着这样的结果，吴主任有口难言。他现在还不能和蔡达明闹僵，否则蔡达明一拍两散，这钱干脆就不还了，他能有什么办法？去告蔡达明吗？那岂不是把自己也搭进去了？

吴主任无奈，只好先在资金管理中心这边用点手段遮掩，那边求爷爷告奶奶地不断催促蔡达明想办法。结果，蔡达明不停地找借口，事情一拖再拖，直到现在，局纪委都把吴主任双规起来了，蔡达明那边的资金却还没有消息。

吴主任目前唯一能做的就是拒不开口，拒不合作。只要能扛得住，死不开口，那么还能侥幸蒙混过关。一旦开了口，被抓住了小辫子，那么就只能任人处置了。

吴主任不开口还有另外一个目的，就是给蔡达明收尾善后争取点时间。虽然纪检委专案组采用突然袭击的办案方式，没有给吴主任留下任何通风报信的机会，但是吴主任知道，他在机关事务管理局还有一个希望，这个希望就是办公室的陶主任。

到目前为止，纪检委专案组应该没有发现吴主任和陶主任之间的关系，而且只要吴主任不说出去，纪检委专案组绝对想不到陶主任身上去。

吴主任想，只要陶主任没有被盯上，以陶主任在机关事务管理局的地位，一定能够获知他被双规的消息。在这个情况下，陶主任必然要把这个消息透露给蔡达明。蔡达明得到这个消息后必须做出补救措施，要不吴主任完蛋，他蔡达明也会跟着完蛋。

至于蔡达明怎么补救，吴主任就不去想了。

只要蔡达明那边补救得及时，那么吴主任这边的责任就会减轻很多，首先资金管理中心的一千多万巨额资金并没有损失，这个结果会让局领导大舒一口气的。其次，这件事情毕竟是一件丑闻，一旦传出去，纵然对他吴主任不好，难道作为机关事务管理局的领导，他们的脸面上就好看了吗？如果资金管理中心的资金得到了保全，没有遭受一点损失，那么局领导一定会大事化小、小事化了，因为他们也不想在这件事上背负领导责任。毕竟在省政府的考核中，这种责任事故也非常影响机关事务管理局在省长们心目中的形象。吴主任知道，局里一把手李恩华毕竟是受过姑父的恩的，姑父现在虽然倒台了，但是李恩华或多或少总是要顾及一点情面吧？

专案组这边进展非常不顺利，吴主任装疯卖傻，和专案组成员接触时，总是暴跳如雷，说专案组冤枉了他，冤枉了好人，不时引用一些名人名句剖白心迹；时不时还倒打一耙，强硬地说，我哪里有什么违法违纪的事啊，这些话都是被你们逼出来的。你们把我关在这里不就是想听我说这些话吗？

吴主任这种嚣张又不合作的态度把专案组成员气得够呛，只好试图从外围着手，先掌握吴主任的犯罪事实。

经王副书记向局领导汇报后，局领导决定采用第二个途径，由局纪委出面和中州市纪委联系，由他们去做中州信托投资公司的工作。

可是事情就蹊跷在这里。中州市纪委接到省机关事务管理局纪委的协调函之后，表现的态度虽然非常热情和积极，但一到具体行动上就开始推三阻四，总有各种理由把省机关事务管理局专案组的要求放在一边。

事情僵持了十天之后，忽然中州信托投资公司那边把一千两百万资金转回资金管理中心账上，说鉴于省直资金管理中心目前的态度，中州信托投资公司决定取消和省直机关管理中心的委托国债交易。

局领导见面临损失的巨额资金又回到了资金管理中心，对待三二七专案组的态度就不像当初那么积极，王副书记屡次要求局里去协调和中州信托投资公司的关系，都无功而返。

事情到了这一步，专案组就进入了死胡同。根据赵长风和老张审计资金管理中心账目的结果显示，资金管理中心在国债委托交易上绝对涉嫌造假，可是这背后巨额资金的流向，却缺乏必要而详细的证据。也就是说，因为证据不完整，所有的结论都是建立在推测上的。

案情就一直僵在那里，专案组成员和吴主任、方经理都被困在部队招待所，双方比拼着意志力，看谁更先崩溃。

四月三十日，中州市纪委那边终于传来消息，经过他们反复做工作，中州信托投资公司终于同意和省机关事务管理局三二七专案组配合，提供必要的资料。

专案组大喜，立刻准备派赵长风和老张前去核查。可是这个时候又赶上五一假期，中州信托投资公司放假三天，专案组只好留在部队招待所陪吴主任和方经理一起过节。

五月四日，赵长风和老张来到中州信托投资公司。中州信托投资公司会计部的人非常热情地接待了他们，对于赵长风提出的要求几乎是有求必应。看着中州信托投资公司提供给他们的资料，赵长风和老张面面相觑，因为按照这些资料显示，资金管理中心和中州信托投资公司进行的完全是真实的国债委托交易，没有一点虚假。事实完美得几乎无可挑剔。唯一的瑕疵就在于，中州信托投资公司开给资金管理中心的《国债代保管凭证》客户回执联并没有按照要求给资金管理中心保管，而是留在了中州信托投资公司。按照中州信托投资公司的说法，当时他们也通知资金管理中心前来领取《国债代保管凭证》的客户回执联，可是资金管理中心不知道由于什么原因，并没有派人前来领取。

事情到了这一步，显然起了巨大的变化，赵长风和老张一时适应不了，只好先从中州信托投资公司告辞，回去商量对策。

在路上，老张对赵长风说，从这些凭证上看，显然中州信托投资公司利用这一个多月的时间把所有账目都重新做了一遍，否则完全没有办法解释。老张想不通的是，为什么中州信托投资公司会下这么大的本钱，冒着巨大的风险更改会计凭证？这不但是一项耗费巨大人力物力的工作，而且一旦败露，中州信托投资公司有关负责人将要承担巨大的责任。

赵长风叹了一口气，他现在已经完全可以肯定，这件案子百分之百牵扯到了大人物，否则不会出现如此富有戏剧性的变化。

回到专案组驻地，赵长风和老张把情况向刘组长汇报了一遍。刘组长听后，立即通过电话向王副书记作了汇报。

王副书记听后勃然大怒，本来吴主任的案子到了这一步他就觉得颜面无光，虽然按照局领导的意思，既然资金管理中心的一千两百万资金已经追回来了，这件案子就争取大事化小、小事化了，给吴主任一个处分作为惩戒就算了。可是王副书记却不这样想，他身为专案组的负责人，一定要把这件案子查个水落石出，这样才显出纪委的办案能力。至于查出后局领导决定怎么处理，王副书记并不关心。他关心的是，局领导是如何看待纪委的办案能力的。就如同猎人养了一只猎狗，猎狗的任务就是一定要抓回兔子。至于抓回的兔子是杀是放，猎狗根本不关心，因为这是主人的事。如果猎狗抓不回来兔子，那么他在主人眼里的地位就可想而知了！

要是这时候吴主任那张又臭又硬的嘴向他服个软，或者是在中州信托投资公司能查出一点线索出来，让专案组能找个理由结案，那么王副书记多少也能向局领导交差。可是没想到，关键时刻中州信托投资公司办了这样的事，这不是赤裸裸地向三二七专案组挑衅吗？

“查！必须给我查个水落石出！记住，真的假不了，假的真不了！即使查上三年五载，也一定要把这个案子查清楚！”王副书记在电话里吼叫起来。

听了王副书记的话，赵长风心中暗喜，因为他此时的犟脾气也上来了。他同样认为，假的永远是假的，无论它装得多么像真的。人们之所以以为它是真的，只是暂时还没有发现它的破绽而已。

专案组的成员听到王副书记的话，底气也足了，他们继续和吴主任进行交锋。这一个月来，吴主任虽然依旧在装疯卖傻，但是看得出来，他的信心一点点在衰减，也许将来的某一天，吴主任会忽然崩溃，把事情真相和盘托出。

赵长风这边和老张交流了一下意见，决定首先从今年二月底的国债委托卖出交易开始入手继续核查。因为正是这笔交易后，中州信托投资公司并没有把一千两百万资金打回资金管理中心账户上。

五月五日，赵长风和老张做好准备，重新来到中州信托投资公司，拿着二月份的会计凭证，和信托投资公司业务部的张副经理开始交流。

“张副经理，按照账目上显示，二月二十九日上午，你们已经把我们局资金管理中心的一千两百万国债卖出去了，为什么卖出去的钱没有及时打入我们账户呢？”赵长风问道。

“赵科长，是这样的。当时我们开了一张交通银行的支票给贵中心，但是由于出纳的疏忽，在填写支票时把我公司的全称‘中州信托投资有限公司’填写成‘中州信托投资公司’了，中间漏掉了‘有限’两个字，遭到了交通银行的退票。后来贵中心又做出了一笔委托我公司买进国债的业务，最后这笔钱就直接购买了国债，没有再退回去。”张副经理胸有成竹地回答道。

赵长风说道：“那二月二十九日上午，你们卖出一千二百万国债时的进账单呢？可以让我们核对一下吗？”

张副经理笑道：“没问题，请稍等！”

他打了个电话给财务部，财务部很快就把交通银行二月份的对账单给了赵长风。

赵长风和老张拿到手里仔细对照一看，果然二月二十九日上午中州信托投资公司在交通银行有一笔一千两百万的进项，再翻开凭证后面附的进账单，两个数据分毫不差。

张副经理看着赵长风和老张发愣的样子，心中暗笑，他彬彬有礼地说：“赵科长，我很忙，如果没有其他事情我就先走了。如果你们还有什么问题，尽管去业务部找我，我很高兴为你们提供帮助。”

无奈之下，赵长风和老张只好把目光盯向其他地方，继续查证。

就这样，赵长风和老张天天往中州信托投资公司跑，弄到后来，中州信托投资公司的人一见赵长风就打招呼：“赵科长，来上班了？”

一连十多天，赵长风一点线索都没查到，眼看就到五月下旬了。王副书记那边一个劲儿地催赵长风，赵长风急得嘴上都起了两个燎泡，双眼也由于休息不好变得通红。

老张看在眼里，态度渐渐起了变化。

这天上午，老张陪着赵长风又一次来到中州信托投资公司。赵长风拿着中州信托投资公司国债交易报表出神，老张则打开了中州信托投资公司的会计凭证。忽然，他低声把赵长风叫了过去。

“赵科长，你过来看一看，这一张银行进账单上的银行印鉴和另外几张银行进账单上的银行印鉴有些不同。”

赵长风仔细一看，可不是嘛！二月二十九日交通银行那笔一千两百万银行进账单回单上面的银行收讫章和老张手中一月份另外一笔交通银行的进账单上的银行收讫章有一些差别。这些差别非常细微，不仔细对照完全看不出来。

赵长风说道：“老张，会不会是二月份交通银行换了受理印鉴呢？”

老张摇了摇头，说：“不可能！赵科长，你再看，另一张二月份的交通银行进账单和一月份的这张完全一样。”

赵长风一看，果然是一模一样。怎么会有这种奇怪的现象发生呢？赵长风正在想，会不会是受理窗口不同，银行印鉴也各不相同？忽然想起来这几个银行收讫印鉴中都有一个“三”字，说明都是三号窗口受理的。

赵长风一下子兴奋起来：“来，老张，我们再仔细看看！”

赵长风和老张再度对比，发现二月二十九日那张交通银行的进账单上的银行印鉴确实和其他进账单上的印鉴不一样。

“老张，难道说，这张银行进账单是假的？”赵长风低声问道。

老张说道：“赵科长，进账单是真的，进账单上的内容和印鉴是假的。”

赵长风强抑着心中的激动说：“嘿嘿，这次我们终于逮到狐狸的尾巴了。老张，多亏你看得仔细，要不我们还被蒙在鼓里呢！”

老张心中叹了一口气，小赵，如果我不是和你投缘，看你这么着急上火，无论如何都不会告诉你的。这个结果我从一开始就猜想到了。

其实老张能够猜想出来印鉴可能是假的，并不是他比赵长风聪明，只是他比赵长风经验丰富。审计工作就是靠经验的积累，只有经过长时间的经验积累，才能在面对各种复杂情况时找到正确的对策。在这一点上，初出茅庐的赵长风如何能比得上干了二十年审计工作的老张呢？

赵长风问道：“老张，那我们接下来怎么办？”

老张说道：“走，我们回专案组，让刘组长向上面汇报，去交通银行调出中州信托投资公司真实的账户记录，然后就真相大白了！”

回到专案组驻地，赵长风和老张把情况向刘组长做了汇报，刘组长大喜，立刻电话告知王副书记。王副书记立刻以省机关事务管理局纪委的名义开了一张介绍信，交由赵长风和老张到交通银行进行核查。

到了交通银行之后，赵长风没有想到，负责接待专案组的竟然是田磊。田磊此时已经是交通银行业务部副经理。而且赵长风觉得这么长时间没有见，田磊整个人的气质都变了，浑身上下流露出一股干练和自信。

见到田磊，赵长风就笑了，心中暗道，早知道这样就不申请什么开介绍信了，先来田磊这里摸摸底再说。

和赵长风寒暄几句，田磊就让交通银行会计柜上调出中州信托投资公司的对账单给他们复印了一份。赵长风和老张拿过来一看，果然，中州信托投资公司的银行进账单和银行对账单都是伪造的。二月二十九日根本没有一笔一千两百万的进账。

另外赵长风又让田磊帮忙问了三月一日资金管理中心那张被退回去的支票的事。田磊就把交通银行会计科科长叫了过来，让他回忆一下有没有这个情况。虽然离现在已经快三个月了，会计科科长还是一下子回忆起当时的情况，因为是一笔一千两百万元的巨额支票，会计科科长印象太深刻了。他说中州信托投资公司经理在二月二十九日就打电话过来，说三月一日会有一张巨额支票过来进账，到时候让银行会计柜柜员随便找个理由给退票就好了。

得到这个准确的消息后，赵长风和老张立刻告辞，回到专案组驻地。这时候王副书记也赶到专案组来了，他正和刘组长一起焦急不安地等着赵长风的消息。

听了赵长风的汇报后，王副书记严峻的面容上终于露出一丝笑容，他拍着赵长风的肩膀说："小赵同志，辛苦了，你和老张同志获得的这个线索非常重要，为三二七专案组找到了一个很好的突破点。下一步要继续努力，争取获得更多线索，为三二七专案早日结案做出更大的贡献！"

王副书记交代刘组长先召集专案组所有成员讨论一下这个重要的线索，他则回局里向局领导请示一下，看根据案情的变化下一步该如何去做。

王副书记走了之后，专案组里顿时热闹起来，小谢和小卢连声说，有了这条有价值的线索，看来这将近三个月苦行僧似的生活很快就能结束了，连不苟言笑的刘组长也露出了笑容。

大家讨论来讨论去，觉得当下最有效的办法就是拿着这些证据去突审吴主任。吴主任一直以为专案组掌握不了确凿的证据，现在这货真价实的证据摆在他面前，看他怎么继续装疯卖傻。别的先不说，首先国债虚假交易的罪名是逃不掉了。

专案组的成员都信心百倍地等候着王副书记传来局领导们的指示，好对吴主任展开突审。谁知道王副书记一去就没有了音讯，一直到下午四点，刘组长才接到王副书记的电话，让专案组的成员不要轻举妄动，包括提审吴主任，都需要得到他的批准才行。

专案组的成员就有点泄气，他们已经准备好了要全力对吴主任来个突然袭击，谁知道最后却是这样一个命令。

接下来王副书记没有任何动静，刘组长每次打电话去请示，王副书记都说要他们安心等待，等候上级领导的指示。

专案组成员就开始了沉闷而无聊的等待，一直等了将近一周，到了五月三十日，王副书记忽然传来一个命令，说三二七专案组即日解散，立刻对吴主任和方经理解除双规。

“王书记!”刘组长急了，想做最后的抗争。

“老刘，我知道你的想法，也理解你的心情。只是这个决定是局领导做出来的，我们必须执行！好了，我还有事。你要立即执行上级的命令，不得打任何折扣!”王副书记的话里也透着几分无奈。

刘组长沮丧地放下电话，小谢、小卢和赵长风都围了过来，只有老张远远地躲在一边，一副淡然的模样。

“刘组长，王书记是不是授权我们立即展开行动了?”小谢迫不及待地问道。

刘组长面色铁青，胸膛微微起伏，过了很久，他说道：“三二七专案组即日起解散，对吴主任和方经理的双规措施立即解除!”

“什么？刘组长，怎么会这样?”小卢、小谢和赵长风立刻喊叫起来。

刘组长铁青着脸，摆了摆手道：“这是上级的命令，理解要执行，不理解也要执行!”

房间里的空气阴郁得简直要滴出水来。几个年轻人互相看着，眼里写满了无奈和不甘，还有着一股子不服气。倒是老张心安理得，一副事不关己的模样，仿佛早就料到了这个结局。

刘组长从腰间取下保险柜的钥匙，打开保险柜，拿出他们的通迅工具。

“小赵、小谢、小卢，你们的通迅工具，现在可以拿回去。”

小卢一把抓过手机，冲了出去，到走廊上大喝一声：“我操他大爷的!”

小谢却自嘲地笑了笑，说道：“白白在这里浪费了三个月，也不知道谁双规谁!”

赵长风把手机打开，准备挂在腰上，这时手机忽然滴滴地响了起来，他按下显示键，只见手机上显出一行汉字：“哥，我走了，到美国读书去了，下午三点的飞机。以后我再也不会去烦你了，希望你能开开心心的！灵儿。”

赵长风看了一下手机上的时间显示，现在是下午两点钟。糟糕，来不及了！

“刘组长，我有事，先走了！”赵长风扭头就冲了出去。

刘组长暗自摇头，本来以为赵长风会比小谢和小卢沉稳，没有想到他听到专案组解散的消息，反应竟然比小卢和小谢还大。

冲到楼下，赵长风对专案组的面包车司机王师傅说：“快，把我送到飞机场去！”

赵长风来不及等车停稳，就拉开面包车车门冲了下去，他一路冲到候机大楼，正准备进安检口，两个早就注意到他的机场安全人员拦住了他。

“先生，你要干什么！”

“我，我，我要找人！”赵长风上气不接下气地说，“她坐三点的航班去美国。”

“先生，三点的航班马上就要起飞了。”机场安全人员说，“飞机在起飞前半个小时就停止安检了。”

赵长风一下子清醒过来，他才想起来，乘坐飞机要提前进行安检，而且飞机和火车还不一样，即使你赶到了，也不能买站台票进去送人的。也就是说，从他收到消息那一刻，已经注定见不到灵儿了，半个小时根本没有办法从黄河边的部队招待所赶到飞机场。

灵儿，灵儿就这么走了！赵长风心里空荡荡的。

赵长风本来以为灵儿现在高三还没有毕业，会过一段时间才会出国，所以他想安心办完吴主任的案子之后才去找灵儿解释。他在专案组的时候一是和灵儿联系不方便，打电话的时候必须有另外一个人在场，赵长风也不知道该如何向灵儿解释他目前的这种情况，所以他就专心致志地办吴主任的案子，争取早日结束。可是他却没有想到，吴主任的案子露出曙光的时候却被上级给掐断了，强行命令专案组解散。而恰恰就在这个时候，灵儿竟然去国外念书了！

这时，一阵巨大的轰鸣声从天空传来，抬头望去，只见一架标着中国国际航空公司的波音 737 飞机凌空而起。

“灵儿！“赵长风痛苦地叫了一声，他知道，灵儿一定是坐在这架飞机上。

看着飞机越来越小，消失在云端，赵长风回到停车场，司机王师傅早已经回去了，想来是去接专案组其他成员去了。赵长风无精打采地打车回到机关事务管理局大院。

赵长风意兴阑珊地回到审计科办公室。左科长走了过来，拍拍赵长风的肩膀说：“赵科长，别想那么多。搞审计工作都是这样，只要我们尽了力，问心无愧就好。”

赵长风笑了笑，对左科长说道：“左科长，我没事。”

“呵呵，下班我请科里同事吃饭，也算为你和老张接风，行不?”左科长笑呵呵地说。

赵长风摇了摇头，说道：“左科长，改天吧。今天我身体有点不舒服，想休息一下。”

左科长点了点头，说道：“也好！今天科里也没有什么事，你先回去休息一下，恢复精神，明天或者后天，咱们科里再一起出去聚聚。”

赵长风靠在椅子上，整理一下办公桌里的东西，准备回去，金科长从外边回来了。

“哟，赵科长，回来了啊？你不在的这段时间，你妹妹天天来找你，昨天她还来了呢。难道你出差的时候没有和妹妹交代吗?”金科长说道。

赵长风心头一紧，原来他离开的这段时间，灵儿天天过来找他啊！可怜的小丫头！

赵长风心中很不好受，嘴里还得强笑着回答金科长的话：“嗯，我只对我父母交代了。她是我的堂妹，一时间忘了交代了。”

金科长笑道：“哦，原来这样啊？对了，赵科长，你堂妹留下一封信，让我等你回来转交给你。”

说着，金科长打开抽屉，拿出一封信，递给赵长风。

赵长风接过来一看，信封上四个大字：赵长风收。正是灵儿熟悉的笔体，只是字迹虽然娟秀，却不见了灵儿往日笔迹的轻松活泼，而是多了凝重和沉郁之气。赵长风轻轻摇了摇头，也许灵儿的字迹没有变，是他的心情变了，所以觉得小丫头的字迹变了吧？

赵长风拿过裁纸刀，小心地插入信封口的缝隙中，一点一点地把封口打开。他的动作轻柔又缓慢，这是灵儿留给他的唯一东西。

里面只有一张薄薄的信笺，折成心形。信笺纸非常厚实，看得出来是精心挑选的优质信笺。赵长风轻轻打开，信笺是淡黄色的，上面是灵儿熟悉的笔迹：

哥：

对不起！

我真的不是故意的！

我没有想到，我的一时任性会给你带来这么大的伤害！

哥，你们同事说你出差了，可是我根本不相信！

你一定是在躲着我，对吗？

因为即使你出差，也应该能收到我给你的消息，也应该给我回一个电话啊！

哥，你知道吗？我后来去过几次韦斯特迪厅，想找那个姐姐解释一下。可是每次去迪厅，那里的人都说姐姐不在。也许姐姐在，但是她和你一样，不想见我吧。

哥，真的真的真的对不起！是我害了你！

哥，我今天是想告诉你，我以后再也不会来烦你了。妈妈给我联系好了斯坦福大学，我已经办好了签证，明天就要去美国读书了。

我知道，这次也会和以前那么多次一样，依旧见不到你。可是我只要到你的办公室，看看你工作的地方，就心满意足了。

当我在美国时，我会想起你，就会觉得很幸福。

好了，哥，我不再多说了，说多了你又会心烦的，对不对？

哥，我最后还想请你帮一个忙，等你见到那个大姐姐的时候，替我向她道个歉，行吗？告诉她，我真的不是有意要伤害她的。

灵儿

五月二十九日

赵长风不是那种眼窝子浅、容易感动的人，可是读完灵儿的信之后，眼睛都模糊了，他连忙仰头深深地吸了一口气，才把胸中那股汹涌澎湃的情绪压了下来，让湿润的眼睛逐渐清晰。

过了好一会儿，赵长风才重新低下头来，端详着手中的信笺。

在信笺的角落里，有几朵柔媚的蓝色勿忘我，怯生生地躲在那里，似乎在替灵儿向赵长风诉说着满腹心事。

在信笺之上，还有几处圆形的皱痕，如枯萎的花朵一般。赵长风知道，这应该是灵儿写信时滴落在信笺上的泪痕。他用手轻轻触摸着泪痕，他不知道，小丫头在写这封信时，是怎样一种心痛的感觉。

赵长风小心地收起了信，他忽然有了一种冲动，要立刻去张长锁老人家，去问问灵儿这三个月来的一举一动，也许只有这样，才能让他的内心稍微安宁一些。

到了张长锁老人家里，赵长风整理了一下情绪，强挤出若无其事的笑容敲门进去。

把赵长风拉到身边，张长锁老人埋怨道："长风，你这孩子也真是的，这么长时间不过来，就不能给爷爷打个电话吗？"

赵长风苦笑了一下，说道："爷爷，单位抽调我去参加一项重要的活动。我们有行动纪律的，不能私自和外界联系。"

"哦，纪律！"张长锁老人点了点头，"我明白。当初我在老首长身边当警卫员的时候，也是这样，连家里人都不能告诉呢！"

说到这里，张长锁颇为惋惜地摇了摇头："长风，你要是能早一天回来就好了，就能见到灵儿了。昨天晚上她还来我这里待了半天呢。对了，灵儿去美国的事情，你知道了吗？"

赵长风尽量控制住自己的心情，平静地说："爷爷，我知道。灵儿让单位的同事转告我了。"

张长锁老人很喜欢灵儿，简直把她当成自己亲孙女看待。灵儿忽然去了美国，张长锁老人一时也接受不了，心中空落落的。

见张长锁老人心情不好，赵长风就转移话题道："爷爷，我想到灵儿的房间去看看。"

赵长风走进灵儿的房间，一股若有若无的香气依旧萦绕在房内。赵长风摸了一下藏在怀里的信笺，那上面不也正有这种淡淡的香味吗？

赵长风远远地瞥了一眼书桌，看到一本高级信笺摆放在书桌上，正是灵儿写信用的那种。

赵长风一激动，快步来到书桌前。果然，第一页信笺上画了一个少女可爱的笑脸，下面是一行没头没脑的字：

哥，你能来到我的书房，看到这个笑脸，说明你已经原谅我了。是不是呀？嘻嘻，我好开心！

赵长风知道，这几句话是灵儿特意留给他的，依旧是小丫头熟悉的笔迹，只是赵长风从小丫头的笔迹中看不到一丝开心的模样，字迹转折之间呆滞生涩，显然灵儿写这行字的心情绝对没有像她写的那么开心。

赵长风小心地把这页信笺撕下来折好，装进小丫头的信封里，然后深深地呼吸了几口房间内的空气，转身走了出去。

刚到客厅，就听到门铃在响。刘翠莲刚要去开门，赵长风抢着说："奶奶，我去！"

跑过去打开门，赵长风愣了一下，没有想到是服务管理处维修科的宋科长。赵长风和宋科长虽然不是很熟悉，但是都在局机关大院工作，互相都认识。

"哎呀，赵科长，你怎么会在这里？"宋科长也没有想到给他开门的是赵长风。

赵长风说道："这是我爷爷家，我经常过来呢。宋科长，你怎么会过来这里啊？”

宋科长惊讶道：“赵科长，张长锁老人是你爷爷？”

赵长风说道：“怎么了？有什么问题吗？”

宋科长连忙笑道：“没什么问题。我接到张长锁老人的电话，说厨房的下水道堵了，让我过来看看。”

原来张长锁老人的房子是属于省直机关生活区的房子，归省机关事务管理局服务管理处负责维护。这房子是当初赵强的秘书刘光辉让省机关事务管理局副局长白长钢给安排的，不过这房子也不是白住的，赵强每月还要向服务管理处缴纳八十元的房费。当然，这房费不是白长钢开口要的，而是赵强本人硬要给的。

本来张长锁老人家里的下水道堵了，宋科长只需要派一个维修工过来修就行了。但是宋科长觉得张长锁老人是赵省长的长辈，派一个维修工过来不够尊重。再说，万一维修工不认真，下水道没有通好，影响了为赵省长亲人的服务，就等于影响了为赵省长服务啊。

所以为了体现维修科对张长锁老人的重视，凡是张长锁老人的房子有什么需要维修的地方，宋科长必定过来亲力亲为。宋科长这样做不光是为了把张长锁老人服务好，更重要的是，宋科长心头有一个小小的私心。张长锁老人既然是赵省长的长辈，那么说不定哪天他正在张长锁老人家维修房屋的时候，赵省长会过来。赵省长看到他满身污迹一头大汗为自己的长辈服务，说不定就会对他有好感，这一有好感，说不定还会问一下他的名字和职务，那么他在赵省长心目中就留下了印象了，全中原省有一亿多人口，赵省长能对几个人有印象呢？一旦赵省长对他有了印象，那么以后……

刘翠莲连忙过来，把宋科长领到厨房。宋科长拧开下面的排污管看了看，对刘翠莲说道：“没啥大问题，我用工具通一通就好。”

宋科长到外面把通下水道的工具拿进来，赵长风在一旁要帮忙，宋科长坚决不让。赵长风只好退到一旁。

宋科长把长长的一根钢丝塞进污水管里，这头插入一台机器里。机器接上电，按下开关，钢丝就旋转着往污水管里前进，半分钟后，只听到污水管里发出“咕咚”的声音，然后传来水流声，看污水池里的污水，形成一个小漩涡，急速顺着污水管排了出去。

“呵呵，大功告成!”

宋科长得意洋洋地收起了工具，向赵长风和张长锁老人告辞。他心情很不错，这一趟来张长锁老人家，没有白来，第一，他知道了一个秘密，赵长风和赵省长之间一定有关系，否则赵长风不会喊赵省长的长辈张长锁为爷爷。单从两个人都姓赵，就能说明问题。第二，即使见不到赵省长，见到赵长风也不错。赵长风以后一定会向赵省长提起他，说他身为维修科科长，却不辞劳苦地亲自过来为张长锁老人疏通下水道。只要赵省长能记住一句半句，在某个关键时刻想起来，那么足够让他以后受用不尽。

晚上，宋科长的身影出现在机关事务管理局副局长白长钢家里。

“什么?”白长钢一下子坐直了身体，“张长锁是赵长风的爷爷?”

“对，我亲口听赵长风喊的!”宋科长讨好地说，“表舅，我记得你告诉过我，张长锁是赵省长的亲戚，这房子也是赵省长亲自安排的。所以我当时就想，赵长风和赵省长都姓赵，又都是张长锁的亲戚，那么会不会赵长风和赵省长之间有什么关系呢？我一想到这里，就想马上告诉表舅，可是又记得表舅交代过，让我不要轻易到你办公室去，所以我就忍到下午下班，才悄悄地来到表舅家……”

“好了好了，别表功了，我知道啦!”白长钢不耐烦地打断了宋科长滔滔不绝的话语，“这件事情你记在心里就行，千万不要向任何人说起。”

“表舅放心，除了你，我谁都不会告诉的。”宋科长点头哈腰地说。

宋科长走后，白长钢脑海里还一直在不停地思考，他要努力消化表外甥带给他的这个重要消息。这个消息真的是太震撼了，身为机关事务管理局的副局长，白长钢竟然不知道手下竟然还隐藏着赵省长的亲戚这样关系重大的人物，这从官场的角度上来说，就等于是白长钢的失职，是他仕途道路上一个小小的挫败。

白长钢现在基本上已经肯定，赵长风一定是赵省长的亲戚，否则就无法解释，为什么当初局里几个领导正心照不宣地对扶贫典型赵长风进行冷处理的时候，李恩华会忽然改变态度，高调地为赵长风鸣不平，说什么不能让扶贫英雄流汗又流泪，破格把赵长风提拔到审计科副科长的位子上。

白长钢当时对李恩华在态度上忽然来了个一百八十度的大转弯，从压制赵长风改为大力提拔重用感到迷惑不解，认为背后一定有某种原因。为此白长钢还特意留心了一下，可就是弄不明白，究竟是什么原因让李恩华对赵长风改变了态度。今天，听了表外甥宋科长的重大发现后，白长钢终于明白了，为什么李恩华的态度会发生这么戏剧性的变化。一定是有人对李恩华打过招呼，向李恩华透露了赵长风的背景，李恩华知道赵长风背后是赵省长，所以就立刻改变了态度，对赵长风加以重用了。

日子在平淡中过去，从专案组回来的这半个月内，赵长风忽然多了一个爱好，就是去迪厅蹦迪，去的自然是韦斯特迪厅。

本来赵长风去迪厅的目的一是想向方天雷解释清楚，二则是向方佳怡转述灵儿的道歉。没想到他到迪厅见到方天雷之后，方天雷哈哈大笑，告诉赵长风，他已经清楚了，他知道当天赵长风领的那个小丫头是副省长赵强的女儿，还知道小丫头获得了全省奥数竞赛金牌，当天刚领了金牌回来，找她的家庭教师赵长风来庆祝。

赵长风听得毛骨悚然，方天雷怎么什么都知道了？

方天雷不以为意地说，在中原省，他方天雷想要了解一个人的底细不是难事，更何况赵长风和赵灵儿之间的关系并没有刻意被隐瞒，所以他了解起来就更为容易。

看到赵长风畏惧的表情，方天雷又笑了，他捶了赵长风一拳道：“你小子怕什么？你放心，我方天雷还从来没有利用过这些能力去做什么伤天害理的事。我动用这些能力都是为了自我防卫，明白不？为了保护我和我的家人不受别人的伤害。”

随后方天雷又告诉赵长风，他虽然知道这些事情的真相，但是却没有向妹妹方佳怡说明。

“嘿嘿，不能太便宜你这小子了！你造成的误会你自己去解释！一个大男人总靠别人帮忙算什么本事？”方天雷挤眉弄眼地说，“佳怡就在楼上的办公室，你去找她解释吧。”

赵长风到了楼上，找到方佳怡，经过一番苦口婆心的解释，终于获得了方佳怡的谅解，方佳怡甚至想去见一见赵灵儿。赵长风苦笑着说，灵儿已经去美国留学了，短时间内怕是见不到了。方佳怡也是一阵黯然。

赵长风本来担心，这次如果向方佳怡解释清楚之后，方佳怡会再次逼他到家里去见方老爷子，可是出乎赵长风的意料，方佳怡绝口不提这件事了，甚至连方天雷也不再提起这件事。

方佳怡见赵长风依旧有些闷闷不乐，就问他是什么原因。赵长风心中烦闷，就把蔡达明和吴主任的事情说了出来。方佳怡听了之后告诉赵长风，人生其实有很多无奈，不要太过于在意，发泄发泄就好了。

在方佳怡的邀请下，赵长风和方佳怡到下面迪厅疯狂地狂舞一番，觉得心中的郁闷之情发泄了不少，于是就爱上了蹦迪。

当然，在韦斯特迪厅，赵长风和方佳怡绝对安全，因为当方佳怡和赵长风蹦迪时，至少有十个保安同时注意他俩身边的情况。方佳怡告诉赵长风，韦斯特迪厅的保安都是方天雷从手下退伍的军人中挑选出来的尖子。

六月十五日，距离三二七专案组解散已经过了半个月了，赵长风忽然接到通知，让他到局长办公室去一趟。

到了局长办公室，李恩华正笑眯眯地等着他。

“小赵，是不是还对专案组的解散有些情绪啊？”李恩华问道。

“没有，李局长，我没有任何情绪。”赵长风平静地回答。

“小赵，没情绪就好！”李恩华语重心长地说，“小赵，你还年轻，有很多事情并不像你想象的那么容易解决，很多时候，我们要为大局着想！”

赵长风点了点头，正想说什么，门外传来了敲门声。

李恩华指了指沙发，示意赵长风坐好，然后对外面说：“进来。”

白长钢笑呵呵地走了进来，他冲赵长风点了点头，然后来李恩华办公桌前，笑着说：“李局长，你行动真迅速啊，我总是慢上一步。”

李恩华笑道：“白局长，小赵同志也是刚来，我还没有跟他说呢。”

白局长笑笑，坐在赵长风对面的沙发上。

李恩华也从办公桌后面走了过来，和白长钢并排坐下。

“白局长，是你说还是我说？”李恩华笑眯眯地问。

白长钢说：“你是一把手，当然是你说。”

李恩华也就不再推辞，他对赵长风说：“小赵，最近资金管理中心要有一点人事变动，需要抽调一些干部补充到资金管理中心去。其中资金管理中心业务部经理的职务，考虑到你是金融专业出身，又是党员，无论从业务能力还是政治能力上都值得信任，所以白局长向局党委推荐了你，今天我和白局长把你约过来，就是想听听你的想法。”

李恩华做得还算漂亮，没有抢去白长钢的功劳。

按理说，资金管理中心业务部经理属于正科级干部，这样的干部任免问题由人事教育处王处长进行谈话就可以了，可是轮到赵长风身上，竟然出动了机关事务管理局的正副局长两位大员联合和他谈话。

其实李恩华心中也在疑惑，赵长风和赵省长的关系，李恩华已经百分之百地弄清楚了，赵省长是赵长风的叔叔，这是确凿无疑的。当初李恩华不经意间在《中州日报》上看到奥林匹克数学竞赛的新闻，他蓦然发现，那个举着金牌灿烂笑着的小姑娘不正是赵长风的妹妹吗？再看照片下面配注的说明：高中组第一名赵灵儿。李恩华微微自得地笑了起来，他猜得不错，这小女孩果然姓赵。

两天后，李恩华到赵省长办公室汇报工作，他惊奇地发现，赵省长办公桌上也放着一份三月二十六日的《中州日报》，第五版正好打开，从李恩华这边望去，依稀能看到赵灵儿获得金牌的灿烂笑容。

于是李恩华大着胆子说了一句：“赵省长，你也在看这个新闻啊？这个姑娘竟然这么有出息，以满分成绩获得金牌！”

赵省长哈哈大笑，说道：“李局长，这是我家的丫头，怎么样，还不错吧？”

听得出，赵省长对女儿取得这样的成绩是感到无比骄傲和自豪的。

李恩华没有想到他一次冒失的大胆旁敲侧击获得了如此准确的答案，他按捺着心中的狂喜，“真诚”地恭维了赵省长几句什么将门虎女、教女有方之类的话。看得出来，赵省长对夸他女儿的话非常受用，一点都不反感。

从省政府回来后，李恩华就下定了决心，一定要对赵长风委以重用，等赵长风从三二七专案组回来之后就着手安排。

李恩华这些心事谁都没有透露，他本来以为在机关事务管理局只有他一个人知道赵长风和赵省长之间的关系。

今天上午，李恩华和副局长徐克猛、白长钢以及人事教育处王处长在一起讨论资金管理中心主任的人选和资金管理中心业务部经理的人选。吴主任和方经理捅了这么大的娄子，虽然局里把这件事情压了下来，决定不追究责任，但是也不能让他们两个人继续待在资金管理中心这么要害的部门里。

按照惯例，这又将是一次讨价还价、相互妥协的会议，尤其是资金管理中心主任的人选，这是个肥缺，哪一个局长不想把自己的心腹嫡系推到这个位置上呢？

李恩华已经决定，这次在资金管理中心主任的人选上放弃发言权。李恩华这样做有两个原因，第一个原因，吴主任担任资金管理中心的主任就是他一手提拔的，当初他顶住了徐克猛和白长钢两位副局长的压力，坚持让吴主任到资金管理中心任一把手。可是到了最后，吴主任却给他演出这么不光彩的一幕，李恩华实在不好意思再提出资金管理中心一把手的人选。从利益博弈的角度来说，也应该放弃这次机会，由徐克猛和白长钢两个人进行角逐。

第二个原因就是，李恩华把目标放在业务科经理上，首先这个位子是科级干部，徐克猛和白长钢不一定放在眼里。更重要的是，赵长风目前是副科级干部，如果调整一下，就可以顺理成章地成为科级干部。对李恩华来说，通过提拔赵长风来讨好赵省长，远比替心腹争来一个资金管理中心的主任职务要紧得多。

所以，在这次协调会议上，李恩华就抱着坐山观虎斗的决心，打算以旁观者的心态观看一出白长钢和徐克猛为资金管理中心主任的位子争得你死我活的好戏。

果然，会议刚一开始，白长钢就抢着要第一个发言。

李恩华等着看好戏的上演。但出乎李恩华意料的是，白长钢一开口就放弃了资金管理中心主任人选的推荐。

白长钢说："李局长、徐局长，关于资金管理中心主任的人选，我没有考虑成熟，所以我不发言。"

听了白长钢的话，李恩华大吃一惊，徐克猛也不敢置信地望着白长钢，心想一贯锱铢必较的白长钢怎么忽然转了性子呢？这简直太不可思议了！

白长钢接着说道："但是，关于资金管理中心业务部经理的人选，我倒是有一个不错的建议。"

李恩华心头一沉，难道白长钢知道他已经盯着资金管理中心业务部经理的位子，所以故意来搅局，想坏他的好事吗？

徐克猛也有点纳闷，这白长钢是怎么回事？忽然丢下资金管理中心主任这个大西瓜，去争夺业务部经理这个小芝麻？

"白局长，你有什么人选，可以提出来让大家一起讨论讨论。"李恩华不动声色地微笑道。

白长钢道："李局长，我们局里有一位年轻有为的干部，他是财经大学本科毕业，学的是金融专业，又是党员，在工作上表现得非常出色。我觉得他能胜任资金管理中心业务部经理。"

徐克猛笑道："老白，照你说的这些条件，这个干部简直是为资金管理中心业务部经理量身打造出来的，难不成我们局也实行了定向培养干部？"

李恩华心头却是一紧，从白长钢说的话来推断，机关事务管理局的干部中，除了赵长风，还没有听说谁具备这样的条件，难道白长钢已经注意到赵长风了吗？这不可能啊！据李恩华观察，赵长风是一个非常低调的人，他不但刻意隐瞒他和赵省长之间的关系，而且和局里各个领导，甚至和财务处、人事处的领导都没有什么来往，过年的时候躲回老家，连去顶头上司家拜年都不屑于去，这样的人也能引起白长钢注意？

"呵呵，老徐，不瞒你说，咱们机关事务管理局还真是藏龙卧虎之地，真的就有这么一位最合适资金管理中心业务部经理的人选。"白长钢笑呵呵地说。

徐克猛笑道："老白，他叫什么名字，说说看，看我听说过没有。"

白长钢笑道："他就是前一段被抽调去三二七专案组的审计科副科长赵长风。老徐，你不会说你不知道吧？"

"赵长风？"徐克猛想起来了，"老白，你是说小赵啊，我知道，在专案组表现很不错。但是他太年轻了吧？刚刚前不久刚被破格提拔为副科长，如果现在又把他任命为资金管理中心业务部经理，下边的干部会不会有看法？"

徐克猛本来已经做好了充分的准备，要和白长钢进行一番激烈的较量，争夺资金管理中心主任的人选，可是现在白长钢忽然来个不战而降，让徐克猛心里空落落的。这就好比是一场拳王争霸赛，徐克猛这边经过长时间精心准备，无论是体能还是精神都达到了巅峰状态，而且还根据场上将会出现的不同战况设计了多套战术方案，现在临到比赛就要开始的时候，对手忽然宣布弃权了，这怎么能不让徐克猛感到失落？徐克猛是一员悍将，他一直希望竞争对手能够和他一样强大，胜负的差别往往在一线之间，只有这样获胜了，心理上才会有满足的快感，倘若对手太弱，或者还没开始就不战而降，那么即使获胜了，心理上也没有什么愉悦之感。

对徐克猛来说，享受胜利的喜悦固然重要，但更重要的是要享受在争夺胜利过程中蹂躏对手的那种快感。可是现在白长钢忽然退出，这让徐克猛怎么甘心？而徐克猛更不甘心的是，他无法展示出他精心准备的种种技巧，不经过一番激烈的较量，那些不知道底细的人或许还以为是他徐克猛私下里向白长钢做了什么妥协，白长钢把这个推荐资金管理中心主任人选的资格施舍给他了呢！所以，徐克猛本来无心争资金管理中心业务部经理的人选，现在却偏要在这个问题上和白长钢纠缠一番。

“老徐，上次开会的时候，李局长不是还提出要响应省政府的号召，大力提倡干部年轻化、干部专业化，小赵同志虽然年轻，但是从思想品德、政治觉悟、业务能力、干部素质等方面，都足以胜任资金管理中心业务部经理的职位，我提名小赵出任业务部经理，也是为了响应李局长的号召、响应省政府的号召啊！”

白长钢不声不响地把战火往李恩华身上引。白长钢不怕李恩华不下来蹚这趟浑水，既然李恩华知道赵长风的身份，那么李恩华就必定和他站在同一条战线上。

徐克猛犹自在那里和白长钢纠缠：“老白，即使再提倡干部年轻化、专业化，不是也得有个度吗？我知道小赵同志不错，但是培养干部也需要一个过程啊！”

白长钢微笑着不说话，拿眼睛直瞄李恩华。

李恩华看了白长钢的笑容，越发肯定白长钢也知道了赵长风的底细，不过现在白长钢摆明要拉他下水，他不下也不行，否则等徐克猛把话说死，再提名赵长风就不合适了。趁徐克猛现在只是意气之争，话语还有余地，李恩华必须在这个时候表态，提醒一下徐克猛。

李恩华轻轻咳嗽了一下，不紧不慢地说："徐局长，既然白局长提名的赵长风你不满意，你有没有中意的人选呢?"

徐克猛听了李恩华的话，猛然醒悟，发现自己犯了兵家大忌。怪不得以前有个易学大师一直说他性格有缺陷，过于在意一城一池的得失，而忽略了大局，说他只有收敛性格中好斗的因素，学会妥协，才会在仕途上更进一步。现在可好，他和白长钢在资金业务部经理的人选上进行意气之争，却忽略了今天的主要目的是争夺资金管理中心主任的推荐权，这才是今天的大局啊。

再说，徐克猛也没有准备资金业务部经理的人选。因为一般来说，资金业务部经理这种科级干部的推荐权都放在人事教育处王处长那里，一般作为局级干部，即使有属意的科级干部人选，也不会主动提出来，而是要先过去和王处长沟通好，通过王处长之口把这个人选提出来，很少有像白长钢这样赤裸裸地上阵，跳过王处长直接提出科级干部人选的。虽然说现在徐克猛也可以临时提出一两个资金业务部经理的人选，但这样一来，他在资金管理中心主任人选上的发言权必然会减弱。也许他和白长钢的鹬蚌相争，最后会让李恩华这个旁观的渔翁得利呢!

"李局长，这个问题应该问问王处长，我暂时还没有什么人选推荐。"徐克猛退了回来，把皮球踢给王处长。

大家都望向王处长。

王处长私下里其实早就得到了白长钢的招呼，白长钢告诉他，资金业务部的经理人选他打算推荐赵长风，问王处长有什么其他人选。王处长即使有人选这个时候也只能说没有，他总不至于和副局长来争这个科级干部的推荐权吧?更何况白长钢提出的人选不是别人，正是赵长风。王处长知道，现在赵长风是李恩华局长的宝贝疙瘩，谁都动不得，白长钢局长跳出来关照赵长风，王处长岂敢说个不字?不过让王处长奇怪的是，白长钢并没有要求王处长在会议上提出赵长风，而是说他要会上向其他两位局长亲口提出来。对于白长钢这一反常态的要求王处长感到非常奇怪，知道这背后肯定有原因。至于真实原因是什么，就不是他这个做下属的可以妄加推测的了。

见三位局长都看向自己，王处长连忙说："这个问题人事教育处正在讨论，目前还没有合适的人选。今天过来主要是以三位领导的意见为主。"

王处长不敢得罪白长钢，也不敢得罪徐克猛，所以只好含含糊糊的，原来准备的那些明确要支持赵长风的话没敢说出口。

李恩华说："既然这样，暂时先把资金管理中心业务部经理人选的问题放一放，我们先来讨论资金管理中心主任的人选。"

资金管理中心主任人选的讨论非常顺利，因为李恩华和白长钢都没有提名，只有徐克猛提出让华风宾馆的总经理刘茂才来担任。华风宾馆是机关事务管理局的下属单位，里面设有局机关干部健身中心，几位局领导经常过去，和刘茂才关系都不错。

李恩华对于资金管理中心人选的态度就是，他这次放弃提名的权力，但是徐克猛和白长钢提出的人选一定不能是他厌恶的人，只要他们提出的人选他能看得过眼，就不会动用否决权。现在这个刘茂才虽然是徐克猛的嫡系，但是为人倒是八面玲珑的，李恩华对他并没有恶感，所以他没有什么意见。

徐克猛刚才搅了白长钢的局，本来以为白长钢这次一定会跳出来反对刘茂才，搅他的局，没有想到白长钢对徐克猛的提议大力赞成。这让徐克猛甚至在心底怀疑，刘茂才是否背着他私下里去走了白长钢的门路，所以白长钢才会不遗余力地配合他呢？

不过徐克猛知道这一定是他的错觉。站队的时候千万不能脚踏两只船，否则一旦暴露出来，就会两头不落好，下场会非常悲惨。

确定了资金管理中心主任的人选，他们回过头来再讨论资金管理中心业务部经理的人选。这时候白长钢又提出了赵长风。徐克猛自然不好意思出言反对，按照投桃报李的原则，他怎么也得放白长钢一马啊！

虽然白长钢投给徐克猛的这个桃子很大，徐克猛还给白长钢的李子很小，但是好歹也算是还了人情，把这件事扯平了。

于是会议上就定了下来，刘茂才任资金管理中心主任，赵长风任资金管理中心业务部经理。

决定了主要议题之后，就剩下次要的议题了。一个问题就是对原资金管理中心主任吴谦虚和原资金管理业务部经理方大海的去向问题。出了这么大的事，虽然说基于种种考虑，机关事务管理局替吴谦虚和方大海把事情捂了下来，但是吴谦虚和方大海两个人必须进行处分，并调到次要的工作岗位上去。

对吴谦虚和方大海的内部处分早已经做出来了，只是并没有对外公布，现在就是安排两个人的去向了。

会上经过讨论，最后决定，把吴谦虚调到省直机关第二幼儿园任副园长，方大海调到车辆管理处任维修科副科长。

另外一个问题就是刘茂才调离华风宾馆之后，谁来接任华风宾馆总经理的职位。在这个问题上，白长钢和徐克猛两人又互不相让起来。最后李恩华说这件事留待下次会议讨论。

散会后，王处长知趣地主动要求和徐克猛一起去向华风宾馆总经理刘茂才宣布组织的决定，那么向赵长风征求意见的事情只能落在白长钢和李恩华身上了。

李恩华笑着问白长钢："白局长，是你来征求赵长风的意见，还是我来?"

赵长风目前还是财务处审计科的人，在李恩华主管的范围之内，白长钢自然不可能撇开李恩华去单独征求赵长风的意见。

白长钢说："李局长，要不你通知赵长风来你办公室，我们俩一起征求他的意见吧。"

白长钢为什么一定要参与征求赵长风的意见呢？因为白长钢必须要让赵长风知道，是他推荐赵长风出任资金管理中心业务部经理的。

那么白长钢完全可以私下里先和赵长风进行交流，告诉赵长风，他想推荐赵长风出任资金管理中心业务部经理。这样一来，赵长风不就事先知道是白长钢推荐他的吗？何必要事后这么麻烦地通过这样的方式让赵长风知道呢？

在这个问题上，白长钢有他自己的考虑。

第十一章　处处有学问，推荐提拔也是奥妙无穷

对一个人来说，你看重他的背景推荐他，他会感谢你；假如你是看中了他的能力而推荐他，他会十分感激你。所谓士为知己者死，就是这个道理。白长钢刻意制造这么一种戏剧化的效果，为的就是让赵长风从心底里感激他。只有这样，将来到了关键时刻，赵长风才会为他说话。

原来白长钢和赵长风并没有什么来往，而且财务部也属于李恩华局长直接主管的范围，他不是赵长风的主管局长，那么他忽然私下里把赵长风叫到他的办公室，别人会不会有什么看法呢？这样做很不合适。

另外白长钢还有一层顾虑，即使他敢冒官场之大不韪，把赵长风叫到他办公室说，他准备推荐赵长风到资金管理中心业务部任经理，赵长风会怎么想呢？这件事情太突兀了，赵长风会不会猜想是白长钢知道了他和赵强之间的关系，所以才来故意讨好他，推荐他出任资金管理中心业务部经理的职位呢？

如果是这样的话，赵长风虽然会感谢白长钢，但是绝对不会感动。为什么？因为赵长风知道，白长钢是看在赵省长的面子上，而不是看重他本人的工作能力。

现在白长钢事先没有和赵长风打任何招呼，就在局长办公会议上提出让赵长风出任资金管理主任一职，完全是一副公事公办的态度。那么赵长风会怎么想？赵长风绝对不会猜到是白长钢知道了他的底细，看在他和赵省长之间的关系上才推荐他的。赵长风会以为是白长钢看中了他的工作能力，才这

样大力推荐他的。

对一个人来说，你看重他的背景推荐他，他只会感谢你；但是如果你看中了他的能力而推荐他，他绝对会感激你！所谓士为知己者死，就是这个意思。

现在，白长钢这样做就是刻意要制造出这么一种戏剧化的效果，让赵长风打心底里感激他。只有这样，将来到了关键时刻，赵长风才会在赵省长面前为他说话。

可是白长钢又怕赵长风不知道局长办公室会议上发生的这一切，所以就执意要和李恩华去征求赵长风的意见。

李恩华也知道白长钢的意思，所以他也不居功，见了赵长风之后，特意点明是白长钢在会议上推荐他出任资金管理中心业务部经理的。

听说是白长钢局长推荐自己出任资金管理中心业务部经理，赵长风不由得吃了一惊。白长钢为什么会推荐他出任资金管理中心业务部经理？他和白长钢没有什么来往啊？难道白长钢看中了他的能力吗？

“谢谢李局长，谢谢白局长。”赵长风说，“只是我刚到审计科还没有多久，对审计科的业务还没有熟悉，就调到资金管理中心去，别人会不会有什么看法？”

白长钢说：“谁说你对审计科的业务还没有熟悉？你在三二七专案组的表现就很出色啊，很好地完成了专案组交给你的审计任务。如果不是对审计业务非常熟练，怎么能够完成呢？再说，搞审计毕竟不是你的主业，你是学金融的，到资金管理中心才能发挥你的特长嘛。有李局长和我的支持，你还怕别人说你什么吗？”

李恩华也笑道：“小赵同志，你是年轻人，正是充满朝气和活力的年纪，要敢打敢拼，怎么会有这种畏首畏尾的思想呢？组织上既然把你安排到资金管理中心业务部经理的岗位上，肯定是经过深思熟虑的。你如果不能胜任的话，组织上也不会做出这样的决定的！”

“至于说有一些人会有看法，那很正常嘛。任何事情都不可能让所有人百分之百满意的。对于你出任资金管理中心业务部经理，有一些人持怀疑、甚至是反对的看法，都很正常。你要做的就是用你的实际行动来向组织证明，组织对你的选择是正确的，你要努力干出成绩，用铁一般的事实去让那些怀疑你、甚至反对你的人闭嘴，而不能因为畏惧他们对你的看法就止步不前！”

赵长风刚才只是程序性地谦虚一下，这是礼节的需要。月满则亏，这个道理他深深懂得，所以面对领导的重用，一定要保持谦逊谨慎的作风，要让领导说你行，你不能拍着胸脯说自己行，否则就是骄傲自大、目中无人了！

此时既然李恩华局长和白长钢局长都发了话，赵长风自然不需要再推辞了，他表态道：“既然李局长和白局长这么信任我，那我就到资金管理中心业务部经理的岗位上试一试，我一定会努力争取做到最好，不给李局长和白局长丢人。如果我在新的岗位上达不到李局长和白局长的要求和期望，你们可以随时把我拿下！”

六月份，流传很久的小道消息终于得到了证实，资金管理中心主任吴谦虚和业务部经理方大海分别被调离岗位。华风宾馆总经理刘茂才和财务审计处审计科副科长赵长风，被调到资金管理中心接替吴谦虚和方大海的职务。

刘茂才对于赵长风能出任他手下业务部经理一职也感到非常吃惊，刘茂才绝对没想到，一个毕业不到三年的大学生，竟然升任到正科级干部，晋升速度之快在机关事务管理局的历史上也不多见。

关于这次赵长风的晋升，刘茂才听徐克猛说了，是副局长白长钢的功劳，可是看样子似乎局一把手李恩华对赵长风也非常感兴趣。据说当初赵长风从县里扶贫回来，就是李恩华发话，让赵长风破格提拔到副科级的岗位上的。

知道了这一点，刘茂才对赵长风也不敢轻视，见面都是客客气气的。因为无论赵长风的后台是白长钢或是李恩华，基本上在机关事务管理局就算领到了免死金牌，如果没有犯下太大错误，一般处级干部都动不了他。

再说，刘茂才和赵长风在资金管理中心都属于外来的新人，即使刘茂才身为资金管理中心的一把手，也不可避免地会受到资金管理中心那些老人的抵触。而赵长风是一个科级干部，自然更会受到其他人的排挤，尤其赵长风还是三二七专案组的成员，在资金管理中心干部的心目中，就是赵长风把老主任吴谦虚和业务部经理方大海整下去的，对赵长风更不会客气了。

既然都是新人，刘茂才更要拉拢团结好赵长风，先把资金管理中心那些刺头或者潜在的刺头收复，才好开展工作。

对于刘茂才的拉拢，赵长风是心知肚明，也十分配合刘茂才的工作，只是两个人都是刚来到资金管理中心，对于业务都是新手，很不熟悉。相对来说赵长风还好一些，他是金融专业毕业，加上在资金管理中心审计了那么长时间，对于资金管理中心业务部的运作程序基本上都有数了。可是刘茂才是党校大专文凭，和资金管理中心业务根本不对口，加上之前在华风宾馆任总经理，搞的都是接待工作，对宾客迎来送往的。现在乍一接触资金管理中心的工作，根本没有头绪，所以很多时候，赵长风不但要安排业务部的工作，还要过去当刘茂才的参谋，替把关，看资金管理中心两个副主任罗芳和梁华布置安排的工作程序有没有问题，是不是给刘茂才下了套子。

就在赵长风使出浑身解数熟悉业务、也帮刘茂才熟悉业务的时候，李恩华的电话又一次打到了赵长风办公室，让他下班后到自己办公室一趟。

赵长风不知道李恩华找他干什么，心中就有些忐忑。下班后，他来到局机关大院，上楼敲开了李恩华的办公室。

李恩华热情地把赵长风喊进来，让赵长风坐好，然后拉了一张椅子亲热地坐在赵长风对面。

“小赵啊，问你一个事情。”李恩华笑眯眯地说。

“李局长，什么事情?”

李恩华笑说道：“嗯，是这样的。小赵，你有对象了没有?”

原来李恩华上次见白长钢行动之后，他决定进一步拉近他和赵长风之间的距离。李恩华准备兵出奇招，和白长钢之间展开差异化竞争。那么怎么样才能拉近他和赵长风的距离，显示出他和赵长风之间的关系不一般呢?

李恩华颇下了一番心思，却不知道该从什么地方入手。就在这时，一个在省工商局任副局长的老战友让他帮忙替丫头介绍对象，这一下子点醒了李恩华，如果把老战友的丫头介绍给赵长风，他和赵长风的关系不就更近了一层吗?

老战友的丫头李恩华并不陌生，小丫头从公安大学毕业，目前在省公安厅工作，长得挺漂亮。只是小丫头以前谈的男朋友老战友都不满意，而老战友介绍的对象小丫头又看不上，所以一直拖到了现在。小丫头今年已经二十三岁了，所以老战友才有点急了，到处托人为丫头寻找合适的对象。

在李恩华看来，老战友的丫头是绝对配得上赵长风的。无论是长相、工作，还有家世，都无可挑剔。

而赵长风，那就更不用说了，有了赵省长这棵大树，以后前途不可限量。另外赵长风的身高、长相、能力、谈吐，包括品德方面，也绝对配得上老战友的丫头。李恩华知道，只要他把赵长风领到老战友面前，老战友保管满意。至于小丫头满意不满意，那要看缘分了，李恩华相信，赵长风的那股机灵劲，小丫头也会很满意呢！

对李恩华来说，现在的问题是，赵长风有没有对象？

经过李恩华多方了解，知道赵长风很可能没有对象。最起码赵长风在机关事务管理局两年多的时间里，基本上没有女孩子来找过赵长风，也没有见赵长风带过女孩子回宿舍去。据说曾经有一个女孩子来财务处找过赵长风，大家都以为是赵长风的对象，但是赵长风解释过，那个女孩子是他同学的对象，来找他办事情的。除此之外，大家不记得有什么女孩子来找过赵长风。当然，赵省长的丫头灵儿经常过来找赵长风，但灵儿还是个孩子，又是赵长风的堂妹，自然不用考虑。

把情况基本上打听清楚后，李恩华才打电话让赵长风来办公室，当面和赵长风谈一谈。如果赵长风真的没有对象，那么他就努力撮合这一门亲事，让赵长风死心塌地成为他队伍里的人。

听李恩华忽然问他有没有对象，赵长风一时没有反应过来，他本来以为李恩华会和他谈工作上的事。所以赵长风也没有多想，随口就说："李局长，还没有呢。"

李恩华心中一喜，脸上的笑容就更浓了："小赵，你今年多大了？"

"李局长，过了八月份就二十四岁了。"

"也老大不小了啊！很多人像你这么大的时候都当爸爸了呢！"李恩华说道，"怎么就没想找一个对象呢？"

赵长风对这个话题有点不适应，他羞涩地笑道："李局长，我刚参加工作两年，暂时没顾得上。”

李恩华笑着追问道：“没顾得上？这么说你心里已经有中意的人了，只是没有向人家姑娘表白？”

赵长风更加窘迫，连忙说道：“李局长，没有，我没有什么属意的对象。”

“呵呵，原来是这样啊！”李恩华大喜，笑着，“小赵，你都老大不小了，再不谈对象爸爸妈妈不着急吗？”

赵长风说道：“爸爸妈妈倒是不催我，说男子汉以事业为重。”

“呵呵，事业固然重要，但是家庭却是事业的港湾啊！”李恩华语重心长地说，“小赵，你没有听说过吗，每一个成功的男人背后都有一个好女人。没有女人在后面做好后勤支持，男人一个人打拼能不累吗？”

赵长风低着头不知道该怎么说。这时他已经从最初的窘迫中醒悟过来，知道李恩华很可能要给他介绍对象，否则绝对不会无缘无故地把他叫到办公室来和他谈这些废话。

“小赵，我有一个老战友，在省工商局任副局长。他有一个丫头，今年二十三岁，公安大学毕业的，现在在省公安厅上班。小丫头和你一样，也是光顾着工作，耽误了找对象。我的老战友现在托我帮他丫头介绍个对象，我觉得你和小丫头挺合适的，所以想找你谈一谈，希望你们两个能见一下面。”李恩华这才说出他的意思。

赵长风一下子慌乱了起来，他连忙说道：“李局长，这，这不太合适吧？”

李恩华笑眯眯地问道：“怎么不合适啊？”

赵长风知道李恩华给他介绍对象的意思，这类似于政治联姻，两个门户背景相当的年轻人结合在一起，一旦成功之后，不但两个年轻人都彼此从对方家族的背景中受益，两个家族也因为这桩婚姻而成了利益共同体、互相受益。

可是赵长风不愿意接受、也不敢接受李恩华的一番好意。

主意打定之后，赵长风调整了一下情绪，对李恩华说：“李局长，对、对不起。刚才我怕领导说我因为谈恋爱影响了工作，所以就没敢向您如实交代，其实、其实我已经有了女朋友。”

李恩华老奸巨猾，一看赵长风吞吞吐吐的样子，就知道这小子在耍花腔，不想去见面，所以找一个借口，想在自己面前蒙混过关。

“呵呵，是吗？小赵，为什么从来没有人见过你女朋友来找你啊？”李恩华笑眯眯地问。

“李局长，是我不让她来找我。”

谎话一旦开了头，后面的话就顺溜了，赵长风的思路非常流畅：“我觉得我和她还年轻，要先把精力用到工作当中去，等把工作搞好之后，以后再慢慢谈恋爱不迟。所以参加工作这头两年，我和她定好了规则，都要自我约束。”

“哦，原来是这样！”李恩华一副恍然大悟状，“听你这么说，你女朋友也在中州工作了？”

赵长风点了点头，说道：“嗯，李局长，她在中州工作。”

“呵呵，那敢情好。”李恩华说道，“小赵，你这么一说，我也很想见见你的女朋友呢。这样吧，明天是周六，不用上班，中午的时候，我让你嫂子在家里做一桌菜，你带你女朋友来吃个便饭吧，如何？”

赵长风迟疑道：“李局长，这……”

李恩华绷着脸说：“都周末了，怎么会没时间？难道她比我这个局长还忙吗？我不管，反正明天中午我让你嫂子烧好饭菜，给不给面子就看你们了。”

赵长风还想解释，李恩华却不肯听，伸手拿过来一张便笺，在上面写了两行字，塞到赵长风手中。

“小赵，这是我家里的地址。明天中午我和你嫂子准时在家里等你们小两口，不要爽约啊！”

李恩华抬手看了看手表，说道：“哟，时间不早了，不知不觉都六点半了。我该回去了，再晚你嫂子非骂死我不可。”

赵长风自然不能继续赖在办公室，他只好苦着脸起身告辞。

赵长风出去后，李恩华望着他的背影偷笑，心道：小子，在老江湖面前还想耍滑头？嫩了一点吧？我看你明天怎么领女朋友来。

赵长风苦着脸走出李恩华的办公室，他知道，即使再继续推托下去也没有用，李恩华或许看出了他是在找理由敷衍，所以就趁势将了他一军，让他把女朋友带到家里去看看。如果他不能把女朋友带过去，那就说明，他是在骗李恩华，接下来的问题就简单多了，李恩华只要押着他到工商局副局长家里相亲就可以了。

赵长风现在唯一的办法，就是明天找一个女孩子来冒充他的女朋友，一起到李恩华家去，把这一关先过了再说。

可是既然找人冒充，必然要像那么一回事，不然让李恩华看出破绽，那这出戏就演不下去了！

在心里反复思量后，赵长风觉得，还是找林欣萍来和他演这出戏比较合适。最起码赵长风和林欣萍之间非常熟悉，而且互相都有好感，假扮起恋人来比较自然，不会让李恩华一看就觉得是临时凑到一块演戏的。

赵长风下了决心，回到宿舍，立即往林家打了个电话。接电话的是林东风，听说赵长风找林欣萍，他告诉赵长风，小萍跟博物馆里的考古小组到新疆罗布泊遗址进行考古挖掘去了，今天上午刚刚出发。林东风还奇怪地反问赵长风，小萍出发前没有告诉你吗？

赵长风连忙搪塞了两句，挂断了电话。

赵长风不愿意找方佳怡，因为以前方佳怡要求过他陪她一起到家里去见老爷子。赵长风心想，他以前拒绝了方佳怡，那么现在又去找方佳怡，方佳怡会不会同意呢？再说，还有一个比较棘手的问题，万一这次假扮临时女友结束之后，方佳怡旧事重提，再次邀请他到家里去见老爷子，又该怎么拒绝呢？

选方佳怡做自己的女朋友，赵长风不是没有想过。从理智上来说，赵长风是最倾向于选择方佳怡当他的女朋友的。因为方佳怡虽然没有具体透露过她的家世背景，但是赵长风可以大致猜测出来。

可是真要做出这样的选择，赵长风一下子又接受不了。因为他一旦这样做了，就是靠着女人往上爬，这对赵长风的自尊心有点打击。

可是赵长风没有想到，即使是找一个临时女友到李恩华家应应卯，也不得不选择方佳怡。事情怎么就那么巧呢？

一想到方佳怡，赵长风就有点头疼。虽然最近他和方佳怡关系比较融洽，他时不时到韦斯特迪厅去和方佳怡一起蹦迪，但是这并不代表他选择方佳怡充当临时女友没有后遗症。

“晚上有空吗？一起蹦迪吧。”

“赵老抠，真是好兴致啊。怎么想到今天约我蹦迪了啊？”电话里方佳怡的语气一如既往的刻薄。

“嘿嘿，佳怡，迪厅不是你哥哥开的吗？我过去可以免单，自然天天好兴致了！”赵长风也不想落了下风。

“好你个赵老抠啊，原来是打这个主意！”方佳怡虚张声势地吆喝一声，随即又嘻嘻嘻笑了起来，“和我的想法一样，反正是哥哥开的，不用买单。不过赵老抠，不能太便宜你了。我晚上还没有吃饭，你得请我吃饭，然后我才带你去混免费的迪厅。”

赵长风哈哈大笑道：“没问题。我今天把荷包装得鼓鼓的，不怕你这个大胃王。说吧，吃什么？”

方佳怡笑道：“今天我想吃烤串，韦斯特迪厅旁边有夜市，烤串味道很不错，我要你请我吃。”

赵长风哑然失笑，路边摊上的烤串，两个人吃，怎么吃也吃不了多少钱呢！这个方佳怡还真会“敲诈”他。

赵长风打个车到韦斯特迪厅，方佳怡已经在外面等候，看到赵长风过来，立刻拉着他到隔壁的夜市街上吃著名的烤串。

乱七八糟点了几种烤串，要了两扎啤酒，两个人就坐在摊位旁低矮的桌子边。方佳怡似笑非笑地望着赵长风说：“说吧，赵老抠，你今天找我有什么事？”

赵长风愣了一下，不好意思地说：“佳怡，你怎么知道我找你有事？”

方佳怡吃吃地笑了起来，表情如同看穿一只小鸡心事的小狐狸。

“赵老抠，哪次我让你请客吃饭，你不推三阻四地搪塞？”方佳怡得意地说，“哪有像今天这么干脆的？”

赵长风一想，可不是么？以前方佳怡让他请客的时候，他总喜欢和方佳怡斗上两句嘴，最后才装作不情不愿地答应下来。赵长风倒是不真的抠，他只是和方佳怡斗嘴斗惯了，反而觉得和她斗嘴成为了一种乐趣——嘿嘿，你不是说我老抠吗？我就偏要做出一副老抠的样子给你看。

可是今天，由于他有求于她，所以当她提出要他请客的时候，他想也没想就答应了，根本没敢像往日一样和她斗嘴，他生怕她恼羞成怒，不当他的临时女友了，他在李恩华面前就无法交差。

方佳怡洋洋得意地说："哼哼，你的态度这么反常，当然逃不过我的火眼金睛。"

赵长风连忙配合地拱了拱手道："方大侠，在下佩服，佩服！"狠狠地满足了一把方佳怡的虚荣心。

方佳怡端起扎啤杯，大口地喝了一口扎啤，做出一副非常豪迈的样子，威严地说道："说吧，有何事相求？"

赵长风倒是很喜欢现在他和方佳怡之间这种搞怪的气氛，如果说他和方佳怡之间是一种正经八百的谈话气氛，他倒是不知道该如何向方佳怡开口了。

请人冒充临时女友的事情，当然不能太正经地提出来，这种事情，越是不经意之间提出，或者干脆就当是一场玩笑提出来，效果最好。

"方大侠，敝人有一场重要宴会，需要请一位美女充当临时女友。敝人想来想去，只有方大美女最合适，所以冒昧恳求方大美女施以援手，救在下于水火之中。"赵长风文绉绉地拽起词来。

"临时女友？"方佳怡的好奇心一下子被勾了起来，"赵老抠，你要参加什么宴会，竟然需要临时女友呢？难道外国的宴会礼节已经流行到我们大陆来了？"

赵长风摆了摆手说："唉，是我们局李局长的家宴，他明天在家里款待我，非要让我明天中午必须带女朋友过去，否则……"

"否则怎么样啊？"方佳怡觉得非常有意思，催促道，"赵老抠，快说快说，否则怎么样？"

赵长风苦着脸说："否则李局长就要替我介绍一位女朋友。"

方佳怡脸色忽然一变，哂笑道："赵老抠，那不是正合你意吗？你不是没有女朋友吗，你们李局长帮你介绍一个不是正好？"

赵长风说道："佳怡，这时候你还有心情跟我开玩笑啊？我都急死了！"

方佳怡故作惊讶道："哎，我说，你急什么急呢？哦，明白了，莫非那个女孩子家世普通，你看不上眼？"

赵长风摇了摇头道："她的爸爸是省工商局副局长，论起家世来，比我好上百倍。"

"哇！"方佳怡惊叫道，"中原省工商局副局长的千金你都看不上眼啊？哦，我明白了，一定是这个女孩子长得很丑，你不满意，是不是？"

赵长风说道："她长得怎么样我没有见过，不过听李局长说她在公安大学里也算是系花。"

方佳怡瞪大了眼睛，不敢置信地伸手摸了一下赵长风的额头，说道："赵老抠，你也没有发烧啊，怎么干这样的傻事？人家有个省工商局副局长的老爸，又是中国公安大学里的系花，这样好的女孩子到哪里去找？你竟然会不同意？"

又笑了一阵，方佳怡领着赵长风回了迪厅，上了二楼办公室里继续刚才的话题。

"赵老抠，你老实交代，人家那么出色的女孩子，你为什么不喜欢，说，是不是有心上人了呢？"方佳怡凶巴巴地说道。

赵长风摇了摇头，说道："没有。我就是不喜欢她而已。"

方佳怡心中一阵失落，她真希望赵长风这时候会说："佳怡，我有心上人了。我的心上人就是佳怡你啊！所以我才看不上什么公安大学的系花，看不上什么省工商局副局长的千金。"

可是赵长风偏偏就不解风情。不过方佳怡还是有一点开心，最起码赵老抠面对李局长的权力和美女的诱惑没有败下阵来，这说明赵老抠还是一个很有原则的人，不会轻易被别人用美色和权力来俘获。

"哦，这样啊！"方佳怡点了点头，"你直接告诉局长你不喜欢她不就行了，何必要找一个临时女友过去呢？"

赵长风叹气道："佳怡，如果我不这样说，怎么能在局长那里过关啊？我总不能直来直去地告诉局长，谢谢你的好意，我就是不喜欢你介绍的女朋友，并且没有任何理由？这样怎么让我们局长下得了台？他老人家本来是高看我呢，我反而把他给得罪了。"

方佳怡说："这么说来，你必须找一个临时女友去骗你们局长了？所以你就想到了我？"

赵长风连连点头道："对呀！我就觉得你最合适，所以才想请你和我演这场戏的。"

方佳怡脸色一变，冷冷地说："原来只是请我演一场戏啊！对不起，本姑娘没有演戏的天分，你还是去找别人吧。"

赵长风叹了一口气，说道："佳怡，你真的要见死不救吗？"

方佳怡点了点头，说道："对！当初我老爸逼我那么厉害，你都见死不救。今天你有了困难，我为什么一定要救你呢？"

赵长风无奈地说："唉，我本来不想找欣萍的，看来这次必须找她来救场了！"

方佳怡心里一动，眉宇之间露出喜色："什么？赵老抠，你还没有找欣萍啊？"

赵长风点了点头，诚恳地说："嗯，我觉得要和我扮情侣，你是最合适的人，所以首先想到的就是找你商量。你现在既然不愿意，那么我只好跟欣萍商量一下，看她是不是愿意充当我的临时女友，陪我去李局长家一趟。"

说着赵长风装模作样地就要打电话。

"赵老抠，你别打了！"方佳怡笑嘻嘻地说，"难道你不知道，欣萍不在中州吗？"

赵长风捶胸顿足道："哎呀，这可怎么办啊，最合适的人不肯跟我去，候补人选又不在中州。难不成我只有答应李局长，去和那个公安大学的系花见面？"

赵长风一边说，一边偷眼看着方佳怡。

果然，方佳怡听说赵长风要答应李局长和公安大学的系花见面，不由得面色一变。

"赵老抠，看你说得这么可怜，那我勉为其难地帮你一把，给你当半天临时女友吧。"

"谢天谢地！"赵长风大喜，"佳怡，我知道你一定会帮我的！"

方佳怡哼了一声，说道："赵老抠，你记住，我不是帮你，是可怜你！

记得，明天给我打扮得精神一点。既然当我的临时男友，就不能在你们的局长面前让我丢份儿!”

第二天上午十点五十，赵长风来到省军区家属院门口等候方佳怡。

大约十分钟后，方佳怡准时出现在家属院门口。她身穿娇嫩的淡黄色短袖衫和白色牛仔裤，这青春洋溢的装扮把本来身材娇小的她衬托得亭亭玉立。方佳怡脸上只是略施粉黛，就突出了她完美无瑕的俏脸。让赵长风吃惊的是，一向没有戴任何饰物习惯的方佳怡，今天竟然戴了一对闪闪发亮非常别致的钻石耳环。

“赵老抠，等了多久了?”方佳怡笑颜如花地问。

“呵呵，我也是刚来。”嗅着方佳怡身上那股若有若无的香气，赵长风目光躲闪着，有点不敢看方佳怡。方佳怡扑面而来的青春气息和使人目眩神迷的娇媚神情令赵长风几乎无法呼吸，他感觉几乎无力抵抗她的魅力。

“没有诚心!”方佳怡说，“下次记住，和姑娘约会，至少要提前两个小时过来等候。”

赵长风自然不敢还嘴，招手叫了一个出租车，和方佳怡来到省直机关生活区，找到七号楼，李恩华家就在三楼。

下了出租车，方佳怡立刻乖巧地伸手挽住了赵长风的臂弯，神情非常自然，让人一看就是觉得是关系很亲密的情侣。

赵长风浑身一僵，想把胳膊抽出来。方佳怡踮起脚尖在他耳边低声说：“赵老抠，拜托，拿出一点专业精神好不好?扮情侣就要真的像情侣，不要让你们局长看出破绽，本姑娘做出的这一番巨大牺牲可不能白费。”

赵长风知道方佳怡说得对，只好满面通红地点了点头。只是他胳膊上的皮肤瞬间敏感起来，方佳怡的肌肤柔软而有弹性的异样触觉，全部通过他的胳膊反馈到大脑里，让他遐想起来。

好不容易控制住胡思乱想，赵长风在楼道的门禁上按下李恩华家的门牌号。扩音器里传来一个柔柔的、带着江南味道的普通话：“谁呀?”

开门的是李恩华的爱人毛娟，典型的上海女人，白白嫩嫩的，保养得很好，看上去只有三十出头。见到赵长风和方佳怡就笑着说：“小赵，快进来，老李正在接电话呢！”

李恩华在书房那边已经听爱人说赵长风过来了，可是正好有个要紧的电话。讲完电话后，李恩华心想，小赵还真弄了个女朋友过来啊。嗯，我得出去看看，仔细甄别一下，千万可别被这小子弄个假女友骗住了。

李恩华满面微笑地来到客厅，望向赵长风以及坐在赵长风身边的方佳怡，不由得愣住了。

方佳怡正努力装出一副甜蜜的样子，紧挨着赵长风，陪毛娟说话，听到李恩华进来，不由得转眼望向李恩华，顿时方佳怡也是一愣，心中暗叫糟了，真是糟了。

“李叔叔！”方佳怡连忙站起来打招呼。

“佳怡，真的是你啊？”

李恩华笑呵呵地说：“你不开口，我还以为看错了呢！心想是谁家姑娘和我们佳怡长得这么像啊。”

“老李，你认识佳怡？”毛娟有点疑惑不解。

李恩华笑道：“娟子，她就是我的老首长方司令的丫头啊。”

“啊？原来是方司令的囡囡啊！”毛娟连忙把方佳怡拉到怀里，亲热地说道，“我说呢，怎么长得这么漂亮！”

赵长风额头上的汗可就下来了，他没有想到，方佳怡和李恩华竟然认识，而且看样子关系还很近，这下可真是捅了马蜂窝了。本来想躲开工商局副局长的亲事，没想到现在却自投罗网，落到方家的关系网里，这下事情可大了！

“小赵，我说呢！为什么你对我老战友的丫头看不上眼，原来是和老首长的宝贝女儿好上了。怪不得，怪不得呢！”李恩华哈哈大笑着自我解嘲，忽然惊讶地说道，“小赵，你怎么了？怎么满头是汗呢？”

赵长风连忙说道：“刚才走路急，我怕热，所以浑身是汗。”

“那我把空调再调低几度。”毛娟连忙去拿遥控器。

李恩华指着沙发对方佳怡说：“佳怡，坐下来说话。老首长最近身体还好吧？我这一段时间忙得不可开交，也没有时间去看望老首长。”

“谢谢李叔叔关心，我爸爸身体很好呢！经常和战士们一起打篮球。”方佳怡回答道。她已经从最初的惊慌中恢复过来了。让李叔叔知道了怕什么？

这样也好，误打误撞地给赵长风上了一个套。以后在李叔叔面前，赵长风就要承认自己是他女朋友了。

原来方佳怡的父亲就是原来的省委常委、省军区司令方振华。十几年前，方振华在部队当师长的时候，喜欢下连队，他很欣赏当时还是副连长的李恩华，后来他一手把李恩华提到营长的位置上。

后来李恩华认识了上海姑娘毛娟，毛娟不愿意李恩华继续在部队干，要求他转业到地方上来。李恩华就去找了方振华，虽然方振华对李恩华离开部队到地方有点惋惜，但还是利用了自己的关系网，帮李恩华在中原省交通厅找了个位置。按照惯例，军转干部到地方上都要降一级或者半级使用，可是有了方振华的关照，李恩华却没有被降级使用，而是担任了交通厅下属部门的一个科长。在这之后，才有了王厅长的照顾，把李恩华一路提拔到处长，乃至向上级组织部门举荐李恩华当副厅长。

其实李恩华迈向副厅长的位子时，虽然有王厅长的大力举荐之功，但那也只是一个辅助因素。副厅级干部的任免远非正厅级干部所能决定。在李恩华从正处到副厅的关键一步上，又是方振华出了力。

方振华这个时候已经是省委常委、省军区司令。虽然方振华在省委几大常委中排名只比省委宣传部长靠前，但方振华却和当时中原省的省委书记杨志高关系非常好，所以有了方振华的帮忙，李恩华顺利地当上了副厅长。

当省机关事务管理局局长出现空缺的时候，李恩华再次找到了方振华，这时候杨志高还没有调离中原省，所以李恩华也如愿以偿。

只是一年后，杨志高调离了中原省，方振华在省委常委中的影响力大减。到了去年，方振华由于到了六十岁，从省委常委和省军区司令员的位置上退下来，影响力更是进一步减弱。

李恩华和方振华一直保持着联系，自从他转业到地方后，每年至少要去方振华家两三次。所以后来在关键的时候，方振华才会为他说话为他出力。李恩华心中对老首长也是非常感激，即使方振华去年卸任省委常委、省军区司令员，今年春节的时候，李恩华照旧是登门拜访。因为经常去方家，因此李恩华和方佳怡之间相互认得。只是方佳怡没有想到，李叔叔竟然是赵长风的上司，省机关事务管理局的一把手。

“呵呵，老首长还是那个脾气啊，喜欢和战士们在一起。”李恩华笑呵呵地说。

“嗯，还是那个老脾气，我们怎么劝他都不肯听。”方佳怡说，“李叔叔，回头你帮我劝劝我爸爸，年龄都这么大了，还和一群年轻人较劲儿干嘛呢！”

“好，好，没问题！”李恩华笑道，“不过佳怡，你先得告诉叔叔，你是怎么和小赵谈上恋爱了？”

表面看来，李恩华这话是在关心方佳怡和赵长风之间的感情，实际上是想通过这话来探听方振华和赵强之间的关系。

比起方振华来，赵强算是中原省的新贵。虽然由于赵强父亲的关系，他在上层有着比较深厚的人脉基础，但是在中原省，赵强毕竟是一个外来户，虽然上升的势头非常迅猛，但是即使从赵强进入中州市政府担任普通科员开始到现在，也不过十年时间，比起在中原省苦心经营三十年的方振华来，赵强在中原省的人脉显然要差很多。现在方振华竟然把女儿介绍给赵强的侄子做对象，这是不是意味着，中原省的本地豪门要和赵强这个官场炙手可热的新贵进行政治联姻了呢？

对李恩华来说，搞清楚这一点非常重要，因为只有这样，才能在省政府错综复杂的人际关系中看清前进的道路，找好乘凉的大树。

方佳怡还没回答，赵长风已经窘得体温又升高了，他一边擦汗，一边说道：“李局长，我，我……”

“老李，时候不早了，你快去烧菜吧！”毛娟心疼赵长风是个老实孩子，连忙出来解围道。

李恩华叹息了一声，心想毛娟虽然是上海女人，却没有上海女人的心计，难道她没有看出来，他正在套赵长风的话吗？不过既然如此，也不急于一时，反正赵长风就在他手下，以后随时可以叫过来盘问。

“好，今天我就让你们尝一尝正宗的湘菜！”李恩华套上袖套，围上围裙，笑呵呵地下厨房去了。

不到半个小时，李恩华就像变戏法一样端出来七八道香辣的湘菜。这时候李恩华的女儿小雅也正好补课从外边回来，看到满桌香喷喷的湘菜，不由得高兴地跳了起来。她拉着方佳怡的手说：“佳怡姐姐，你要经常来我家啊，这样我就能经常吃上爸爸烧的菜了。”

这顿饭方佳怡吃得很开心，她本也喜欢吃辣的，李恩华的手艺确实地道。加之毛娟和李恩华都在一边不住地给她夹菜，方佳怡吃得兴高采烈。

赵长风却是如坐针毡，即使饭厅两匹的柜式空调已经调到了十六度，他额头上的汗还是不住地流下来。为了掩饰窘况，赵长风只有不住地吸着冷气，做出一副被辣椒辣坏了的样子。

吃过饭后，又拉了一会儿家常，赵长风和方佳怡起身告辞。李恩华和毛娟一直把两个人送到楼下。

挥手和李恩华夫妇告别后，方佳怡自然而然地挎住了赵长风的胳膊，打着小阳伞，亲昵地靠在赵长风身上，也不管夏日气温很高，两个人靠在一起燥热无比。

两个人就这么一直依偎着，走到省直机关生活区门口。一出生活区大门，方佳怡立刻放开赵长风，冷冷地说：“赵老抠，你说现在怎么办吧？”

赵长风还在那里装糊涂：“佳怡，啥怎么办？”

方佳怡急了，举起小拳头就捶到赵长风后背上：“赵老抠，你该死！装什么糊涂？都怪你！没事让我冒充什么你的女友，这下可好，冒充到爸爸老部下家里了。李叔叔一定会给爸爸打电话说这事的，你让我怎么办？”

赵长风苦着脸说：“佳怡，要不你向你爸爸解释一下？”

方佳怡嚷道：“怎么解释？我爸爸听说我到了要去冒充别人女朋友的地步，肯定会被气死的！”

“那，那，佳怡，你说怎么办？”赵长风搓着双手说。

方佳怡闭上眼，把头靠在靠背上，两行热泪滚落下来。事情都到了这个地步，赵长风还没有一个明确的态度。方佳怡开始怀疑，她选择赵长风是否正确。

第十二章　方振华选婿出怪招，球场考察看人品

方振华对于在篮球赛中考察赵长风的结果非常满意。首先，赵长风有骨气，不是那种遇强就退的软蛋；其次，赵长风有脑子，不是个莽汉，如果女儿方佳怡嫁给她，倒也不算辱没。更何况有了他这个老丈人的强大背景，赵长风只要自己不犯错，前途注定一片光明。

在宿舍里郁闷了两天，赵长风提心吊胆的，只害怕接到方佳怡的电话，让他立刻拿出决定。可是方佳怡并没有打电话给他。

到了周一，赵长风忙于工作上的事，一时间竟然也忘记了这件事。

到了下午快下班的时候，赵长风忽然接到局工会主席老杜的电话。

“赵经理，会打篮球吗？”

“喜欢打，但是打得不好。”赵长风非常奇怪，工会主席老杜怎么会忽然问这样没头没脑的话。

“呵呵，喜欢打就行！”老杜说道，“下班后到局职工健身中心，准备打一场篮球赛。”

赵长风连忙说道：“杜主席，大学毕业两年多来我几乎没有碰过篮球，都荒废了。”

老杜笑呵呵地说：“没关系，是陪一群领导打球。不求赢球，但求让领导开心。”

“什么，陪领导打球？杜主席，怎么回事？”赵长风纳闷地问。

老杜笑道：“没什么。见面再详细说吧。总之你准备好过来。”

下班后，赵长风回到宿舍换上行头，到了华风宾馆大院里的职工健身中心。篮球场设在健身中心的二楼，塑胶地板、有机玻璃篮板，是一个设施非常好的灯光球场。

赵长风到了之后，球场里已经有两队人在练习投篮了。球场左侧是机关事务管理局的几个年轻人，年龄最大不过三十出头。球场右侧那队人年龄明显偏大，多数都是四五十岁的中年人，还有个别六十岁左右的老队员。

赵长风看到杜主席正在球场一边指挥工作人员搬运饮料，就上前问道："杜主席，这是怎么回事？"

杜主席笑道："省里别的机关要举办篮球赛，他们的领导们成立了一个老干部队。需要对手练习，所以就找到我们局里来了。小赵，你只要记住，对面的那些老干部是领导就行。"

赵长风说道："杜主席，你的意思是不是说要让着他们啊？"

杜主席笑了，说道："也不能单纯地让。比如防守，你不能不防，不防守没有意思，起不到练习的效果。但是也不能防守得太紧，那样会让老干部们很没面子。进攻也要小心，不能硬和他们对抗，以免老干部们受伤，所以要时不时地放水。记住，这篮球赛我们不能逞强！"

赵长风点头道："好的，杜主席，我知道了！"

赵长风下去热身了一会儿，比赛就开始了。在杜主任的安排下，赵长风首发上场，担任小前锋。

按照赵长风的想法，既然杜主任这样交代，对面的老干部队一定水平很低，只要使出三四分力气就可以了。可是一打开，赵长风才知道，完全不是这么一回事，老干部们虽然奔跑能力和身体的敏捷程度比不上机关事务管理局的年轻人，但是他们经验极为丰富，球倒手很快，轻松地占了上风。

尤其是老干部队中的六号队员，看上去年龄有五十多岁，身高也只有一米七五左右，但是身体非常结实，光看身上的肌肉，绝对以为他是三四十岁的壮年。这个六号队员不光投篮准，而且动作矫健有力不逊年轻人。

第一节比赛结束时，老干部队竟然以十六比十领先机关事务管理局队。

第二节比赛开始，老干部队继续保持领先优势，可能是赢得过于轻松，老干部们嘴巴上开始占年轻人的便宜，嘲笑事务管理局队。因为对方都是有身份的老干部，机关事务管理局队的年轻队员虽然窝着火，却不敢表现出来。可是对方却得理不饶人，尤其是六号队员，说话更是能把人气死。赵长风本来在场下休息，最后忍不住就让老杜把他换上场。

经过第一节的活动，赵长风身体基本上舒展开了，手上的手感也有了，他上场一个三分两个突破，迅速把双方的比分拉近。与此同时，赵长风开始重点盯防对方的六号队员，整整五分钟，没有让六号得一分。

六号于是恼羞成怒，开始对赵长风使用一些拉绊的小动作，而裁判对此似乎视而不见。赵长风越来越恼火，于是他就开始疯狂地进攻。到第二节结束，由于赵长风的努力，机关事务管理局队只落后了一分。

下场之后，赵长风发现李恩华也站在场边。

"小赵，你这么拼命干嘛?"李恩华不悦地说，"对方都是老干部，你就不能让他们一下吗?"

"李局长，本来打算让他们的，可是他们说话太气人了。"赵长风委屈地说，"既然你这样说，那我下面两节不上好了。"

李恩华摇头道："不行，你必须上。你现在是我们队的主要得分手，你如果不上，老干部们就知道我们是故意让着他们的，会不高兴的。你上场之后不要进攻，防守也不要太严，让对方多进几个球，就算胜利完成任务了。"

赵长风坐在一旁闷闷不乐，这篮球打得真窝囊。早知道如此，当初老杜喊他的时候，他就应该说不能参加呢。

第三节开始，赵长风依然上场，由于戴上了紧箍咒，所以无论进攻和防守都是做做样子，老干部队又逐渐把比分拉开。

可能是第二节时，赵长风和对方主力得分手六号之间进行过纠缠的缘故，第三节时赵长风一拿到球，老干部队的替补就开始齐声对赵长风起哄。赵长风本来已经调整平和的心态被这些老干部们一哄，不由得又有些恼火。

在被哄了好几次之后，赵长风拿到球后不是传出去，而是自己运球突破。这时对方的六号队员贴了上来，紧紧地防着赵长风。赵长风心中冷笑，如果让一个快六十岁的人防住自己的突破，还有什么脸面?

赵长风一个急停变向接一个加速，已经把六号队员甩在身后一步。赵长风潇洒地单手托着篮球跃起，准备来个低手上篮，可是忽然他觉得屁股一凉，低头一看，六号队员一脸坏笑地望着他，再看自己身上的短裤，已经被扯下了一半。

赵长风顾不上上篮，狼狈地落下来，连忙把短裤提上。

“你怎么能这样?”赵长风怒声道。

六号队员没有理睬他，而是捡起球一个长传到前场，另外一个老干部接到球，一扬手进了个三分，老干部队以四十八比三十领先。

此时第三节比赛结束。

六号队员冲赵长风嘿嘿一笑，走到他们的队员席休息。

赵长风怒气冲冲地来到裁判身边，问道：“刚才六号队员犯规，你看到了吗?”

裁判也是机关事务管理局的人，他为难地对赵长风说：“赵经理，李局长和杜主席都交代了，对老干部队要睁一只眼闭一只眼。”

“好，这球我不打了。”

赵长风来到老杜身边说：“杜主席，我体力透支，第四节不能打了。”

“上，你必须得上！李局长交代你必须要上。”老杜指着那边正和六号队员说话的李恩华说道。

赵长风冷冷一笑，不就是打一场篮球吗？赢了他们又如何？既然要我让，我就一定让他们好看。还是领导呢，没见过这么没风度的领导！

第四节一开始，赵长风就展开了疯狂的进攻。不到两分钟，他连突带投拿下了十分，而老干部们这边由于体力下降，只拿到两分。

老干部们一个人防不住赵长风，就两个人协防，两个人防不住，就三个人来防。还防不住，就用小动作，总之，就是不让赵长风进球。

面对老干部不断骚扰的小动作，赵长风心中越发冷静，他不能冲老干部们发火，唯一能对老干部们还击的就是进球。

随着赵长风不断得手，老干部们脸色越来越难看。

工会主席老杜一看不好，连忙叫了暂停，对赵长风说：“赵经理，李局长交代你不要进攻啊!”

赵长风说道：“杜主席，那你干脆把我换下吧!”

老杜无奈地挥了挥手，让赵长风继续上场。他不知道李恩华究竟是搞什么鬼，又不让赵长风进攻，又坚持让赵长风在场上。

赵长风腾空而起，在六号队员的拉扯下把球投进篮圈。然后看也不看六号队员，迅速退防回自己的半场。此时比分已经追成五十二比五十一，赵长风这队领先一分。

这时候比赛只剩下十五秒，对方只有一次进攻机会。

李恩华阴沉着脸站在旁边。老杜拼命向场上自己方的队员比划，示意他们不要防守。

老干部们发过球之后两次倒手，球迅速推进到前场，交到六号队员手里。

六号队员这次不从赵长风这边突破，转身绕到机关事务局队另外一个队员那里突破。那个队员象征性地扬了扬手，让六号队员顺利过去。

“六、五、四、三、二……”

场边的计时员看着秒表，准备敲响终场的铜锣。

六号队员突到篮下，一个箭步像年轻人一般跃了起来，手臂舒展着，到了最高点之后，手腕一抖，篮球画出一道美丽的弧线，飞向篮筐。

只要这个球进去了，老干部队就会以五十三比五十二领先一分。

这时候，忽然一个身影跃了过来，赵长风伸出手把这个势在必进的球扇了出去。

“哐!”与此同时，终场的锣声响起。

六号队员怒气冲冲地瞪着赵长风说：“你知道我是谁吗?”

赵长风微笑道：“你是我篮球场上的对手。”

“如果我告诉你，我是省委领导，你后不后悔这最后一个盖帽?”

赵长风说道：“不后悔。真正的省委领导绝对不会因为我在篮球场上盖了一个帽而生气的!”

六号队员哈哈大笑，说道：“好小子，好小子!”然后转身离去。

赵长风在那里莫名其妙。

赵长风回到队员席，老杜无可奈何地冲赵长风叹气道：“赵经理，你今天风头很盛啊。你知道你这一场风光要让李局长赔多少不是啊?”

赵长风扭头看去，果然，李恩华正在恭恭敬敬地陪那群老干部说话。赵长风心中一动，莫非那个六号老干部真的是省委领导?

“杜主席，那个六号你认识吗？”赵长风问道。

老杜点了点头，说道：“我知道。”

“杜主席，他是谁呀？”赵长风连忙问道。

老杜苦笑一声，说道：“赵经理，你现在知道害怕了？对不起，李局长有交代，不能随便暴露领导的身份！”

赵长风还想再说，老杜摆手道：“好了，大家冲洗一下，然后我们找个地方吃饭吧。李局长今天就不陪我们了！”

省机关事务管理局这帮年轻人到健身中心的洗浴间去洗澡，这边李恩华正在陪六号队员说话：“老首长，你觉得小赵怎么样？没有气坏你吧？”

六号队员笑着说：“年轻人不错，敢打敢冲，完全没有瞻前顾后的思想，没有因为领导有交代就故意输给我们。”

李恩华赔着笑说：“老首长，那还不是你们把他骚扰急了吗？”

六号队员大笑：“就是要骚扰他，不把他骚扰急了，他怎么会忘记你下的紧箍咒啊！还有，这小子篮球打得真是漂亮，如果我再年轻上二十岁，一定要和他一对一地单挑。”

“老首长，我真后悔我不太会打篮球。当时如果我会打篮球，转业的时候怎么说也得是个团长了吧？”李恩华半真半假地抱怨道。

六号队员哈哈大笑。

这时别的老干部也都围了过来，对六号队员说道：“方司令，今天我们的任务完成得如何？”

方司令满意地点了点头说：“大家都配合得不错。走，我们也洗澡去，洗完澡我请客，请大家在红军酒楼吃正宗的陕北菜！”

原来这六号队员就是方佳怡的父亲方振华，在赵长风和方佳怡离开之后，李恩华当时就给方振华打了电话，向他道喜。方振华听得一头雾水，等李恩华把情况说了之后，方振华才知道，原来那个死活不肯上门的臭小子竟然在李恩华手下工作。

李恩华本来以为方振华对赵长风非常了解，谁知道向老首长一汇报，才知道老首长只是听丫头说起过有这么一个人，但是这个人姓甚名谁，家住在哪里，有什么背景，在哪里上班，老首长一概不知。

听到这里，李恩华就觉得自己有点冒昧了，也就是有点多嘴了。方佳怡既然现在还没有把赵长风的情况告诉老首长，那么说明她有自己的考虑。自己现在这么匆匆忙忙地向老首长通报，显得多不成熟！

李恩华重重地叹了一口气，看方佳怡和赵长风两个年轻人的亲热劲儿，还以为他们的关系早就通过双方家长的首肯了，现在看来完全不是那么一回事，还处于半地下状态啊。

有了这层顾虑，对于老首长之后的问话，李恩华就开始支吾起来，并没有把赵长风和赵强的关系捅出去。

方振华已经退休，除了老疙瘩方佳怡的婚事之外，其他一切事情都安排好了。怎奈无论方振华怎么对方佳怡施压，方佳怡就是不肯吐口说出那个小子的情况。现在方振华竟然从老部下这里得知这小子叫赵长风，就在省机关事务管理局上班。他决定要想办法去和赵长风会会面，从侧面考察一下赵长风。

方振华当师长指挥部队演习的时候，就以思维天马行空、不拘一格而著称，他脑子里的奇思妙想常常会把上级和下级都吓一跳。这次考察赵长风也不例外，方振华当然不会像一般家长那样采用常规的考察办法。他曾经听方佳怡说过，那个小子在学校打篮球不错，正好他也喜欢打篮球，于是就不落俗套，想出一个用打篮球来考察未来女婿的办法。

在球场上，方振华交代搭档们，一定想方设法激起赵长风的怒气，看看这臭小子的骨头硬不硬，如果是个没有骨头的软蛋，那么即使赵长风其他方面条件再优秀，方振华也不会同意老疙瘩方佳怡把终身托付给他；当然，如果赵长风是炮仗脾气，一点就着，方振华同样也不会认下这个未来的女婿，这种莽汉性格注定在将来仕途上不会发展太顺利。

经过一场篮球赛的考察，方振华基本上认可了赵长风的表现。首先赵长风打得一手漂亮的篮球，就让方振华看着喜欢，用方振华的话说，这叫做翁婿俩臭味相投，将来在一起有共同话题。更让方振华高兴的是，这小子不但打得一手漂亮的篮球，而且在球场上表现得有礼有节，不是那种软趴趴一味看着领导眼色行事的应声虫。

在李恩华的陪伴下，方振华和搭档们在红军酒楼热热闹闹地吃了一顿陕北菜。李恩华也是军人出身，虽然不完全认得方振华身边的这些人，但是同样的部队背景很快让他们找到共同语言，所以这一顿饭吃得痛快淋漓。

到了晚上十点，方振华回到家里，看见方佳怡正在客厅里看着电视发呆，就笑着说：“丫头，我今天见到那个臭小子了。”

方佳怡正满腹心事，也没有注意方振华说的是什么，就下意识地问道：“哪个臭小子？”

方振华大笑，坐在方佳怡对面的沙发上，说道：“还能有哪个？赵长风啊！”

“赵长风？”方佳怡像被踩住尾巴的猫一样跳了起来，“爸，你，你怎么知道他的名字？”随即方佳怡反应了过来，“哦，爸，是不是李叔叔告诉你的？我就知道李叔叔靠不住。”

“哈哈，丫头，你李叔叔听到你这话，鼻子一定会被气歪。”方振华大笑，“丫头，既然李叔叔成了叛徒，这么说爸爸和你之间是敌我矛盾了？”

方佳怡也知道她的比喻不对，哼了几声，不再说话。

方振华说道：“丫头，你的眼光不错，赵长风那小子还不错。”

方佳怡哼了一声道：“什么不错？一个又蠢又呆的傻小子！”

方振华笑道：“对，就是一个又蠢又呆的傻小子，怎么配得上我家丫头啊？”

方佳怡跺脚道：“爸！”

“咋了？爸爸又说错了？”方振华笑道，“好了好了，那我就不说了。赵长风既然能领着你一块儿去你李叔叔家，那么你也应该能把他领到我们家来，对不对？他没有理由去看一个外姓的叔叔，而不来看望未来的老丈人吧？”

“爸！”方佳怡使劲地跺脚。

“丫头，我不管啊。反正明天晚上你必须把赵长风领回家来。你要是不肯，我就亲自打电话去约他过来！”

方振华说完，也不理会方佳怡的抗议，哼着京剧上楼上卧房去了。

“什么？你爸爸见过我？”赵长风接到方佳怡的电话吓了一跳，“让我今天晚上必须去你们家？”

“是的！”方佳怡一字一顿地说，“赵老抠，这都是你惹下的麻烦，你现在不要扯东扯西，你就跟我说一句，今天晚上，你究竟来还是不来！”

赵长风在电话里停顿了几秒钟，然后吐出一个字：“去！”男子汉大丈夫当然要有担当，既然是他约方佳怡冒充女友的，那么他就有责任到方家向方佳怡的父亲解释清楚。

“那好，下班后你来接我，我们一起回家。”方佳怡挂断了电话。

放下电话，赵长风低头思索，究竟什么时候方佳怡的父亲见到他了。他猛然想起，昨天下班后那场篮球赛。对，一定是的！方佳怡也曾说过，她爸爸很喜欢和战士们打篮球，那么昨天那帮老干部中，肯定有一个是方佳怡的爸爸。

那么究竟是谁呢？赵长风一一回忆昨天那帮在场上打球的老干部，想来想去都不像，在场上那帮老干部年龄最大的不过五十四五岁的样子，场边倒是有两三个替补年龄看上去有六十多岁，只是他们都没有上场，难道说方佳怡的父亲就是其中的一位？

想到这里，赵长风就有点汗颜，昨天他在球场上会不会表现得太锋芒毕露了，不招方佳怡父亲的喜欢呢？

不管了，反正球赛都打过了，再后悔也没用。一切事情都只能晚上见了面再说！

下班之后，赵长风在金水路上名烟名酒专供店花了三千多元买了两瓶茅台酒，拿了两条软中华，然后叫了一辆出租车去接方佳怡。走到半路，赵长风觉得不妥，就让出租车转回他的宿舍，他把茅台酒和软中华放下，从储藏间拿出一箱铁棍山药、两盒怀牛膝、两盒熟地黄和一盒菊花。

赵长风老家是山阳市的，山阳市古代属于怀庆府的辖区，是大名鼎鼎的四大怀药主产地。方振华担任过省军区的司令，什么奢侈品没有见过？赵长风觉得拿茅台酒和中华烟去见方振华效果肯定比不上带着四大怀药上门。铁棍山药、怀牛膝、熟地黄和菊花这四大怀药价格虽然不贵，但却是赵长风家乡的特产。还有什么比带着家乡的土特产上门更能表现自己的淳朴和诚心的？

和方佳怡来到方家，一进门，赵长风就看到昨天球场的老对手，六号。赵长风吓了一跳，难道说球场上那个球风狡黠而带点赖皮的六号竟然就是省军区司令、方佳怡的父亲方振华吗？

看着赵长风目瞪口呆的样子，方振华心中无比得意。他故意板着脸说："你就是赵长风啊？篮球打得不赖嘛！"

赵长风听得出方振华语气中带着讽刺，他也豁出去了，反正昨天做过的事情，现在后悔已经晚了，不如破罐破摔好了。

"呵呵，没有方司令的军体拳打得好！"赵长风微笑着说。

什么？臭小子，竟然语带讽刺，挖苦我昨天是打军体拳？方振华本来想给赵长风来个下马威，不料想反被赵长风噎了一下。方振华不怒反乐，嘿嘿，好玩，这小子有种！

"爸！"

方佳怡在一旁看着方振华和赵长风斗嘴，不悦地叫了一声。

方振华摇了摇头，叹气道："女儿向外，女儿向外啊！"

方佳怡脸一红，连忙对赵长风说："长风，你还不把东西让我爸看看？"

赵长风这才醒悟过来，连忙把手里大盒小盒的东西放到客厅的茶几上，对方振华说："方伯伯，这些都是我们家乡的土特产，价格不贵，但却非常适合中老年人滋补身体。方伯伯可以试一下，如果效果好，我再从家里给你带。"

方振华提起那箱铁棍山药看了看，笑道："怪不得丫头总叫你赵老抠呢，真懂得节省啊。不过节省得好，我就是喜欢这些土特产，尤其是这铁棍山药，有几年没有吃到正宗了的。"

赵长风连忙说道："方伯伯，你放心，这些铁棍山药是我爸爸直接从产地运过来的，绝对正宗。"

方振华满意地点了点头，轻松地揶揄道："正宗的就好，我滋补了身体正好打军体拳。"

赵长风脸一红，没敢接话。

方佳怡又在旁边跺脚叫道："爸！"

方振华连忙笑道："好了，不说了，走，我们上桌吃饭。"

方家的餐厅面积比寻常人家的客厅还要大上许多，餐厅的正中央摆放着一张朱红色的红花梨餐桌，四周配套摆放着四把红花梨高背餐椅。

两个年轻的勤务兵正笔直地站在餐桌旁，见方振华进来，连忙敬礼道：“方司令！”

方振华点了点头，说道：“可以开饭了。”

两个勤务兵连忙把饭菜端了上来。

菜非常简单，两荤两素，外带一大碗紫菜蛋花汤。

方振华笑道：“长风，没有想到，方伯伯比你还抠门吧？来，吃饭。”

方振华的老伴去世十年了，他一直没有再婚。方天雷结婚后搬出去住了，家里就他和方佳怡两个人。有时候方佳怡不回来吃饭，家里就剩下方振华和两个勤务兵。实际上，方振华是个挺孤独的老头。

吃饭的时候，方振华没有说什么话。这正合赵长风的意，他也闷头吃饭，一句话不说，气得方佳怡在餐桌下不停地用脚踢他，想让他说几句话在老爸面前表现表现。赵长风不为所动，一副专心致志吃饭的样子。

吃过晚饭，方振华对方佳怡说：“佳怡，你去客厅看电视吧。让长风跟我到书房说一会儿话。”

方佳怡知道事情到了关键时刻，她乖巧地点了点头，到客厅去了。

方振华对赵长风说：“长风，走吧。”说着起身上楼。

方振华说话时自始至终都是用不容商榷的口吻，根本没有征求赵长风的意见。

赵长风忐忑不安地跟在方振华身后，到了二楼的书房。

方振华的书房也很大，正对着书房门口的是一张黄杨木的书桌。黄杨木自古有不成件之说，多是雕刻成小型的工艺品，基本上没有家具成品，多用来点缀。

在距离黄杨木书桌不远处，是两个书柜，赵长风扫了一眼，书柜中的书以军事著作和政治理论为主，其他的书籍几乎没有。

在书房的一个角落，摆放着一个圆形玻璃桌，玻璃桌上放着一盆郁郁葱葱的君子兰，玻璃桌的旁边是两张真皮沙发。

书房的地板由于勤务兵经常打蜡，亮得几乎能照出人的影子。

方振华来到玻璃桌旁的沙发上坐下，指着另一张沙发对赵长风说：“坐吧。”

赵长风规规矩矩地坐下。

方振华说："长风，现在我给你一个机会，你把你如何认识丫头、你们的感情现在到了什么程度，以及你的家世背景，都给我完完整整地说一遍。记住，机会只有一次，不能撒谎。如果我发现你撒谎了，那么你就永远失去机会了。"

赵长风只迟疑了半秒钟，就决定说实话，把一切情况向方振华和盘托出。

"方伯伯，首先我得向你坦白，虽然很多人以为我和副省长赵强有关系，但我只是出身于一个普通工人家庭，这一切都是一个误会。"

赵长风的开场白让方振华大吃一惊，虽然他心里早有准备，但是却没想到赵长风竟然说很多人都以为他和赵强有关系。

"赵强？是副省长赵强吗？"方振华问道。

赵长风点了点头，说："对，就是中原省的现任副省长赵强，在很多人心目中都以为赵强就是我叔叔。"

方振华顿时来了兴趣，问道："这究竟是怎么回事，你快点给我讲讲。"

于是赵长风就从他当初在公交车上遇到张长锁老人讲起，然后讲到在学校如何被误会，又如何被下面的副县长程路同误会，他又如何被分到省机关事务管理局，其后如何一路发展，最后成为事务管理局资金管理中心业务部经理。

方振华越听越是好笑，越听越是心惊。方振华好笑的是，好像天底下所有的巧合都发生在赵长风身上了，赵长风竟然就这么一路顺风顺水地走了过来。

"长风，你为什么要对我说实话？"方振华沉默了一会儿，问道，"你和赵强的朦胧关系是你目前晋升的最大法宝，你告诉了我，就不怕我把这秘密泄露出去？"

赵长风笑道："对方伯伯我必须说实话。因为你是佳怡的父亲，也就是我的长辈，对于长辈，我无法撒谎。"

方振华微微点了点头，问起另外一个话题："长风，你现在跟我说一下，你和丫头之间的事吧。"

"好的，方伯伯。"赵长风说道，"让我想一想，该从什么地方说起吧。"

停顿了一下，赵长风说："方伯伯，还是从我献血说起吧。"

赵长风就从献血救了林满堂老爷子的性命说起，认识了林欣萍后，在她的寝室遇到方佳怡，成为了朋友，一直说到后来李恩华要向他介绍女朋友，他无奈之下只好找方佳怡帮忙，求方佳怡冒充他的女朋友，要推掉李恩华的好意。

方振华有点悲哀，且不说赵长风是出身于一个普通的工人家庭，而他是堂堂的中原省省委常委、省军区司令，单就自家丫头如花似玉的相貌，配上两个赵长风都富裕。可是事实呢，却是自家丫头剃头挑子一头热，死活要贴上赵长风，而赵长风到现在态度还是含含糊糊的。

当然，这些都是方振华内心的想法，不会表现出来。他听赵长风讲述完之后，沉默了一下，问道："长风，我只给你一次机会，你如实回答我，你到底喜欢不喜欢我家丫头?"

赵长风毫不犹豫地答道："喜欢!"

"那你为什么不选她当女朋友呢?"

赵长风迟疑了一下，回答道："我觉得我配不上她。"

"配不上她？为什么?"方振华惊讶地问道。

赵长风说道："因为我和佳怡的家世背景不同，我觉得这是一个巨大的鸿沟。"

方振华笑了，说道："长风，你的意思是说如果我家丫头出身于一个普通家庭，反而比她出身于现在的家庭更容易让你接受?"

赵长风点头道："对，如果佳怡是普通家庭出身，我会毫不犹豫地接受她。"

方振华点了点头，说道："好了，我明白了。"他默默地站起身来，对赵长风说，"我没有其他问题了。你可以下去见佳怡了。"

赵长风如获大赦，连忙告辞出了书房，下到楼下客厅。

方佳怡正不安地在沙发上拿着遥控器不停地换着频道，她的心思全在楼上，任何精彩的节目都吸引不了她的注意力。

看到赵长风下来，方佳怡连忙从沙发上跳了下来，跑到赵长风面前问："赵老抠，我爸都问你什么?"

赵长风说道：“方伯伯问了我的家世背景，然后又问了我和你是怎么认识的，以及我们俩现在的关系。”

方佳怡紧张地睁大眼睛问道：“赵老抠，你是怎么回答的?”

赵长风剑眉一耸，说道：“当然是如实回答了!”

“你要死啊!”方佳怡冲到赵长风怀里用粉拳捶打了起来，“我在爸爸面前说了无数次你是我的男朋友，你现在把真相告诉了爸爸，让我的面子往哪里搁? 你这个臭老抠，我恨死你了!”

赵长风自知理亏，不敢还手，任方佳怡发泄着。

方佳怡打着打着眼泪就流了出来，她“哇”地一声转身扑到沙发上哭泣起来。赵长风走到方佳怡身边，弯腰轻轻拍打方佳怡的后背，轻轻地说：“佳怡，对不起。真的对不起。我必须实话实说。”

然后赵长风站直了身体，慢慢地走出了方家。在他身后，隐约可以听见方佳怡哀怨的哭泣声。

一阵凉风吹来，赵长风打了个寒战。天空中一声炸雷，豆大的雨点就从空中砸落下来，打得赵长风皮肤生疼。

刹那间狂风四起，天地都笼罩在一片瓢泼大雨之中。

赵长风站在路边拦了几次车，可是往来的出租车里都坐满了客人。在暴雨的骤然袭击下，出租车生意自然是爆满。

赵长风已经被淋成了落汤鸡，他又试着拦了几次车，都以失败告终。既然这样，不如走回去，省军区家属院离他的宿舍也只有两三公里。赵长风正好借着这突如其来的风雨冷却一下内心，盘点一下他和方佳怡、林欣萍之间的关系。事情到了这一步，该是他做出抉择的时候了。

二十分钟后，赵长风终于回到了宿舍楼，这时他看到一个娇小的身影。赵长风走过去一看，正是方佳怡，她头发贴在额头上，浑身都被暴雨给淋湿了，手里拿着一把破雨伞，可怜兮兮地站在楼道门口等着赵长风。

“佳怡，你怎么来了?”赵长风不由得一阵心疼。

“长风!”方佳怡扑到赵长风怀里哭了起来。

原来赵长风离开方家之后，方佳怡心疼得抽搐。她发誓一辈子都不理睬赵老抠这个薄情寡义的人。可是没多久，她却听到外面狂风大作，雷电交加，又心疼起赵长风来。她拿了一把雨伞就想冲出去，却被方振华喊住了："丫头，你等一下。我让小耿送你！"

这对方振华来说，真是难得的一次破例。以前方振华从来不会让子女们用他的专车。也许今天看到丫头哭得可怜，触动了方振华内心里埋藏很深的父爱。

小耿是方振华的勤务兵兼司机，方振华一个电话，小耿立刻开着小车来接方佳怡。从家门口一直到家属院大门口，方佳怡都在努力寻找着赵长风的身影，可是她没有看到。她以为赵长风一定是在家属院门口打上出租车走了，可还是不放心，于是就让小耿开车把她送到赵长风的宿舍楼下。小耿本来要在楼下等方佳怡，可是方佳怡知道父亲的脾气，连忙让小耿快快回去。

方佳怡上楼敲了半天门，赵长风宿舍里没有一点动静，方佳怡就知道赵长风还没有回来。于是她就下楼，冒着倾盆大雨往军区家属院的方向找去。可是从赵长风的宿舍楼到军区家属院有很多条路线，方佳怡也不知道赵长风究竟会从哪条路线回来。她就这么盲目地找着，可是一阵狂风刮来，她手里小巧的折叠伞禁不住狂风的威力，四五条伞骨都被翻转过来折断了。

倾盆大雨无情地打在方佳怡身上，狂风摇撼着路边的法国梧桐，时不时有树枝被风吹断掉落下来，天空中闪电如怪蛇一般不停地闪烁，可怕的炸雷一声接着一声，仿佛就是在方佳怡的耳边炸响。

马路两边的路灯可能受到雷电的干扰，忽然熄灭。方佳怡被冰冷的雨水浇得浑身发抖，路上黑漆漆的，听着天空中一声比一声恐怖的炸雷，方佳怡吓得连忙跑回到赵长风的宿舍楼下，双臂抱在胸前，瑟瑟发抖地站在雨檐下，可怜兮兮地等着赵长风。虽然方佳怡只等了十多分钟，可是在这恐怖的夜里，这十多分钟仿佛比一个世纪还要漫长。所以当赵长风出现在方佳怡面前时，方佳怡一下子就扑到赵长风怀里，满腹委屈地哭泣起来。

"佳怡，对不起！"赵长风紧紧地抱住方佳怡，心疼地说，"乖，别哭，听话。"

方佳怡趴在赵长风湿淋淋的怀里，嗅着赵长风身上湿淋淋的热气，心中感到从来未曾有过的满足，可是她心里却感到非常委屈，赵长风越是劝她，她越是不管不顾地哭着。

赵长风有点心虚地看了一下周围。在这黑漆漆的雨夜，他湿淋淋地抱着一个姑娘在楼道口哭泣，让别人看到了会是什么影响?

“乖，别哭啊。先跟我回宿舍好不好?”赵长风小心地和方佳怡商量。

方佳怡一边抽泣，一边“嗯”了一声。

赵长风就这样拥着方佳怡，来到宿舍门口，把门打开，走了进去。

到了房里，赵长风小声地对方佳怡说：“佳怡，放开我好吗?我去给你找几件衣服，你去把身子擦干，然后换上衣服好吗?穿这样湿淋淋的衣服容易感冒。”

方佳怡哭泣着用双手紧紧搂住赵长风，死活不肯放手，仿佛她一放手，赵长风就会永远离她而去。

看着方佳怡无助地哭泣，赵长风不由得一阵阵心疼，他轻轻拍着方佳怡的后背说道：“佳怡，是我不好，让你受委屈了。你哭吧，痛快地哭吧，哭出来就会感觉好过一点。”

听了赵长风的话，方佳怡更觉得委屈，她死命地抱住赵长风，把头拱在赵长风怀里。

赵长风只好抱着方佳怡，不断地抚摸着她的后背，安抚着她。

赵长风淋了一路冷雨，本来也觉得很冷，可是进了房间之后，渐渐地就暖和起来，身上的感觉也随着暖意渐渐地敏锐起来。

赵长风感觉到，原来还在他怀里瑟瑟发抖的方佳怡冰冷的身体也渐渐地变热了。方佳怡身体一暖和过来，赵长风就觉得有一股异样的感觉从身体内慢慢升腾起来。

赵长风和方佳怡浑身衣服都已经湿透了，紧紧地裹在身上，方佳怡扑在赵长风怀里，隔着两层湿布，赵长风能一丝不差地感觉到方佳怡玲珑剔透的身体曲线，方佳怡胸前两只软软的大白兔好像就紧紧贴在赵长风赤裸的胸膛，赵长风甚至能感觉到方佳怡弹力十足的身体所散发出的热力。那一丝丝热力仿佛有着魔力一般，钻入赵长风的肌骨，让他全身血脉都贲张起来。赵长风的小腹下不知羞耻地起了巨大的变化，迅速膨胀起来。

方佳怡忽然也忘记了委屈，她只觉得赵长风的呼吸骤然间变得灼热起来，带着她熟悉的亲切乃至压迫的热力，从她后颈处吹了过来，一直麻酥酥地传到她的后背。方佳怡的心不由得燥热起来，她的心跳骤然加速，呼吸也急促起来，一股弥漫浑身的紧张感让她意乱神迷。

不行，要放开长风。方佳怡心中狂喊，可是不知道怎么的，她浑身无力，就是舍不得放开赵长风，舍不得从赵长风怀里起来。

赵长风也知道不好，他想努力推开方佳怡，可是不知道怎么的手一滑，却从方佳怡的无袖衫里滑了进去，正好碰到方佳怡弹力十足的乳房边缘。

赵长风只觉得轰的一声，热血上涌，一时间他忘记了一切，鬼使神差地从旁边探了进去。

“长风，不行，你，你放开我……”

方佳怡浑身一僵，开始挣扎起来，嘴里呻吟着。

可是赵长风像着了魔一样，方佳怡的挣扎反而激起他更大的欲望，他把另外一只手也伸了进去。

“长风……”方佳怡抬头哀求道，可是她却看到了一双热烈的、充满渴望的双眸。

“佳怡……”

赵长风灼热而焦渴的嘴唇重重地印在方佳怡娇艳的红唇上。方佳怡骤然醒悟过来，拼命地躲闪着，可是赵长风的大嘴执着地追随着她的双唇，试图把她占为已有。

方佳怡双手无力地推着赵长风的胸膛，嘴里如梦呓般问道：“长风，你爱我吗?”

赵长风的双唇噙住方佳怡小小的耳垂，急促地说：“佳怡，我爱你！我现在才知道，你是我最重要的人，在这世界上，我唯一渴求的只有你！我现在才知道，我原来是多么愚蠢，我是个混蛋、白痴……”

“长风!”

方佳怡低低叫了一声，心中所有的委屈、不满和犹疑在这一瞬间全都冰消瓦解，她的唇主动迎了上去，一股灼热得近乎痛苦的柔情把她紧紧地包围住了。在天旋地转之中，赵长风的舌头灵活地叩开了她紧闭的牙关。

方佳怡一声呻吟，完全迷醉了……

不知道过了多久，方佳怡清醒过来，她发现赵长风全身赤裸地躺在沙发上，而她也全身赤裸地趴在赵长风怀里。他们湿淋淋的衣服，也在地板上，和他们的主人一样，纠缠在一起。

“长风，你刚才说的话是真的吗？”方佳怡盯着赵长风的眼睛问道。

赵长风也清醒了过来，他心中一声叹息，这也许就是他的宿命了。见方佳怡问他，他立刻回答道：“佳怡，是真的，我真的爱你！”

方佳怡用手指在赵长风赤裸的胸膛上画着圈圈，继续问道：“那欣萍呢，你对她是什么感情？”

赵长风眼神中闪过一抹痛苦，他闭上眼睛，犹疑了一下，才睁开眼睛说：“佳怡，我不想隐瞒我对欣萍的感情，长久以来，我一直分不清楚我究竟更喜欢你们谁更多一点，所以我一直在犹豫彷徨。但是这个问题从今天起就有了答案，我最喜欢的是你，以后我会把她当做妹妹看待。”

方佳怡长长地嘘了一口气，对赵长风说道：“长风，还好，你在这个问题上没有撒谎。说真的，我和欣萍就你的问题交流过，我们都知道你对我们的感情，所以我不希望你骗我。也不希望你接受了我之后，就把欣萍贬得一钱不值。”

“佳怡，谢谢你！”赵长风吻着方佳怡面颊上的酒窝。

方佳怡躲开了赵长风的嘴唇，继续说道：“长风，你不要高兴得太早，我可警告你，虽然我能理解你以前对欣萍的感情，但是从今以后，你必须收拢心思，把所有的关爱都用在我身上。欣萍在你心目中只能是妹妹，并且永远是妹妹，你不许再对她有任何非分之想。”

赵长风指天发誓道：“我赵长风今天发誓，从今之后，心里永远永远只装着方佳怡一个人。绝对不会对别的女人有丝毫想法。”

然后他问方佳怡道：“我发这样的誓，你该相信我了吧？”

方佳怡露出一丝幸福的微笑，嘴里却说道：“不信，根本不信！”

赵长风叫屈道：“我这么老实的人发誓你也不相信啊？”

方佳怡鄙夷道：“在今天以前，你说你老实我还相信，但是现在，鬼才相信你！”

赵长风装着糊涂问：“为什么？”

方佳怡白嫩的小手重重捶在赵长风的胸膛上：“赵老抠，你说为什么？”

赵长风嘿嘿地笑了起来。

风停了，窗外的雨声渐渐地小了，淅淅沥沥，在这燥热的夏夜竟然有几分秋雨的味道。方佳怡和赵长风都陶醉在这自然节奏中了。也不知道过了多久，方佳怡叹了一口气，说道："长风，我该回去了。"

赵长风问道："佳怡，不能不回去吗？"

方佳怡摇了摇头，说："不管多晚，我都要回去。不然爸爸会一直在书房等我的。"

赵长风叹了一口气道："良宵苦短！"

方佳怡在赵长风脸上亲了一口，说："那你赶快去向我爸爸说啊，只要我爸爸同意，我们就赶快结婚。结婚后，我们就能天天在一起了。"

赵长风的眉头皱了起来，叫苦道："佳怡，今天我跟你爸爸那样说，现在又忽然去告诉你爸爸说我爱你，打算和你结婚，你爸爸会不会有什么想法？"

方佳怡哼了一声："赵老抠，这都是你自找的。我可不管，你自己解决。反正你做不通我爸爸的工作，我们是不可能结婚的。"

"好好好，我做，我去做好不好？"赵长风笑着爬了起来，"为了你，我什么都愿意去做！"

方佳怡在浴室里冲洗一下，擦干了身子，然后换上赵长风干净的衣服，像个可爱的大娃娃一般。

赵长风也匆匆洗了个澡，换上衣服，到楼下拦了一辆出租车，把方佳怡送到家里。

二楼的书房果然亮着灯。

方佳怡掏出钥匙，打开房门，上到二楼，重重地咳嗽一声，然后就推开卧室门，准备睡觉。方振华却忽然拉开书房门，严肃地对方佳怡说："丫头，你过来一下！"

方佳怡回卧室换好衣服，来到书房门前，轻轻敲了敲门，里面传来方振华威严的声音："丫头，进来！"

方佳怡推开房门，看见方振华一脸严肃地坐在书桌后面，她笑嘻嘻地问："爸，这么严肃地把我叫来干吗？"

“我反对你和赵长风在一起、你们俩不适合!”方振华单刀直入地说。

方佳怡一脸震惊，她和赵长风的事居然遭到了方振华的强烈反对，父女俩开始争吵，谁也说服不了谁。

方振华想，不能再让事态继续这样发展下去了。再这样下去，丫头会更沉迷于和赵长风的感情，两个人更分不开了。现在必须想办法让两个人分开，让丫头冷静一下。究竟赵长风是真的喜欢丫头还是在骗丫头，时间会证明一切的。想到这里，方振华就有了主意。

方佳怡根本不知道这一切，她幸福地和赵长风卿卿我我，每天去看电影、喝咖啡、蹦迪。这期间赵长风食髓知味，也曾想约方佳怡到他的宿舍去。但是方佳怡知道跟赵长风过去会发生什么事情，就一直推脱着不去。第一次发生了那是偶然，是命运的安排，方佳怡无法抗拒。但是在赵长风没有证明他对她的爱之前，方佳怡绝对不会同意这样的事发生第二次。

第十三章　英雄难过美人关，赵长风犯下低级错误

方振华万万没想到，赵长风居然会义无反顾地将他如日中天的前程丢在一边，在关键时刻把副省长范争强撂在会场，径直赶往机场。他真不应该犯如此低级的错误啊！然而在这一刻，赵长风却什么都没有想，他的心里只有方佳怡一个人，其他的一切对他来说都无足轻重。

这天晚上，方佳怡回到家里，方振华对她说："佳怡，明天早上别上班了。跟爸爸到机场接你姨妈吧。"

"爸，姨妈真的要过来啊？"方佳怡喜出望外，"她怎么没提前打电话告诉我呢？"

方佳怡的姨妈家在北京，对方佳怡很好，母亲去世后，姨妈更是疼爱方佳怡，简直把方佳怡当成自己的亲闺女。在方佳怡的心目中，也把姨妈当成了母亲，所以听到姨妈要过来，不由得非常高兴。

方振华微笑道："她想给你一个意外的惊喜呢！"

第二天上午七点，方天雷开着一辆切诺基回到了家里。方佳怡笑道："哥，你也去接姨妈啊？嫂子呢？"

方天雷支吾道："你嫂子有点事走不开。"

方振华从楼上下来，看了方天雷一眼，方天雷点了点头。

方振华就笑着说："丫头，收拾好了吗？走吧！"

方天雷亲自开着车，载着方振华和方佳怡，往机场开去。

在车上，方佳怡因为马上要见到姨妈了，兴奋地说个不停，方振华和方

天雷要么微笑，要么沉默，很少接方佳怡的话。

到了机场，方天雷把车停在停车场。方佳怡高高兴兴地就要下车，方振华忽然喊住了方佳怡。

“丫头，其实你姨妈没有来。爸是在骗你。”方振华叹气道。

方天雷紧紧地趴在方向盘上，不敢接话。

“丫头，我跟你说实话吧。”方振华道，“爸想让你去法国留学。你不是一直想去巴黎学油画吗？”

“爸，你不会是说真的吧？”方佳怡吃惊地望着方振华，“你当初不是一直反对我出国留学吗？”

方振华说道：“可是爸现在想通了，同意你去法国留学了。”

方佳怡摇头道：“爸，拜托，去法国巴黎留学是我几年前的想法好不好？我现在一点都不想去了。”

“为什么？”

“我不告诉你！”方佳怡低头绞着手指。

“是为了赵长风吗？”方振华问道。

“对，就是为了赵长风！”方佳怡抬起头大胆地看着方振华。

方振华说道：“我让你去法国留学，也是为了赵长风。”

“为了赵长风，为什么？”方佳怡奇怪道。

方振华说道：“为了让你们冷静冷静，也为了给赵长风机会，让他亲自向你证明他是爱你的。”

方佳怡道：“爸，我到法国留学，赵长风就能证明了？”

方振华点头道：“对，你们分开一段时间。你到法国留学几年，如果赵长风能够耐得住寂寞，一直等你，说明他是真的爱你，而不是贪图你的其他条件。”

“爸，我今年都二十四了！再到法国留学几年，到时候都二十七八了，成了老姑娘了！”方佳怡噘嘴说，“你这个办法一点都不好，难道不能想一个其他办法吗？”

方振华说道：“丫头，放心，也许用不了那么长时间。赵长风找你的目的就是为了往上爬，在他没有证明他是真心爱你之前，我是不会给他任何帮助的。也就是说，你在法国的时候，他根本别想从我这里得到帮助。以他的心机，为了往上爬，肯定等不了你那么长时间，也许只要一年或者两年，他就去攀附别的大人物的姑娘了。”

“爸，长风不是那种人，我不相信！”方佳怡说道。

方振华说道：“赵长风是不是那种人，你说了不算，我说了也不算。只有让事实来说话。我们不妨打个赌，你到法国留学两年，看看赵长风会不会变心，攀附别的什么人。”

“好，打赌就打赌，有什么了不起的！”方佳怡说道，“我就到法国两年，让我们看看，长风究竟是什么样的人。”

方振华笑道：“好！爸就知道你一定会跟爸打这个赌的。我方振华的丫头，当然是拿得起放得下的人！”

方振华转过身来，对方天雷说：“雷子，把丫头的护照和机票拿出来吧。”

“什么？爸，护照和机票都给我办好了？”方佳怡大吃一惊。

“对，十一点往北京的飞机，你到北京转机去巴黎。”方振华说，“给你办的是旅游护照。你哥哥都给你安排好了，到法国巴黎后有人会帮你处理好后续的一切事情的。”

“爸，不用这么着急吧？”方佳怡说，“我单位的工作怎么办？”

方振华说：“单位的事情你不用操心，我会让人帮你办好的。”

方佳怡说：“那巴黎的学校还没有联系好呢！”

方振华道：“帮你联系好了，就是你一直梦寐以求的巴黎美术学院。”

“爸，我没有行李，没有衣服，什么都没有带，怎么去？”

方振华笑道：“这个你不用担心。你姨妈在北京都帮你买好了，她会到北京机场送给你的。”

“爸！”方佳怡叫道，“不行，太急了，我一点思想准备都没有！缓上一段时间再去好不好？”

方振华摇头道：“丫头，不行，我特意安排得这么急。不能提前让你知道，就是怕你和赵长风商量。那小子心眼多，听说你到法国留学，不知道又要打什么鬼主意。”

“爸！不行，我必须要见长风，不见长风一面，我不走。”方佳怡倔强地说。

方振华叹一口气道："佳怡，你今天肯定见不到那小子了。"

"爸，你又搞什么手脚了，我为什么见不到长风了？"方佳怡愤怒起来。

方振华连忙道："丫头，我会搞什么手脚？我听你李叔叔说，今天省政府常务副省长范争强到资金管理中心视察工作，赵长风作为资金管理中心业务部经理，要向范省长做汇报。在这个关键时刻，他怎么会顾得上来见你？"

"爸，那你为什么要挑这个时候让我走？一定是你故意这样做的，让我和长风见不了最后一面！"方佳怡生气道。

方振华说："丫头，这可不是我故意安排的。即使我还在省军区司令的位置上，也指挥不动范争强啊，他怎么会听我的安排呢？"

"我不管！见不到长风最后一面，我是不会去巴黎的！"

方振华说道："丫头，你怎么这么死心眼啊？要不我和你再打个赌吧！"

"打什么赌？"

方振华说："赌在赵长风的心目中，是他的前途重要，还是你更重要。"

"好，赌就赌！爸，你说，怎么个赌法？"方佳怡咬着嘴唇道。

方振华看了看手表，说："现在不到九点。你的机票是十一点半的。这样好了，你现在通知赵长风，说你十一点半要去法国，看赵长风会不会丢下范省长，跑到机场来见你。还有两个半小时，足够赵长风跑两个来回了！"

"好！爸，如果我赌赢了怎么办？"方佳怡紧盯着方振华。

方振华说道："丫头，你说怎么办就怎么办！"

方佳怡说道："爸，如果我赌赢了，我就暂时先不去法国，行不行？你以后也不能干涉我和长风之间的事。"

方振华犹豫起来。

"怎么，老爸，你不敢赌了？"方佳怡咄咄逼人。

"臭丫头，"方振华敲了方佳怡额头一下，说道，"好，我就跟你这样赌。如果你输了，什么话都不要说，立刻给我乖乖地到法国去，敢不敢？"

方佳怡咬牙道："敢！为什么不敢？我就不相信，在长风心目中，给范省长做汇报比见我最后一面还重要！爸，如果长风在我上飞机之前没有赶来，我就听你的安排，二话不说，到法国去留学！"

“好！”方振华大笑道，“将门虎女，果然是我方大胆的女儿！雷子，把你的电话给佳怡，让她给赵长风打电话。”

方天雷拿出手机，递给方佳怡。

方佳怡首先打到资金管理中心业务科，业务科的人果然说赵经理到局里开会去了，要下午才回来上班。

方佳怡就直接给赵长风手机发了消息：“十万火急，速回电话！”

方佳怡挂断电话，也不把手机还给方天雷，就紧紧地握在手里，双眼一眨不眨地看着手机屏幕，生怕赵长风的电话打来时她错过了。

时间一分一秒地过去，方佳怡足足等了十分钟，赵长风的电话还没有来，方佳怡就有点支持不住了，她心中喊道：长风，你不是说过吗，不管什么时候，一接到我的消息，就会立刻回我电话吗？

方佳怡又一次发出了消息。

“长风，十万火急！我马上要到法国去，十一点半的飞机。请速回电话，佳怡！”

方佳怡挂断了电话，又一次展开了漫长的等待。这次等了有十五分钟，赵长风还没有回电话。方佳怡就有点急了！长风为什么没有回电话呢？难道说因为要范张省长汇报工作，不敢开手机？可以调成震动啊！

方佳怡拿起手机拨到资金管理中心业务部：“请问赵经理回来了吗？”

“对不起，我们赵经理在局里开会，要下午才回来。”

“你们可以帮我到局里找一下赵经理吗？我有很紧要的事情找他。”

“我们赵经理走的时候交代，如果有人要找他，请打他的手机。”

“那他的手机是多少啊？”方佳怡这时候甚至怀疑自己记错了赵长风的电话号码。

……

整整一个小时，方佳怡不知道发了多少信息，可是赵长风一个电话都没有回。

方振华在旁边看着方佳怡焦急的神色，心里一阵心疼。他心中暗道，女儿，别怪老爸。老爸也是为了你好啊！赵长风这小伙子人是不错，就是不适合你！你跟他在一起，会吃亏的啊！

方振华说的没错，今天常务副省长范争强确实到资金管理中心去视察工作。他提前几天就从李恩华嘴里知道了这个消息。方振华知道这个消息后，特意让方天雷定了方佳怡今天到北京去的飞机票。方振华虽然指挥不了范争强，但却可以指挥李恩华。范争强到省机关事务管理局视察工作，需要视察哪一个部门，需要下边什么人汇报工作，这些都是省机关事务管理局可以决定的。所以在李恩华的安排下，赵长风就被当成一个典型去局里开会，并且向范争强汇报资金业务部的运行情况。

即使这样，方振华还是不放心，让方天雷通过军方关系，把赵长风的手机在后台屏蔽了。同时屏蔽的还有方佳怡的手机，这是为了防止赵长风给方佳怡打电话。

时针慢慢地指向十点半，方佳怡还是疯了一般地拨打电话。忽然方佳怡疯狂地叫道："哥，哥！电池，电池！你手机没有电了，万一长风来电话怎么办？快，快！"说着方佳怡竟然哭了起来。

看着方佳怡满脸泪水，方天雷不由得心疼，他连忙说道："佳怡，别怕，哥这里有备用电池！"

他从仪表盘下的盒子里拿出一块备用电池给方佳怡换上。方佳怡哆哆嗦嗦地抢过电话，又拨打起来。

方天雷叹了一口气，对方振华说道："爸，你在这里陪佳怡吧。我到洗手间去一趟。"

方振华心里也是揪心地疼，他不知道自己的选择是否正确。也许，真该给他们年轻人一个机会？让赵长风证明他对丫头的爱？

方天雷走出停车场，进了候机大厅，立刻拿起电话打。

"段经理，我是方天雷！"

"方团长，你好！"段经理说，"我们后台已经把你交代的两个电话号码屏蔽了。"

方天雷说道："段经理，你现在从后台给赵长风发一条信息，就说方佳怡要乘坐今天上午十一点半的飞机去法国。让他速来机场！"

挂了电话，方天雷看了看手表，十点三十五分，还有五十五分钟，希望赵长风能赶得及过来。他能为佳怡做的就这么多了。至于能不能成功，就看老天的安排了。

赵长风在局会议室里，刚向范争强省长汇报完资金管理中心资金的增值运营，正在听范争强省长对资金管理中心工作的评析和指示。他忽然感觉到腰间的手机震动起来，赵长风借着低头喝茶的机会悄悄取下手机一看，顿时就傻眼了。

佳怡要到法国去？真的还是假的？怎么会这么突然，昨天她没有告诉自己啊？

赵长风把这条消息当成了恶作剧，转念一想，又觉得不对。现在知道他和佳怡关系的除了方家父子之外就是李恩华局长夫妇了，这四个人从任何角度来说，都不可能给他发这样的消息来捉弄他。

赵长风又看了一下手表，十点三十六分，距离手机上说的时间只有五十多分钟了。如果这个消息是真的，他不能及时赶到机场，甚至连见方佳怡最后一面也不行了。

可是，现在范争强省长正兴致甚浓地在那里大发感慨，大讲指示，他现在如果起身离去，在范争强省长心中一定会留下非常不好的印象。

一时间赵长风陷入了两难选择，他不知道，为一条不知道真假的信息冒险得罪范争强是否值得。但是，如果他不去，而消息是真的，方佳怡真的去了法国，那该怎么办呢？

这时候，赵长风不由得想起当初赵灵儿离开中州到美国的情景，就是因为半个小时之差，他没有见到灵儿，遗憾到现在！而佳怡此刻在他心目中，要远远胜过灵儿，如果他再错过佳怡，那么给他带来的遗憾远非灵儿当时去美国所能比的！

为了佳怡，值得赌一把！

“范省长，对不起，我要请个假！”赵长风举手说。

会场上所有人的眼光都集中到赵长风身上，包括李恩华、白长钢和徐克猛三位正副局长。

范争强谈兴正浓，忽然被人打断，心里非常不舒服，更何况向他请假的还是他发表谈话的主要对象。

“小赵，有什么事情啊？”范争强压着心中的愠怒问道。

“我家里出了点急事，必须马上过去一趟。”赵长风说道。

“乱弹琴!”李恩华脸上挂不住了，“小赵，你还有组织纪律性没有？你坐下，有什么急事也得等散了会再说!”

“范省长、李局长，我真的有急事啊!”赵长风着急地说，根本不理会李恩华的暗示。

“好吧，你去吧!”范争强摆了摆手，作为省领导，他需要做出大度的姿态。

“谢谢范省长!”

赵长风冲出机关事务管理局大院，招手拦下一辆出租车，没有等车停稳，赵长风就拉开车门，跳到车上。

“去机场!”

赵长风掏出皮夹子，把里面所有的钞票全部拿出来放到司机面前，然后抬起手腕看着手表说：“现在是十点四十一分，你要是能在半小时内赶到机场，这钱全是你的了!”

中年司机咽了一口唾沫，望着仪表盘上那厚厚的一沓钞票，心中估算，恐怕要超过三千块吧？

司机脸色涨红，他左脚松开离合，右脚用足了力气狠狠地踩下油门，在发动机巨大的轰鸣声中，出租车像箭一般向前射了出去。

由于惯性的作用，赵长风身体重重地撞在后靠背上，可是他却面露微笑：“好！如果能一直保持这个速度，你很有希望在半小时内赶到机场!”

司机身体前倾，一边全神贯注地观察着前方的车流，伺机超车，一边红着脸吼道：“放心，这钱我拿定了!”

出租车疯狂地向机场狂奔，即使是红灯也不能阻止司机前进的决心。

就这样，司机冲了六个红灯，闯了三条单行道，还冲到人行道上行驶了三百多米，终于赶到了机场。

“俺赶到了!”司机兴高采烈地指着计价器的时间说：“咱们是十点四十一出发，现在是十一点十五……”

说到这里，司机面色大变，他一路上只知道疯狂赶路，根本没有功夫看时间，现在看来，他还是慢了四分钟，这三千块钱与他无缘了!

司机正沮丧之极，忽然听到车门一声巨响，抬头一看，那个年轻的客人已经跳下车匆匆向机场候机大楼跑去，他再扭头一看，那一沓厚厚的钞票安安稳稳地躺在仪表盘上，客人并没有拿走。

赵长风看着手表暗自叫苦，离飞机起飞只有十五分钟了，如果佳怡在机场，那么一定已经安检进了候机厅，说不定已经登机了。

怎么办?

怎么办呢?

难道眼睁睁地看着佳怡就这样坐着飞机到法国去吗?难道只能和上次一样，看着飞机从头顶上飞过，心中发出无助的呐喊吗?

不行!

绝对不行!

绝对不能让这一幕重演!

我要想个办法!

我得想出个办法!

我必须想出个办法!

赵长风一边奔跑一边苦苦地思索。就在他要进入候机楼的时候，他目光落在候机楼外大幅的乘客须知：不得携带易燃易爆等危险物品!

“哈哈!有了!”赵长风脑海里闪过一个疯狂的主意!

赵长风迅速冲向候机楼里的一个出售报纸杂志的小型书店，对书店的服务员说道：“我要打一个电话!”

赵长风也不理睬，拿起电话拨了110。

“喂，110吗?我要报警!今天上午十一点半中州机场起飞的航班上，有人携带炸弹!”

不待110再问话，赵长风就挂断了电话。服务员吓了一跳，她刚想喊，可是看到了赵长风正用凶神恶煞般的目光冷冷地盯着她。服务员不由得把话咽了回去。

赵长风刚走出七八米，那服务员经过激烈的思想斗争，终于战胜了胆怯懦弱，于是一个凄厉之极的声音划破了熙熙攘攘的候机楼：“抓住他，他说飞机上有炸弹!”

所有人都扭头往发出凄厉声音的方向看去，只见一个满面通红的女服务员指着一个高大的年轻人在大喊大叫。

赵长风也下意识地扭过头望着那服务员，他非常奇怪，为什么那服务员会指着他，疯狂地发出尖利的叫喊呢?

赵长风忽然醒悟过来，原来这是他刚才假报警电话惹的祸。

赵长风的脑海里刚闪过这念头，就有四五个彪悍的机场安全人员扑过来，把他按到了地上。

两个安全人员紧紧地按着赵长风，另一个安全人员迅速地掏出手铐，麻利地给赵长风反铐上，还有两个安全人员飞快地在赵长风身上摸索，搜寻有无危险物品。

在确定赵长风身上没有危险物品后，几个安全人员把赵长风提了起来，赵长风挣扎着叫道："放开我，我要见我女朋友!"

安全人员根本不理会赵长风，一边让围观的人群让开，一边拖着赵长风向机场安全办公室走去。

方振华好不容易把哭哭啼啼的方佳怡劝进了候机厅，正和方天雷在外面等候飞机起飞的消息。忽然竟然听到一声凄厉的声音，说飞机上有炸弹！这可把方振华和方天雷吓坏了！尤其是方振华，心中无比自责，是他做主强要把丫头逼上飞机的。现在飞机上有炸弹，万一丫头有个好歹，老天！后果真是不堪设想啊!

与此同时，机场的广播中传来女播音员柔和的声音："各位旅客，由于技术原因，十一点三十分飞往北京的XXXX次航班因故延迟。起飞时间请等候机场通知，请大家安心等候，不要离开机场，以免延误您的行程。"

方振华和方天雷长长地舒了一口气，不管怎么说，飞机没有起飞，方佳怡还是安全的。

方振华和方天雷正焦急地看着安检大门，看方佳怡什么时候从里面出来。就见机场安全人员拖着一个人走了过来。那个人一边挣扎着一边大声喊道："放开我，我要见我女朋友，放开我!"

方天雷和方振华觉得这个声音非常耳熟，仔细一看，不正是赵长风吗?

方振华愣住了，赵长风这臭小子怎么过来了？是谁通知他的？难道说刚才引起骚乱的就是他？

方振华拿眼睛狠狠地盯着方天雷。

方天雷看到赵长风，心中立刻明白是怎么回事了。好小子！真有种，也真聪明！方天雷心中赞了一声。

方天雷知道，一定是赵长风接到他的信息后迅速赶了过来，因为时间来不及，他又想留住方佳怡，所以急切之间，冒险想出这么一个缺德但却非常有效的主意。

对啊！飞机上有炸弹，航班当然不能起飞了。这样赵长风就可以见到佳怡了！

可是看到赵长风现在的狼狈相，方天雷心中不禁好笑，赵长风这样做虽然留下了佳怡，但是恐怕要受到一番严格的审查，而且会被拘留几天吧？

方天雷正在偷乐，却遇到方振华严厉的目光，方天雷连忙无辜地耸耸肩膀，说："爸，我真的不知道是怎么回事！"

方振华冷冷地哼了一声，说道："你这个臭小子！还想狡辩？你一撅屁股，我就知道你拉什么屎！赵长风这小子能赶来机场，绝对是你搞的鬼！我现在没空搭理你，等我回去，看我怎么收拾你！"

方佳怡红着眼睛坐在飞机上，眼睛无助地望向舷窗外。她心中叫道，长风，难道真的像爸爸说的那样，你是一个官迷心窍、一心往上爬的人吗？难道跟范省长汇报工作，真的比见我最后一面重要吗？即使你抽不出时间，难道你不能打一个电话过来吗？长风，长风，这究竟是怎么回事？

方佳怡不想哭了，可是不知道怎么的，眼泪不争气地从她的脸上滚落下来。

佳怡，别哭！你是一个要强的女孩子！怎么能随便在人前哭泣呢？方佳怡不停地在心里劝着自己，可是无论她怎么控制，都无法阻止泪水涌出。

就在这个时候，飞机里的广播忽然传来播音员的声音："各位乘客，由于技术原因，本次航班延迟起飞。请各位乘客在乘务员的指引下，有序地下机，到候机大厅等候！"

方佳怡下了舷梯，只见有好几辆消防车急速向这一架飞机开来，她顿时明白，一定是飞机出了什么事故了！

谢天谢地！方佳怡笑了起来，幸亏飞机出了故障，让她有光明正大的理由留下来。

方佳怡进了候机厅，往安全门走去，只见哥哥方天雷拼命向她挥手：“佳怡，来这边，来这边！”

方佳怡却无心看着方天雷和方振华，眼光不住地往四周搜寻：“哥，长风还没有来吗？”

方天雷嘿嘿一笑，小声说道：“来了！”

方佳怡心中一阵狂喜，叫道：“长风来了？真的来了吗？哥，他在哪里？我要见他，我现在就要见他！”

方振华黑着脸不说话。

方天雷偷眼看了一下方振华，苦笑着说：“佳怡，恐怕你现在见不到他。”

“为什么？”方佳怡顿时愤怒起来。如果是老爸阻止她见长风，她就坚决和老爸闹到底！

方天雷知道方佳怡误会了，他连忙小声说：“佳怡，长风现在在机场安全办公室，正在接受机场安全人员的盘问呢！”

“哥，怎么回事？长风为什么会被安全人员抓走呢？”方佳怡焦急地问道。

方天雷苦笑道：“因为长风打了假报警电话，说航班上有炸弹！”

“啊！”方佳怡顿时目瞪口呆。

方天雷继续说道：“这也是航班延迟起飞的原因。估计现在安全人员正在飞机上搜查行李，寻找炸弹呢！这个赵长风，还真是满脑子鬼点子，为了见你一面，什么办法都敢用，估计安全人员现在正收拾他呢！”

方佳怡的心又喜又疼。她喜的是，长风是爱她的，一定是爱她的！要是长风不爱她，怎么能想出这样的主意？即使想出这样的主意，又怎么敢冒险？方佳怡心疼的是，报假警可是非常严重的，至少会被拘留几天的。赵长风一定会吃不少苦头。机场的安全人员绝对不会轻易放过他。

“哥，你想想办法，救长风出来啊！”方佳怡拉着方天雷的手不停地摇晃。

方天雷苦笑一声，努努嘴，示意方佳怡去找方振华。他小声说：“佳怡，你真糊涂。去找老爸啊！论起和机场的关系，谁有老爸厉害？”

方佳怡一听，顿时醒悟过来，她连忙跑过去抱住方振华的胳膊哀求道：“爸！”

“干什么？”

“你去把长风救出来吧？好不好？”

“不去！”

“老爸！”

方振华皱着眉头说：“丫头，你知不知道报假警、影响飞机起飞是多么严重的事情？知不知道这一折腾国家要损失多少钱？这个赵长风，简直是个钻天猴子！你让我怎么好意思去找人说情啊？”

“老爸！”方佳怡可怜巴巴地哀求道，“你就破例一次，去救救长风好不好？长风一定是非常想见我，没有办法，才想出这样的主意的……”

“不行！”

方佳怡急了，咬了咬牙，对方振华说：“爸，长风是为了我才这样做的。我不能看着他在里面受罪。如果你不去救赵长风，那我现在要喊我的行李里有炸弹，我和赵长风是一伙的，让安全人员把我也抓进去。要受罪，我陪着长风一起受罪！”

方振华哭笑不得道：“丫头，你怎么能这样做啊？”

方佳怡说道：“我为什么不能这样做？这都是被你逼的！包括长风，也是被你逼的！即使你让我去法国留学，有必要这么急迫吗？你让我提前跟长风说一声，告个别怎么了？如果长风事先知道，他一定会有所准备，还会干出这种报假警的傻事吗？你不救他就不救吧，我现在就过去和他一起受苦！”

说着方佳怡张大嘴就要喊，方振华连忙捂住了方佳怡的嘴巴，赔笑道：“丫头，别喊！我是逗你的。我这就打电话找人给那臭小子说情去！”

方佳怡哼了一声，这才作罢。

方振华苦笑一声，走出候机楼，躲到一个偏僻的地方打电话。

中州市的机场是军民共用的机场，很多设施都是军方管理。方振华作为原中原省的军区司令，说话还是非常管用的。

方振华把机场这边的关系疏通好，又给李恩华打了个电话：“小李，怎么搞的？我不是让你安排赵长风向范争强汇报吗？”

李恩华这边正陪着范争强省长去餐厅，看到是方振华的电话，就向范争强省长告了个假，躲到一边接电话去了。

“老首长，我也正想向你汇报呢！这个小赵今天不知道怎么回事，失魂落魄的，他刚向范省长汇报完，范省长正对他下指示呢，谁知道他忽然告假离开。我劝也劝不住，只好让他离开了。范省长为此很不高兴呢！”

“原来是这样，好，我知道了！”

方振华挂了电话，心中很不平静。他本来以为赵长风对丫头转变态度是觉得以自己的背景和势力，能够带来更大的利益。他认为赵长风与其说是爱上丫头，不如说是爱上了他更合适一点。方振华不相信，像赵长风这种头脑冷静、心机深沉的人会真正爱上什么人，在这种人的心目中，前途永远比爱情重要。

但是现在看来，他的想法很可能错了，错得还很厉害。

首先方振华没想到，赵长风竟然会犯官场上最大的忌讳，在关键时刻把范争强撂在那里，径直赶往机场。要知道，那可是在会议上，是在公开的场合，赵长风这么抽身离去，不但影响到他个人在范争强心目中的形象，更影响到机关事务管理局在范争强心目中的整体形象，甚至还会影响到几位局长在范争强心目中的形象。

所以赵长风这么做，即使范争强不处理他，局里的领导也会处理他的，这对赵长风来说，无疑是给他正在顺利上升的仕途之路上凭空设置出一道巨大的障碍。方振华以为，赵长风一定不会做出这种选择的。可是赵长风却做了，这说明在赵长风心目中，他对丫头的感情比他个人的仕途更重要。

其次，方振华更没有想到，赵长风为了留下丫头，竟然采用那么极端的手段。这种想法和做法匪夷所思。方振华自问如果他和赵长风互换位置，他是绝对不敢实施这么危险却有效的办法的。赵长风身为国家干部，竟然跑到机场报假警阻止飞机起飞，扰乱机场秩序，这是多么严重的一件事？这件事情如果传回到单位，赵长风的仕途生涯基本就完蛋了。谁当机关事务管理局的领导，也不敢提拔这样的人啊。这等于说是埋下一颗炸弹，不知道什么时候就爆炸了。赵长风今天既然能冲动地报警拦截飞机，谁又能保证他以后不冲动起来干出更让人瞠目结舌的事？所以这件事放在任何有理智的领导身上，都不会再给赵长风机会。

而且对赵长风更为不利的是，得罪范省长和到机场报假警这两件事是联系在一起的。这两件事中的任何一件事单独来看，已经能给赵长风带来很大的麻烦了，现在联系在一起，将会给赵长风带来致命的麻烦。

方振华知道，赵长风不但智商很高，而且还是心思缜密的人，他做出这个决定的时候，一定会把这个决定的后果都考虑得清清楚楚了。也就是说，方振华能够想到的，赵长风也完全能够想到，赵长风完全明白，他这个行为将会给他的仕途带来多大的麻烦。但是即使这样，赵长风依旧去做了。这无比确实地证明，在赵长风心目中，丫头远比他的个人前途更为重要。

想到这里，方振华对赵长风的观感慢慢地转变过来了：其实有心机也不是不好，最起码可以保护自己，保护自己的家庭。只要赵长风爱丫头，那么他有心机反而是一件好事呢！

不过，单单凭借赵长风今天的表现，让方振华彻底相信赵长风还是非常困难的，方振华现在也只是暂时不反对丫头和赵长风交往。他要再仔细考察赵长风一两年，直到赵长风能够完全证明他确凿无疑地只爱丫头，那么方振华才会动用他的势力，对赵长风的仕途进行影响。

第十四章　于无声处听惊雷，此时无声胜有声

李恩华觉得需要对赵长风做一次重新的评估。这样一个头脑冷静、能力出色的年轻干部，居然会愚蠢地在正式场合给范争强副省长难堪！唯一的解释就是，赵长风已经从赵强那里得到了范争强将要被双规的消息。赵强竟然会把这么内幕的消息提前告诉赵长风，这说明了什么？

方振华回到候机楼，方佳怡正在焦急地等待，见他过来，连忙迎上来问道：“爸，怎么样？他们答应放长风出来了吗？”

方振华抚摸了一下方佳怡的头发，摇头道：“女大不中留，留来留去留成仇啊！”

“什么嘛！”

方振华继续说道：“丫头，爸刚才考虑清楚了，从今天起，不干涉你的事情。你的事情你自己拿主意好了。”

“爸，真的呀？嘻嘻，爸真好！”

方振华板着脸说：“丫头，你先别着急，听我说完。”

“噢，还有什么？”

“你和赵长风交往可以，但是要收敛一点，低调一点，不要弄得路人皆知。总之，在我没有同意你们结婚之前，不允许赵长风打着我的旗号去讨什么便宜。你告诉赵长风，如果我听谁说起，他打着我的旗号去干什么事情，我会立刻让你和他分手！”

两个多小时后，赵长风终于被机场安全人员放了出来，他刚走出机场安

全办公室，就看到等候在一旁的方佳怡。

方佳怡哭着扑上去，紧紧地抱住赵长风。赵长风也紧紧地抱住方佳怡，生怕方佳怡从他怀里溜走。经历了今天的事情他才明白，方佳怡在他心目中是多么重要。对他来说，方佳怡就是无价之宝，这种失而复得的心情虽然惊喜，但是也痛彻心扉，他绝对不会再让这一幕发生了。

第二天上班，赵长风被李恩华叫到办公室里狠狠批评了一顿，李恩华让赵长风回去好好检讨，写一份深刻的检查，等候组织上的处理。

赵长风虽然挨了批，可是心里却非常充实，他第一次觉得世界上还有比仕途更重要的东西。他以前总是徘徊在爱情的边缘，没有品尝过爱情，所以并不能理解爱情对他的重要性。但自从他忽然接受了方佳怡，赵长风才发觉，原来爱情是如此美好、如此重要，甚至比他的事业和前途还要重要得多。

正因为如此，赵长风觉得，即使事情再发生一次，让他再次做出选择，他依旧会和上一次一样，不顾一切地赶到机场去。至于范省长、李局长怎么想，就随他们去吧。

看来热恋中的人果然是盲目的，赵长风这么冷静、理智、心思缜密的人，也会忽然觉得爱情是世界上最伟大的东西。年轻人总会在某一个时期，坚定无比地相信爱情。

回到资金管理中心，刘茂才主任又把赵长风叫到办公室严肃地批评了一顿。要是在往日，刘茂才是不可能这样批评赵长风的。因为刘茂才知道，赵长风不但是白长钢局长的红人，更是李恩华局长的红人，虽然是自己的下级，但却是万万得罪不得的。可是现在，情况发生了变化，赵长风昨天上午在会议上做出那样的蠢事之后，他在局长心目中的地位急剧下降，所以即使是刘茂才，也敢把赵长风叫到办公室严肃地批评了。

对于这些人态度的变化，赵长风是无所谓的。爱怎么批就怎么批吧，我有佳怡就好了。其实赵长风也知道，李恩华局长虽然说得严厉，其实内心还是袒护他的。因为赵长风昨天在会场上表现得很不成熟，也很让李恩华难堪，李恩华绝对不敢让他再到什么重要的岗位上去了。

两天后，各大媒体忽然报道了一个令人震惊的新闻，范争强辞去中原省常务副省长的职务，赵强出任中原省常务副省长。至于范争强的去向，新闻里却没有透露。

可是在省直机关的领导干部中间，却流传着一条这样的小道消息：七月二十三日，也就是范争强副省长到省机关事务管理局视察工作的那一天，范争强视察完工作后，刚回到办公室，就接到省委一把手顾书记的电话让他过去一趟。范争强过去后，等待他的却是中纪委的工作人员，他们当场向范争强宣布了中纪委决定对他采取双规措施的决定，然后直接把他从顾书记的办公室带走了。

这个小道消息也不知道从哪里传出来的，也没有得到哪位省领导的证实，但是大家都知道这个消息是确凿无疑的。

省机关事务管理局几位局长也都从不同的渠道听到了这个消息，当然版本可能有一些细节的出入，在主要事实上却都没有什么差异。

李恩华、徐克猛和白长钢刚听到这个消息时都大吃一惊。当然，别的省直机关领导听到这个消息也是大吃一惊。但是那些省直机关的领导的吃惊程度比起李恩华、徐克猛和白长钢三个人来，还是差得太远。

为什么？因为赵强，因为赵长风！

李恩华本来还一直奇怪，在他记忆中，赵长风绝对不是那么冲动鲁莽的人，如果赵长风是那样的人，早就嚣张地到处宣扬自己和赵强之间的叔侄关系、宣扬自己和方振华之间的准翁婿关系了。可是赵长风没有，他什么消息都没有透露过。他只是默默地工作，而且从他完成的一桩桩工作上也能看出，赵长风绝对是一个非常出色的年轻干部。试想一下，这样一个头脑冷静、能力出色的年轻干部，怎么可能犯下如此愚蠢的错误，当场给范争强省长难堪呢？

唯一的解释就是，赵长风已经从叔叔赵强那里得到了消息，知道范争强要出事，所以根本没有把范争强放在心上，加上他可能真的有急事，所以自然不买范争强的账了——一个即将被上级纪委双规的干部，政治前途其实已经宣判了死刑。

想到这里，李恩华决定重新研判一下赵长风和赵强的关系。照理说，一个常务副省长被双规以前，这种消息绝对是只局限于某个极小的范围内，是非常机密的。赵强能够提前知道不稀罕，以赵强的身份背景，有很多渠道能获得这样的消息。但关键是，赵强竟然会把这个消息提前告诉赵长风。这说明了什么？

这说明在赵强心目中，赵长风绝对是非常亲密、非常可靠、非常值得信任的人！

赵强以前并不是李恩华的分管副省长，在此之前也只是在八位副省长中排位第三，但是基于赵强强大的背景和人脉，李恩华早就判断出，赵强的政治潜力不可估量。这其实不光是李恩华一个人的判断，几乎所有中原省有点眼光的干部都会做出这样的判断。所以虽然范争强是省直机关事务管理局的分管副省长，但是李恩华却要给赵强几分面子，百般照顾赵长风。这也算是李恩华提前布局，埋下一条伏线。按照股票的术语讲，李恩华这是提前买了一支原始股进来，将来赵强上位，就等于股票上市，股价一定会大涨特涨，必将给李恩华带来惊人的回报，这种预先的政治性投资李恩华是绝对不会错过的。

但是李恩华绝对没有想到，赵强这支政治股票竟然会这么快就强势上市，换而言之，李恩华没有想到赵强竟然会以这种方式强势上位。

如果单从表面上来看，赵强之所以能接过常务副省长的位子，是因为原常务副省长范争强被双规了。但是如果具有逆向思维，也不妨大胆地猜测一下，双规也许是赵强拼掉政治对手的一种手段，以赵强的政治背景，他有这个实力。虽然说自从赵强进入省政府以来，并没有听说过他和范争强之间有什么龃龉，但是政治背后的东西远比表相上玄妙。正如在省直机关事务管理局里，李恩华和徐克猛、白长钢之间表面上看起来也是和和气气、紧密团结在一起合作，可是背后呢？李恩华何尝不是密切注意着徐克猛和白长钢的一举一动，防止他们针对自己有什么小动作？而白长钢和徐克猛两个人除了相互争斗之外，又何尝不是紧紧盯着李恩华屁股底下的位子虎视眈眈呢？

想推断出一个政治人物的倒台究竟是谁在背后推了一把，那么最简单最有效的办法，就是去看这个政治人物倒台之后谁获益最大。一般来说，这个获益最大的人很可能就是这个政治人物倒台的幕后推手，至少也是积极参与者。

从赵长风行动上透露出的信息来看，赵强应该很早就知道了范争强倒台的消息。而且范争强倒台之后，常务副省长的位子就成了一个香饽饽，争夺常务副省长的位子必然是一番龙争虎斗。从位次上来说，赵强只是在副省长中排位第三，范争强倒台了，还有排位第二的副省长何卫国挡在赵强前面。可是赵强竟然能越过何卫国，不费吹灰之力就把常务副省长的空缺收入囊中，如果说赵强没有提前布局，怎么可能会有这样的结果呢？

想到这里，李恩华不由自主地打了一个寒战。

静若处子，动若脱兔。

赵强在对范争强下手之前一点征兆都没有，即使范争强本人也没有觉察到。但是赵强一旦决定下手，就立刻以迅雷不及掩耳之势，让范争强一点反抗的余地和时间都没有。

李恩华不敢再继续分析下去，他越是分析，心中对赵强越是敬畏。以前还好说，不管赵强强势不强势，他都不是李恩华的分管领导。但是现在赵强接任了常务副省长，那么他就是李恩华的顶头上司了，李恩华要直接和赵强打交道，这让他如何不在心中提着小心呢？

赵强打击政治对手的行动如此迅猛，收拾起下属来必然也是雷霆手段。尤其赵强是新官上任，一般来说，上任都要杀人立威，李恩华可不想成为立威的对象。

现在李恩华的当务之急是怎么安抚赵长风。他前天刚训斥了赵长风一顿，让赵长风交一份检查上来。现在看来，他这顿训斥显得非常愚蠢而不合时宜。不过现在后悔已经于事无补，只有想想怎么安抚赵长风，把这件事弥补才行。李恩华决定把赵长风叫到办公室谈一谈，看看赵长风的反应，实在不行，只有请老首长出面做赵长风的工作了，毕竟赵长风是老首长未来的女婿。

李恩华下了决定，就立刻打电话给刘茂才，让他通知赵长风到办公室来一趟。

刘茂才也得知了范争强副省长被双规的消息，他心中不由得感慨赵长风真有狗屎运，范争强既然倒了，这下局里应该不会对赵长风有什么大的处分了，顶多就是口头警告一下。

可是李局长的电话却让刘茂才摸不着头脑。听李局长的话冷冰冰的，一副公事公办的严肃态度，难道说李局长还不打算放过赵长风吗？

刘茂才把赵长风叫过来，拍着赵长风的肩膀说：“赵科长，说起来你也是我的老部下了。放心，不要有什么思想包袱。你先过去小心应付一下，我回来会代表资金管理中心向局里为你说情的。”

赵长风其实现在对这些已经无所谓了，他有了方佳怡之后，暂时分散了对仕途的注意力。不过对于刘茂才的一番好心，赵长风还是非常感激的，他真诚地对刘茂才说：“刘主任，谢谢你！给你添麻烦了。”

离开刘茂才的办公室，赵长风回去把他写的检查从抽屉里拿出来，又仔细读了一遍，觉得没有什么大的问题了，就装在口袋里下楼去了。

这份检查本来是越早交越好，按照以前赵长风的态度，说不定在挨了李恩华的训斥之后，当天晚上就写好，第二天就交上去了。

可是现在赵长风却发现，他无论如何都写不成这份检查。写了好几次，都觉得不深刻，认识太肤浅。偏偏他现在又深刻不起来，自从和方佳怡进一步确定感情之后，赵长风整天都喜气洋洋，无法达到以前那种所谓的“触及灵魂深处”的认识。赵长风前后费了两天的时间，才把这份检查修改好，勉强写出一份过得去的检查。

赵长风推开李恩华办公室的门，李恩华就笑呵呵地从办公桌后面迎了出来。

“长风啊，坐，坐！”李恩华一手握住赵长风的手，一手拍着赵长风的肩膀。

赵长风有点受宠若惊。李恩华今天怎么对他这么亲热？往日的称呼“小赵”也改成了更为亲密的“长风”，还这样亲热地拉着他的手。

因为赵长风这几天的心思都在方佳怡身上，连往常每日必看的报纸也不看了，他竟然不知道范争强倒台的消息。他躲在业务部经理办公室，又听不到业务部的干部职工的议论，一时间消息闭塞至此，所以自然无法明了李恩华态度上的变化。

赵长风坐在沙发上，李恩华本想表示亲热，和赵长风并排坐在一起，后来一想又觉得不妥，就转身坐在赵长风对面。

“李局长，这是我写的检查，你看看。”赵长风双手捧着检查交给李恩华。

李恩华接过检查放在一边，说道："长风，你对待错误的态度非常积极，我很欣赏。年轻人嘛，需要的就是这种积极的心态。"

赵长风琢磨不出李恩华这话是什么意思，只好微笑着，做出一副全心全意聆听的姿态。

"长风，你能明白我为什么让你写检查吗？"李恩华又说道。

这话赵长风还是知道该怎么回答的，他连忙点头道："李局长，我明白，你是关心我、爱护我！"

李恩华呵呵一笑道："长风，你能明白我的一片苦心就好。说起来我和你不是外人。我是老首长的部下，你是老首长未来的乘龙快婿，都是自家人。但是越是自家人，越是要求严格。不是有一句话嘛，'响鼓还要重锤敲'。为了你的进步，为了让你更快成熟，所以我对你的要求就分外严格。"

"李局长，我知道。真的谢谢你！"赵长风很配合地露出一副感激的模样。

李恩华又道："长风，你到资金管理中心有两个月了吧？"

赵长风点头道："还差几天就两个月了。"

李恩华说："嗯，好好干，多考虑一下业务上的事，有什么想法多和刘主任沟通。一定要干出一番成绩，让大伙儿瞧瞧。"

赵长风道："李局长，我不会让你失望的。"

李恩华看了看手表。

赵长风知道他该走了，连忙站起来："李局长，那你忙，如果没有其他事情，我就先回去了。"

李恩华站了起来，拍拍赵长风的肩膀说："好吧！今天先这样。有空的时候和佳怡一起到我家吃饭，小雅很想见她的佳怡姐姐呢！"

赵长风连忙说："我回头跟佳怡说说，有空和她一起去看小雅。"

李恩华把赵长风送到门口，这才返回身坐到老板椅上，闭着眼睛重重地靠在宽大柔软的椅背上。

李恩华想，我刚才的表现是不是过头了一点？到底合不合适呢？

本来，以李恩华的身份地位，无须向赵长风解释那么多，他只要接过赵长风的检查，严肃地批评一顿，然后在赵长风临走时，再邀请赵长风到他的家里去。前面的批评教育不失他的局长身份，后面的私人邀请则向赵长风暗示，他依旧把赵长风当成自己人。这样，赵长风虽然挨了批评，心里也会觉得非常温暖，知道李恩华是真心关心他、爱护他。

可是李恩华想来想去，觉得这样做过于含蓄。万一赵长风领会不到他的意思怎么办？如果赵长风在赵强面前发几句牢骚，虽然不一定影响新主子对自己的看法，但终究是不保险。

后来李恩华决定放低身段，反正就他和赵长风两个，也没有其他人在场。再说，有方振华的关系在那里放着，两个人本来就是自己人，也不用玩深沉，直接让赵长风明白他的心意，不用猜来猜去地打哑谜。

可是李恩华真的按照自己的想法做了之后，还是觉得有点不舒服。毕竟，作为一个地厅级干部，这样和一个下属沟通，实在是有失身份。

李恩华自嘲地笑了笑，看来范争强的突然垮台对他的影响太大了，以至于他在如何应对新主子的局面上有点乱了分寸。

赵长风回去后，琢磨了一下李恩华的话，觉得李恩华是在向他示好，只是示好的意图过于明显，有点不符合李恩华局长的身份。李恩华局长这样轻描淡写地放过他，就不担心范争强省长的态度吗？赵长风琢磨了半天，也想不通李恩华这样做的理由。

算了，不想了。赵长风把目光落在办公桌上厚厚的一沓报纸上，这才想起有两天没有看过报纸了。

赵长风拿过今天上午的报纸，一下子被头版的新闻吸引了。噢，原来如此啊！赵长风笑了起来，他终于知道李恩华态度转变的原因了。

这下赵长风彻底轻松起来，分析起范争强倒台给他带来的变化，李恩华不是也交代过他，让他好好干，做出一番成绩吗？

其实业务部的工作非常简单，就是负责资金管理中心的资金的保值增值运营。这个工作说起来容易，但是做起来很难，因为有很多条条框框限制了资金运用的范围，所以业务部资金增值保值的渠道非常有限。赵长风要想干出成绩，必须从资金的保值增值运营上下工夫。

赵长风不由思索起来。

资金管理中心业务部的领导对外称为经理副经理，对内一般按行政级别呼为科长副科长。包括赵长风在内，业务部一共有七名员工，除了赵长风外，另外还有一男一女两名副科长，男科长叫郑晓键，二十八九岁，女科长蒋丽君，年龄三十出头。

这两个副科长对赵长风的态度很不一样。

蒋丽君戴着一副小巧的眼镜，看着文文弱弱的，但是对待赵长风就像是大姐姐对待弟弟一般，非常关心，在工作中也很配合赵长风，在业务部员工面前非常注意维护赵长风的领导形象。

郑晓键却是另外一副模样，虽然表面上对赵长风一口一个科长地叫着，但是对赵长风的话从来不放在心上，每次在业务部会议上郑晓键都要和赵长风唱反调。

对于郑晓键的态度赵长风也是心知肚明。赵长风知道问题出在哪里，因为业务部原经理方大海出事被调走后，郑晓键一直渴望他能够被扶正，担任业务部经理，毕竟郑晓键在业务部已经工作满五年了，按照正常组织程序，也该晋升成正科级了，如果没有外来的空降部队，只从资金管理中心内部提拔，郑晓键认为他百分之百能够成为业务部经理。可是没有想到却横空里杀出一个赵长风，郑晓键眼睁睁地看着盛到盘子里的烤鸭长了翅膀飞到赵长风怀里，郑晓键怎么能不嫉恨？

虽然郑晓键处处和赵长风作对，赵长风却没有在意。赵长风认为，郑晓键根本不是和他一个重量级的对手，他在局里有李恩华和白长钢的支持，郑晓键和他根本就不在一个层次上，怎么竞争？

但是赵长风没有想到，郑晓键竟然背着他向刘茂才偷偷递交了一份报告，题目叫做《论新形势下公积金增值新思路》。

现在，赵长风就坐在刘茂才的对面，看着郑晓键的报告。

“赵科长，你怎么看郑科长这份报告？”刘茂才端着茶杯，悠闲地问赵长风。

赵长风笑道：“刘主任，怎么说呢？郑科长的出发点很好，但是却忽略了很多条条框框。”

刘茂才放下茶杯，提起另外一个话题：“赵科长，前两天局里召开中层干部会议，会议上一个突出的主题就是今后要对各部门领导实行政绩考核，要实行末位淘汰制。”

刘茂才说的政绩考核末位淘汰制，赵长风这两天也隐约听说过一些。所谓末位淘汰制就是由局里成立考核办，每年负责对局机关各部门以及局直属单位进行一次政绩考核，凡是连续两年在政绩考核中处于最后两名的部门或者单位，对该部门或者该单位领导班子通报批评并亮黄牌警告，对主要负责干部降职或就地免职。

当时赵长风听到这个消息将信将疑，觉得在省机关事务管理局中实行这种残酷的末位淘汰制的可能性不大。因为省机关管理局人员背景很深，人际关系很复杂，即使哪个部门领导真的连续两年被评为倒数第一，局里领导也不见得能动真格地把这个部门领导拿下。

不过赵长风今天听刘茂才亲口说出来，才知道局里真的要对中层领导实行政绩考核末位淘汰制。

这个政绩考核末位淘汰制是局里的三位局长商量出来的。因为赵强升任常务副省长之后，原来归范争强分管的厅局都归到赵强手下。这些厅局的领导们为了迎合赵强，在工作上搞了很多新花样出来。别的厅局都有了动作，省机关事务管理局自然不能落后，李恩华把白长钢、徐克猛等局主要领导召集在一起，最后研究出了这个政绩考核末位淘汰制的新办法。

按照局领导班子的说法，政绩考核末位淘汰制是一种激励形式，不过和正面激励不同，政绩考核末位淘汰制是从反面督促某些部门和干部摆正自己的位置，认认真真、踏踏实实地工作。

说是末位淘汰，需要连续两年最后两名才会被淘汰。实际工作中会出现这种情况吗？很难。一个部门如果第一年处于最后两名，那么第二年使出浑身解数也要摆脱这尴尬的位置。不管是台面上的功夫还是台底下的功夫，总之是极少有可能在第二年依旧处在最后两名的。所以末位淘汰，实际上是末位不淘汰。这种末位淘汰制既讨好了上级领导，赚足了改革创新的眼球，又避免真的对某个下属部门的官员动手，以免动后面复杂的人际网。

但是，这个末位淘汰制在关键时刻也还是有作用的。比如领导看哪个刺头不顺眼，就可以通过考核办连续两年让这个刺头在最两名，这样领导就有了光明正大的理由把刺头淘汰。刺头即使搬来身后的关系，领导也有说辞，这是早已经制定好的末位淘汰制度，不是我不给你面子，是制度不给你面子。有了这个挡箭牌，虽然不免也要得罪刺头身后的关系，但是有一层缓冲在这里，不是硬邦邦地直接起冲突，就留下了余地，不至于彻底闹翻，成为死敌。

刘茂才正是知道这政绩考核末位淘汰制的种种妙处，了解领导的良苦用心，所以才更加重视这个政绩考核末位淘汰制。因为常在河边走，哪能不湿鞋？经常在领导手下工作，能保证永远不得罪领导？万一什么时候不小心得罪了领导，被领导穿上了小鞋，连续两年末位被淘汰掉，到时候可就欲哭无泪了。即使找人活动，那不也要欠下一个天大的人情？与其这样，何不未雨绸缪，提前做好工作，在政绩考核中不落在最后两位呢？这样至少不会给领导以堂而皇之的把柄在手吧？

所以刘茂才就决定要在资金管理中心以政绩为先。资金管理中心政绩考核的主要指标是什么呢？就是资金管理中心管理的资金的增值效率，也就是说，如何使资金管理中心的资金快速增值。这个时候，业务部副经理郑晓键送来一份《论新形势下公积金增值新思路》的报告，可正合刘茂才的口味。只是刘茂才见赵长风不怎么感冒，所以就转而谈起了政绩考核的末位淘汰制。

“赵科长，局考核办可是给我们资金管理中心定下了考核目标，指出今年资金增值幅度不能低于去年。”刘茂才说道，“我看了一下报表，去年资金增值幅度为百分之十七，可是现在已经是八月份了，今年已经过了大半，资金的增幅才达到百分之七，还剩下四个月，如何能达到百分之十七的增幅？”

赵长风知道，刘茂才的意思是倾向于郑晓键的所谓新思路，所以才抛出局里新出台的末位淘汰制的。

那么郑晓键的新思路是什么呢？就是动用资金管理中心的资金投入股市。

这些年，由于期货市场兴起，大量资本进入期货市场追逐暴利，这段时间股市异常低迷，连创新低。今年国家开始对期货市场进行限制，资本从期货市场流出，进入股票市场，从而造成了今年股票市场的大涨，开始了新一轮牛市。

郑晓键认为这个时候动用资本管理中心的资金进入股市进行炒作，一定能够获得高额的回报，远比购买国债进行保值增值有效得多。

“刘主任，郑科长这个办法可是违反有关政策的。”赵长风含蓄地说。

刘茂才摆了摆手，说道：“赵科长，这个你就不用担心了，我会负责处理的。不考虑政策层面的因素，你觉得郑科长的办法可行吗?”

赵长风沉吟了一会儿，说道：“刘主任，股市是一个高风险高回报的市场，虽然目前连番大涨，可是谁也不能保证什么时候就会调头下跌。要是想在股市稳赚不赔，除非是和庄家联手。”

刘茂才笑道：“对，郑科长也是这么说。他还说他认识一个大庄家，正准备募集一个大的基金炒作一个题材。”

赵长风想了一想，摇头道：“刘主任，你是我的老领导，所以我就有话直说了。我不赞同这样的做法。如果郑科长真的认识什么庄家，让他套一下庄家的口风，私人投入一些小钱进入股市，可以跟庄捞一些外快。但是动用资金管理中心这么巨额的资金投入股市，还是风险太大，即使赚到了钱，将来一旦庄家出了问题，我们也会被牵连进去。”

刘茂才叹了一口气，说道：“我其实也不赞同跟庄家联手。之所以把你叫过来，就是考虑到你是金融专业毕业，对股票比较了解，想看看你能不能当操盘手，在股票市场上进行一些短线操作，给资金管理中心赚一些快钱。这样资金管理中心的政绩考核不但好看，年终也有富余资金，多给局里的领导干部发一些福利。”

赵长风想了一下说：“刘主任，关于资金增值的问题，我也想了一个比较有效的办法。只是这个办法不符合资金管理的有关政策，我才没有向你提出来。”

“好你个赵长风，还跟我打埋伏啊!”刘茂才笑道，“快点给我说出来。合不合政策不要紧，关键有两点，第一，是保证资金安全；第二，能迅速增值。能做到这两点，即使具体做法上有一些违规，也不是什么大问题。我都可以出面到领导那里协调。”

“刘主任，保证资金安全和能够迅速增值这两点绝对是没有问题的，而且渠道都光明正大。”赵长风说道。

“嗯？什么办法？你倒是说啊!”

赵长风压低声音说：“刘主任，你有没有想到过典当行这个行业?”

“典当行？”刘茂才吃了一惊，他倒是真的没有想过这个冷僻的行业，他问道，“那不就是当铺吗？那些急着用钱的人把戒指项链什么的当了，换一些钱出来。这和我们有资金增值保值有什么关系？”

赵长风笑了，说道：“刘主任，其实典当行并不像你想象的那样只是当当什么金银首饰，它涉及的业务范围非常广，无论是动产不动产都可以进行抵押或者质押放款，而且利息高得惊人。如果刘主任能说动上级让我们投资开一家典当行，我保证资金管理中心的资金会以惊人的速度增长。”

“哦？”刘茂才来了兴趣，“赵科长，你仔细跟我说说看！”

赵长风说道：“先说安全性。来典当行借款的人都有抵押物和质押物做担保，即使借款人到时候不能偿还借款，典当行也可以通过拍卖抵押物和质押物来补偿借款。由于质押或者抵押借款占抵押或者质押物的比例很低，所以拍卖的款项充抵借款绰绰有余，所以在安全性上毫无问题。”

赵长风顿了一下，看刘茂才饶有兴趣地听着，才继续说道：“再说快速增值。现在典当行并没有统一的规定每月要收多少利息，据我所知，典当行的月利息加上综合费用，从百分之五到百分之七不等，即使取一个中间数值百分之六，那么十二个月下来，典当行实际收取的费用达到百分之七十以上。这是何等高效的增值比例？”

“啊？这么高啊！”刘茂才很是惊讶，“我本来以为是笔小生意，没有想到是这么赚钱的大买卖。”

刘茂才又说：“赵科长，只是典当行会不会规模很小？没有多少人去借款啊？如果一年只做几百万生意，那么即使典当行利息再高，一年也就赚几百万利息，对我们的作用也不大啊。”

赵长风笑道：“刘主任，其实在民间有很多民营企业和私营企业主急需要资金，而他们通过银行等正规金融机构又无法贷到款。这时候他们往往会求助于典当行。只是很多典当行本身实力有限，满足不了民营企业和私营企业主的资金需求，所以错过了很多生意。只要有资金有实力，根本不用担心没生意可做。要知道我们中州可是全国第一人口大省的省会，又是全国重要的交通枢纽，商业非常发达，急需资金周转的中小企业非常多，这些都是我们的目标客户。我只担心我们资金管理中心的资金不够用，完全不担心没有生意做！如果能投入一个亿进去，一年赚个六七千万完全不成问题！”

刘茂才频频点头，这个典当行的诱惑力实在是太大了。

赵长风笑了笑，压低了声音说：“刘主任，其实投资典当行，不光缓解了资金管理中心资金保值增值的压力，如果操作得当，对个人也有很大的好处。”

“哦，赵科长，你说说看。”刘茂才的兴趣又提高了几分。

赵长风说道：“凡是去典当行典当的企业主或者个人都是因为急用钱才去典当的，有的时候典当期限到了，他们没有钱去赎当，这时候只有支付高额的利息续当。还有一部分人连续当的手续费和利息都出不起，这时候抵押物就变成了死当。”

“按照典当行目前通行的处理死当物品的做法，就是自行定价出售，按照规定，价格为当时典当人过来典当物品时典当行所支付的现金，加上典当人在典当期限应付的综合费用。这里面我们就大有可为。”

刘茂才对典当行一窍不通，不知道赵长风所说的“大有可为”究竟有多可为，就问道：“赵科长，这里面空间有多大?”

赵长风笑了起来，说道：“以房地产为例，典当的时候只能按照当前市场价的四折到五折给付当金。如果变成死当，那就是说我们可以市场价四折到五折的价格买下抵押的房产。”

刘茂才眼睛一下子亮了起来，不是嘛，如果能以四五折的价格从典当行买下房产，一转手，至少能赚一倍，这可百分之百是利润啊！

赵长风继续说道：“由于典当行掌握在我们手中，所以死当物品出售时我们内部人员是最先得到消息的，到时候吃下利润空间比较大的死当物品，剩下利润空间一般的死当物品公开出售或者拍卖。这样下来，资金管理中心的资金顺利地实现了快速安全的增值，资金管理中心中的干部又得到了具体实惠，而且还毫无法律上的风险，这样岂不是比冒险投入股市博一把要稳妥得多?”

“嗯，确实很稳妥！”刘茂才不住地点头。

赵长风说：“到时候如果有好的死当物品，让局领导们去买上几件，这样在政绩考核中，我们资金管理中心无论是硬指标还是软指标都会到位，不说拿个前几名，倒数第一第二名是绝对与我们无缘的!”

刘茂才大笑，说道：“赵科长，这个办法你可以拟定一个具体的方案出来。方案要写得详细一点，越详细越好，到时候我去找上级请示!”

“好，我回去就写!”

“赵科长，抓紧时间，越快越好!”刘茂才又叮嘱道。

一个月后，局领导终于首肯了资金管理中心提出的开设典当行的方案，只不过按照局领导的要求，对方案进行了一些修改。

局领导要求不能直接以资金管理中心或者省机关事务管理局的名义直接开设典当行，要采用和其他企业或者个人合资开设典当行的办法。

这样主要是为了避免把资金管理中心或者省机关事务管理局放在风口浪尖。以眼下的政治环境和社会环境，对典当行业的评价还非常负面，无法接受一个政府机构投资开设典当行。虽然开设典当行于公于私都有利，但还是需要做一些掩人耳目的工作。所以采用合资或者合作的办法开设典当行无疑是眼下的最佳选择。

局领导这个要求正中赵长风的下怀，因为赵长风和林东风手里还有两千万的闲散资金，正需要找一个项目。但是典当行业实行准入制度，以个人名义申请审批手续非常麻烦。

现在假如林东风和资金管理中心合资或者合作经营典当行，由于有了政府部门的官方背景，不但审批手续不成问题，更重要的是，不用惧怕蔡达明的任何小动作。

局领导的意见下来之后，赵长风第一时间和林东风商量好，做出了决定，然后又把林东风引荐给刘茂才。刘茂才调查了林东风的实力，知道林东风是真正的千万富翁，加之林东风又许诺给刘茂才一些暗股，刘茂才欣然答应和林东风合作。

既然是合资经营，当然是股东越多越好。刘茂才又想办法拉了局领导和几位要害部门的处长家属们入股典当行。因为典当行投资回报率极高，是银行利息的六七倍，安全系数又丝毫不弱于银行存款，所以那些家属们都欣然入股。

就这样，经过精心的筹备，银泰典当行在十二月一日正式开业。典当行注册资本为一亿，其中资金管理中心入股八千万，林东风入股一千七百万，其余三百万都是局领导的家属、当然也包括刘茂才的股份。

赵长风的股份其实包括在林东风的股份之中，两个人私下里签有协议。只是在公开场合，以林东风的名义入股，赵长风不想暴露自己。

银泰典当行的法人代表和董事长都是林东风，但是资金管理中心却派去了一个财务部长，主要负责监督资金的流向。只要是资金的正常进出，财务部长无权干涉。

考虑到林东风搞边贸出身，并不懂得金融资金的运作，赵长风出主意让林东风去挖张雨菁。由于张雨菁没有什么背景，在银行里一直受人排挤，加之听林东风说银泰典当行有赵长风的暗股，张雨菁就跳槽过来，担任了银泰典当行的总经理。至于典当行的其他人员配备，赵长风也是和林东风在一起商量了很久才最后决定下来的。

在刘茂才看来，赵长风这一段时间兢兢业业，为了典当行跑前跑后，人都变得又黑又瘦，实在是资金管理中心那帮老太爷式干部的工作典范。如果手下的干部个个都能像赵长风这样对资金管理中心的工作采取这种高度负责的态度，把资金管理中心的资金安全当成自家的资金安全一样看待，那么他这个资金管理中心的主任工作起来该如何轻松啊！可惜找遍全资金管理中心，除了赵长风一个人这么疯狂地工作外，没有第二个这样的干部了。

直到银泰典当行顺利开业之后，赵长风才松了一口气，重新恢复了正常的生活工作节奏。由于银泰典当行和资金管理中心业务部是对口单位，赵长风经常到银泰典当行去巡视，指导银泰典当行的工作。

由于前一段时间一直忙着银泰典当行的事情，赵长风几乎很少有时间陪伴方佳怡。现在银泰典当行开业了，赵长风又开始和方佳怡约会，补偿这三个月来对她的亏欠。

转眼快要到圣诞节了，赵长风忽然发觉方佳怡变得神秘起来，见到他总是无缘无故地笑，仿佛有什么事情瞒着他一样，一连几天都是这样。

到了二十三日，赵长风实在忍不住了，拉住在一旁笑容诡秘的方佳怡说道："佳怡，你快说，有什么事情瞒着我？这几天我看你整个人都不对劲！"

方佳怡笑嘻嘻地说：“长风，我本来还想再瞒你一天呢！你现在既然看出来了，那我就告诉你吧。明天是平安夜对吧？”

赵长风奇怪道：“是啊，是平安夜，怎么了？”

方佳怡咬了一下嘴唇，对赵长风说：“我要送你一份神秘的平安夜礼物。”

神秘的平安夜礼物？自从那个雨夜之后，佳怡从来没有让他碰过她，难道说平安夜佳怡准备让他……想到这里，赵长风不由得浑身血脉贲张，呼吸也急促起来！

中州市的平安夜和圣诞节多是流行于大学生和有点小资情调的青年白领之中。

赵长风精心地打扮了一番，还十分难得地往身上喷了少许切维浓香水，切维浓香水又名城市猎人，是著名的国际男士香水品牌。这还是赵长风在审计科的时候下属单位赠送的，赵长风从来没有用过。但是今天晚上他决定要用，不为别的，就为香水的名字，城市猎人。今天晚上是平安夜，赵长风期待今天晚上疯狂一把，看方佳怡如何臣服于他这个城市猎人的怀抱。

神秘礼物？呵呵，太好玩了！佳怡什么时候也会玩这么令人心跳的游戏，把自己当成了神秘礼物呢？

一股寒潮刚刚从中州席卷而过，向南方肆虐而去。中州的天气非常寒冷，傍晚太阳下山之后，气温又降了几度。可是赵长风的心里却是火热的，他穿着一身西装，外面罩了一件厚呢子大衣，就在省军区家属院门口等候方佳怡。

道路两边的路灯早已经打开，一轮明月挂在东南方的夜空，将银辉洒向大地。

第十五章　想杀鸡儆猴，却发现深潭巨鳄

徐克猛因为眼红赵长风为银泰典当行所带来的巨大利润，加上小人的挑唆，就想拿赵长风开刀。谁知他却见到那块原本属于副省长赵强的梅花表，现在戴在了赵长风的手腕上。他顿时心惊胆战。想不到身边潜藏着这样的深潭巨鳄，更加可笑的是，自己居然还想拿他开刀！

时针指向六点半，赵长风兴奋起来，这是他和方佳怡约定好的时间，佳怡应该出现了。

可是佳怡却没有出现。赵长风也不着急，好事多磨。再说，平安夜嘛，女孩子矜持一点也是应该的。

这时，赵长风听到一阵脚步声，扭头看去，只见远处有一个身材高挑的女孩子向他走来，也许是天气太冷的缘故，那个女孩子穿着长长的羽绒服，头上戴着一顶绒线帽，一个大大的卡通口罩把整张脸捂得严严实实的。

赵长风只瞟了那个女孩子一眼就没有再看了，因为那个女孩子绝对不可能是方佳怡。方佳怡身高一米六二左右，那个女孩子的身高足有一米七。

赵长风又转过身，聚精会神地望着省军区家属院里的道路，期待着在道路远端出现方佳怡活泼可爱的身影。

女孩子的脚步声距离赵长风越来越近了，赵长风仍然没有理睬，他只是往人行道里挪动了一下身子，将宽宽的人行道让了出来，让女孩子通过。

那个女孩子的脚步声在赵长风身后停下了，赵长风能够感觉出来，那个女孩子就定定地站在他身后。

咦，这是怎么回事？赵长风有点好奇，正要扭头，一双冰凉的手忽然从后面伸了过来，捂住了他的眼睛。一个身子紧紧贴在赵长风后背上，隔着厚厚的羽绒服，赵长风还能感觉到羽绒服下那发育良好的柔软胸部。

“你是谁呀？别闹了，你认错人了！”赵长风大惊失色，他正在等候方佳怡，却被一个陌生的女孩子抱住了，如果方佳怡这时出来看到这香艳的一幕，他又该如何向方佳怡解释？

身后传来女孩子的笑声：“臭哥哥，你连我都认不出来了吗？”

赵长风浑身一僵，不可置信地叫道：“灵儿？”

他分开蒙在眼上的两只冰凉的小手，缓缓地转过身来。只见身后的女孩子已经把大大的口罩摘了下来，她一双调皮的大眼睛眨也不眨地望着赵长风，脸颊上有两个诱人的小酒窝，嘴唇调皮地往上翘着，露出两个可爱之极的小虎牙，不是灵儿又是谁呢？

“灵儿，真的是你啊？”赵长风兴奋地叫了起来，“你什么时候回来的？怎么不提前告诉哥哥一声？”

灵儿正在甜甜地微笑，可是不知怎么的，一听到赵长风的声音，心中不由得涌上一阵委屈，她小嘴一瘪，眼泪就如同断了线的珠子一般滚落下来。

“哥哥！”灵儿扑在赵长风怀里，双手搂住赵长风的脖子委屈地哭了起来。

“好了好了，乖灵儿，别哭了好不好？”赵长风拍打着灵儿的后背，心疼地劝说道，“哭什么啊？见到哥哥了，还哭什么？”

“哥！我以为你再也不会理睬我了！”灵儿抽泣着说。

赵长风正要说话，忽然眼角余光扫到一个娇小的身影，原来不知道什么时候，方佳怡竟然过来了，她正站在一旁，冷冷地盯着赵长风呢！

赵长风暗自后悔，都怪自己见了灵儿太过开心，竟然忘记了六点半是他和方佳怡约会的时间，心里放弃了警惕，被方佳怡逮了个正着。

赵长风搓着手，不知道该如何应对这尴尬的场面，好半天才强笑着说：“佳怡，她是灵儿，你们见过面的。”

方佳怡冷冷地说道：“是啊，见过的。”

赵长风更不知道该说什么了。

灵儿却“扑哧”一声笑了起来，她扑过去抱住方佳怡说：“好了，好姐姐，你就别再捉弄哥哥了，你看看他，多可怜哦!”

方佳怡也忍不住笑了起来，她在灵儿小巧的鼻尖上捏了一下，嗔怪道：“你这丫头，当初让我捉弄你哥哥的是你，现在向我求情的也是你。好人你都做了，我倒成了白脸奸角了。”

灵儿摇晃着方佳怡的手道：“佳怡姐姐，我是看长风哥哥太可怜了嘛!”

方佳怡叹气道：“你们真是兄妹连心啊，我这还没有过足戏瘾呢，你就开始出卖我了。”

灵儿笑嘻嘻地说：“姐姐，不，嫂子，你和长风哥才是夫妻连心呢!”

“你这孩子，还叫我嫂子，看我回头怎么收拾你。”方佳怡脸红得像红布一样，气咻咻地望着灵儿。

赵长风嗅着方佳怡身上传来熟悉的香气，心中一荡，就想去搂方佳怡，方佳怡却推开他，从他怀里逃了出来：“赵老抠，我和灵儿都饿了，你快找个地方，带我和灵儿吃饭。”

“可是，佳怡，你们也得先向我解释清楚这是怎么回事啊?”赵长风挠头说。

“怎么回事?”方佳怡甜甜地笑了起来，她说了一声，“平安夜快乐!”然后把赵灵儿拉到赵长风面前，“长风，我不是告诉你，平安夜要送你一份神秘礼物吗?我现在把灵儿妹妹带到你面前，你说这份礼物神秘不神秘?”

赵长风恍然大悟，虽然还没有彻底明白是怎么回事，但心里已经猜出个大概了。

吃饭的时候，方佳怡才把谜底向赵长风彻底揭开。原来灵儿十二月十九日就回到了中州。一回到中州，灵儿就去韦斯特酒吧找方佳怡，方佳怡不在，灵儿见到了方天雷。方天雷此时已经知道灵儿的身份，他带着灵儿去见了方佳怡。方佳怡已经听赵长风详细解释过以前的误会，尤其是灵儿临到美国前还不忘让赵长风代她向自己道歉，此时见到小丫头风尘仆仆地从美国回来就立刻可怜巴巴地找到自己道歉，心中对灵儿又疼又爱。

误会解除后，方佳怡就和灵儿攀谈起来，她们有共同的背景，年龄相差又不大，自然有很多共同的语言，当然她们谈得最多的就是赵长风的糗事，每回忆起一件，两个人都哈哈大笑一番，她们越谈越投机，大有相见恨晚之意。到了最后，灵儿对方佳怡一口一个姐姐，方佳怡对灵儿也是一口一个妹妹。

说到当初赵长风忽然和灵儿不联系的事，虽然灵儿通过方佳怡已经知道当时赵长风进了三二七专案组，在封闭办案，但是对赵长风不和她联系还是耿耿于怀。至少赵长风可以在进专案组之前跟她打声招呼啊，虽然不方便联系她，至少可以往爷爷家打个电话，让爷爷交代一声啊。如果是那样，自己也不必火急火燎地飞往美国了。更重要的是，灵儿在美国这半年时间里，每当想起赵长风和方佳怡，心里都非常难受，认为是自己破坏了他们。灵儿觉得，正是赵长风不和她联系就进了专案组，才让她在美国受了半年多的罪，所以一定要想个办法报复一下赵长风，让她心里也平衡一下。

方佳怡被灵儿这么一说，也玩心大起，立刻兴致勃勃地和灵儿一起商量怎么捉弄赵长风，为灵儿妹妹解气了。两个精灵古怪的丫头碰在一起，就活该赵长风倒霉了。

方佳怡和灵儿一商量，再过几天就是平安夜了，她们决定在平安夜捉弄一下赵长风，然后让赵长风带着她们去疯狂一把。至于捉弄的办法，就是方佳怡约会赵长风时，灵儿提前出现，抱住赵长风撒娇，然后方佳怡恰到好处地出现，假装非常生气的样子，看赵长风如何应对这样的场面。等赵长风难受够了，方佳怡和灵儿才一起揭开谜底。总之怎么样让赵长风受罪都不过分，因为灵儿从美国回来这份最大的平安夜礼物足以弥补赵长风之前所受的惊吓。只是方佳怡没有想到，捉弄才刚刚开始，灵儿就不忍心看赵长风受窘，提前揭开了谜底。

赵长风和方佳怡一起送灵儿回家，快到家门口的时候，灵儿忽然对赵长风说道："哥，你准备一下，明天晚上我爸爸要见你。"

在纬四路上有一个大院，这个大院最显著的特征就是两扇常年紧闭的大铁门，在一扇铁门上有个巴掌大的小洞。要是有陌生人来访，站岗的武警会小心地打开小洞，认真盘问，并要求对方打电话确认。

另一个让外人感到这个院子特别的地方，是院子的大门口没有任何招牌，甚至连门牌号也没有。但是红色的院墙以及大门内两侧站岗的武警，依然能让人感觉到威严。

要是有幸能进到里面，就会更感到奇怪，偌大的院子只有九栋楼，住着十八户人家。其余大面积的空地是花园、池塘和草地。

现在，在灵儿的带领下，赵长风就迈进了这个大院。和外面严肃而冷清的大院门口相比，院内热闹得有些出乎赵长风的意料。冬日的六点，天已经黑了下来，大院里灯火通明，到处都停满了车子，让赵长风都有点担心这些车怎么掉头。满园子跑的孩子，在小花园里三三两两练习太极拳的老人，以及这进进出出的车辆，实在让人不敢相信，这个大院仅仅住了十八户人家。

灵儿家住在从东边数起第五户人家，灵儿推开门，把赵长风领进了小院，进了一楼客厅，高声喊道："爸，我把长风哥哥领过来了。"

"你爸在楼上接电话，马上下来。"一个女声从厨房里传来。赵长风抬头望去，只见一个三十出头的、面目和灵儿有八分相似的女人围着一个围裙从厨房里走了出来。

"你就是长风吧？"那女人笑呵呵地对赵长风说，"快坐快坐！"

灵儿扑过去抱住女人对赵长风笑嘻嘻地说道："长风哥，这就是我妈妈。看我俩长得像不像？"

赵长风吃了一惊，没有想到灵儿的妈妈这么年轻。他事先打听过，知道灵儿的妈妈叫刘晓燕，就笑着说："刘阿姨好！"然后对灵儿说道："你和刘阿姨长得倒是挺像，只是看起来你们俩不像是母女，倒像是姐妹。"

灵儿得意洋洋地说："嗯，几乎所有见过我和我妈的人都这么说！"

刘晓燕呵呵笑道："长风还真会说话呢！灵儿，你先陪长风坐吧，我进去继续烧菜。"

赵长风刚坐在沙发上，楼上就传来了脚步声，一个中年男子从楼梯上迈着矫健的步伐走了下来，那一副刚毅的面孔不知道在赵长风脑海里出现过多少次，正是常务副省长赵强。

赵长风连忙站了起来："赵叔叔好！"

"爸爸！"灵儿也站了起来。

赵强看到赵长风不由得一愣，心想这个年轻人好面熟啊，应该在哪里见过，可是一时间又想不起来。

"爸爸，他就是给我辅导功课的赵长风哥哥。"

赵强皱着眉沉思起来，当初女儿说赵长风的名字时他没有往心里去，可是现在见到了赵长风本人，再听到赵长风的名字，就觉得非常熟悉，见过，绝对是见过，无论是外貌和名字他都有似曾相识的感觉。

"赵长风?"赵强微微侧着头问道，"年轻人，我们是不是在什么地方见过面啊?"

"赵叔叔，我们是见过面，而且还见过两次。"赵长风得体地微笑着，叔叔两个字脱口而出，亲热而又自然，仿佛赵强真的是他叔叔一般，一点都没有见到大人物的拘束感。

"呵呵，见过两次?"赵强笑了起来，他一边坐在沙发上，一边招呼赵长风坐下，"坐，坐下说，是什么时候见过?"

"第一次见面是四年多前，在省政府您的办公室见的。"赵长风回忆着那天的情形。

"四年多前?"赵强更加惊奇了，事情越来越有意思了，灵儿的家庭教师竟然四年多前和他见过面。

"对，四年多以前。"赵长风说，"应该是九月份吧，暑假刚过完，开学不久。我坐公交车的时候遇到了张长锁爷爷，后来就陪着张长锁爷爷到省政府去找您。"

"什么？你就是当时送长锁叔叔的那个大学生?"赵强眉头皱了起来，仔细回想当时那个大学生的形象，"不对吧？我记得当时那个学生又黑又瘦……"

赵长风不好意思地笑了起来："赵叔叔，当时我在学校天天打篮球，所以又黑又瘦。现在整天捂在办公室里不晒太阳，也没有机会运动，自然就成了现在的样子。"

赵强仔细端详着赵长风，可是无论他怎么回忆，都无法把赵长风和当初那个送长锁叔叔的年轻人的形象重叠在一起。其实这也非常正常，那件事在赵强眼里不过是一件非常不起眼的小事，如果不是牵涉到张长锁，赵强早就忘记了。可是他现在虽然还记得事情的大概，但对那个乐于助人的大学生的形象却很模糊，除了又黑又瘦之外，再也没有其他印象，又如何能和眼前这个白净斯文的赵长风对上号呢？

“那么第二次呢？第二次我们是在什么地方见的面？”赵强接着问。

“赵叔叔，”赵长风一口一个叔叔地叫着，“第二次是去年九月，在白元县扶贫现场经验交流会上。”

“噢！”赵强大笑起来，伸出手指不停地点着赵长风道，“我说怎么这么面熟呢！原来是去年全省扶贫工作典型，赵长风，对不对？”

赵长风笑道：“对，赵叔叔，就是我。我现在还保存着当时和您的合影呢！”

赵强拍打着自己的脑袋说：“哎呀，老了老了，年纪一大，记忆力就跟不上了。”

灵儿在一旁撇嘴道：“老什么老？爸，你忘了就忘了，少找什么借口。张爷爷见了长风哥还一眼都认出来了呢！”

赵长风怕赵强面子上挂不住，连忙说道：“赵叔叔公务繁忙，每天有那么多人和赵叔叔见面，如果要一个一个都记住，赵叔叔的脑袋岂不是要变成一间房子那么大才装得下？”

赵强苦笑道：“不用那么多人，就灵儿一个宝贝疙瘩就把我的头弄得比一间房子还大了！”

灵儿不屑地哼了一声，嘴角却露出甜甜的微笑。

赵强不理睬灵儿，微笑着问道：“长风，刚才灵儿说长锁叔叔认出了你，怎么，你和长锁叔叔一直保持着联系吗？怎么没有听他说起过？”

“自从那次送张爷爷到省政府之后，我就没有再见过张爷爷了，”赵长风笑呵呵地说，“直到两年后的一天傍晚，我被灵儿的自行车撞到……”

灵儿立刻在一旁抗议起来：“长风哥，你说话讲点良心好不好？明明是你撞到我的车上的。”

赵强饶有兴趣地听着，他们夫妻两个平时公务繁忙，很少有空陪女儿，女儿每天都闷闷不乐的，很少看到女儿这么开心。

“呵呵，还有这么一出啊，我从来没有听灵儿提起过呢。长风，你快说说是怎么回事吧。”

赵长风说道：“那是我毕业分到省机关事务管理局后不久的事情，我正在路边等车，灵儿骑着自行车撞上了我，不，是我撞上了骑自行车的灵儿……”

灵儿恶狠狠地瞪着赵长风，听到他改口了，才得意洋洋地笑了起来，说道：“就是嘛，本来就是你撞上我的。”

赵长风笑吟吟地说：“我不小心撞上灵儿的自行车，灵儿从车上摔下来，崴了脚，走不成路了……”

赵强一听大吃一惊，怎么从来也没有听女儿提起过呢。他连忙问道：“灵儿，严不严重？为什么你从来没有告诉过爸爸和妈妈呢？”

灵儿大咧咧地说：“爸，不要紧，当时张爷爷给我正了两下脚踝就好了。也不是什么大事，我就没有告诉你们。”

“噢……”赵强这才长长地松了一口气。

赵长风就有点不好意思起来。

赵强摆手道：“长风，继续说，没事。”

赵长风这才继续说了下去：“我看灵儿当时不能走路，就推着自行车把灵儿送到张爷爷家，然后又遇到了张爷爷。张爷爷认出了我，很高兴，让我以后多往他那里走动。因为我住在省机关事务管理局的宿舍，离张爷爷家很近，所以就经常过去，陪张爷爷说说话。我们就这样重新联系上的。”

赵强心中的疑虑去了一层，原来赵长风并不是那种想借着对长锁叔叔的一点小恩惠就攀着关系往上爬的人。

“对了，那你帮灵儿补课是怎么回事？”赵强又问了起来。

“爸，是这样的。”灵儿在一旁接口道，“当时张爷爷每天在我面前夸长风哥多么好，是什么学校的大学生，多么有知识、多么有文化。我心里不服气，就想找几道题难为一下长风哥。当时我正在参加奥数训练营，就把我们的奥数题目选了几道难的出来，然后假装自己不会做，去请教长风哥。谁知道长风哥三下五除二就做出来了，而且解法比老师教的还快速简便。我当时非常吃惊，后来就缠着长风哥，让他给我补课。”

赵强又松了一口气，原来是灵儿主动找赵长风的，不是赵长风主动要求给灵儿补课的，看来赵长风也没有借着给灵儿补课的机会来接近他。

“长风，真是要多谢你呢！”赵强真诚地说，“真没想到你的数学成绩这么好。灵儿能拿到奥数金牌，这里有一多半功劳是你的呢！”

此时赵强完全是一位慈爱的父亲，哪里有半分中原省常务副省长的样子？

赵长风连忙说：“赵叔叔，主要是灵儿的底子好，所以我稍微一点拨，她就开窍了。说起来也算是缘分，我刚好数学成绩稍微好一点，就被灵儿碰上了。也幸亏灵儿参加的是奥数比赛，要是物理化学比赛，我就爱莫能助了。”

吃饭的时候，赵强又问了赵长风个人方面的情况，主要是问问家是哪里的，父母身体怎么样，有没有女朋友之类的话题。赵长风都一一回答了。当赵强听说赵长风女朋友就在中州工作时，连声说好。至于赵长风工作方面的情况，赵强倒是一句都没有问。

吃过饭，刘晓燕张罗着给赵长风倒茶，赵强起身到了楼上，一会儿又下来了，手里拿着一只精美的盒子。

“长风啊，叔叔也没有啥送给你的。这是前一段时间发给叔叔的一块梅花表，家里也没人戴，一直放在抽屉里没有动。今天你来了，正好拿过去戴吧。”赵强笑呵呵地说。

赵强不想欠人情，尤其是不想欠和他有工作关系的人的人情。赵长风要是仅仅是他女儿的家庭教师，和他的工作没有任何关系，赵强还无所谓，偏偏赵长风就是他分管的省直机关事务管理局的干部，赵强就有点不自在了。

不管怎么说，灵儿是在赵长风的辅导下取得奥数比赛第一名的，当初长锁叔叔也是多亏了赵长风的帮助，才顺利地找到自己，这些人情赵强必须要还。可是该怎么还呢？赵强也费了一番心思。他并不愿意因为私人这一点事情就在工作中对赵长风进行照顾，虽然说赵长风对女儿的帮助确实很大。赵强更愿意采用别的方式来解决这个问题，比如给赵长风一点物质回馈，也算是把这个人情债给勾销了。至于在将来的工作中，赵长风如果确实表现优异，可以适当倾斜一下，但要让赵强主动为赵长风说话，是不可能的。

那么送给赵长风什么礼物好呢？赵强考虑了一下，什么样的东西送出去得体而又不失身份。他看到赵长风没有戴手表，就想起前两天省机关管理局给省领导发福利，送来的一块纪念版的梅花表。赵强知道，梅花表价格都在两三千元以上，这款是特别纪念版的，价格应该再贵一些，应该有五六千元。

赵长风辅导女儿两个多月功课，自己送给他一块五六千元的手表，应该能扯平了。

想到这里，赵强才上楼把抽屉里的这块梅花表取了出来，要送给赵长风。这其实也是一种表态，表明赵强欠赵长风的人情通过这块手表已经还清了，以后再无别的关系。

虽然赵长风家里做生意，身家早就过千万了，但由于出身贫寒，赵长风并没有养成使用奢侈品的习惯，他平时都是用手机看时间，根本没有想到戴手表。这时见赵强拿一块手表出来，他连忙推辞道："赵叔叔，不用，我不习惯戴手表的。"

赵强笑了起来，说道："长风，你没有听说过吗？在一般场合，'女人看头，男人看腰'。在重要场合，'男人看表，女人看包'？"

说到这里，赵强指着赵长风光秃秃的手腕说："长风，怎么说你也是在省政府机关工作的人了，总是拿手机看时间不太合适吧？所以叔叔才送你这块手表。这块梅花表虽然不算昂贵，但也算是瑞士名表了，戴在机关干部手上正合适。"

话都说到这份儿上了，赵长风还能拒绝吗？他双手从赵强手中接过了手表，拿在手里端详了半天。

看来以后要提高自己的品位了，赵长风心想，别弄得跟暴发户似的，手里有钱，却不知道该怎么花。

见赵长风接过手表，赵强就转身端起茶杯喝水，赵长风知道他该走了，于是就站了起来，对赵强说："赵叔叔，我还有事，要先回去了。你和刘阿姨忙吧，我就不打扰你们了。"

看着灵儿和赵长风走了出去，赵强端起茶杯坐在了沙发上。刘晓燕过来埋怨道："老赵，今天你有点失态啊。往常没有见你这样当面揶揄人的。"

赵强揉了揉鼻子，笑着反问道："晓燕，你觉得赵长风这人怎么样？"

刘晓燕想了一下说："老赵，还真说不上来。长风这孩子说淳朴吧？举止间又透着一股世故。说世故吧，在很多方面明显缺乏经验。真说不好是一个什么样的孩子。"

赵强也缓缓点头道："确实是这样。赵长风这个人是那种让人一眼望过去好像都能看透，把他五脏六腑都清清亮亮地摆在你面前的直爽人；可是你再望过去，又好像一层云雾把他整个人都包起来了。总之，是一个很有意思的人。”

“老赵，不管赵长风这孩子是什么样的人，总之人家真心真意地帮过灵儿，有机会能在原则范围内照顾一把就照顾一把。”刘晓燕虽然也是厅级干部了，但是明显心肠比较软。

赵强揉了揉鼻子，哈哈一笑道：“看机会吧。”说着端起茶杯上书房去了。

赵长风坐在出租车上，从怀里掏出那个精美的盒子，打开一看，里面躺着一只简简单单的手表，没有任何装饰，可是给人的感觉就是大不一样。赵长风拿到手里仔细察看，更是惊叹瑞士的制表工艺。就这么简简单单的一块手表，竟然让人一眼看去就能产生庄重高雅的感觉，这种在简约至极的工艺中所体现的含蓄之美正是中国目前工业界所最缺乏的。

赵长风把手表戴在左腕上，伸出手来端详，“男人看表，女人看包”，果然是有道理的。

赵长风靠在座位上，想着赵强刚才的话，又想起灵儿临别前所说的话。他不得不承认，两个人说得都很有道理，只是相比较而言，赵强说的是普遍性的道理，而灵儿说的是特殊性的道理。

这就好比是，一株草如果长在公园的草坪上，人人都喜欢它；同样是这株草，如果长在农田里，人人都厌恶它，必欲除之而后快。农民们会用镰刀割、用铲子铲、用锄头刨，甚至施除草剂来斩草除根。同样是草，根本就没有变，只是因为生长的地方不同，人们对待它的态度就大不相同。

休闲T恤、牛仔裤、运动鞋的装扮放在比尔·盖茨身上就叫做潮流，叫做时尚，无论多么正规的场合，大家都要赞美；可是如果放在普通人身上，如果在极其正式的场合敢穿这么一身“潮流”、“时尚”的装束，还不被人嘲笑死？

要是把小草换成苹果树，这棵苹果树长在草坪上，人人都喜欢它；这棵苹果树长在农田里，农民照样会喜欢它、爱护它，会为它除草捉虫，为它松土施肥，回家会和老婆孩子念叨着希望这棵苹果树结满诱人的苹果；这棵苹果树长在谁家的院子里，谁家的孩子也会骄傲不已……

这就像刚才赵强所说的普遍性道理一样。西装革履、名表名包，无论穿在谁的身上，都会增加品位，在各种重要的场合，只要按照普遍性礼仪穿着打扮，都是合适的，都是得体的，没有任何人有任何理由去嘲笑你。

正在想着，出租车忽然停下，宿舍到了。赵长风付了钱下车，自嘲地笑了起来，也不知道是不是因为见到了赵强特别兴奋，脑海里竟然乱七八糟地想了这么多。

也难怪赵长风兴奋，见到赵强，和赵强建立联系，这可是他四年前就梦寐以求的事，现在这个愿望终于实现了，怎能不让他兴奋呢？从今以后，展现在赵长风面前的将是一条金光大道。

灵儿在家里住了一个多月，过了春节之后，又飞回了美国。在这期间，赵长风又去了赵强家里一趟，当然是带着方佳怡一起去的。只是赵强不在，方佳怡陪着刘晓燕聊了半天。

在刘晓燕面前，方佳怡一副乖巧可爱的样子，刘晓燕见方佳怡人长得漂亮，又这么乖巧懂事，心里对赵长风的最后一分担心也去掉了。毕竟灵儿越长越大了，刘晓燕担心赵长风对灵儿有什么非分之想，但现在赵长风既然光明正大地把女朋友领到她家里来，而且灵儿和方佳怡关系这么熟络，说明赵长风完全没有欺骗灵儿的心思。看来在赵长风心目中，确实是把灵儿当成小妹妹了。

灵儿走后，赵长风也没有什么借口去赵强家了，其实他也知道，不用再过去了。关系只要确立起来，一年有那么一两次联系也就足够了，如果拜访得太频繁，不但会惹赵强夫妇生厌，也会惹得有心人瞩目起来。

在灵儿走之后，赵长风就全身心地投入到两件事当中去，第一件事，就是想尽办法逗方佳怡开心，要把方佳怡再次哄骗到他的床上。可惜的是，无论他怎么努力，在这件事上都没有取得任何进展。半年多来，他和方佳怡只停留在接吻阶段。要是想再进一步，方佳怡就会无比坚定地拒绝他的不良企图。

比较起第一件事来，赵长风的第二件事倒是大有进展，那就是资金业务部的政绩问题。由于银泰典当行业务开展得如火如荼，到了第二年六月底，资金业务部投入的八千万资金，竟然获得了三千多万利润。这样的增值速度怎么能不让局领导和刘茂才主任眉开眼笑呢？

转眼到了七月份，这一天，省政府机关里所有干部的注意力都被一条消息所震撼——常务副省长赵强分管的厅局里将实行一个中原省前所未有的大胆举措，公开选拔十位副处级干部。

据说赵副省长这个建议得到了省委顾书记的支持，并把这次公开选拔副处级干部当做试点，如果成功了，将会在省委和省政府各机关和直属部门全面推广这种公开选拔的制度，并且有可能把公开选拔的职位扩大到正处级干部。为此特地成立了中原省公开选拔工作办公室，赵强亲自挂帅当主任，人事厅张厅长任办公室常务副主任，其他出现空缺需要进副处级人选的厅局一把手任办公室副主任。

根据中原省公开选拔工作办公室的公告，这次公开选拔干部分为笔试和面试两个环节，笔试环节由人事厅张厅长主持，面试环节则由赵副省长亲自主持。

让省委省政府那些年轻人跃跃欲试的是，虽然任职的名额是属于赵强副省长分管的厅局的，但是报名却没有分管厅局的限制，只要是省委省政府在编的干部，符合省公开选拔工作办公室公布的参选条件的，都可以报名。

现在赵长风手头就拿着一份中原省公开选拔工作办公室的文件，上面详细列着参加副处长公开选拔的报名条件：

一、正式党员。

二、年龄三十五岁以下。

三、全日制大专学历以上。

四、全日制大专学历须工作四年以上；全日制本科学历须工作两年以上；研究生学历须工作满一年。

五、担任正科级领导职务一年以上或具有正副科级四年以上任职经历。具有研究生学历者，现任正科级领导职务的不受任职时间限制，副科级的须要满三年以上。

赵长风看着这报名条件，心怦怦直跳，从这份文件上看，自己是完全符合这次副处级公开选拔的报名条件的，加之赵强又是省公开选拔办公室的主任，这次最关键的面试环节就是由他亲自主持，也就是说，如果赵长风能顺利通过笔试选拔，那么在面试环节毫无问题。

想到这里，赵长风就精心准备了一下材料，按照公开选拔办公室文件上的要求，到局人事处报名去了。

赵长风一到人事处办公室，李雪梅和张倩都望着他笑，李雪梅问道："赵科长，是不是来交报名表了呢？"

赵长风笑道："李老师，我也是过来看看情况。"

李雪梅笑道："赵科长，你都是领导干部了，就别叫我老师了，叫我老李或者雪梅都可以，再叫李老师我可担当不起。"

赵长风笑着不说话，这话他怎么回答都不合适，不如笑笑。

"赵科长，还看什么情况啊？"张倩在一旁接声道，"我们刚才在研究局里究竟能有几个年轻干部有资格报名呢。你的资历是顶呱呱的，毫无问题。"

赵长风问道："王处长在不在？"

李雪梅说："在呢！你进去吧。"

赵长风敲敲门，进了王处长办公室。

王处长见赵长风进来，连忙笑着迎了起来："赵科长，难得见你来一趟啊。"

赵长风笑着说："知道领导忙，怕过来给领导添麻烦。"

王处长大笑道："你这个小赵，真会揶揄人，我算什么领导啊？兵头将尾，上下受气。"

见赵长风拿着档案袋，王处长问道："是来报名参选的吧？"

赵长风点了点头，说道："我看了局里转发的省公开选拔工作办公室的文件，觉得这是一个锻炼自己的好机会，就想试试看，参选不敢说，算是陪太子读书吧。"

王处长摇摇头，感叹道："小赵啊小赵，你说话真是越来越有水平了。"说着就打开赵长风的档案袋里的资料看。

其实王处长根本不用看，就知道赵长风完全符合这次副处级干部公开选拔的参选标准，不过这面子上的工作还是需要做做的。

扫了两眼，王处长把资料重新整理好，放进了档案袋，然后对赵长风说："赵科长，没有问题。"

王处长拿起电话，拨打了内线，说道："李科长，你过来一趟。"

李雪梅推门进来。

王处长说："李科长，这是赵科长的资料，你收好。你发一份报名表给赵科长吧。"

李雪梅应了一声，领着赵长风到外面，给了他一份报名表，详细说明了每个栏目要如何填写，然后说："赵科长，填写好了之后，你去找你们资金管理中心刘主任签上名，盖上公章，再交到我这里就可以了。"

赵长风说了一声："谢谢李老师！"然后转身离去。

路过二楼的时候，赵长风正好遇到徐克猛拿着钥匙在开办公室的门，徐克猛见到他，严肃地说道："赵科长，你进来一趟，我正要找你。"

徐克猛是主管纪检的，一贯就是这么严肃，所以赵长风见怪不怪，只是不知道徐克猛找他干什么。要知道资金管理中心属于李恩华局长直管，徐克猛是无权干涉的。

"坐！"徐克猛说。

赵长风坐了下来。

"赵科长，最近工作开展得怎么样？"徐克猛问道。

赵长风一惊，怎么徐克猛开始询问工作上的问题了？这个需要李恩华局长的批准啊。

"都很顺利，我前两天刚向李局长汇报过。"赵长风说道。

徐克猛不动声色地说："赵科长，我也是刚征询过李局长的意见，才找你问话的。"

徐克猛的意思非常明白，我是经过李局长的批准才找你的，不属于越权。

赵长风一愣，心想究竟是什么问题啊？徐克猛竟然事先得到了李恩华的批准。可是李恩华为什么没有通知他呢？按照自己和李恩华之间的关系，徐克猛即使想要询问自己什么问题，李恩华知道后也会悄悄给自己通个气啊！怎么会像现在这样无声无息呢？

徐克猛的确刚刚从李恩华办公室出来。徐克猛就是刚才去向李恩华做汇报的，做了汇报，得到李恩华的批准之后，正要进办公室就遇到了赵长风。当徐克猛向李恩华反映问题时，他自然只能说允许徐克猛去办了，不然就显得他在袒护赵长风。他本想等徐克猛走后立即给赵长风打个电话通气。可是李恩华电话打到资金管理中心业务部时，说是赵科长出去了，李恩华只好暂时作罢。李恩华没有想到，赵长风是来局机关了，更没有想道，徐克猛会在办公室门口和赵长风遇个正着。

既然李局长已经首肯了，赵长风自然没话可说了。

徐克猛看了看赵长风的神色，继续问道："你的工作中有什么特别情况吗?"

赵长风听徐克猛问得非常宽泛，不知道该如何回答，于是就问道："不知道徐局长问的是哪一方面?"

徐克猛诡秘地一笑，说道："方方面面，不管是哪一方面的特殊情况都可以说一说。"

赵长风微笑道："徐局长，工作进行得很顺利、很正常，没有什么特别的情况。"

"哦？是吗?"徐克猛停顿了一下，猛然问道，"银泰典当行那边呢?"

赵长风说道："徐局长，银泰典当行运作得很好啊。所有分红都顺利地回到资金管理中心了。今年上半年，资金管理中心就分到了将近四千万利润呢!"

徐克猛见他的突然袭击根本没有奏效，赵长风依旧是神态自若，这才忽然醒悟赵长风干过审计科副科长，又在纪委专案组待过，非常熟悉办案流程，心里有所准备，自然不会像其他有经济问题的干部那样，一见到他这个副局长兼纪委书记就惊慌失措。可惜啊，赵长风你聪明反被聪明误，有着这么强的反侦察能力，为什么要留下这么大的破绽呢?

想到这里，徐克猛决定不再和赵长风迂回，而是决定直接抛出杀手锏，直捣赵长风的要害，看看他在铁一般的事实面前如何狡辩。

徐克猛打开抽屉，扔了一张银行对账单到赵长风面前："赵科长，这个你知道是什么吧?"

赵长风拿起来一看，原来是一张建设路农行的对账单，户名上赫然写着赵长风，下面存款金额为两百万。

这的确是赵长风的银行存款对账单，而且是赵长风新开户的。赵长风有个大学同学在建设路农行工作，听说赵长风在省机关事务管理局资金管理中心业务部任经理，就过来找赵长风拉存款。刚好这个时候传出省政府机关要公开选拔十名副处级干部的消息，赵长风不想给别人落下口实，就没有动用业务部的资金，而是把他刚从林东风那里分过来的银泰典当行上半年的分红中拿出两百万到同学那里开户存上了。只是当时同学和赵长风聊得热络，赵长风竟然放松了他一贯的谨慎，把两百万用他的真名开户了。不过在赵长风心目中也不认为两百万是多大的数目，仅仅伏牛山风景区一年就给他赚了四千多万。没有想到徐克猛消息这么灵通，他刚开户两天，徐克猛就弄到了他的银行对账单。

“徐局长，这是我的银行存款对账单啊，你怎么有啊?”赵长风故作惊讶地问道。

徐克猛本来以为赵长风还要抵赖几句，没想到他这么坦白，一看对账单就直接承认，丝毫没有拖泥带水、企图蒙混过关的侥幸心理，看来在纪委三二七专案组几个月没有白待，知道在事实面前根本无法抵赖。

赵长风这张银行存款的对账单是如何到徐克猛手里的呢?这还得从资金管理中心业务部副经理郑晓键说起。

建设路农行营业部邓主任是郑晓键的姑父，刚刚从花园街农行调到建设路农行不久。邓主任新官上任，也想展现一下自己的工作能力，在命令下属加大揽储力度之外，他也亲自上阵到处拉存款，以给下属做一个表率，证明他这个营业部主任是有很强工作能力的，是能尽到率先垂范之责的。

郑晓键是资金管理中心业务部的副经理。邓主任知道，省机关事务管理局资金管理中心的资金实力是超强的雄厚，侄子既然在这样的单位担任副经理，邓主任自然要用用这条线了，于是打电话让郑晓键过来，问他能不能从资金管理中心业务部调拨一部分资金过来。

郑晓键虽然在资金管理中心业务部挂名一个副经理，但却过得非常郁闷。期待中的业务部经理位置没捞到不说，还与经理赵长风结下了梁子。自从他上次瞒着赵长风递了一个报告给刘茂才主任之后，赵长风就把他晾在一边，再也没有让他负责什么大的工作，业务部的主要工作，赵长风都倚重另一个副经理蒋丽君，只是让郑晓键处理一些内勤内务等鸡毛蒜皮的小事，在业务部资金调拨上，郑晓键根本没有什么发言权。

赵长风本不是一个爱记仇的人，如果郑晓键和他之间有什么内部矛盾，局限于业务部里，赵长风也不会认真自己对待。但是郑晓键隔开他，直接向刘茂才递业务部的工作报告，这问题就严重了。身为一个部门领导，连自己的下属都控制不住，这又怎么能让上级领导信任自己的工作能力呢？总之，作为一个部门领导，在郑晓键没有主动去找他之前，赵长风是不能放下身段去主动和郑晓键沟通的。偏偏郑晓键不会做人，被晾在一边后，对赵长风更是表现出一副不配合的姿态，赵长风也就懒得去理他了。

邓主任这个时候把郑晓键叫过来商量调拨资金的事，郑晓键自然不能告诉姑父，他这个副经理在业务部做不了主，心里正在盘算该如何应对的时候，忽然农行营业部一个业务员进来向邓主任汇报，说他一个同学是省机关事务管理局业务部经理，已经答应给他拉两百万存款过来，问邓主任一会儿有没有空，最好能接待一下。

邓主任瞟了郑晓键一眼，笑呵呵地对业务员说没有问题，一会儿等人来了，直接带到他办公室就行。

业务员走后，邓主任就问郑晓键是怎么回事，怎么人家业务部经理就能调拨资金，他这个副经理却调拨不动？

郑晓键没有回答，而是告诉邓主任他先躲开一下，一会儿看看具体情况再说。

半个小时后，赵长风来到农行营业部，在同学的引荐下，见到了邓主任。邓主任非常热情，赵长风把开好的支票交给同学，让同学开好存折交给他。就这么着，忙中出错，同学就开了一张赵长风名字的存款单出来。

赵长风走后，郑晓键就从暗处走了出来，他看了看赵长风留下的开户资料，心中冷笑，赵长风你也太胆大了，竟然敢拿出两百万公款以个人名义存上。这件事往大了说是贪污，往小了说是公款私存，挪用公款。

郑晓键回到资金管理中心业务部，开始查业务部的账目。郑晓键查来查去，都没有发现业务部的资金有所减少。难道说那两百万巨款是赵长风私人的存款吗？可是赵长风一个业务部经理，每月工资不过两千多块，加上各种福利补助，一年下来不会超过六万块，赵长风才参加工作两三年，就算是不吃不喝，又怎么能够存够两百万呢？

那么赵长风这两百万巨款是从哪里来的呢？

郑晓键猛然想起来了，昨天是七月五日，正是银泰典当行结算了今年上半年利润进行分红的时候，资金管理中心业务部就按照入股比例从银泰典当行分到了三千四百多万利润。赵长风忽然拿出一笔两百万的巨款到银行存起来，会不会赵长风的钱就是从银泰典当行里来的呢？

郑晓键再想一想银泰典当行从当初筹划成立就是赵长风的主意，而银泰典当行里的第二股东兼法人代表林东风又是赵长风拉过来的，再加上银泰典当行里所有业务人员的配置都是赵长风一手安排的，那么会不会林东风和赵长风之间有什么内幕交易？这两百万存款是林东风私下里给赵长风的好处？要不然怎么会那么巧，银泰典当行这边刚一分红，赵长风就拿着两百万巨款存到农行了呢？

于是郑晓键就偷偷到了局机关大院，找到主管纪检的副局长徐克猛，向他反应了这个情况。

徐克猛的家属也在银泰典当行占有股份。只是当初刘茂才来做工作的时候，徐克猛心中有疑虑，并不看好银泰典当行的发展，最后只是让家属投入了十万元。谁知道银泰典当行的发展出乎徐克猛的意料，半年下来，这十万元竟然分到了将近四万。这时候徐克猛又听说局里很多处长的家属投入都在二十万以上，白长钢的家属甚至一次性投入三十多万，心中不禁非常懊悔，这光明正大送上门白给钱的机会他都不要，以后还去哪里找这么好的机会啊？

就在这个时候，郑晓键找到纪委来告状，说赵长风很可能从银泰典当行弄走了两百万，这岂不是火上浇油，让徐克猛心里怎么能够平衡呢？一个小小的业务部经理，半年就捞到了两百万，这还了得？加上郑晓键带来了有农行营业部盖章的银行存款对账单，上面白纸黑字地写着赵长风的名字，这还会有错吗？

徐克猛让郑晓键先回去，他立刻拿着对账单去找李恩华汇报。李恩华见到后也是大吃一惊，也想不到赵长风是从哪里来的这么多钱。徐克猛言之凿凿，李恩华不可能不让他去查。李恩华就交代了几句，让徐克猛一定要慎重，一定要搞清楚事实，千万不能冤枉了好人。

和李恩华通过气之后，徐克猛正好遇到赵长风，把他带了过来。此时看赵长风承认这银行对账单的确是他的，徐克猛心中一喜，这件事有了赵长风的亲口承认，那就是铁证如山了。

“赵科长，那你可以不可以告诉我，你是从哪里来的这笔巨款？”徐克猛故作淡然地问道。

赵长风心想：当然是赚来的。但是他却不能如实告诉徐克猛这钱是他光明正大赚来的。虽然省里没有下文件明确禁止官员经商，但是赵长风如果把他的身家全部交代出来，会引起多大的震动啊。一个小小的正科级干部，竟然有几千万身家，这不明显是当了出头鸟吗？

“徐局长，我父母是做干货批发生意的。山阳市百分之八十以上的干货都是从我父母这里批发出去的。他们二老一年辛辛苦苦下来差不多能赚两三百万。这笔钱我是从他们那里拿过来的。”赵长风微笑着说。

“哦？”徐克猛吃了一惊，有点不相信，“赵科长，你说的情况属实吗？”

赵长风微笑道：“徐局长，山阳市距离中州市不到两个小时的车程，你派人过去调查一下不就得了？”

谈话到了这里，就无法进行下去了，要不赵长风说的是实际情况，他父母确实是山阳市的批发商，身怀巨资；要不就是赵长风在虚张声势，妄图用缓兵之计来延缓侦查，争取时间去考虑如何解决眼前棘手的难题。

“好！”徐克猛递过记录本给赵长风，“赵科长，你看一下这是不是你刚才说的话？如果没错的话，就在上面签个名吧。”

赵长风接过记录本看了一下，没有什么差错，就俯身在办公桌上，伸出左手按着记录本，右手拿起笔签了起来。

徐克猛的目光一下子被赵长风左手上戴的梅花表吸引住了。这款梅花表徐克猛非常熟悉，是全球限量发行的特别纪念版。去年年终前，办公室陶主任订了十多只，除了送给省领导之外，徐克猛和李恩华等三位局长每人也分到了一只，怎么赵长风手上也有这一款梅花表呢？

赵长风签完名，把记录本递给徐克猛。

“徐局长，还有什么问题？”赵长风微笑着问。

徐克猛这才清醒过来，对赵长风说：“赵科长，你手上这块手表能让我看看吗？”

赵长风一惊，难道徐克猛看出这块手表是赵强送给他的吗？这个时候，赵长风最不希望别人知道他和赵强之间的关系。因为副处长公开选拔就是由赵强主持的，他可不想让别人说三道四，产生无谓的联想。

“怎么，不方便吗？”徐克猛微笑着说道。

赵长风转念又一想，梅花表虽然是瑞士名表，但是也不属于多么昂贵的奢侈品，在国内非常普遍，让徐克猛看看又怎么了？难道他赵长风就不能花个三两千块钱买一块梅花表吗？

于是赵长风就把手表取下，递给了徐克猛。

徐克猛拿到手里装作不在意地先看看正面，然后翻过来看了一眼梅花表的背面钢壳，上面赫然雕刻着 8888. 50. 88，这个编号徐克猛太熟悉了。当初陶主任买回来手表之后，还把手表放在一起，问三位局领导，究竟把哪一块手表送给哪一位领导。由于赵强是省机关事务管理局的分管省长，所以李恩华就建议把十多块手表中编号最好的 8888. 50. 88 送给赵强。这个编号徐克猛非常喜欢，所以记忆尤为深刻。

赵长风不知道徐克猛在看什么，手表后面的编号赵长风也看过，但是他以为这是梅花表的序列号。因为他听别人说过，梅花表虽然是瑞士名表，但是产量非常大，所以每一块手表上都只有产品序列号或者是产品型号，并没有独立的编号。

但是赵长风却不知道，赵强赠送给他的这块梅花表是全球限量发行的特别纪念版，每一块手表都有自己的独立编号。

徐克猛看到手表后面的编号时，虽然强装着镇定，可是内心里却是波澜万丈。原来，赵长风竟然和赵省长之间有关系。他到现在才明白了，为什么当初李恩华会忽然重用赵长风，为什么白长钢会忽然放弃争夺资金管理中心主任的位置，要为赵长风争夺一个小小的业务部经理，原来他们都知道，赵强是赵长风的后台，唯独他一个人被蒙在鼓里。怪不得刚才李恩华不是很乐意他去调查赵长风，还千叮咛万嘱咐地交代他一定要慎重、要查清楚事实、不要冤枉好人。原来这一切都有弦外之音啊，可惜他当时没有听出来，只以为李恩华要袒护赵长风。

那么现在究竟该怎么办呢？徐克猛知道，摆在他面前的只有两条路，要不就是立即撤退，这件事情到此为止，不再追查下去。但是这样徐克猛觉得不妥当，这时他已经把赵长风得罪了，撤退稍嫌晚了点，即使他这个时候表态不查下去，赵长风不见得就能原谅他。

那么只剩下最后一条路了，继续追查下去，派人到山阳市核查一下，赵长风的父母究竟是不是大批发商，若真的能查出赵长风是在撒谎，那时候徐克猛再撤退也不晚。这等于告诉赵长风，我查出了你违纪的真凭实据，但是我不处理你，我替你遮盖了，这样自己就能一举扭转眼前的被动局面。赵长风非但不会记恨他，还会对他心存感激；要是查出赵长风的父母真的如他所说，是每年能赚两三百万的干货批发商，那么这也等于是组织上为赵长风下了一个结论，还赵长风一个清白。自己是秉公办案，赵长风也不能挑出他什么刺来。这样总比现在不清不楚地把案子撤下来，让赵长风处于不黑不白的境地要好。那时徐克猛再适时地抛出郑晓键来，对郑晓键进行严肃处理，让赵长风出出胸中的闷气，然后徐克猛再想想能不能用其他办法给赵长风一些恩惠，弥补一下赵长风在这件事中受到的损失，这件事情也就能过去了。

想到这里，徐克猛若无其事地把手表还给了赵长风，淡淡地说："赵科长，你可以走了。有什么事情我再通知你。"

这个时候，徐克猛不能让赵长风知道他是因为察觉了赵长风和赵强的关系，才对赵长风网开一面的，他到最后也要装作丝毫不知道这层关系，赵长风才会对他感激。不然，赵长风只会认为徐克猛这样做是为了拍赵强的马屁。

赵长风舒了一口气，徐克猛没有看出来就好。

赵长风走后，徐克猛立刻通知司机过来，他要亲自带队到山阳市调查，他不放心让任何其他人去办。

到了山阳市，徐克猛经过调查，果然赵长风没有说谎。在山阳市，人人都知道老赵家是山阳市最大最好的干货批发商，几乎所有山阳市高档酒店都从老赵家批发干货。徐克猛长长地叹了一口，看来他的确冤枉了赵长风。现在，是该考虑如何弥补赵长风的时候了。

第十六章　万事俱备，公开选拔先声夺人

通往副处的关键门槛，原本极为艰难，而省政府机关副处长的公开选拔无疑为赵长风提供了极为难得的机会。他以骄人的政绩和突出的能力作为资本，如今笔试又拔得头筹。对于赵长风来说，天时地利人和，可说是万事俱备了。

赵长风回到业务部，蒋丽君就把他悄悄拉到一边，说刚才李局长打电话找他。赵长风心知肚明，说了一声谢谢。赵长风回到经理办公室，打了李恩华的电话。

“嗯，我知道！放心吧，李局长，我没事！绝对没事！这您绝对放心！”赵长风对着电话说。

“长风，总之，你自己把握好，有什么事情要及时和我沟通。”李局长放下了电话，轻轻嘘了一口气，赵长风这个人他还是了解的，他说没事，那应该问题不大。

赵长风没心情理睬这件事，他拿出报名表，认真看了一遍，又回忆李雪梅当时的交代，仔细地填好，然后来到刘茂才的办公室。

推开门一看，郑晓键正毕恭毕敬地坐在刘茂才办公桌前不知道说些什么。

刘茂才抬头看到赵长风，问道：“赵科长，有事啊？”

赵长风就说了一句：“刘主任，你们先谈，我一会儿再来。”

郑晓键连忙站了起来，说道：“刘主任，那我先走了。”然后笑着对赵长风说道：“赵科长，我没有什么事，就是随便和刘主任聊聊。”拉开门走了出去。

平时郑晓键是不会主动对赵长风笑的，这次竟然主动对他笑了，可见是做贼心虚。

赵长风拉开椅子在刘茂才面前坐下，刘茂才的目光才从郑晓键的背影上收了回来。

“这个郑晓键啊！”刘茂才欲言又止。

“郑晓键怎么了？”赵长风问道。

刘茂才这才察觉自己的失言，他哈哈一笑道：“赵科长，你来找我干什么？该不是为了副处长选拔考试报名的事吧？”

“刘主任，我就这一点鬼心思，还被你看穿了。”赵长风笑呵呵地说，“看来什么事情都瞒不过老领导啊。”

赵长风把报名表拿出来，递给了刘茂才：“请老领导审核。”

刘茂才接过报名表，大略地看了一下，拿出一派克金笔，拧开笔帽，一边签字一边摇头道：“赵科长，你我配合亲密无间，真舍不得你走啊。”

赵长风说道：“刘主任，我在你手下工作也很开心，也舍不得走。”

刘茂才拧上笔帽，拉开抽屉掏出公章，仔细地在单位推荐意见上端端正正地盖上章，这才把报名表递还给赵长风，说道：“长风，即使再舍不得你，也不能阻碍你的发展不是？预祝你考试成功！”

赵长风接过报名表，口中谢道：“谢谢刘主任。只怕到时候给老领导丢人，选拔通不过呢！”

刘茂才笑道：“通不过有什么关系？通不过就继续在业务部当你的业务经理。你才二十四岁，有的是时间，也有的是机会嘛！”

出了刘茂才办公室，赵长风就直接去了局机关大院，到人事处把报名表交给李雪梅。见没有问题，赵长风就告辞出来，悄悄地来到李恩华办公室。有些事情在电话里没办法说明白，还是当面解释一下比较好。

李恩华听了赵长风的解释，彻底放下心来。

第二天上午，李恩华刚进到办公室，徐克猛就从后面跟进来了。

“徐局长，早啊！”李恩华客气地打了一声招呼，从抽屉中拿出一包中华烟和一只精致的打火机摞在一起推到徐克猛面前，“自己来吧。”

徐克猛点上一支烟，长长地吸了一口。李恩华在那边悠闲自得地整理着桌上的文件，等着徐克猛开口。

“李局长，”徐克猛只好开口道，“我昨天去了山阳市一趟。”

“嗯……”李恩华仍在漫不经心地整理着文件。

徐克猛硬着头皮继续说下去：“经过调查，赵长风所说完全属实。他父母的确是山阳市最大的干货批发商，一年赚个几百万是没有问题的。”

“嗯，然后呢？”李恩华终于停止了手里的动作，既然徐克猛说出了结论，那么就看徐克猛接下来怎么办。

徐克猛想了一下说：“李局长，本来既然组织已经开始调查了，就必须做出一个结论，把这件事情了了。但是我听说赵长风报名参加了副处长公开选拔。所以，这件事情需要慎重处理。”

“徐局长，你的意思呢？”李恩华始终把球推到徐克猛这边。

徐克猛说：“我觉得这件事如果公布出去，不管结果如何，对赵长风同志都会造成不好的影响，所以还是不要公开为好。”

李恩华笑着说：“徐局长，你主抓纪委，这件事你说了就算，该怎么处理，你自己决定就好。”

李恩华既然知道赵长风是清白的，心就彻底放下了。至于怎么处理，他根本不想参与，既然是徐克猛自己拉下的屎，那么他就得自己把屁股擦干净，没有理由让别人来为他收拾这个烂摊子。

徐克猛还想说话，李恩华那边已起身端着茶杯去倒茶了，徐克猛只好说：“李局长，那我先走了。我回去再和赵长风同志沟通一下，到时候把处理结果来向你汇报。”

徐克猛回到办公室，立刻打电话给郑晓键，让他过来一趟。郑晓键来到之后，徐克猛严肃地把调查结果告诉了郑晓键。郑晓键没有想到竟然是这样的结果，还欲辩解，徐克猛就又严肃地警告郑晓键，这件事回去之后不要向任何人提起，他这边做一做赵科长的工作，看看能不能取得赵科长的谅解。至于最后是一个什么样的处理结果，要看赵科长的态度再定。

郑晓键灰溜溜地回去了，但是徐克猛并没有立即去找赵长风，他还有其他事情要做。

赵长风从李恩华那里已经得知结果了，徐克猛没有通知他过去，他也乐得不理睬，他现在全部心思都放在如何准备这次副处级选拔的笔试上了。在省公开选拔办公室的文件上写得非常笼统，笔试的范围是青年干部应具备基本素养和知识。这也太笼统和广泛了，让赵长风如何去准备啊。

七月十五日报名表交上去，七月二十二日准考证就发下来了，公开选拔的笔试定在八月二日。也就是说，从领到准考证到参加笔试只有十天左右的时间了。

赵长风从人事厅领了准考证回到业务部，正在考虑有没有什么办法找到一个准备笔试的捷径时，徐克猛的电话打过来了。

“赵科长，到我办公室来一趟。”徐克猛电话里依旧是很严肃的语气。

赵长风心里想，徐克猛还真会挑时间，自己越没有心思纠缠这件事的时候，他却越要纠缠。

但是副局长的电话不能不理睬。赵长风挂了电话，郁闷地来到徐克猛的办公室。

“赵长风同志，请坐。”徐克猛这个时候倒是满脸春风的，“我先跟你通报一下上次事件的调查结果。”

徐克猛把调查结果给赵长风讲了一遍，然后告诉赵长风，这件事由于是他自己主抓的，在纪委范围内只有他和个别同志知道。所以徐克猛想直接把这件案子抽出去，就当没有发生一样，这样对赵长风参加副处长选拔的影响最小。

赵长风知道徐克猛所说的办法在目前最为稳妥，虽然这样便宜了告黑状的副科长郑晓键，但目前他参选副处长最为关键，这时候如果传出一点什么消息，即使能证明他是清白的，但听在别人耳朵中就有些微妙的意味了，正所谓黄泥巴沾在裤裆上——不是屎也是屎了。

“谢谢徐局长的关心。”赵长风这一句是真心的感谢。

这件事的始做俑者是郑晓键，徐克猛不过是尽他纪委书记的责任而已。

“呵呵，小赵，你和我客气什么？你曾经是三二七专案组的成员，也算是我的老部下，对你的关心爱护那是应当的。”徐克猛笑呵呵地说。

“多谢老领导。”

徐克猛挠了挠头，扯到另外一个话题上：“小赵，听说今天要发准考证了，你去领了没有？”

“徐局长，我刚从人事厅回来，已经领到准考证了。”赵长风不知道徐克猛为什么问这个问题。

徐克猛似乎对这个话题很感兴趣，继续追问道：“什么时候考试？”

“八月二日。”

“这么说只剩下十来天时间了，”徐克猛又挠了一下头，关心地问道，“小赵，你准备得怎么样？复习的时间够不够？”

赵长风说道：“时间倒是不短，关键是文件通知得太广泛，没有一个范围，不知道从什么地方入手。”

“这样啊，是挺麻烦的。”徐克猛说道，忽然他拍了一下额头，“对了，小赵，我想起来了，上次逛新华书店，我买了几本书，你拿过去翻翻看，看有没有什么书能够对你这次考试内容有帮助的。”说着徐克猛站起身来到后面的书柜里拿出一个袋子，递给了赵长风。

赵长风即使再傻，这时候也明白是怎么回事了，他接过袋子，见里面有三本书，掏出来一看，里面的书是《公共基础知识》、《行政管理学》，《中原年鉴》。这就更印证了赵长风的猜测。

“多谢老领导。”赵长风有些兴奋。

“《中原年鉴》多看看概览、政治和经济部分。”徐克猛亲切地拍了拍赵长风的肩膀，“时间不多了，你快点回去复习吧。”

赵长风应了一声，提着袋子就要走。

“等一下！”徐克猛叫住了他，递给他大张报纸，“把书包一下，风沙大，别把书弄脏了。”

赵长风会意，接过报纸把书包了起来。这是徐克猛特意给他的暗示，示意这些东西不能让别人看到。不然以徐克猛的谨慎，早就提前用报纸把书籍包好了。

赵长风离开机关大院之后，先回到宿舍，把书放好，然后回到资金管理中心向刘茂才请假。虽然说有了复习范围，但是那厚厚的三大本书，想在十天内顺利掌握，不请假是不行的。他如果不认真复习，虽然有资料在手，很可能也会栽跟头呢。

请过假之后，赵长风就躲在宿舍里，两耳不闻窗外事，一心只读考试书，专心致志地复习起来。可是赵长风不知道，这个时候从省机关事务管理局里，忽然流传着一个小道消息，说赵长风是副省长赵强的侄子。

小道消息传播的速度比光速还要快，很快，几乎所有省直机关都隐约听说了省直机关管理局的赵长风是赵强省长的侄子。这个消息越传越烈，只有两位当事人赵强和赵长风都不知道。

赵长风经过了十天的精心准备，心中依旧是忐忑不安，不知道他复习的程度究竟如何，毕竟三本厚厚的资料让他在十天内啃完实在是太仓促了。

到了考场之后，赵长风一看考试题，心里就放松了很多，考题多是选择判断题，只要掌握了概念，还是比较好做的。对于后面的几道论述题，赵长风发挥得也不错，自我感觉论述得还行。出了考场，赵长风自己估计能在八十分以上。如果这个分数还不能保证他进入面试环节，他也无话可说了。

在赵长风的忐忑不安中，笔试结果公布出来了，赵长风以八十二点二五分的成绩名列第一。根据省公开选拔办公室的通知，笔试的前三十名于八月七日到省人事厅会议大厅接受赵强主持的公开面试。

张倩第一时间打电话通知了赵长风这个消息。张倩在人事处，和人事厅联系比较密切，所以在笔试结果出来后，第一时间就知道了这个消息。

赵长风乍一听还有点不敢相信，张倩说我骗你干吗？人事厅都张榜公布了。你拿着准考证去领面试通知书吧。

赵长风这才相信是真的，他强自按捺着心中的兴奋走出经理办公室，来到业务部大办公室。两个副经理和四个业务员都在大办公室办公。

赵长风刚在门口出现，郑晓键就远远地从办公桌旁站起来冲赵长风笑，赵长风的目光从郑晓键脸上扫过，落在郑晓键对面的蒋丽君身上。

“蒋科长，我有事出去一趟。要是刘主任找我，告诉他我很快就回来了。”

“好的。”蒋丽君笑着应道。

赵长风来到人事厅，果然在一楼的公告栏里看到电脑打出来的笔试成绩单，小小的五号字体，把两百多个笔试人员的名单密密麻麻地挤在一起，让人看着很吃力。好在赵长风是笔试第一名，就排在第一行，所以赵长风毫不费力地看到了自己的名字。

看得出来，成绩单是刚贴上不久的，还能看到上面湿湿的胶水印。赵长风左右看了看，并没有其他考生过来看成绩，他连忙从怀里掏出通讯录，假装在记他的考试成绩，却把其余二十九个要一起参加面试的考生名字和单位记录了下来。

赵长风刚记完，就听到身后有脚步声，赵长风扭头看去，只见有两个人结伴走来，目标正是公告栏，看样子也是接到了消息，来看笔试成绩的。

赵长风把通讯录和派克笔装好，转身上了二楼，到设在人事厅的省公开选拔办公室去了。

办公室里只有两个三十出头的女同志正在说笑，看赵长风站在门口，就问道："有事吗?"语气中有些不耐烦。

赵长风说道："我来领面试通知书。"

一个女同志就说："你们这些人消息还真灵通。我们的通知还没有下发到你们单位呢，你们就过来领通知书了。你下午再过来看看吧。"

赵长风心里就有点不舒服，他好久都没有听过类似的官腔了。在省机关事务管理局里，连李恩华、白长钢等局长们和他说话都是和颜悦色的，没有想到人事厅一个小小的办事员都能用这种态度和他说话。

不过再不舒服也得憋着，毕竟这里是公开选拔办公室，能到这个办公室工作的人关系都不一般，里面的水深不可测，谁知道看似小小的办事员，到时候会不会在背后垫上一砖呢?

"不好意思，给你们添麻烦了!"赵长风笑着问道，"我下午几点过来合适?"

那个女同志说："你们单位人事处通知你时会告诉你的。"

赵长风又吃了个软钉子，也懒得再问了，转身欲走，正好与一位戴着金丝眼镜的中年人打了这个照面。

赵长风正在思忖这个人为什么看着这么面熟呢，那个中年人就笑了起来："你是机关事务管理局的赵长风同志，对不对?"

"呵呵，我还以为领导不记得我了。"赵长风笑呵呵地说，"没有想到领导记性还这么好。"

赵长风实在是记不起眼前这个中年人是谁了，但是他心里知道绝对见过他，而且看他的穿着打扮、风度气概，绝对是相当级别的领导干部。所以赵长风就含混地称呼一声领导，总之人家领导干部竟然记得他，他总不能冒昧地说，对不起，很不好意思，我不记得你。请问你是哪一位领导啊？

中年人笑道：“我也是看了两眼才认出来的。小赵啊，比起当初在扶贫干部表彰大会上见你时，你可富态了不少。”

中年人这么一说，赵长风立刻想起来了，这中年人就是当初出席扶贫干部表彰大会的省人事厅张副厅长，他和赵长风在一张桌上吃过饭，赵长风还敬过他的酒呢！

“到底是领导啊，张厅长，你的记性真好啊！”赵长风不露痕迹地把中年人的身份点了出来。

这个中年男人的确是人事厅的张厅长，不过两年多前张厅长还是副厅长，现在那个副字已经去掉，成为人事厅一把手了。同时张厅长还兼任着省公开选拔办公室的常务副主任。

“小赵，这次笔试成绩很不错啊！”张厅长夸道，“在二百多个干部中笔试第一！”

赵长风连忙谦虚道：“侥幸，纯属侥幸！我是超水平发挥，很多同志没有发挥好，我侥幸占了个先。”

张厅长点了点头，说道：“你是来领面试通知书的吧？领到了吗？”

赵长风摇了摇头，指着公开选拔办公室说：“里面的同志说让下午过来。”

张厅长惊讶地说：“要下午吗？面试成绩不是已经公布了吗？小赵，你跟我来！”

张厅长推开公开选拔办公室的门，两个女同志正在闲聊，看到张厅长进来，连忙站了起来：“张厅长。”当她们的目光落在张厅长后面的赵长风身上时，脸色顿时变了，她们暗叫坏了，没有想到这个看着如此面嫩的干部竟然和张厅长有关系。

张厅长说道：“面试通知书弄好了吗？”

看过成绩单，领了面试通知书，赵长风彻底放下心来，没有错！他就是笔试第一名，是有资格参加面试的三十名佼佼者之一。

到了资金管理中心楼下，赵长风调整了一下心态，面色平静地走了进去，他不能喜形于色，让每个人都看出来他很高兴，那样别人就该说他张狂了。

路过业务部办公室的时候，赵长风拐了进去，问蒋丽君：“蒋科长，刘主任有没有找我？”

蒋丽君笑着摇了摇头，说道：“没有！”望着他的眼神中就多了一份特别的涵义。

赵长风转身回到自己办公室，郑晓键在后面跟了进来。

“恭喜赵科长。”

赵长风淡淡地一笑，说道：“喜从何来？”

郑晓键讨好着说：“你马上就要成副处长了。”

赵长风严肃地说道：“郑科长，没有根据的事情可不要乱传！”

郑晓键依旧觍着脸说：“赵科长，这次公开选拔的笔试成绩你是第一名，那么副处长还能跑吗？”

赵长风一愣，心想这消息可真够快的，从张倩告诉他到现在不到一个小时，连业务部里的人都知道了。

赵长风淡淡地说：“笔试第一名和笔试第三十名没有什么区别，过了这一关，大家都在同一起跑线上，没有过面试这一关，谁能敢保证最后的结果？”

郑晓键说道：“赵科长，你就别谦虚了，谁不知道……”

赵长风立刻打断郑晓键的话，目光严厉地盯住了他：“谁不知道什么？”

郑晓键立刻泄了气，把后半句话咽了回去，干笑道：“谁都知道你是我们资金管理中心的大才子，在你的手下工作，我也感到非常光荣。”

赵长风内心对郑晓键厌恶之极，当初就是郑晓键在徐克猛那里打他的黑枪，原来还处处和他作对、到处告他的黑状，转眼之间竟然能觍着脸贴上来，这也真是一种本事呢。

可是越是这种小人，关键时刻越是不能得罪，赵长风也不好明着赶他出去，只好拿起桌上的电话机，手指着玻璃台下面的通讯录装作寻找电话号码的样子。

郑晓键就说道：“赵科长，那你忙，我先走了！”

赵长风淡淡地“嗯”了一声。

郑晓键走到门口，又折了回来，搓着双手对赵长风说：“赵科长，我还想占用你一点时间。”

赵长风只好把电话机重新放回到原位，抬头用疑问的眼光看着郑晓键。

郑晓键点头哈腰地说：“赵科长，你看，你马上就要成副处长、离开业务部了。你知道，我在业务部副经理的位置上已经干了五年多了，你能不能帮我向上面递个话啊?”

赵长风这才知道郑晓键的来意，原来是盯着他升任副处长之后留下的业务部经理的位置啊？怪不得自己在这次公开选拔中得了笔试第一名，郑晓键比他本人都兴奋呢。

赵长风无可奈何地说：“郑科长，没有经过最后面试，谁也不能保证我一定能当上副处长。即使我能侥幸通过面试，升任副处长，但是在业务部经理的人选上也没有发言权。这些事要刘主任和局人事处王处长他们定。”

郑晓键笑着说：“赵科长，你现在说一句话比谁都管用呢。我只需要你说一句话，成不成我都感谢你!”

赵长风端着茶杯站起身来，说道：“你先回去吧。”说着不再理睬郑晓键，走到饮水机前去接水，他把饮水机的水龙头开到最小，听着后面的动静。身后郑晓键窸窸窣窣的，过了一会儿，才说道：“那赵科长你先忙，回头我再找你。”

赵长风背着身点了点头，等郑晓键出去后，赵长风才端着茶杯回到座位上。他刚放下茶杯，就发现办公桌上放了一个崭新的信封，赵长风拿过来一看，信封上一片空白，什么都没有写，又感觉信封里好像没有装纸，倒是有一个薄薄的硬卡片。

赵长风打开信封，往外一倒，里面滑出了一张贵宾卡，卡上写着两万元。赵长风就明白了，这一定是郑晓键搞的鬼。真没有想到，郑晓键不但脸皮厚，而且胆子大，在办公室就敢公开给他送这些东西。

于是赵长风就拿起电话，准备拨打内线电话给郑晓键。后来又觉得不妥，就拿了一个档案袋，把信封装进去，然后又找了前面郑晓键交上来的报表塞了进去，来到大办公室。

郑晓键正端着茶杯背着身子和两个男业务员在聊天。一个业务员看到赵长风进来，就捅了一下郑晓键，笑着招呼道："赵科长，你过来了。"

郑晓键连忙转过身来。

赵长风笑着对男业务员点了点头，然后把档案袋递给郑晓键，说道："郑科长，你再看一下你昨天交给我的报表，有一个数据好像有点问题。"

"赵科长，这数据我反复核对过三次了。"郑晓键纳闷地说。

赵长风笑了笑，意味深长地说道："郑科长，你还是再好好看一看吧。"

中午下班的时候，赵长风给方佳怡打了个电话，告诉了她这个喜讯，然后让方佳怡一起出来吃饭庆贺。方佳怡欣然而至。

两个人高兴了一阵子，赵长风就问道："佳怡，我下一步怎么办？"

其实赵长风觉得这个问题应该去找人事处的张倩请教，张倩在老爸的调教下熟悉各种官场门道，但是这毕竟涉及他自身的升迁，赵长风当然不能去找张倩。

方佳怡笑着说："长风，我在大学当老师，你们官场上的事情我又弄不明白。"

赵长风叹气道："能不能当上副处长，是我人生中关键的一步。我父母是工人出身，都不懂这些，我一个人心里没底，想找个人商量一下。"

方佳怡笑着说："长风，要不你去找我爸商量商量？"

赵长风吓了一跳，方振华到现在都没有给过他一个好脸，他怎么敢过去？

见赵长风脸色发白，连连摇头，方佳怡就笑道："瞧你的出息样！我爸还能吃了你？"

赵长风说道："佳怡，我倒不是真的害怕你爸。我是怕我去请教你爸，他会误会，以为我是想让他帮忙说话。他本来就以为我和你在一起是看中他的权势，现在我一去请教他，他更会这样认为。所以我宁可不当这个副处长，也不能给你爸以拆散我们俩的借口。"

方佳怡听得心花怒放，甜甜地笑道："长风，我在你心目中就那么重要吗？"

赵长风点头道："那是当然！副处长的机会到处都是，但是我的佳怡可只有一个，失去就再也找不回来了。"

方佳怡白了赵长风一眼道：“还真会说话。怪不得我爸不放心你，说你油嘴滑舌的。”

赵长风做了一个比窦娥还冤的可怜表情。

方佳怡“扑哧”一声笑了出来，说道：“长风，你真是个傻瓜。你这么聪明的人都想不到这一点吗？你不想去请教我爸，可以去找我哥啊！我哥一直很欣赏你，他对你可没有什么偏见呢！”

赵长风一拍大腿道：“哎呀，佳怡，你这个主意太好了，真是一言惊醒梦中人啊！要说社会经验，天雷哥可是我的老师了。好了，你慢慢吃，我这就去找天雷哥。”

方佳怡嗔怪道：“长风，你刚才还说副处长机会到处都是，我却只有一个，怎么转眼之间就要丢下我了呢？”

赵长风嘿嘿一笑，说道：“我不过是吓唬吓唬你，看你以后还敢不敢说我油嘴滑舌了。”

吃过饭，把佳怡送回单位，赵长风给方天雷打了个电话。方天雷正好有空，就让赵长风过去了。

方天雷是个很干脆利落的人，赵长风见了方天雷之后也没有客套，直接就把情况给方天雷说了。

方天雷听说赵长风笔试考了第一名，也为他高兴，关于下一步面试的问题，方天雷认为非常关键。因为面试最后拍板的是赵强。

“天雷哥，你说我该怎么办呢？”

方天雷笑了，拍着赵长风的肩膀说：“长风，你听说过这三句话没有？第一句是‘不跑不送，原地不动’，第二句话是‘只跑不送，平级移动’，第三句是‘勤跑多送，提拔重用’。”

赵长风点头道：“天雷哥，这话我倒是听过，只是我不知道该跑谁的门路啊。”

“废话，当然是赵强的。”方天雷说道，“赵强在这件事上放个屁都比别人管用。况且你和赵强之间又有联系，去跑赵强的关系理所当然啊！”

赵长风迟疑了一下，说道：“天雷哥，这事去找赵省长，合适吗？”

方天雷道：“有什么不合适的？你是不好意思吧？你不跑也可以，就待在家里祈求还有笔试这么好的运气吧！”

“可是，天雷哥，我是去跑啊还是去送呢？”赵长风还是有点拿不定主意，“是只到赵省长家坐坐，说一下自己的想法呢？还是给赵省长送点什么东西？关键是，以赵省长的地位，我不知道该送什么东西合适啊！”

方天雷笑了起来，拍着赵长风肩膀说：“长风，这事就得你自己琢磨了。好了，回去好好想想吧，我的建议就是认准赵强这一条线，千万不要纷杂，有的时候多头出击弄得路人皆知反而会坏事。”

从方天雷那里离开，赵长风不停地思索着方天雷的话，他觉得方天雷说得对，现在社会风气就是如此，不跑不行。科长和副处长看着只差半级，可是有着天壤之别，如果不活动，再想坐等当上副科长、科长那么好的运气恐怕是不可能了。

赵长风又想到，郑晓键为了当上科长，竟然可以无视以前的恩怨，厚着脸皮到他面前送礼，他又有什么不好意思到赵强家去呢？毕竟他帮灵儿取得了省奥数比赛的金牌，又叫过赵强一声叔叔，他如果开了口，赵强不会把他的事情放下吧？

可是赵长风又觉得就这样空口白牙地去找赵强不太合适，毕竟当初他辅导灵儿，赵强都送了他一块梅花表呢。现在他想竞选副处长，这么大的事情空手去合适吗？

赵长风抬手看了看手上的梅花表，觉得当初赵强赠送给他这块梅花表时就非常自然，一点都不做作，丝毫没有带出和金钱有关的铜臭气。

对啊！赵强都给他做出了这样的表率，给他亲自示范怎么送礼了，他还笨笨地思来想去干什么呢？赵长风脑子里顿时有了主意。

下班后，赵长风给赵强家打了个电话，接电话的是刘晓燕，听到是赵长风，刘晓燕迟疑了一下，还是告诉赵长风，赵强在家呢，不过一会儿可能会出去。

赵长风告诉刘晓燕，他就在大院外面，进去坐一下就走。刘晓燕说你进来吧，我跟值班的武警打个招呼。

赵长风进了客厅，赵强正坐在沙发上，看到赵长风进来，就笑着招呼道：“长风，快坐！好久没有来看我了。”

赵长风笑道："赵叔叔，我知道你忙，怕过来打扰你。"

赵强笑道："怕什么啊！我忙，还有你刘阿姨在家呢。上次听你刘阿姨说，你领着女朋友过来了，怎么这次不领着她过来呢？让叔叔也见识一下你刘阿姨口中的大美女！"

刘晓燕正在倒茶，听赵强这样说就啐了一口，说少在晚辈面前没正经的。

刘晓燕给赵长风泡了茶端上来，赵长风连着说不好意思。刘晓燕笑说跟刘阿姨还客气啥，然后说，"长风，你陪你赵叔叔聊一会儿吧，我去那边看电视剧了，正精彩着呢。"

"喝茶！"见刘晓燕离开了，赵强招呼赵长风道，他揉了一下鼻子，笑着问："长风，你今天过来有事吗？"

赵长风连忙放下茶杯，笑着说道："赵叔叔，我是来向您报喜的，这次副处长公开选拔笔试，我取得了第一名呢！"

"好小子，不错啊！"赵强惊讶道，"怪不得当初灵儿让你一辅导就在全省拿了第一名呢，看来果然有两把刷子。"

赵长风连忙道："这都是赵叔叔教导的功劳。"

赵强笑呵呵地摆摆手，说道："长风，你就别往我脸上贴金了，就灵儿一个丫头，我还是让你帮我辅导的！"

赵长风说："赵叔叔言重了，那是您和刘阿姨忙于公务呢。"

赵强呵呵地笑着。

赵长风壮了壮胆子，又开口说："赵叔叔，马上就要面试了，我也不知道自己还欠缺点什么，希望赵叔叔点拨一下。"

赵强揉了揉鼻子，说："长风，你回去比照一下公开选拔办公室的报名要求就好了。"

赵长风迟疑了一下，又说："赵叔叔，您对我比较熟悉，比较了解我的优缺点，公开选拔办公室的其他领导都不了解我。您能不能把我的基本情况向他们介绍一下，让他们对我也有所了解？"

赵强揉着鼻子不说话，过了一会儿才说道："这样吧，我知道了，你先回去，我会处理的。"

第十七章 失之东隅收之桑榆，一飞冲天指日可待

赵长风在这次副处长的公开选拔上没有成功，表面上看起来他是吃亏了，可是他做出的牺牲却极有价值。有时候，该放弃的时候就要放弃，舍得舍得，不舍就不得。也正所谓“失之东隅，收之桑榆”，赵长风这次亮相收获巨大，一飞冲天指日可待。

不算下乡扶贫的经历，赵长风在机关里也混了两年多了，他自然明白官场说话的奥妙。官场上的话从来就是这样，听着言简意赅，字句很平常，没有一点违反原则的话，还有很多看似有道理却空洞的场面话。但是这些看似平常的话里意思却非常含蓄，只能意会不能言传。

以赵强这种身份，当然不可能拍着胸脯明确表态要如何如何，他一句“我知道了”，就把所有的意思包含在内了。至于要怎么领会，全看听话的人和说话的人有没有默契了。

赵长风就自认为他和赵强之间已经有这种默契了。

“对了，赵叔叔，”赵强打开脚下的袋子，打开用报纸包裹得严严实实的一个樟木盒子，打开盒子，露出里面的和田玉虎。

“上次我回家之后，爸爸看到我手上的手表，知道是赵叔叔您送的，就非要送您一件东西不行。”赵长风指着这只和田玉虎说，“我爸知道您属虎，就从家里翻出这一件东西来。我爸说，这是家里传了几代的一件老物件，不值什么钱，但是和赵叔叔的生肖相配，也算是缘分吧。希望赵叔叔不要嫌弃粗陋。”

说着赵长风起身就要走，赵强喊住了他，让他把玉虎收回去，脸上却笑吟吟地说：“长风，不要这么搞嘛！你这样子让我以后怎么敢再见你？快收回去吧！”

赵长风说：“赵叔叔，这是我爸的意思，您不收下，他会说我不懂礼貌的！”

赵强把和田玉虎装好，用报纸包起来，放进袋子里，塞到赵长风手里，说道：“拿回去吧。如果有机会，我会亲自向你爸解释的，行不？”

见赵强态度坚决，赵长风红着脸说：“那，赵叔叔，我先走了。让您多费心了。”

赵强笑着点头说：“长风，很多事情还是要靠个人努力争取的，要相信自己。”

赵强最后一句话让赵长风回到宿舍里还一直在琢磨，“很多事情还是要靠个人努力争取的，要相信自己。”这究竟是什么意思？是说让他在面试中争取发挥好，还是说让他在其他方面再争取做一些工作？还有要相信自己究竟是什么意思？

八月七日上午八点，赵长风和其他二十九名面试人选者在人事厅的大会议室等候。面试九点才正式开始，可是所有的面试者都在八点就到达了，看看能不能利用这提前的一个小时在人事厅里得到一些有用的信息。背后该做的工作都做了，提前到一个小时一点用都没有，可是所有的面试者都不肯放过有可能获得先机的任何一点机会。

赵长风拿了几本《半月谈》，躲在一边漫无目的地翻阅着，这次面试究竟会出什么题目，竟然连徐克猛也搞不到。

其他选手都对赵长风指指点点的，几乎所有人都知道，这个所有报名人员中年龄最小、笔试成绩第一名、省直属机关事务管理局的干部赵长风，所有人在心里都对赵长风又羡又恨。一共十个副处级名额，赵长风就占去了一个，其余的二十九个人只能为争夺剩下九个副处长名额而争个你死我活了！

八点四十五分，在人事厅张厅长等人的簇拥下，赵强副省长出现在大会议室门口。张厅长对面试者说：“同志们，赵省长来看望大家了。”

面试者连忙都站了起来，赵长风也放下手中的《半月谈》站了起来。

“赵省长好！”

“同志们好！”赵强亲切地说，“待会儿面试的时候大家不要紧张，要尽量把自己的真实水平发挥出来！”

赵强又笑着来到赵长风的面前，亲热地拍着他的肩膀说：“长风，你呢？准备得怎么样了？”

“赵叔……”赵长风没有想到赵强竟然会在这种情况下过来和他打招呼，他在激动之下，“赵叔叔”三个字差点脱口而出，幸亏他叫了一半醒悟过来，硬生生地改口道：“赵省长，我准备好了！”

赵强满意地点了点头，对身边当主考官的各厅局局长说道：“赵长风同志很不错，曾经是全省扶贫干部典型，这个情况张厅长应该比我清楚吧？”

张厅长连忙点头道：“对，赵省长，长风同志的情况我很清楚。当初就是我和省扶贫办的高铁主任从全省扶贫干部中选拔出长风同志的。”张厅长还不忘给自己以前的行为补记一功。

其他厅局长就互相望了一眼，心照不宣地笑了。

赵省长点了点头，转身走了出去，张厅长对面试者交代了一声：“你们准备好，待会儿按照笔试成绩的顺序参加面试。”

等张厅长也出去之后，会议室里顿时议论纷纷，大家把目光焦点都集中在赵长风身上。

到了九点，有工作人员过来通知，笔试第一名的赵长风到小会议室参加面试。赵长风整理了一下衣服信心百倍地走了出去。

赵长风昂首进了小会议室，向以赵强为首的主考官们鞠了一躬。

张厅长抽出了一道题目，笑眯眯地说：“赵长风同志，请你就亚洲金融风暴将对我省的经济形势产生什么样的影响展开阐述。”

赵长风心里大喜，他本身就是金融专业毕业，又负责资金管理中心业务部的资金运营，亚洲金融风暴是他必须关注的内容，张厅长出这一道题目不是明显地保他过关吗？

"……中原省是内陆省份，相比较起沿海省份来说，受到亚洲金融风暴的影响相对要小一些，但是即使如此，在全球一体化的大趋势下，亚洲金融风暴对我省经济形势产生的影响仍不容低估，因此，我建议采用以下措施……"

赵长风侃侃而谈，他旁征博引，一串串中原省经济运行数据从他口中脱口而出，仿佛这个题目是他事先就准备好的一样，而事实上，他是第一次听到这个题目。

"各位领导，以上就是我关于亚洲金融风暴对中原省经济形势影响的论述，碍于时间仓促，其中谬误和疏漏在所难免，恳请领导们批评指正，谢谢!"

赵长风礼貌地冲主考官们深深鞠了一躬，结束了自己的面试发言。

在场的官员互相交流了一下眼神，目光中都是赞许之色，显然赵长风的回答让他们非常满意。

张厅长笑呵呵地对其他主考官说："赵长风同志的发言已经结束，大家看看还有什么问题要问的没有?"

考场一片寂静。

张厅长扭头望向赵强，赵强微微点了一下头。张厅长马上说："赵长风同志，你的面试环节已经完毕。请到外面等候消息。"

赵长风愣了一下，没有想到面试环节这么快就结束了，他随即反应过来，又深深地鞠了一躬："谢谢各位领导。"然后转身从容地走了出去。

回到大会议室，其他面试者没有想到赵长风这么快就出来了，不由得都用半是艳羡半是鄙夷的目光看着他。

赵长风走到角落里，拿起他准备的资料，收拾好，然后静静地坐在那里，他是第一个的面试考生，当然要观察一下接下来几个面试者的情况了。这次面试他才用了十分钟左右，时间短得出乎他的意料。

第二个面试者在他走出考场的时候就已经进去了，赵长风看着手腕上的梅花表，掐算着时间。大约过了二十分钟，考务组工作人员来到大会议室让第三个面试者出去，大约两分钟后，第二个面试者满面春风地从外面进来，显然他发挥得很不错。

赵长风淡淡地看了一眼，又低下头翻看着手中的资料。

第三个面试者也用了大约二十分钟的时间。现在赵长风知道，正常一个面试程序大概要花二十分钟。他算了一下，三十个考生，即使不间断地面试下去，还需要十个小时呢，更何况主考官们中午还要吃饭休息？

赵长风起身走出了大会议室，来到公开选拔办公室，办公室只有一个人，巧合的是，正是上次赵长风见过、跟张倩比较熟悉的那个女工作人员。

赵长风的手轻轻在门上敲了一下，那个女工作人员抬头一看是赵长风，就笑了起来："是你啊？有什么事情吗？"

赵长风指了指那边考场的方向，说道："我已经面试完了。在等通知，不知道面试什么时候结束，结果什么时候出来呢？"

那个女工作人员就说："赵省长已经指示过了，今天哪怕是面试到深夜，也要把所有的面试者都过一遍。结果会在全部面试结束之后当场公布。"

赵长风吃了一惊，问道："面试结束后就当场公布？"

女工作人员点了点头，说道："听张厅长说，这是赵省长的意思，说当场公布能够减少面试评审组的压力，尽可能地减少外来不必要的干扰，不给那些背后想搞小动作的人以任何操作空间！"

赵长风这才明白。

女工作人员又说道："你既然已经面试过了，就回去休息吧，下午四五点过来等结果就行，恐怕那时候面试还没有结束呢！"

赵长风说了声麻烦了，转身离开了公开选拔办公室，下楼去了。

看看手表，时间还早，才十点多一点，赵长风就在附近找了一家宾馆，开了一个房间，美美地冲了一个热水澡，躺在床上休息起来。这个时候他不想回到业务部，他一回去，肯定有不少同事会过来问他面试的结果，包括刘茂才主任也会问他的。现在结果没有出来，他怎么回答都不好，还不如就在人事厅附近休息，就近等候结果呢。

到了中午快下班的时候，赵长风给方佳怡打了个电话，方佳怡就打了个车赶了过来。她一见面就问赵长风面试情况怎么样？赵长风当然不会跟方佳怡假客气，他耸耸肩膀说自我感觉良好，就不知道厅长局长们是什么样的看法了。

方佳怡笑着说，看来他很有希望晋升成副处级，她还补充了一句，如果他这次真的成了副处长，就送给他一件礼物。

赵长风就问："送我什么礼物啊？"

方佳怡笑吟吟地说："你想要什么礼物？"

赵长风的眼睛就紧紧盯在方佳怡诱人的胸部，坏坏地笑道："佳怡，你知道我想要什么！"

方佳怡哼了一声，说道："不行，在结婚前就别想了，除了这个之外，想要什么礼物都行！"

赵长风大为失望，重重地叹了一口气，说他最想要的就是这个礼物，如果佳怡不给他的话，那么其他什么东西都无所谓了。

方佳怡不忍心看到赵长风失望的样子，她轻轻咬着嘴唇，思忖了半天，低头轻声说道："那，那好吧，如果你真的通过了面试，就奖励你一次。但是说好了，就这一次啊。在结婚之前不能再有第二次了。"

方佳怡说的时候声音本来就很小，又越说越低，可是传到赵长风耳朵里却是清晰无比。

"什么什么？"赵长风大叫道，"佳怡，你是说真的吗？你不是在骗我吧？再说一次让我听听——"

方佳怡更加娇羞，她红着脸说："讨厌死了！你那么大声干吗？"赵长风让她再说一次的话，她是死活说不出口的，刚才她都是鼓足了勇气才说出来的，那话一出口，心里就有些后悔。

"佳怡，你真的同意了？"赵长风依旧大叫道。

"讨厌！"方佳怡狠狠地拧了赵长风的胳膊一下，"不让你说，你还说！"然后她板着脸说道，"咱们可先说好了，如果你这次副处长没有选上，那就别想了啊。"

"嘿嘿，放心，佳怡，这个副处长我是当定了，你的礼物我也要定了。"赵长风自信满满地说。

吃过饭，方佳怡陪赵长风聊了一会儿，到了上班的时间，赵长风把方佳怡送走，又打车回到客房休息。

赵长风身体上感觉非常疲惫，想睡觉，可是脑子却极度兴奋，这种肉体上的疲惫和精神上的极度兴奋交织在一起，让赵长风十分难受。他躺在床上打开电视，胡乱地换着频道，一直熬到下午四点多，赵长风终于熬不住了，起身出了宾馆，到人事厅去了。

公开选拔办公室依然开着门，不过这次里面又多了几个人，赵长风伸头进去看，见那个女工作人员还在，就过去问了一句："不好意思，我想问一下，现在面试到第几个人了？"

女工作人员看到是赵长风，笑着说："大概还有十一个人没有面试吧？"她抬手看了看手表说，"估计要到晚上九点多了。"

赵长风说一声谢谢，来到大会议室，大多数面试者都在里面，有些人已经显得非常疲惫，尤其是那些还没有开始面试的候选者，对他们来说从早上八点等候到现在真是一种煎熬。可是他们不能有任何怨言，谁让他们的面试成绩不理想呢？

见赵长风进来，所有的面试者又都把目光聚集在赵长风身上，还有个别人试着和赵长风套近乎："你是省机关事务管理局的赵长风吧？我是省商业厅的……"

赵长风礼貌地回应了一下，并不深谈。这时候，说什么都不好。

到了下午六点半，考务组的工作人员过来，通知说："现在到工作餐时间了，面试暂停四十分钟。大家可以就近吃点饭，然后再过来，三十四号考生注意，七点十分准时到考场参加面试，不要耽误了时间。"

有人就埋怨，这面试安排得不科学，让他们在这里熬了这么久。工作人员就黑着脸愠怒道："你们熬？你们熬什么了？你们可以休息，可以出去吃饭。考务组的考官包括赵省长、张厅长他们可是连轴转，中餐和晚餐都在考场内吃盒饭，你们还不满意？"

众人不敢说话，纷纷起身到外面吃饭。

那个商业厅的面试者叫郭鲁明，年龄看着比赵长风大上两三岁，他到赵长风面前说："赵长风，我们厅里也就我一个人来参加面试，晚上一个人吃饭没有意思，你也是一个人，不如咱俩找个地方喝几杯？"

赵长风就笑了，说道："晚上要公布面试结果，中选者领导可能还要叫过去谈话，你就不怕到时候领导嗅着你满身酒气？"

郭鲁明无所谓道："反正我是陪太子读书，根本没有希望入选。领导怎么可能找我谈话？"说到这里，郭鲁明笑了起来，"对了，赵长风你倒是大有希望入选，所以不能喝酒呢！这样吧，我们只吃饭，不喝酒，如何？"

赵长风摆了摆手，说他不饿，中午吃得多了点，现在没有食欲。郭鲁明耸了耸肩膀，笑道："也好，回头再找你喝也不迟。"说着挥挥手，转身出去，一点都没有被拒绝的尴尬，态度很潇洒。

赵长风望着郭鲁明的背影，心中思忖道，看起来这个郭鲁明不像是趋炎附势之徒。

七点十分，面试继续进行。到了九点半，最后一个面试者终于从考场里走了出来。大家都兴奋起来，面试终于结束了，结果马上就要揭晓了。

考务组的工作人员过来说，选拔办的领导们还要再讨论一下，汇总一下成绩，结果半个小时后就出来。

赵长风的心也悬了起来。他躲在角落里，静静地看着手表上的秒针一格一格地走动着，往日觉得转动飞快的秒针此刻竟然显得分外缓慢。赵长风深呼吸了两下，抬起头来，只看到一双亮晶晶的眼睛看着他，却是郭鲁明。郭鲁明见赵长风目光和他接触，就笑着打了个招呼，很是气定神闲。

赵长风顿时就觉得自己过于浮躁了，在气度修养方面比起这个郭鲁明落了下风，看来自己还是差一些火候，需要继续历练啊。

这一分心，赵长风也不觉得时间难熬了，他甚至开始琢磨这个郭鲁明究竟是什么意思，怀着什么目的过来接近他呢？

就在这时，忽然听见喧嚷的声音，会议室所有的面试者都站了起来，赵长风抬头一看，是人事厅张厅长和几个人一起进来了，张厅长神态有些疲惫，他手里拿着一份名单，应该是过来宣布面试结果的。

果然，张厅长站到大会议室中间，双手往下压了一压："大家都坐下。"张厅长声音略带沙哑地说，"同志们，经过考务组领导们的综合评定，大家的面试成绩已经出来了，其中这次中原省公开选拔副处长活动成绩位列前十名的人，将会被组织上安排到副处级的工作岗位上进行为期半年的考察使用；其余的二十名同志也不要沮丧，你们虽然没有被录用，但是你们也不是失败者。能够在全省省直机关二百多名干部中脱颖而出，说明你们本身就是青年干部的佼佼者。你们还年轻，以后的机会还多的是，你们不要气馁，要继续严格要求自己，努力工作努力学习，争取在下次公开选拔活动中胜出。”

大会议室内鸦雀无声，大家都屏住了呼吸，等待张厅长宣布最后的结果。

“下面，我来宣布这次中原省公开选拔副处级干部的优胜者名单，”张厅长停顿了一下，提高声音说，“第一名……”

所有面试者下意识地把目光聚集到赵长风身上。

“第一名，钱肖迪!”

一个不起眼的黑胖青年脸上挂着谦逊的微笑，站了起来，向张厅长躬身致敬。

“请坐下，下一个我宣布名字的人就不要站起来了。”张厅长摆了摆手说道。

钱肖迪欠身坐下，临落座时，他的目光扫了所有的面试者一眼，虽然脸上还是谦逊的微笑，可是任谁都能看出这谦逊微笑后面隐藏着的趾高气扬。

赵长风心中有一些失落，但是他并不紧张。也许他的笔试成绩太出色，所以面试成绩主考官们有意压上一压，以免引人注目?

“第二名，张昭凡。”

另一个面试者得意洋洋地攥了攥拳头。

…………

名单一个个读下去，所有人包括赵长风自己都以为在意料之中的那三个字始终没有出现。

“第九名，陆大道。”

一个戴眼镜的青年干部立刻摘下眼镜，掏出眼镜布兴奋地来回擦拭眼镜。

赵长风的心猛然揪了起来，一种不祥的预感笼罩着他全身，他开始害怕张厅长宣布第十名的人选了。赵长风甚至希望时间到这一刻就停止，这样他就不用知道第十名是谁了。

张厅长扫了一眼大会议室，从一张张期待的脸上飞快地扫过，当他看到赵长风时，略微停顿了一下，目光和赵长风对视了一下，然后飞快地移开。

赵长风一下子就读懂了张厅长目光中的含义，有些遗憾、无奈甚至是有些不解，这些东西混合在一个手握重权的厅级干部眼中，是想要告诉赵长风什么，还用问吗?

赵长风知道，最后一个名字他不用听下去了，他甚至想立刻起身离开这里，可是赵长风知道，他不能走，他必须像一个犯人一样等候在被告席上，等候命运的法官宣读对他的判决，虽然赵长风早已经知道内容。

“第十名，王晓霞。”

“啊!”一个尖利的女声叫了起来，大家扭头看去，只见一个二十七八岁的漂亮女干部紧张地捂着自己的嘴，显然她也没有想到会是这样的结果。

“好了，以上读过名字的干部们回去准备一下，三天后来人事厅报到，接受为期半个月的强化培训。”张厅长最后宣布，“本次中原省省直机关副处级干部公开选拔活动到此结束，大家可以回去了。”

张厅长挥了挥手，转身在工作人员的簇拥下走了出去。

大会议室内顿时乱作一团，那十个优胜者个个都得意洋洋，脸上挂满了喜色，可是却强装出一副谦虚的样子对旁边的同伴说什么“运气”、“侥幸”之类的话。

面试者渐渐散去，会议室里只留下赵长风孤独一个人。他望着空荡荡的一片狼藉的会议室，觉得心就如同这满地碎屑的会议室一样凌乱不堪。

“赵长风，走吧。”一个声音在赵长风身旁响了起来，赵长风抬头一看，是商业厅的郭鲁明，他拍了拍赵长风的肩膀说，“要相信自己！这不过是一次考试而已！人生中有很多次这样的考试呢!”

赵长风心中温暖了一些，站了起来，对郭鲁明说：“谢谢!”

郭鲁明灿烂地笑了起来，说道：“客气什么！赵长风，你不知道吧，我和你是校友呢!”

“校友?”赵长风愣住了。

郭鲁明说：“我比你大四届，是贸易系的，你刚进校门的时候我正好毕业。后来我在朱校长那里听说过你的名字，说你在省机关事务管理局上班。本想去找你，又觉得太唐突。没有想到这次公开选拔能够和你同场竞争，刚才人太多，我没有和你过多攀谈，怕别人误会我。”

赵长风就不好意思地笑了起来：“原来是学长啊，真不好意思，刚才怠慢你了。”

郭鲁明道：“是我太冒昧了，没有介绍清楚。”说着他掏出一张名片递给赵长风，“这是我的名片。”

赵长风接过来一看，上面写着中原省商业厅企业处二科副科长。赵长风就连忙掏出一张名片还了回去。

郭鲁明笑呵呵地接过名片，对赵长风说：“长风，让你见笑了，学长没有什么后台，参加工作七年了，现在还是一个小小的副科长。这次来参加副处长公开选拔，也是陪太子读书，但是好歹是一次机会，就过来试一下。”

这时外面传来人事厅工作人员的声音：“你们两个快走吧，我们要锁会议室的大门。”

郭鲁明连忙说：“我们马上走。”

赵长风站起身来，和郭鲁明出了人事厅。

“郭哥，本来应该请你吃饭的，可是现在太晚了，我要回去了，改天我一定到商业厅登门向你赔罪。”赵长风有些遗憾地说。

郭鲁明哈哈大笑，拍着赵长风的肩膀说：“长风，都是校友，客气什么？那么我就在商业厅恭候你的大驾了！”

赵长风说道：“郭哥，你放心，我一定去！”

和郭鲁明分手后，赵长风给方佳怡打了个电话，方佳怡果然正在宿舍等着他。

“长风，辛苦了！”方佳怡笑着问道，“结果怎么样？”

“回去再说吧。我马上就到。”赵长风淡淡地说，挂断了电话。

出租车到机关事务管理局宿舍楼停下，赵长风迈步上楼，刚到门口，方佳怡就从里面打开了门：“长风，我听到出租车的声音了！”

赵长风进去关上门，平静地对方佳怡说：“佳怡，对不起，我努力了，但是没有……”

方佳怡一下子捂住了赵长风的嘴，笑嘻嘻地说：“长风，无所谓的。不就是一个副处长吗？我是看你那么在意，我也才在意的！其实对我来说，你最好什么都不当，在家里安安生生地好好和我过日子。”

听了方佳怡温柔的话语，赵长风的心顿时温暖起来，他紧紧把方佳怡抱在怀里说：“佳怡，你对我真好！”

方佳怡也乖乖地贴在赵长风的胸膛上，感受着他双臂上传过来的力量。嗅着赵长风身上熟悉的气息，方佳怡不由得渐渐迷醉起来，她喃喃地说：“长风，长风，你不是一直想要我吗？今天我就再给你吧……”

赵长风却一下子清醒过来，他拍了拍佳怡的后背，说道：“佳怡，时间不早了，你该回去了。”

方佳怡猛然抬起头看着赵长风：“怎么？长风，你不喜欢我了吗？”

赵长风苦笑道：“佳怡，你就是我的一切，我怎么会不喜欢你呢？只是我没有完成自己的誓言，我没有脸要你！”

方佳怡腻在赵长风怀里，扭动着火热的身体说：“长风，这和你的誓言无关，是我主动给你的……”

方佳怡的声音越来越低，也越来越诱人……

赵长风小腹处一股欲火升腾起来，他咬了一下舌尖，让自己清醒过来：“佳怡，不行！我真的办不到。”

方佳怡就笑了起来，从赵长风的身上爬了起来，用小手轻轻拍了拍赵长风的脸颊，狡黠地一笑说：“长风，你果然是一个重誓言的男人。我没有看错你！”

“什么？敢情你刚才在捉弄我啊？故意考验我是不是？”赵长风露出一个坏笑，“嘿嘿，可惜你看错了，我偏偏就是一个不守诺言的男人。来吧，今天就给我吧……”说着他作势向方佳怡扑去。

“救命啊！”方佳怡光着脚跳下沙发，跑进卧室里把门关上，在里面死死地顶住门。赵长风笑嘻嘻地在外面推着，两个人半真半假地闹了一阵，方佳怡首先举手投降，她笑着喘气道：“不行了，长风，我不跟你玩了，我一点力气都没有了。”

赵长风推开房门，方佳怡就坐在地板上，半倚着床身，吃吃地笑着。

赵长风过去翻身坐在佳怡的身旁，真诚地说：“佳怡，真的谢谢你！”经过刚才一阵打闹，赵长风低落的心情好了许多。

“对嘛！拿得起放得起才是个男人嘛！”方佳怡大大咧咧地拍了拍赵长风的肩膀，“这才是当初我看上的赵老抠。不就是一次副处长竞聘吗？你这么年轻，机会还多着呢！”

赵长风点了点头。

方佳怡又说：“长风，明天收拾心情，好好上班，好好工作，别让别人看扁了，一次选拔失败了就无精打采的，不算个男人。”

赵长风大笑道：“佳怡，你放心吧，别安慰我了。我已经想通了，明天就大大方方地去上班，谁敢看不起我？我是去参加选拔失败了，可是很多人连参加选拔的机会都没有，他们连当失败者的资格都没有，凭什么来嘲笑我？”

“对，就是这个样子！”方佳怡笑着站起来到外边穿鞋，“长风，送我回去吧。”

与此同时，赵强家里也上演了一幕精彩的对话。如果是参加面试的那些年轻干部，就能够认出来，站在赵强对面那个毕恭毕敬的三十多岁的干部就是这次面试的第五名朱大林。

“赵叔叔，这次真的谢谢你了！”

“朱大林，这次给了你机会，希望你不要让我失望。”赵强眉头微微皱起，“还有，你回去告诉你父亲，我只会破例一次，这种事情不要再有第二次了。”

“赵叔叔，你放心，我绝对不会让你失望的。”朱大林毕恭毕敬地说，“那我就不打扰赵叔叔休息了。先告辞了。”

赵强靠在沙发上，叮嘱了一句：“路上小心，以后没事不要到我这里来了。”

朱大林走后，刘晓燕从卧房里出来，嗔怪地看着赵强：“老赵，你这次可把长风那孩子给坑苦了！”

赵强微笑道：“晓燕，长风还年轻，以后机会还多。可是朱大林今年都三十五了，这时候不提，以后就再也没有机会。谁让我们当初下放的时候欠他父亲的人情呢。”

“可是你也没有必要这样对长风吧?”刘晓燕依旧埋怨道。

赵强又说：“本来，这次我是想给长风机会的，但是外面有传言……再说，赵长风这次副处长公开选拔落选了，看着是吃亏了，可是实际上会吃亏吗？不会的，他虽然失去了副处长的机会，那是因为本来就不可能轮到他，失去不属于自己的东西就无所谓失去。”

刘晓燕幽幽地叹了一口气，说道：“老赵，下次你一定要给长风一个机会。”

赵强的笑容收了起来，淡淡地说：“机会我是会给他的，但是要看他能不能把握得住。”

第十八章　过关斩将轻松折桂，民主推荐当仁不让

在机关事务管理局进行的民主推荐会上，让所有人大跌眼镜的是，上次干部公开招考选拔落选的赵长风，在这一次民主推荐会上居然重整旗鼓，一路过关斩将，毫无争议地被推荐为副处长，简直是得来全不费工夫。

中原省副处级公开选拔的结果当天夜里就传遍了省直机关。人们津津乐道的就是这次副处级公开选拔竟然爆出最大冷门，就是最热门的候选人省直机关管理局的赵长风竟然落选了。

那些在面试前公开大骂这次副处长公开选拔不公平的人都乖乖地闭上了嘴巴。另外十九个面试落选者也无话可说，他们还能抱怨这次公开选拔副处级干部有什么内幕吗？

对于这些，赵长风一概不理睬，他全身心地投入到工作当中去，想着如何搞好业务部的工作，干出一番成绩来。

赵长风本来以为，他这次落选了，局里的领导，包括资金管理中心的领导和同事对待他的态度可能有变化。没有想到，领导们和同事们对待他更加热情了。赵长风刚开始以为他们是同情他，所以做出一副热情的样子来安慰他。但他仔细品味了一下又觉得不对，真正的关心和做作出来的关心之间的异同，他还是能感觉出来的。周围的人是真正地关心他，没有丝毫对他落选副处长表现出幸灾乐祸的样子。

赵长风刚开始还感到有点奇怪，想不通，以为是自己的人缘好，人品好，

后来仔细琢磨，才猛然想起，他只顾得沉浸在这次副处长选拔失败带给他的负面影响上了，没有考虑到也会给他带来的正面影响。赵强那次当着那么多面试者、那么多厅局领导的面和他打招呼，不是等于向众人表态，他和赵长风之间有着非同一般的关系吗？

时间过得飞快，转眼又到年底了。八月份那次省直机关副处长公开选拔早已经被人忘却，省直机关所有干部都齐心协力，共同抵抗着亚洲金融风暴对中原省经济的侵袭。

中原省经济增长开始衰减，金融机构也大受影响，开始收缩银根，压缩信贷规模，其中信贷规模压缩力度之大，竟然影响到了前两年开始的全省住房制度改革。中原省住房信贷公积金管理中心竟然提供不了住房信贷，满足不了干部群众申请公积金贷款的要求。

但是与此同时，负责省直机关干部住房信贷的省机关事务管理局资金管理中心却能向干部提供充足的住房信贷。

按照分工，中原省住房信贷管理中心归财政口，由省长张文利负责；而省直资金管理中心却归常务副省长赵强负责，现在省长负责的中原省住房信贷管理中心出了问题，副省长赵强负责的省直资金管理中心资金却绰绰有余，这能不让张文利大为光火吗？

听了张文利的抱怨，赵强也非常吃惊，因为省直资金管理中心一直能为省直干部职工购买商品房提供充足的信贷，所以从来没有省直机关的干部职工对资金管理中心有什么不满，既然大家都没有意见，所以赵强根本不会去关注省直机关管理事务局一个下属正处级单位，他分管的部门太多了，需要解决的问题也太多了。

如果不是张文利半玩笑半认真地向他抱怨，赵强根本想不到资金管理中心竟然不声不响地在金融业紧缩银根的一片萧条之中，顺利地解决了省直机关干部职工的住房信贷问题。也许资金管理中心也做过相关的汇报，但是和其他部门的汇报材料一样，赵强只是认为这些不过是一些简单数字根据各部门的需要进行有计划的罗列，根本不会把这些当成真正的成绩，所以就湮没在无数汇报材料当中了。

赵强回到办公室之后，立刻打电话给李恩华，问起资金管理中心究竟是怎么做到的？是怎么解决干部职工所需的住房信贷资金问题的？是不是李恩华背着他到下面银行做了协调工作？

李恩华连忙说他绝对没有去做过这样的工作。现在各个厅局的领导包括分管副省长都为了下属单位去找银行要求协调信贷规模，但是在信贷规模总额控制的紧箍咒下，狼多肉少，银行也是无能为力。

赵强就问："那资金管理中心是如何解决这个问题的？"

李恩华说道："赵省长，资金管理中心只不过是采用了一些特殊的办法抓好了自有资金的保值和增值问题，所以才能顺利应对眼前困难的局面。"

接着李恩华就把赵长风当初提议资金管理中心投资典当行的事情。李恩华说，他现在才知道当初赵长风这个建议的好处。越是在金融业形势吃紧、大力压缩银行信贷规模的情况下，资金管理中心的资金增值速度越快。因为很多民营企业甚至小型国有企业通过正常渠道无法取得融资，所以他们只有通过典当行对房产和设备进行抵押和质押来获得流动资金，虽然为此要付出很高的利息和手续费，但是能解企业的燃眉之急，让企业在金融风暴的大潮中生存下去，这是比什么都现实的问题。

赵强听得兴趣大增，他告诉李恩华，让资金管理中心准备一下，他下午去考察。

李恩华立即打电话到资金管理中心："刘主任吗？我是李恩华。你和赵科长马上来我办公室一趟，越快越好。"

刘茂才不敢怠慢，立刻领着赵长风到了李恩华办公室。

"刘主任，长风，你们这次可露脸了。"李恩华笑呵呵地说，"赵省长下午要到资金管理中心考察工作，你们赶快准备一下。"

"真的啊？"刘茂才兴奋地说，"李局长，你怎么不事先通知一声呢？这样突然袭击，我们多被动啊。"

李恩华伸手点着刘茂才说："好你个刘茂才，就别给我装了。别人想争取这个突然袭击的机会还争取不来呢！"

刘茂才连忙说："是，我知道李局长是看重资金管理中心，所以才给我们这个机会的。”

李恩华看赵长风站在一旁只是微笑，并不说话，就问道：“长风，你笑什么？也发表一下意见啊！赵省长过来视察，不光是你们资金管理中心的荣誉，也关乎整个机关事务管理局的荣誉！难道你就没有事先听到一点风声？”

赵长风说：“李局长，刘主任知道我最近一直忙着银泰典当行的事呢！”

李恩华说道：“赵省长就是为银泰典当行的事情来的！长风，你既然一直忙着银泰典当行的事，那么把最近的业务数据给我报一报。”

赵长风说道：“这个月的数据还没有出来，截止到十一月底，我们资金管理中心向银泰典当行追加投入资金一点五个亿，获得利润分红九千多万。”

李恩华满意地点了点头，说道：“好，就这一项数据就足以向赵省长交差了。对了，你们赶快想一想，资金管理中心还有什么业绩，都总结出来，下午一并向赵省长汇报。”

刘茂才就又提出了几条，但这些成绩显然都比较虚，远远没有资金管理中心的资金快速增值有震撼力和说服力。

李恩华又叮嘱了几个注意事项，就让刘茂才和赵长风赶快回去准备。刘茂才和赵长风离开后，李恩华又把办公室陶主任叫了进来，让他准备下午接待赵省长的任务，另外也把局里其他部门的材料都准备一些，省得到时候赵省长临时起意要看别的部门的资料，提供不出来可就麻烦了。

下午三点，在李恩华、白长钢以及办公室陶主任的陪同下，赵强来到了资金管理中心。在资金管理中心的会议室里，资金管理中心刘茂才主任向赵强简要汇报了资金管理中心的全面情况，然后就由资金管理中心业务部经理赵长风向赵强做了业务部如何加强资金管理中心资金的安全、提高资金的保值、增值效率的专题汇报，其中重点介绍了银泰典当行的运作情况。

赵强听得津津有味，在赵长风发言结束后，他发表了自己的看法，肯定资金管理中心合资开办典当行是一个新生事物，也是对资金保值增值模式的一种新探索，也符合摸着石头过河的精神。

赵强说道：“资金管理中心这个资金保值增值的新路子从实践效果来看是走对了，它不但解决了省直机关住房有限的住房公积金和省直机关干部旺盛的购房资金需求之间的矛盾，也为社会上一些急需资金的个人和民营企业及时提供了资金，起到了解危济困的作用，产生了很好的社会效益。尤其重要的是，这一切操作都没有违反国家有关法律法规，是在现行法律法规的框架下进行的，所以很值得提倡。可以看得出，当初提出这个建议的同志是很动了一番脑筋的！”

赵长风打开笔记本，拿着笔，态度认真地记录着赵强的讲话，心中波澜不惊。他能够感觉得出，赵强这番讲话就是冲着他来的，是在大力表扬他。

做了讲话之后，赵强象征性地在资金管理中心各科室参观了一下，然后就提出要去银泰典当行参观，这才是赵强今天下午的重头戏。

于是一行人又浩浩荡荡地陪着赵强到了银泰典当行。

银泰典当行早就得到了通知，他们加强了保安措施，把那些真正过来典当的客户阻挡在外面，却留了两个事先安排好的典当客户在典当行里，等赵强来了之后进行一番典当过程的表演。

果然，赵强在一行人的簇拥下进入了银泰典当行的服务大厅时，偌大的大厅内只有两个人在高高的柜台旁办理业务，赵强就走过去亲切地问道：“这位师傅，你过来办理什么业务？”

“我的商店过几天就要开业了，还差点进货资金，这不，来当两条金项链，凑足进货资金。”

“呵呵，原来是这样啊。”赵强笑呵呵地道，“那你对典当行的服务满意吗？能接受典当行这种经营模式吗？”

“满意，非常满意。”那个人很快地答道，“只需要少许手续费就换来我们发展急需的资金，而且手续灵活方便，办款非常迅速，真是帮了我们的大忙了！”

赵强饶有兴趣地看着柜员帮那个人办理完业务，然后看着柜台外悬挂的典当须知，他笑着问典当行的柜员：“典当品种很全啊，金银首饰、汽车、房屋，连手表也能当？”

柜员说道：“对，不过手表只当名表。普通的国产表我们不收的。”

副局长白长钢在一旁为了凑趣，把手上的梅花表取了下来，递给柜员说道："那你看看，我这块表能当多少钱?"

那个柜员看了看说："能当五千元。"

赵强吃了一惊，说道："一块梅花表竟然能当这么多?"

那个柜员说："对。按照规定，我们会根据手表的新旧程度不同进行估价，然后按照估价的三到四折支付当金。这位先生的梅花表是限量生产的特别纪念版，而且保养得很好，几乎没有磨损，所以可以按照估价的四折支付当金。"

赵强吃了一惊，白长钢戴的梅花表的款式他见过，和当初机关事务管理局发给他、他又转送给赵长风的那块手表一模一样。赵强本来以为这不过是块普通的梅花表，价值不会超过两千元，没有想到使用了一年、打了四折还要五千元，这太让他吃惊了。

"那这样一块新手表的市场售价是多少?"赵强不动声色地问道。

那个柜员业务显然非常熟练，她回答道："应该在一万八千元到两万元之间。"

"那么怎么辨别梅花表的普通版和特别纪念版呢?"赵强饶有兴趣地问道。

柜员拿着白长钢的手表，翻过来指着后面钢壳上的数字说："特别纪念版是限量发行的，每一块表都有独立的产品编号。只要看后面的编号就知道了!"

赵强若有所思地点了点头。

这时候按照事先布置好的程序，赵长风陪着张雨菁从经理室出来，向赵强做了引荐，赵强对张雨菁又是一番勉励。然后在张雨菁的引领下，赵强开始参观银泰典当行。可是不知道怎么回事，赵强这时候对银泰典当行的兴趣没有刚进门的时候大了，他好像在思索什么，有点心不在焉。

张雨菁就望了赵长风几眼，意思是问赵长风，是不是她的讲解有什么问题?赵长风微微摇摇头，然后不动声色地往前挪了几步，站在张雨菁的旁边，为张雨菁的讲解补充着。

赵强扭头看到赵长风上来了，就点头微笑起来，他忽然问赵长风一个问题：“现在几点了？”

赵长风下意识地伸出左手，看了一下手表，说道：“赵省长，四点一刻。”

赵强的目光就敏锐地落在赵长风手腕上的那块梅花表上。一个念头忽然从他脑海里闪过。

赵强点了点头，笑着对张雨菁说：“张经理，看来今天是参观不完典当行了。改天再来向你请教。”

张雨菁笑吟吟地说：“我代表银泰典当行全体员工欢迎赵省长随时过来指导工作。”

参观银泰典当行本来计划是四点四十分结束，赵强忽然改变了主意，这让李恩华有点措手不及。他又不好意思上前去问，就拿眼睛看赵强的秘书。

赵强现在的秘书姓黄，三十二三岁，办事也极为干练。见李恩华看他，就知道是什么意思，于是黄秘书就低声在赵强的耳边请示道：“赵省长，那我们下一步……”

赵强道：“到机关事务管理局做一个简单的总结吧。”

总结会虽然是走一个过场，但是也花了一个小时。赵强在会上再次肯定了资金管理中心的做法，但是指出这种做法有相当的局限性，在现阶段虽然还有着比较明显的作用，但随着政治经济形势的不断变化，这种特殊办法不一定仍行得通，所以赵强勉励资金管理中心的同志们要在保持现有优势的基础上，多开拓思路，为资金管理中心的资金增值保值多寻找几条出路。

会议结束后，赵强把赵长风叫到身边，亲切地问道：“长风，听李局长说，这个方案是你最先提出来的？”

“赵省长，我也只是提出一个初步的思路。具体操作方案上还是局里以李局长为首的领导们和资金管理中心的刘主任制定和完善的。”赵长风自然知道这种问题该怎么回答。

赵强嘉许地看了赵长风一眼，点了点头道：“办法是不错。可惜不能复制，也无法推广。”

赵长风脸有点发烧，知道赵强说的是什么意思，他红着脸说：“是的，与政府机关的定位有点不符。”

赵强笑了，说道：“金融风暴来势汹汹，经济形势非常严峻。目前的情况下只能是八仙过海，各显神通了。先想办法渡过眼前的难关再说。”他伸手看了一下手表，又勉励了一句，“长风，很不错，好好干！”

李恩华在不远处和黄秘书说笑着，却时刻留心着赵强这边，当赵强抬手看手表时，他立刻快步赶了过来，说道：“赵省长，我已经通知了徐局长，他再过十多分钟就赶回来了。”

赵强说道：“李局长，今天就这样吧。”

李恩华恳切道：“赵省长，局里的同志们说好久没有和领导一起吃过饭了，您今天无论如何都要赏光！”

赵强淡淡一笑道：“改天吧。”

李恩华就不好再坚持了，就和白长钢等人簇拥着赵强向楼下走去。赵长风快步跟在后面，心里却琢磨起刚才的细节，赵强明明戴有手表，为什么要问他几点了呢？可惜赵强和银泰典当行柜员对话时赵长风不在现场，否则他一定能体会出一些什么。

眼看又是圣诞节了，赵长风忽然想起远在美国的灵儿。去年圣诞节的时候，灵儿特意从美国赶回来，今年小丫头恐怕已经适应了大洋彼岸的生活，不会再回来了吧？

正这么想着，办公桌上的外线电话响了起来，赵长风拿起电话说：“喂，你好，我是赵长风。”业务部经理办公室的外线电话一般人是不知道的，要是找赵长风，都需要先打到业务部办公室，业务部的人请示过赵长风，才决定电话转不转进去。能直接打到赵长风外线电话的人，不是领导就是赵长风的熟人。

电话里没有声音。

“你好，我是赵长风。”赵长风又说了一句。

还是没有动静。

“什么意思！”赵长风嘟囔一句，正准备挂上电话，听筒里却传出一阵熟悉的笑声，“嘻嘻，长风哥哥，我发现你的脾气见长啊？再也不是当初那个活雷锋哥哥了!”

“灵儿?”赵长风兴奋地叫了起来，“好你个小丫头啊，原来是你在捉弄我。”

“哥，你还好意思说我捉弄你？我不给你打电话，你永远都想不起给我打电话吧?”灵儿埋怨道。

赵长风笑着说：“灵儿，如果我说刚才正想着给你打电话呢，你的电话就来了，今年圣诞节是不是要在美国过呢？听说美国的圣诞节非常热闹啊!”

“哥，你希望我在哪里过呢?”灵儿笑嘻嘻地反问。

赵长风说：“当然希望你回来了。不过路途遥远，你就别折腾了，还是在美国过真正的圣诞节吧。”

“哼，我就知道你口是心非，根本不想我回去。”灵儿说。

赵长风笑道：“那好，欢迎欢迎，热烈欢迎!”

一个声音笑着说道：“哥，可是你说欢迎的，不许反悔啊!”

赵长风刚对着话筒说完，这才醒悟到，灵儿最后一句话好像不是从话筒里传出来的，而好像是……

赵长风抬起头往办公室门口望去，果然，一个身材修长的美女正站在门口，一双大眼睛笑成了弯弯的月牙。

“灵儿，你真的回来了?”赵长风瞪大了眼睛，有点不敢置信。

“看看，看看!”灵儿撇着嘴巴说，“吓坏了吧？知道我回来就吓成这样？好了，既然你工作忙，我就不耽误你时间了。我是来替我妈妈邀请你和佳怡姐姐一起到我们家吃饭的。”

下午六点半，赵长风和方佳怡在灵儿的带领下来到赵强家里。赵强和刘晓燕夫妇都在客厅。

“赵叔叔好，刘阿姨好!”赵长风礼貌地说，方佳怡也在后面跟着打招呼。

“长风好!”

赵强招呼了赵长风一句，看着方佳怡说：“这位是小方吧？长得真俊，怪不得你刘阿姨上次见了你一面之后，一直赞不绝口呢!”

方佳怡甜甜地笑道："赵叔叔，那是我刘阿姨会夸人，要说漂亮，还是我灵儿妹妹漂亮，身材比电视上的模特还好。"方佳怡拉着灵儿的手夸道。

刘晓燕上次见过方佳怡，谈得很投机，这时就上来拉着方佳怡说："小方，你来得正好，快来厨房帮阿姨一把。你看他们父女俩，啥都不会干，就会当甩手掌柜，偏还不让请保姆。"

方佳怡心领神会，知道刘晓燕是想把她拉过去，方便赵强和长风说话。

"哼，谁说我不会干了？明明你不让我干啊！"灵儿哼唧着跟在刘晓燕后面进了厨房。

客厅里就剩下赵长风和赵强两个人，赵长风一时间竟有点拘束，不知道该说些什么。

赵强笑了笑，对赵长风说："长风，这里太吵，跟我到楼上坐坐吧。"

到了楼上书房，赵强和赵长风面对面坐下，赵强静静地看了赵长风几眼，忽然开口道："长风，你上次公开选拔落选，是不是对我有点看法？"

赵长风连忙说："赵叔叔，没有，我根本没有什么看法。我之所以落选，说明我在很多方面还有所欠缺，能力不够，比起那些选拔上的干部在综合素质上有较大差距。"

赵强又笑了起来，指着赵长风说："言不由衷，言不由衷啊！"他站起身，来到书桌后面打开抽屉，拿出一份东西来，塞给赵长风，"长风，你看看，这是什么？"

赵长风拿过来一看，是一篇已经打印好的文稿，题目是《亚洲金融风暴对中原省经济形势的影响及其对策》，标题下没有署名。赵长风看了一眼开头，觉得非常熟悉，再往下看，越来越熟悉……

赵强笑着问道："长风，是不是觉得这份材料很眼熟，似曾相识啊？"

赵长风红着脸点了点头。

赵强继续说："你当然会觉得眼熟了。因为这是你的东西，对吧？你还能想起这是你什么时候说的吗？"

赵长风说道："赵叔叔，这是副处长公开选拔面试的时候，考官给我出的题目，我当时大概就是这么回答的。赵叔叔您手里怎么还保存着这份东西啊？”

赵强说道：“这是公开选拔面试结束后，我让会议记录员根据记录，把你的发言整理打印出来的文稿。你说的时候，我就觉得很不错，很有见地。等打印成文稿后细细一品味，越发觉得内涵相当丰富。而随后这几个月中原省经济形势的变化也印证了你当时发言中所说的很多观点。”

赵长风定定地看着赵强，不知道赵强这个时候说这些话是什么意思。他根本没有想到，赵强竟然会把他当时的即兴发言整理成文稿，而且还保留到现在，由此可见赵强对他发言的重视。既然如此重视，那么又为什么会在面试的时候把他刷下来，不让他过关呢？难道说其他十个入选的干部的回答个个都比他精彩吗？赵长风认为，十个入选的干部中会有回答比他全面比他精彩的，但是要说十个人全都比他强，赵长风当然不会相信。

赵强忽然又换了一个话题：“长风，你知道你当初为什么会落选吗？”

赵长风说道：“赵叔叔，我知道。我前面已经说了，我在很多方面还有所欠缺，能力不够，比起那些选拔上的干部在综合素质上有较大差距。”

赵强摆手道：“好了，长风，我既然和你谈这些，就没有把你当外人，你也不要再说这些言不由衷的话了！”

赵长风愣在了那里，过了半天，才说道：“赵叔叔，说实话，我想不明白我为什么落选！”

赵强笑了起来，说道：“对嘛！在我面前还说什么假话？有什么不满直接对我说出来就好，我真的把你当侄子一样看待，你有什么想法和意见一定要和我多沟通，多交流。”

一股暖流从赵长风心底涌动起来，他觉得胸口有什么东西堵着，眼眶就有些发酸发热。一个堂堂的中原省常务副省长，国家高级干部，能放低身份亲切地和他拉着家常，怎么能不让他感动呢？他只不过是一个普通工人家庭出身的大学毕业生，虽然说他曾经帮助灵儿取得过奥数金牌，但这对赵强来说算得了什么？可以说他和赵强之间的地位有着天壤之别，他有很多地方需要求助于赵强，而赵强根本没有任何事情需要他帮忙，可是赵强根本无视两个人之间的鸿沟，就好像他真的是赵强的侄子一般。

赵长风低声说道："赵叔叔，我不好，我，我误会您了！"

赵强笑道："好了，长风，不要激动。你对我有些误会很正常，说句实话，如果你我换位相处，我也同样会产生误会的。"

赵强有意停顿一下，等赵长风激动的情绪平息下来。过了片刻，才继续说道："这些话我本应当在公开选拔活动结束后立即和你沟通的。但是我怕你当时会激动，就没有和你沟通，有意让这件事情冷却一段时间，直到现在才和你说，就是希望不会对你的情绪产生太大影响。"

赵长风抬起头对赵强说："赵叔叔，您放心！我不会有什么情绪的！我也一直把您当亲叔叔看待，只要有您一句话，怎么安排我都毫无怨言！"

赵强点了点头，对赵长风说道："好，长风，那我现在告诉你原因吧。你面试之所以落选，不是因为你比不上其他面试者，而是恰恰相反，是你比所有的面试者表现都优秀。"

赵长风瞪大眼睛看着赵强，不知道赵强说这话是什么意思。

赵强没有继续说下去，他沉吟了一下，又换了一个话题："长风，在这次公开选拔活动期间，你可曾听到过什么消息吗？"

赵长风愣了一下，问道："赵叔叔，您是说哪一方面的消息？"

赵强就笑了起来，说道："长风，你真的不知道吗？"

赵长风恍然大悟，他点头说道："赵叔叔，我明白了。的确发生了一件事情，当时不知道从哪里传出来消息，说你是我的亲叔叔，而且好像流传范围很广，据我所知，连省机关事务管理局之外的很多单位都知道了。"

赵强点头道："对，我就是指这件事情。就是这个消息，让你没有通过这次公开选拔赛的面试。这件事情传得满城风雨，不但省政府这边，连省委那边都知道了，几乎所有人都知道我赵强的侄子赵长风要参加这次公开选拔赛，而且要命的是，你年龄最小，却考了笔试第一名，这就更加引人注目，让所有人把注意力都集中在你身上，甚至有些人开始怀疑，这次笔试我泄露了考题给你……"

赵长风开口想要分辨，赵强伸手阻止了他："当然，作为你我当事人来说，心里自然清楚，我根本没有向你泄露过考题，你也不曾过来向我打听过考题。可是，我们这些情况外人又不知道，他们心里还不知道做着怎样的联想呢!”

赵强微微叹了一口气，继续说道：“如果在这个时候，你的面试表现不那么出色，或者收敛一下锋芒，或许我心中不忍，也就让你过去了。可是你面试的时候表现得那么出色，竟然又取得了三十个面试者中的最高分，这下子你带给我的压力实在是太大了。如果我让你过关的话，别人会怎么想呢?他们会不会以为这次公开选拔副处长有什么不可告人的内幕？进而怀疑整个选拔活动的公正性?”

“所以在这个时候，录取不录取你已经不单单是你一个人的问题了，而是一个关乎省政府组织的中原省历史上第一次副处长公开选拔活动成败的问题。如果因为录取了你，让人们开始怀疑这次公开选拔活动的公正性、公平性，那么正遂了某些别有用心的人的心意。你也应该听说过，这次公开选拔副处长的活动有一些同志不赞成，还有一些同志说了一些怪话，如果这次活动出了问题，那么下次选拔副处长或者处长时就很可能会走回到原来的老路上，从而失去了一次改革我省干部任用制度的机会。”

说到这里，赵强叹了一口气：“长风，当时我真处于两难的境地。选你，那么就很可能面临各方面的压力，使好不容易取得一点进展的我省干部任用制度的改革出现大倒退，让更多的干部失去了凭借真才实学迈上领导岗位的机会；如果不选你，虽然可以让那些对这次公开选拔活动持怀疑论的人闭嘴，以后公开选拔干部制度可以逐渐过渡成为我省干部任用制度的一个常态，但是却又对你个人不公平。后来在无奈之下，我选择了牺牲你一个人的利益，来保证大局的利益。这个选择让我一直对你心存愧疚，想找你解释，却又不知道该如何开口……”

赵长风一下子站了起来：“赵叔叔，我都理解。您不要说了，我一切都理解!”

赵强揉了揉鼻子，点头道：“理解就好！我知道我没有看错人！我赵强看中的人，怎么会有错呢?”

一股热流再度从赵长风胸膛中涌动起来，他觉得他可以为赵强做任何事情，士为知己者死！赵长风本来以为这种说法只是古人的理想，在现代社会中不会再有任何一个有头脑的人会产生如此冲动的想法了，没有想到，今天面对着赵强的时候，他心里竟然产生了这种他曾经认为非常愚蠢的想法。

“长风，你坐下，坐下！”赵强笑着说，“年轻人，还是这么冲动啊。”

赵长风不好意思地笑了笑，坐了下来。

赵强想了一下，又回到前面的话题上：“对了，长风，你真的不知道那个传言是怎么流传出来吗？”

赵长风摇头说：“赵叔叔，我真的不知道！”

赵强笑了，说道：“关于这个传言，我也得向你道歉呢。”

赵长风吃了一惊，说道：“赵叔叔，您怎么这么说啊？我怎么能承担得起呢？”

赵强摆手道：“有什么承担不起？我错了就是错了，当然得向你道歉了！你知道吗？当初我听到这个传言时，还以为是你有意传出来的，所以心中对你也有一些误会……”

赵长风心里有些恼火，他非常想知道究竟是谁传出了这样的传言，让赵强对他心生芥蒂，到最后录取他不是，不录取他更不是，弄成了进退两难的尴尬局面。

赵强摇了摇头，说：“长风，究竟是谁传出来的，我还没有弄清楚。估计也弄不清楚了！但是这个传言之所以能够传出来，有很大一部分责任在我。”

赵长风不明白赵强为什么会把责任揽过去，他呆呆地望着赵强。

赵强揉了揉鼻子，指着赵长风的手腕说：“长风，问题就出在我送给你的这块梅花表上。”

“梅花表？”赵长风把手腕伸出来，看着这块简约至极的梅花表，不知道这上面有什么问题。

赵强说道：“我也是才知道，这块梅花表不是普通的梅花表，而是限量生产的特别纪念版。”

赵长风望着赵强，等着他继续讲下去。

赵强继续说："一般的梅花表大概就一千多两千块钱，贵不到哪里。因为是量产，所以没有编号。我送你这块梅花表时没有想太多，以为这不过是一块普通量产的梅花表。"

"可是我却没想到，这是你们局办公室为了送给省里几位领导，特地花了两万多的价钱买的特别纪念版，这种特别纪念版的梅花表每一块都有自己独立的产品编号。"

"啊，赵叔叔，一块手表竟然有两万多？这礼物太贵重了，我真不知道，我收下您这么贵重的礼物，多不合适啊！"赵长风惴惴不安地说。

赵强说道："长风，说实话，我也没有想到这块手表这么贵。如果当时知道它价值两万多，还真的不一定舍得转送给你呢！"说着哈哈大笑起来。

赵长风就更有点不安了。

赵强摆了摆手，说道："好了，长风，你不会是想让我把这块手表收回去吧？我既然送给你了，你就放心戴吧。"

赵长风不好意思地笑了起来，说道："谢谢赵叔叔了！"

赵强继续刚才的话题："还说传言是怎么传出来的吧，你们局里那些人在送出这批梅花表的同时一定记录下了编号。所以当你戴上这块梅花表的时候，你们局里经手过这件事情的领导干部们可能就认出了这是他们送给我的手表。见我把价值如此昂贵的手表转送给你，就以为你和我之间有着某种亲属关系。估计谣言就是如此而起的！"

赵强这么一提醒，赵长风就想起来了，那天徐克猛把他叫到办公室询问银行存款的事情时，曾经让他把手表摘下来给徐克猛看。当时徐克猛脸上的神色就非常奇怪，后来又给他几本书，保证他顺利地取得了笔试第一名。现在看起来，或许这个消息是徐克猛透出去的？

赵强对赵长风说："我今天把你叫过来，除了把上次的事情说清楚外，还想向你了解一些情况。"

赵长风道："赵叔叔，什么情况啊？"

赵强拿起赵长风的发言文稿说："长风，你是学金融的，对资金运作理解非常深刻。从你当时发言中就能感觉到。我把你这份东西保留下来，经常拿出来看看，对比着眼下的经济形势，果然很多情况都被你提前言中了。”

赵长风不好意思地说：“赵叔叔，这些都是我当时即兴之谈，有很多错漏和谬误，当不起赵叔叔如此看重。”

赵强说：“长风，你就别谦虚了。我看了你的文稿之后，还一直在想，你会不会是一个只会夸夸其谈的理论性人才？只会纸上谈兵，一遇到实践中的问题就不知所措了？但是前几天我到你们机关事务管理局去视察工作，才发现我这个想法也错了。原来你不但有丰富的理论知识，还有极强的实践能力。比如你为资金管理中心提出的投资典当行业的方案，就非常有见地，虽然有点剑走偏锋，却非常好地解决了眼下困扰资金管理中心的资金保值增值问题，处理办法之新颖大胆，让人耳目一新。”

赵长风不好意思地笑着，不知道该如何面对赵强的夸奖。

赵强继续说：“长风，你知道你提出的开设典当行的方案，哪一点最吸引我吗？”

赵长风想了一下说：“赵叔叔，是不是我这个方案的安全性和有效性？”

赵强摇了摇头，说道：“长风，其实吸引我的不是你的方案本身，而是你提出这个方案时所表露的大胆思路。一般来说，作为机关干部，行事都小心翼翼的，局限在条条框框之内，不敢僭越一步。机关干部中不是常流行一句话吗？‘大干大错，小干小错，不干不错’吗？那些机关干部都采取明哲保身的态度，哪怕不出成绩，首先要保证自己不出差错，对新鲜事物一点都不敢尝试，对于条条框框之外的东西更是不敢触碰分毫。”

赵强说道：“可是你一心想着如何把工作搞好。想想看，竟然向上级领导提出要投资开设典当行，这是多么大胆的一个想法啊。这种想法太突破常规了，一个省政府的直属机关竟然去开当铺，这个消息一旦流传出去，你知道会造成多么轰动的效果吗？会不会给省政府的工作局面造成很大的被动？”

赵长风入神地听着赵强的话，却把握不住赵强的思路。

“可是这些你根本都不顾忌，就大胆地把你的想法付诸实践，最终取得了非常惊人的效果。”赵强说道，“所以，长风，我非常欣赏你身上这种勇于探索新事物的勇气，这种素质在机关干部身上几乎见不到了，你给我的印象才更加深刻，更加证明了我当初没有看错你！”

“赵叔叔，您这样夸我，让我都不知道该说些什么了。”赵长风脸上的表情忸怩至极。

“长风，你什么都不用说，继续保持你身上这种难得的优点就好了！”赵强揉着鼻子说。

“赵叔叔，我会记住您的话的！”赵长风说道。

赵强想了想说：“长风，其实我也一直想补偿你上次的损失。只是当时正在风头上，我没有办法去做。”

赵长风连忙说道：“赵叔叔，您根本不用说什么补偿。我没有损失什么，还获得了一次难得的锻炼机会。”

赵强摆了摆手，说道：“不能让老实人吃亏！你吃了那么大的亏也没有过来和我谈什么条件，我当然不能让这件事情就这样算了，这也不符合省政府对待优秀人才的政策。”

顿了顿，赵强说：“长风，你对资金运作非常熟悉，对上市企业以及股票也不陌生吧？”

赵长风点头道：“赵叔叔，我是金融专业毕业，资金运作和股票证券都是我的老本行。”

赵强问道：“如果我给你一个机会，让你有机会施展你的特长，通过资金运作来盘活一个或者几个处于资金困境的企业，你有把握吗？”

赵长风想了一下说：“赵叔叔，我不知道具体情况，不敢说有没有把握，赵叔叔如果肯给我机会，我愿意尽我所能把事情做好。”

赵强点了点头，又说道：“这件事情光有专业知识还不行，关键是思维一定要新颖大胆，要出其不意。我看重的就是你这个优点。所以才想给你这么一个机会，一是对上次公开选拔把你刷下来给予补偿，另外也是想给你一个证明的机会，让那些心理阴暗的人瞧一瞧，我赵强的侄子不是草包！”

赵长风热血沸腾起来，他站起说：“赵叔叔，您就放心地把任务交给我吧，我一定会证明给别人看，也证明给赵叔叔看，赵叔叔绝对没有看错人，赵叔叔没有选错人！”

“长风，”赵强大笑道，“我就欣赏你身上这一股子敢打敢冲的虎劲！”

省机关事务管理局忽然传出一个消息，根据省政府新实行的干部交流制度，机关事务管理局要推荐一位科级干部到其他局任副处长。根据局领导的研究，决定采用民主推荐的方式在全局科级干部中进行选拔。

这个消息一传出，全机关事务管理局干部的心都被撩拨起来，于是他们或明或暗地行动起来，或者拐弯抹角地打听这次民主推荐的条件，或者托人向局领导说情，又或者干脆亲自赤膊上阵，挨个拜访局里的中层干部，据说这些干部在民主推荐会上都有投票权。

赵长风也得知了这个消息，却好像漠不关心。经过上次公开选拔活动失败之后，他已经经不起第二次打击了。

十二月底，民主推荐会如期在局会议室举行，到场的除了全局所有的科级干部外，还包括所有的副处级以上中层领导，当然，还有兼任民主推荐考察组正副组长的三位局长。

赵长风静静地坐在远离主席台的角落里，用淡然的眼光看着这一切。

能够看得出来，很多科级干部当仁不让地把自己当成了这次民主推荐活动的最有力竞争者，他们浑身上下焕然一新，很多人为了这次民主推荐会特意精心打扮了一番，甚至专门购置了高档服装。

主席台上当然是局领导们的坐席以及担任这次民主推荐考察组常务副组长的人事处王处长的坐席，其他各处室的正副职以及直属机构的正副职负责人都集中在会议室前面三排就座，他们每个人手里都发了一张选票，待会儿要在这张选票上填上属意的候选人的名字，然后投到前面的投票箱里。

从第四排起，坐的都是局里的科级干部，他们今天要在这里接受全局所有中层干部的票选，最终获得票数最多的那个科级干部就将成为这次民主推荐活动的优胜者，从而获得那个可以交流到其他局担任副处长的宝贵名额。

民主推荐会议由人事处王处长主持，他先宣读了今天的会议流程，然后请局长兼局党委书记、民主推荐考察组组长李恩华讲话。

李恩华发表了一通讲话，最后说道，“我相信，这次民主推荐活动一定会取得圆满的成功。”

一阵掌声之后，王处长再次接过话题：“下面，我宣布本次民主推荐活动候选人的条件。”

会场下顿时鸦雀无声，全体科级干部都凝神静气，他们手中都拿着笔，准备记录这些条件，看他们是否能符合这些推荐条件。

“政治素质过硬，精通业务，工作兢兢业业……”王处长大声宣读着第一个条件。

所有的科级干部脸上都挂着灿烂的微笑，这些民主推荐的条件仿佛是专门为他们设立的一般。能在省直机关工作，哪个不是政治素质过硬？至于说精通业务、工作兢兢业业，这些条件也都符合嘛！能够当上科长的都至少在机关里工作了五六年了，机关里本来就是人浮于事，没有多少具体工作，那些少得可怜的工作即使在旁边看也看会了，又何况他们都亲手做过呢？无论如何，这“精通业务，工作兢兢业业”几个字他们都当得起！

“年龄三十五岁以下……”

个别干部脸上顿时失去了笑容，尤其是一个昨天刚刚过完生日，还趁着举办生日宴会的机会收了下属红包的一个科长，脸色尤其难看。

但是大多数干部脸上还挂着灿烂的笑容。毕竟在省直机关，只要不是人缘太差、眼皮太死、脾气太臭，一般在三十五岁之前都能混上科长。

“有较好的文字功底……”

还有过半干部脸上挂着灿烂的笑容，如果用录像对比系统，甚至能发觉这些干部脸上的笑容比方才灿烂了不少，毕竟又一批竞争者被他们甩在了身后。这些现在还灿烂微笑着的干部都是文字功底较好或者自认为文字功底较好的人，这一条应该难不倒他们。

王处长端起茶杯，润了一下喉咙，继续宣读道：“男性……”

有几个正在妩媚笑着的女科长们脸上的笑容倏然隐去，一时间就好比晴朗的天空忽然飘过了一大团乌云般，连大会议室的光线都为之黯淡不少。

可是这时候仍有七八缕阳光透过乌云的遮盖照射进来，他们就是到目前为止还符合民主选拔条件的科级干部，他们脸上的笑容灿烂得无以复加，仿佛在严酷的寒冬中骤然看到一大片梅花肆无忌惮地迎着风雪开放。

赵长风也在微笑，只不过他的笑容要含蓄得多，仿佛是一株刚刚萌发出花苞的腊梅，虽然依稀能嗅到梅花的香气，但是仔细看去，却只能看到一颗颗小小的花苞。

王处长扫了会场一眼，大声宣读出最后一个条件："曾经在三年内获得过省政府的通令嘉奖。"

此言一出，如一股寒流从主席台上袭来，把刚才还迎接风雪怒放的七八株梅花都冻死了。三年内获得过省政府的通令嘉奖？五年内也没有获得过啊！这条件不是坑人嘛。这七八个残余分子心如死灰，他们的心情比那些一开始就被刷下去的干部更难受。因为比起那些倒在起跑线上的干部，他们是如此接近终点。

赵长风坐在偏僻的角落里，灿烂地笑着，"凌寒独自开"。经过漫长的等待，赵长风脸上的笑容终于像那小小的腊梅花苞一般，在冬日最寒冷的时候傲然开放，在他身边，是无数株被寒流冻死的梅树，只有他坚持到最后，留下一树寒香。

接下来的票选活动只不过是一个形式，作为唯一符合民主推荐条件的候选人，赵长风毫无争议地被民主推荐上副处长的位置，只等通过组织考察任命，就正式成为副处级干部。